EL CANTO DE LOS GALLOS DE ORO

EL CANTO DE LOS GALLOS DE ORO

Una Novela Histórica

Margaret Donnelly

Basado en el libro THE SONG OF THE GOLDENCOCKS. Recibió *Mención Honorífica, Mejor Novela Histórica*, 2007 International Latino Book Awards, Book Expo, New York City, E.U.A.

Order this book online at www.trafford.com
or email orders@trafford.com

Most Trafford titles are also available at major online book retailers.

Primera edición: 2006
Segunda edición: 2011

Traducción: Daniel Chamero y Margaret Donnelly

Arte de Tapa, John P. Bush, adbongo@mac.com

Printed in the United States of America.

ISBN: 978-1-4269-4306-5 (sc)
ISBN: 978-1-4269-4305-8 (hc)
ISBN: 978-1-4269-4304-1 (e)

Library of Congress Control Number: 2010913181

Trafford rev. 05/31/2010

www.trafford.com

North America & international
toll-free: 1 888 232 4444 (USA & Canada)
phone: 250 383 6864 • fax: 812 355 4082

OTROS LIBROS POR MARGARET DONNELLY

The Spirits of Venezuela

[Los espíritus de Venezuela]

The Song of the Goldencocks

(*www.trafford.com*)

The Path of Lord Jaguar

(*www.authorhouse.com*)

Dedicado a mi padres, Ines y Walter W. Donnelly,

Y al Gran Libertador,

Simón Bolívar

Es un hecho que al menos 364.018 personas fueron asesinadas por escuadrones de la muerte en Argentina, Bolivia, Chile, Colombia, El Salvador, Guatemala, Nicaragua, Paraguay, Perú y Uruguay entre los años 1970 y 1995.

Figuras Públicas Mencionadas

(En orden cronológico)

Simón Bolívar

(General del Ejército, 1813–1814, 1819, Venezuela;

Presidente, 1819–1830, República de la Gran Colombia)

Antonio Guzmán Blanco

(General del Ejército, 1870–1887, Venezuela)

Cipriano Castro

(General del Ejército, 1899–1908, Venezuela)

Juan Vicente Gómez

(General del Ejército, 1908–1935, Venezuela)

Eleazar López Contreras

(General del Ejército, 1936–1941, Venezuela)

Juan Domingo Perón

(Presidente, 1946–1955, 1973–1974, Argentina)

Rómulo Betancourt

(Presidente (mediante golpe de estado), 1945–1948;

Presidente (por elecciones directas), 1959–1964, Venezuela)

Marcos Pérez Jiménez

(Gobernante Militar, 1952–1958, Venezuela)

Fidel Castro

(Primer Ministro, 1959–1976; Presidente, 1976–2008, Cuba)

Carlos Andrés Pérez

(Presidente (por elecciones directas), 1974–1979, 1989–1993, Venezuela)

Raúl Alfonsín

(Presidente (por elecciones directas), 1983–1989, Argentina)

Carlos Menem

(Presidente (por elecciones directas), 1989–1995, 1995–1999, Argentina)

1

9 de Noviembre de 1990
Caracas, Venezuela

Iván se estremeció al escuchar el eco de los pasos de unas botas contra un piso duro. Entonces, el ruido se detuvo. Una sensación de horror perforó su pecho. Su respiración se tornó más pesada. Una telaraña de oscuros recuerdos se aferró a su mente hasta que, de repente, la marcas de quemaduras en sus muñecas lo llevó al momento en que todo en el interior de su cuerpo fue pulverizado por la picana eléctrica y sus riñones fueron casi arrancados fuera de sus cavidades.

Para distraerse, experimentó con una posición diferente y se sentó en el suelo de concreto. El dolor en su espalda bajo la cintura disminuyó al poner sus rodillas contra su pecho y al recostarse contra la pared que también era del mismo material. Debajo de ese concreto, antiguas piedras unían al piso y las paredes. Una prisión era por lo general un lugar ruidoso, pero ésta no lo era, lo cual indicaba que él estaba en una celda clandestina, ubicada en un antiguo edificio de Caracas, el cual según sus cálculos, había sobrevivido a muchas renovaciones de la parte colonial de la ciudad.

Segundos después, desvió lentamente su mirada hacia el otro lado de la celda, donde una bombilla vertía un débil rayo de luz sobre las ranuras de la pared. Algunas eran lo suficientemente profundas como para sobrevivir años, si no décadas. Su mente se detuvo el tiempo suficiente como para llegar a una conclusión. Entre la mampostería alguien había tallado nombres, fechas, insultos, y frases llenas de rencor que emitían sus propios gritos silenciosos. Eran de almas maltratadas alojadas en la misma celda que con gran esfuerzo gritaban sus historias, obsesionadas por lo que habían dejado atrás.

Mientras fijaba su mirada en esos surcos, Iván se centró en sus propias obsesiones y lo invadió una ola de ira.

Un mosaico de imágenes sórdidas se apoderó de su mente. Entre ellas estaba la de los sicarios que lo fueron a arrestar y lo culpaban a él… ¡a él!, Iván Trushenko, de proporcionarle una identidad falsa a un criminal de guerra. ¡Lo que merecían era que Dios se orinara sobre ellos y sobre ese hijo de puta de José Rodriguez por entregarlo a los agentes de la policía de seguridad! Ese desgraciado no era digno ni siquiera de una mujer con ladillas. Ese desgraciado solo se merecía la muerte.

Rodríguez lo había convencido de interrumpir su estadía en Cuba. De hecho, Rodríguez le había implorado que regresara a Caracas con la excusa de reunirse con un importante patrocinador de su partido, el *Movimiento hacia la Izquierda* (MI). Después de todo, Iván era el primero en la escala de poder del MI. Eventualmente, este patrocinador desconocido se convirtió en alguien que necesitaba una identidad falsa. Mientras el desconocido le entregó una gran contribución al MI, Rodríguez le envió el pasaporte falso por medio de Iván. Horas después de esa reunión, agentes de la policía de seguridad arrestaron a Iván, acusándolo de ayudar a un miembro de la *Kameradenwerke*.

Hasta el momento del interrogatorio por la policía de seguridad, nada parecía tener sentido. Él no sabía lo que era la *Kameradenwerke*. Además, un gobierno fascista no era lo que necesitaba su país. Lo estaban acusando de algo que iba en contra a todo lo que él representaba. Él luchaba para llevar su país hacia la izquierda, no hacia la derecha. Sin embargo, durante el interrogatorio, sus torturadores lo acusaron de conspirar con un hombre que había trabajado para las SS. Su nombre era Janis Endelis. Le informaron también que Endelis había huido a la Argentina en 1946 con la ayuda de la red de escape conocida como la Organización de Antiguos Miembros de las SS, u ODESSA.

ODESSA había operado en América Latina a fines de los años 1940 y principios de la próxima década, cuando cambió su nombre por el de *Kameradenwerke*. Por intermedio de esta asociación Nazi, cientos de ex oficiales de las SS se infiltraron en la maquinaria militar del Presidente argentino Juan Domingo Perón durante su gobierno. Perón siempre fue muy cuidadoso de su imágen pública, pero existían evidencias de que él le abrió las puertas a Janis Endelis y ahora, 44 años más tarde, Endelis se encontraba en Venezuela.

*****

Después de mirar la bombilla momentáneamente, Iván escuchó nuevamente el mismo ruido, y esta vez sus ojos se dirigieron fijamente a la puerta de la celda. El sonido de las botas fue creciendo hasta que la puerta de la celda se abrió repentinamente.

Pudo controlar el terror que sentía y logró cerrar sus ojos, mientras dos soldados lo agarraron uno por cada lado y lo arrastraron fuera de la celda. Su auto-control fue solo por unos segundos y se desbarató al darse cuenta que debía dejar algún testimonio antes de morir. Por lo tanto, gritó tan fuerte como pudo mientras sus pies descalzos se arrastraban por el piso de un pasillo al que tantas veces había atravesado y sobre unos fríos escalones. Lo arrastraron hasta el centro de la cámara de torturas adonde el olor putrefacto a carne quemada, a sudor y a excremento humano, invadió sus fosas nasales. Echado en el árido piso, se encorvó en silencio.

Mientras tanto, una silueta familiar se detuvo al otro lado de la puerta. Luego de susurrar algo a los soldados, la silueta entró en la habitación con paso firme.

La luz de la cámara de torturas intensificó las líneas de la cara del Capitán Alfredo Villanueva, un hombre de mediana estatura bien entrado en sus cuarentas. Se dirigió a una silla de madera sin apoyabrazos, la giró hacia sí acomodándose en ella como si fuera una silla de montar, tal cual lo había hecho hace unas horas. Una vez que cruzó los brazos sobre el respaldar, dejó correr su mirada por el cuerpo curvado de Iván.

--Hablábamos de Janis Endelis-- dijo Villanueva con cierta malicia --¿por qué no haces las cosas más fáciles para ti, eh?

Sus palabras quedaron impregnadas en el hedor de la habitación hasta que, abruptamente, una rabia se apoderó de Iván.

--Como ya dije antes, yo solo entregué el pasaporte.

Los ojos impenetrables de Villanueva dejaron escapar una sonrisa. --Mi amigo, ya hemos discutido ésto anteriormente. Es cierto que no debería importarnos en lo más mínimo, pero no queremos que nadie nos acuse de ayudar a criminales de guerra.

--¿Acaso tus jefes están dispuestos a asesinarme por algo de tan poca importancia?

--No, este gobierno no quiere volver al pasado. Después de todo, Venezuela es una democracia.

--Entonces deberían soltarme porque no sé absolutamente nada acerca de..., de ese criminal de guerra. Yo ni siquiera había nacido cuando él entró de contrabando en la Argentina.

--El pasado tiene una manera muy particular de mezclarse con el presente, ¿no te parece?

Iván se llenó nuevamente de ira. --Si tú y tus superiores son halcones, ¿por qué se toman la molestia de querer comerse a una cucaracha como yo?

--Puede que seas una cucaracha, pero conoces la nueva identidad de Endelis, y no divulgarla puede ponerte en una posición muy comprometida--replicó Villanueva, y agregó, --aunque gracias a ti, es posible que Endelis ya se haya escapado de Venezuela.

Iván miró hacia el techo y dijo, --Ya les he dicho todo lo que sé.

--Apreciamos la información, pero lamentablemente lo que nos has dicho no es suficiente.

--Rodríguez me convenció para que regresara de Cuba. Fue una trampa.

--Sí, ya nos dijiste eso.

--Rodríguez me dijo que un hombre de negocios muy importante quería ayudar a nuestro partido.

--¿Y por qué tu amigo te tiraría a la mierda de esa manera?

Iván contestó con desprecio, --Rodríguez no es mi amigo, está tratando de librarse de mí porque quiere controlar el partido.

--Ah…, entonces, él te conectó con un ex oficial de las SS para quien tú compraste un pasaporte falso…

--Rodríguez fue el que organizó la reunión y luego me dio el pasaporte.

--¿Y por qué no se reunió con Endelis él mismo?

--Porque estaba protegiendo a sus contactos, gente muy importante, pero yo no sé quiénes son.

--¿Me estás queriendo decir que no conoces a gente importante?

--Por supuesto que los conozco, pero no estoy en el negocio del contrabando de pasaportes.

--No tiene sentido retener esa información-- contestó Villanueva. Después de una pausa, continuó, --A decir verdad, como ya lo has insinuado, Endelis no es importante para ti…, a no ser que él esté tratando de controlarte a ti y a tu partido.

Lleno de furia que tanta gente lo estaba jodiendo, contestó, --¡Yo no sé absolutamente nada! !Mi partido nunca será manipulado por un criminal de guerra!

--Ah, sí-- respondió Villanueva con frialdad, lanzando una mirada irritada hacia la puerta mientras con su cabeza le hacía señas a los dos soldados, quienes corrieron a despojar a Iván de sus ropas sucias. Arrastraron su cuerpo desnudo y amoratado y mientras uno de los soldados lo sujetaba por las muñecas, el otro las ataba con unas cuerdas.

Iván juntó las fuerzas suficientes como para lanzar gritos ahogados, --¡Mírenme a la cara, hijos de puta!-- Rápidamente, una bota lo pateó en la cara, presionando su cabeza contra el suelo.

Uno de los soldados le abrió las piernas y amarró sus tobillos a unos anillos incrustados en el piso de concreto. El otro hábilmente tomó unos trapos mojados de un balde de metal y los colocó sobre su pecho y sus hombros. Entonces lo comenzó a picanear en ambos hombros. Iván lanzó un violento jadeo con cada uno de los golpes de electricidad. Lo picanearon en el pecho con mucho cuidado para evitar el área ubicada directamente sobre su corazón. De todas formas, sintió como su cavidad respiratoria caía bajo el peso de miles de ladrillos hasta quedar inconsciente.

Media hora más tarde, abrió los ojos. Sus piernas estaban libres, pero sus muñecas seguían amarradas. Vio el rostro de Villanueva sobre él.

--Ah, veo que ya estás de regreso, ¿estás listo para hacer una declaración completa?

--Tengo sed-- respondió Iván, contrayéndose por el dolor en el pecho. Un soldado recogió un poco de agua con una taza de metal del balde y la puso contra sus labios. Iván tragó el agua con abandono y pidió, --¿Pueden…, pueden desatarme?

Villanueva trató de evitar su creciente molestia y dijo, --Dame el nombre.

--Y qué me van a hacer si se los digo-- dijo él casi jadeando.

--Te dejo ir.

--¿Por qué no me dejas ir y te envió mi confesión desde Cuba?

A Villanueva la broma no le causó ninguna gracia.

Iván sabía que no podría soportar más golpes de corriente. Tosió hasta casi ahogarse de solo pensar que no tenía manera de asegurarse de salir sano y salvo. Después de algunos segundos balbuceó, --Su nombre es Manuel Blanco.

Villanueva esperó.

--¡Vamos, anda y escríbelo ya!-- gruñó Iván.

--Ahórrame las molestias. Dímelo todo y así preparamos la declaración.

--La nueva identidad de Endelis es Manuel Blanco-- dijo --Endelis estaba acompañado por otro hombre…, un hombre más joven…, se veían como si fueran parientes. El hombre más joven tenía un llavero con un diseño extraño.

Tomó una bocanada de aire y en ese momento pensó en un refrán que usaba su gente. *Pierden sus cabezas en sus revueltas, y su valor cuando son encadenados*. Se sintió abrumado por el peso de la derrota.

2

Matthew Sheridan dejó la embajada de Estados Unidos para reunirse con el Coronel del Ejército Eleazar Suárez. Era una tarde templada bañada por el sol. Habían fijado la cita en un horario en que los restaurantes del distrito colonial estaban poco concurridos.

Mientras conducía su automóvil, propiedad de la embajada, atravesó un congestionamiento de tráfico, lo que le dio tiempo para pensar en la conversación que había tenido con Suárez hace unas pocas horas. Suárez le había pedido información de inteligencia que los venezolanos no poseían. A simple vista, era un pedido bastante extraño. Y de existir algún tipo de información, era probable que estuviera juntando polvo en algún oscuro archivo subterráneo de la agencia.

Además, se trataba de un tema sobre el cual los venezolanos, siempre se habían mantenido histórica e ideológicamente alejados. Eso es, hasta que Suárez mencionó más detalles, como el nombre de Janis Endelis, quién había trabajado para las SS y para Perón. Más recientemente, Endelis había brindado sus servicios a elementos militares de extrema derecha durante la guerra civil de El Salvador. A causa de esta guerra, cientos de miles de refugiados habían ido a parar a los Estados Unidos, y ésto ya era motivo suficiente como para despertar el interés inmediato de Matt.

Mientras calculaba el tiempo que le faltaba hasta llegar a su destino, unos 20 minutos, quizás más, Matt se dio cuenta de unas ironías, una de ellas, que Suárez compartió ciertos detalles pero omitió los más importantes.

Matt había llegado a Venezuela solo unos pocos meses antes, por lo tanto, aún no sabía descifrar lo que los venezolanos no mencionaban. Habitualmente, los venezolanos disfrazaban sus opiniones verdaderas si tenían alguna consecuencia política. Era como si fueran personajes de un melodrama en el cual tenían que mostrar una cara con una expresión en blanco. Algunos se referían a dicha idiosincrasia como 'poner cara de perro muerto'. Sin embargo, cuando se inclinaban hacia la honestidad, usaban refranes, tales como *los tigres no se comen a tigres,* o *el canto del gallo no puede ser más claro.*

Matt estaba consciente que para comprenderlos, tenía que desenmascarar su realidad y conocer su historia.

Su cargo oficial era el de enlace legislativo, pero su verdadera tarea era la de servir como intermediario entre la CIA y los militares venezolanos. Su trabajo era producto de la reciente reorganización del departamento de Operaciones. Irónicamente, él no era un militar, pero había obtenido el cargo por una combinación de factores, entre ellos su experiencia en el campo de la inteligencia y su dominio del idioma español.

Llevaba ya diez años trabajando para la agencia. Se había unido a la CIA poco tiempo después de haberse graduado en la Universidad de Yale. Luego de perfeccionar sus habilidades, la agencia lo asignó a la frontera con México, luego a Bolivia, Panamá, Ecuador y finalmente a Venezuela, donde actuaba como nexo entre el General Francisco García, miembro del Estado Mayor Venezolano, y Richard Anderson, su jefe. La mayoría de sus reuniones eran con Suárez, ya que Suárez trabajaba directamente bajo las órdenes del General García.

Matt se dirigió hacia el distrito colonial, que no era tan histórico como su nombre lo sugería, ya que la mayoría de los edificios coloniales habían desaparecido en la década de 1940, durante un apogeo de la construcción que acabó con varias manzanas históricas. En la actualidad, el pasado había sido reemplazado por estructuras comerciales y residenciales modernas. Paradójicamente, al distrito colonial se lo denominaba *El Silencio*, aunque estaba muy lejos de ser silencioso. Su nombre servía para conmemorar el silencio mortal que se produjo a consecuencia del terremoto de 1641, aunque actualmente, gracias al tráfico incesante, era uno de los lugares más ruidosos de la ciudad.

Caracas fue fundada en 1567 por emisarios de España en un largo y estrecho valle. Las montañas del norte con su exhuberante vegetación funcionaron como barrera al mar, protegiendo a la colonia del ataque de los piratas, que actuaban tanto en forma independiente como en representación de las coronas de Francia e Inglaterra. Sin embargo, nunca faltaron saqueos, redadas, terremotos, plagas, intentos de invasión, e inmigrantes ávidos de sangre, pillaje y poder. A pesar de todo, milagrosamente prosperó y eventualmente se convirtió en un centro de exportación de cacao, algodón, añil, tabaco y tintes. A partir de mediados de los años 1800, el café se convirtió en uno de los mayores productos de exportación hasta el auge del petróleo en los 1920.

Desde entonces, el rédito de las exportaciones de petróleo venía abultando las arcas del gobierno. Cada aumento en la producción estimuló renovaciones como las del distrito colonial, y cada una de ellas fue expandiendo la ciudad hasta sobrepasar los límites al este y al oeste marcados por los barrancos de Caraota y Catuche. Sin embargo, al norte de El Silencio, unos pocos edificios coloniales se salvaron de las renovaciones, como la Catedral, que fue construida en 1674.

La iglesia anterior fue la sede del primer obispado Católico Romano de la ciudad, cuyo puesto fue ocupado por Fray Mauro de Tovar, uno de los primeros tiranos pequeños de la historia venezolana. Su persecución sangrienta a los infieles puso a prueba la paciencia de los habitantes. Catorce años más tarde, cuando finalmente lograron su transferencia a México, su despedida fue muy poco agradable. Antes de abordar el barco, se sacudió sus sandalias y dijo con desprecio, --¡De ustedes, ni siquiera el polvo quiero!

Los testigos de la despedida, asintieron silenciosamente con la cabeza su falta de educación en reconocimiento que se estaban liberando de un tirano.

No muy lejos del restaurante hacia donde Matt se dirigía, un edificio colonial amarillento de una planta, con rejas de hierro forjado en las ventanas, atrajo a Matt. Sin poder resistirse a su encanto familiar, ya que ya lo había visitado anteriormente, estacionó su automóvil cerca del edificio. Tenía tiempo de sobra, así que sin prisa, dejó deslizar su cuerpo atlético de aproximadamente un metro ochenta del carro, y se puso una chaqueta deportiva que sacó del asiento delantero. Caminó por el frente de unas tiendas, ignorando las miradas curiosas que invariablemente provocaba, ya que él era un *musiú*, un término popular derivado de *Monsieur*, que también se utilizaba para describir a los norteamericanos. Sus ojos de un azul profundo, su cabello castaño intenso, su chaqueta de corte americano sobre un cuello blanco abierto y sus pantalones azul marino, lo hacían resaltar entre los lugareños.

Cuando vio por primera vez el simple edificio amarillento se sorprendió, pues imaginaba que el lugar adonde había nacido el hombre más famoso de las Américas, Simón Bolívar, sería un lugar más digno.

Cerca de la entrada del edificio, había dos retratos en los que se podían observar los surcos de preocupación en el rostro de Simón Bolívar en diferentes etapas de su vida, aunque a decir verdad, no faltaron razones para su envejecimiento prematuro. Los venezolanos nunca entendieron su genio nativo e irónicamente ahora se quejaban de lo mismo de lo que él tanto luchó por protegerlos, de las superpotencias mundiales. No le creyeron cuando vivía, y muchos de ellos seguían sin comprenderlo en la actualidad.

Después de 160 años, el alma de Bolívar se cernía sobre la población como una nube enorme y oscura o como una gran fuente de inspiración. Según la perspectiva individual, despertaba en ellos un gran sentimiento de culpa o un profundo sentido de nacionalismo. Aquellos que aún dudaban de los motivos que impulsaron a Bolívar, se planteaban dos dudas. Por un lado si su dedicación fue solo para acumular más poder para sí mismo, y por otro si había favorecido más a los colombianos. En resumen, ningún líder de su estatura sufrió más angustia emocional y mental a causa de sus paisanos.

Al final de su vida, había utilizado toda su riqueza y había dedicado el 60 por ciento de su existencia a la lucha por la independencia de Venezuela, Colombia, Perú, Bolivia y Ecuador. Murió en 1830, a los 47 años, en Santa Marta, Colombia. Su alma debe haberse erizado cuando transfirieron sus restos a Caracas en 1842. Sus huesos fueron enterrados en la Catedral, hasta que fueron trasladados al Panteón Nacional 34 años más tarde.

Hoy en día, evidencias sobraban de que Bolívar estaba convencido que la mejor manera de protegerse de España, era creando una alianza entre Colombia, Venezuela y otros países, denominada la *Gran Colombia.* Impuso dicho pacto en discordancia con sus paisanos, quienes especialmente se oponían a la alianza con Colombia. Los venezolanos se diferenciaban de los colombianos por razones de geografía, intereses, indiferencia, y por no comprender las ventajas de unirse contra las potencias extranjeras. En una carta escrita 15 meses antes de su muerte, Bolívar admitió que la Gran Colombia existía solamente por su autoridad, y que dejaría de existir cuando interviniera la providencia o la acción de otros hombres, como finalmente sucedió. Un año después de su muerte, Venezuela se separó de la alianza, y posteriormente se dividió internamente liderada por facciones de demagogos que competían entre sí.

En retrospectiva, Bolívar previó esas luchas internas que se repitieron incontadas veces luego de que la Gran Colombia dejó de existir. De hecho, el ambiente de su país se retrotrajo a los días en que los tigres acechaban en emboscada. Las lecciones que aprendieron de los españoles fomentaron la tiranía, y la tiranía produjo mediocridad, y la mediocridad mantuvo a los venezolanos en un estado permanente de amnesia. Una amnesia tan permanente que llevó a que gran parte de la población no comprendiera el complejo legado de Bolívar.

Si bien él posicionó al país como líder entre las naciones Latinoamericanas, un cuarto de la población pereció en la guerra de independencia. Aún así, durante el dominio español, los venezolanos también sufrieron la muerte, el deshonor, el acoso, la humillación y la ignorancia. Los esfuerzos de Bolívar para liberar al país de un destino similar bajo el dominio de cualquier tirano, fueron destruidos cuando la historia se repitió tan pronto murió y el país fue controlado por una larga lista de dictadores hasta que una revuelta popular terminó con el último de ellos en 1958.

*****

Matt frenó su impulso de volver a inspeccionar el soleado y espacioso interior de la casa de Bolívar y siguió caminando hacia el restaurante. Al llegar, eligió una mesa cerca de la puerta de la cocina, en la parte posterior del edificio adonde el sol de media tarde acentuaba las sombras del pesado mobiliario. La ubicación de la mesa le proporcionaba una vista directa de la entrada. Una vez sentado, pidió que le sirvieran dos whiskys con hielo tan pronto como llegara su invitado. El whisky era una preferencia típica de los militares venezolanos.

Unos minutos después, Suárez llegó y se detuvo en la antesala. Vestía un elegante traje gris oscuro con una corbata al tono. Tenía 42 años y había nacido en los mismos llanos sureños que habían engendrado al gran estratega y a los mejores combatientes militares Bolivarianos. Las personas criadas en los llanos, se caracterizan por tener paciencia y resistencia y Suárez tenía ambas cualidades. Los llanos abarcaban más de 900 kilómetros que durante los seis meses de temporada de lluvias exhibían una exhuberante vegetación y pantanos, mientras que durante los meses restantes de sequía se convertían en tierra tostada.

Los venezolanos gozaban de una reputación mundial por su hermosura, y Suárez no era la excepción. Su físico era una atractiva combinación de indio y español que se reflejaba en su téz morena clara, cabello negro, naríz afilada y ojos grandes y grisáceos. Era esbelto como Matt, pero unos pocos centímetros más bajo. Su compostura dura y seria contrastaba con su buen sentido del humor.

Suárez se dirigió a la mesa y saludó a Matt cordialmente en inglés. Cuando la hielera, un par de vasos y una botella de Chivas fueron colocados en la mesa, le pareció que era demasiado temprano para comenzar a beber, pero no quiso rechazar la gentil invitación. Después de unos minutos, dijo, --Por favor, explíqueme la situación que mencionó por teléfono.

Suárez estaba interesado en obtener información acerca de la influencia de Janis Endelis en América Latina. Estaba ansioso por obtener más datos al respecto.

Matt lo había consultado con Anderson, quien no había querido darle información, así que solo pudo decir, --La invasión de Irak a Kuwait está distrayendo la atención de los estadounidenses en este momento.

--Más de lo mismo, ¿no?-- respondió Suárez, refiriéndose a la actitud de no poner demasiada atención en América Latina, queja favorita de los venezolanos. Sin embargo, tanto Suárez como Matt estaban conscientes que muchas paradojas operaban en la misma conversación. Los venezolanos acusaban también a la CIA de ser una bruja *cumbamba* sobreprotectora que con su escoba pasaba volando sobre ellos repetidamente.

--Si, pero yo no diría que es intencional-- respondió Matt --nuestros políticos están distraídos por muchas cosas…

--¿Por ejemplo?

--Además del problema de Irak, el Congreso recibió recientemente un informe sobre inmigración y desarrollo económico en América Latina. Probablemente ésto pueda abrir las puertas para un tratado de libre comercio con México.

--¿Y este tratado va a ayudar acaso a mejorar nuestros problemas de comunicación?-- exclamó Suárez con un brillo en los ojos.

--México es solo un trampolín hacia el resto de América Latina. Luego de éste, vendrán otros tratados. Para nosotros es muy importante pues ya tenemos uno con Canadá-- respondió Matt, sin comprender por qué seguían discutiendo este tema a fondo.

--Entonces, México aumentará su importancia como productor de petróleo.

--Tenemos que proteger nuestros mercados-- dijo mientras asentía con la cabeza.

--Lo malo es que esta alianza podría antagonizar a sus aliados del Medio Oriente.

--Quizás.

--A veces líderes pierden demasiado tiempo apadrinando a las personas equivocadas.

El comentario le hizo gracia a Matt aunque sabía que no dejaba de tener cierto sentido. Los Estados Unidos habían apoyado a Irak en la guerra

Irán-Irak, una situación que no había sido creada por el gobierno actual, pero que había tenido un horrible efecto boomerang. Ahora Irak era el agresor en contra de Kuwait, otro aliado, y los Estados Unidos tenían que proteger a Kuwait.

Matt cambió el tema de la conversación, y refiriéndose a Janis Endelis, dijo, --Queremos cooperar, porque no estamos dispuestos a aceptar ésta clase de basura en Venezuela.

--Su gobierno tiene información de inteligencia muy importante.

Mientras tanto, Matt se preguntaba cuándo iba a ir al grano.

--Estamos tratando de seguir los canales oficiales-- dijo Suárez. Después de otra pausa, él repitió, --Cualquier información nos es útil, aunque ustedes la consideren extemporánea.

--Haré todo lo possible--. Matt tomó otro trago de su whisky. --¿Qué hay detrás de estas indagaciones?

--Como ya le expliqué por teléfono, Endelis formó parte del gobierno de Perón, y sospechamos que ahora está desarrollando una red paramilitar en Venezuela.

--¿Para qué?

--Endelis promueve la utilización de la táctica de los escuadrones de la muerte para controlar a los gobiernos y las economías. Miembros de su red están adquiriendo nuevas identidades.

Matt quedó perplejo. --¿Acaso están planeando un golpe de estado?

--Es una posibilidad.

Se quedó esperando que Suárez mencionara la Escuela de Las Américas, pero Suárez no lo mencionó, y dijo, --Ahora que Argentina tiene un nuevo presidente…

--Si, Carlos Menem.

--...tenemos que utilizar otros canales. Quizás ya sabe que Menem ha suspendido las investigaciones que había comenzado el gobierno anterior. Yo diría quiere cerrar la puerta en lo que se refiere a las conexiones sucias de Argentina con los Nazis.

Matt se quedó en silencio.

--Pero estamos trabajando con información que nos había proporcionado el gobierno anterior.

--¿Algún resultado?

--No sabemos qué grupo es el cerebro tras este esfuerzo en Venezuela, pero lo que sí sabemos es que Endelis los está asesorando--. Bebió un sorbo de su bebida y continuó, --Un pasaporte venezolano fue emitido para Endelis. El pasaporte es parte de un lote que desapareció del Ministerio.

--¿Quién es la fuente de información?

--Un hombre llamado José Rodríguez. Nos dio información acerca de la persona que le vendió el pasaporte a Endelis, Iván Trushenko. Rodríguez y Trushenko son los líderes de uno de nuestros partidos minoritarios de izquierda.

--¿Trushenko?-- Matt repitió el nombre tratando de adivinar la nacionalidad.

--Su padre es un ruso que inmigró a Venezuela.

--¿Y qué hace un izquierdista con un derechista como Endelis?

Suárez sonrió. --A veces suceden cosas más raras-- dijo con picardía.

--¿Y cómo encontraron a Trushenko?

--A él lo entregó Rodríguez, pero luego Rodríguez desapareció. Tras resistir varios interrogatorios, Trushenko nos dio la nueva identidad de Endelis.

--¿Qué saben sobre Rodríguez?

--No mucho.

--¿Y sobre Trushenko?

--Nos dijo que Endelis estaba acompañado por un hombre más joven cuando compró el pasaporte. De todos modos ya teníamos mucha información acerca de Endelis. A fines de la década de los 1940, y principios de la década de los 1950, Endelis estaba relacionado con una organización de oficiales con base en Argentina, el *Grupo de Oficiales Unidos*. Este grupo presionó a Perón para que importara a ex oficiales de las SS, quienes pusieron en práctica sus tácticas para fortalecer la autoridad Argentina…

--¿Autoridad?

--Si.

--Perón tenía autoridad.

--Exactamente a eso me refiero-- dijo Suárez --nadie quiere discutir esta parte de la historia.

--Pero los Nazis son el pasado, ya no tienen relevancia.

--Si no tuvieran relevancia, no tendríamos este problema de comunicación con Menem, ¿no le parece?

--Continúe.

--Su estrategia es la de poner hombres leales en posiciones clave. Cohesión de grupo con un sentido del honor, aunque no haya nada de honor en sus tácticas subterráneas. Su *modus operandi* combina el terror con la agresión, controlando las economías por medio de infiltración del aparato militar. Perón no pudo completar sus planes porque fue derrocado.

--¿En 1955?

--Correcto.

--¿Qué es lo que saben específicamente de Endelis?

--Él era miembro de la Policía Auxiliar Letona. La policía se reportaba al *Gruppe A*, que era parte de la organización de Himmler-- respondió Suárez --y cuando escapó a la Argentina tenía 35 años. Ahora tiene alrededor de 75 años.

Matt continuó oyendo sin hacer un comentario.

Mientras tanto, Suárez añadió, --El *Gruppe A* era un organismo regional equivalente a la organización de Himmler en los territorios Bálticos ocupados. Tenía sub-unidades conocidas como comandos. Cada comando era responsable de un país Báltico, y el asignado a Letonia era el Comando 2. Endelis funcionaba como intermediario entre la Policía Auxiliar Letona y el Comando 2. Era un cargo administrativo que le permitió aprender sobre las estrategias internas del comando. La tecnología fue desarrollada por Himmler y es ni más ni menos que la de la máquina profesional de asesinar, o comando de la muerte, el prototipo de los escuadrones de la muerte de hoy. Es la táctica que Endelis ha estado promocionando en América Latina durante los últimos 44 años.

--¿Cuántos hombres tenía el Comando 2?

--Unos 750 hombres que siguieron el avance del ejército alemán a través de Letonia, y aunque técnicamente estaban subordinados al ejército, en realidad estaban bajo el control absoluto de Himmler. Para que usted lo entienda mejor, cada comando estaba diseñado para arrestar subversivos durante la ocupación alemana. La policía Auxiliar de Endelis, lideró el Comando 2 hacia los insurgentes letones.

--¿Y realmente cree que Endelis está diseñando algo así en Venezuela?

--Sospechamos que es así, a no ser que ustedes tengan otra información-- respondió Suárez --el comando fue muy efectivo. Endelis proporcionó una red de informantes que aportaron inteligencia y soporte adicional. Cuando el comando empujó a 28.000 judíos al ghetto de Riga, la capital letona, supuestamente para observarlos de cerca, asesinaron a un 80 por ciento de ellos en un período de tres meses. Ésto fue logrado con el apoyo de la policía letona.

--¿Hay registros de todo ésto?-- preguntó él un poco desconcertado.

Suárez asintió haciendo un ademán con su cabeza.

--¿Algo más?

--Hemos llegado a la conclusión que Endelis está capacitado para organizar tropas paramilitares similares al Comando 2. Si bien él no estuvo directamente involucrado con la matanza de judíos, ya que él era un civil, dada su posición, era una figura clave.

--¿Datos personales?

--Físicamente mide alrededor de un metro setenta, tiene el pelo canoso pero probablemente se lo tiñe. Sus padres fueron llevados a Siberia por los rusos cuando Hitler invadió Letonia. Los rusos asesinaron a su esposa e hija.

Suárez miró distraídamente hacia la mesa, y, luego que el mesero llenara nuevamente sus vasos, agregó, --Endelis nunca fue un genio, pero fue siempre muy inteligente. Se graduó de la universidad estatal y sirvió en las fuerzas de esquí del ejército letón.

Por un instante, Matt se frotó la barbilla, mientras apreciaba la habilidad de Suárez para transmitir hechos que concurrían en algún detalle en particular.

Suárez giró la cabeza hacia un lado y agregó, --Los letones odiaban a los rusos, de manera que consideraron a los alemanes como sus liberadores. Ésto explica el por qué de la lealtad inmediata de Endelis para con Alemania. La lealtad hacia los alemanes fue alimentada por la ocupación rusa.

Luego lo miró fijamente y dijo, --Endelis es una vergüenza para los argentinos.

--Si, lo sé-- contestó Matt.

--No lo subestime-- le advirtió.

Él asintió.

--Es posible que lo encontremos, pero necesitamos de su ayuda-- agregó, utilizando el modo de hablar indirecto del llanero.

--¿Me está queriendo decir que tendríamos que dar algo a cambio?-- dijo él, evitando usar el término *presión.*

--Si-- contestó sin rodeos --como dije anteriormente, Argentina ha dejado de perseguir a los criminales de guerra, pero quizás el gobierno norteamericano podría persuadir al Presidente Menem de que colabore con nosotros.

Luego de una pausa agregó, --Somos conscientes de que...--. Sacó un papel del bolsillo de su chaqueta, se lo entregó a Matt, y le preguntó, --¿A qué le recuerda ésto?

Matt inspeccionó detenidamente el dibujo que había en el papel.

--Tiene seis brazos en lugar de cuatro-- explicó.

Matt asintió.

--Las SS combinaba los símbolos con la idea de lealtad al emperador-- Suárez añadió.

Él respondió, --*Meine ehre heibit treue*, mi honor es mi lealtad. Así es como Hitler arrastró a todos a su infierno. ¿De quién obtuvo ésto?

--Del hombre que vendió el pasaporte, Trushenko.

--¿Y él cómo lo consiguió?

--Lo recordó del llavero que llevaba el hombre que acompañaba a Endelis.

Matt reflexionó acerca de la nueva información por un minuto. Hizo un rápido sondeo con su mirada a través del restaurante, y preguntó, --¿Es por el petróleo?

Suárez sonrió. --Mi amigo, el petróleo ha sido siempre la palabra mágica, el control de nuestro petróleo. Todo el mundo necesita del petróleo.

Luego de una pausa añadió, --Venezuela está pasando por muchos cambios, quizás con varios contratiempos, pero teniendo en cuenta que tenemos mucha experiencia con la OPEC, nuestra riqueza y poder debe ser motivo de preocupación para otros países...como por ejemplo, Cuba.

--¿Cuba?

--Efectivamente..., Trushenko regresó de Cuba antes de vender el pasaporte.

--Interesante.

--Y Cuba carece de fuentes naturales de petróleo.

Y luego agregó, aludiendo a la caída del muro de Berlín el año anterior, --Y si cae la Unión Soviética, ¿quién le va a vender petróleo a Cuba?

Matt consideró las posibilidades. Los aliados del Medio Oriente eran productores de petróleo, y por lo tanto competidores, pero no eran una verdadera amenaza a la estabilidad de Venezuela. Cuba era otro asunto. --¿Qué otros beneficios obtendría Cuba al conspirar con Endelis?

--Además del combustible, una ubicación geográfica estratégica. Una vía de entrada y de salida desde y hacia América del Sur.

Entonces, Matt preguntó, --¿Y dónde encaja en este escenario el Presidente Carlos Andrés Pérez?

--Pérez es un moderado, con ciertas tendencias hacia la izquierda. En otras palabras, se ha vuelto más moderado desde su primero gobierno a mediados de 1970. Hoy en día, se identifica más con el capitalismo. Sus medidas de austeridad están arruinando su popularidad. Muchas personas importantes se han vuelto en su contra.

--¿Usted piensa que Fidel Castro y Endelis están cooperando para derrocar a Pérez?

--Es posible. Nosotros tenemos guardianes de nuestros..., ¿cómo decirlo? ¿Intereses?

--Nosotros los llamamos intereses especiales-- ofreció él.

--Bien, algunos oficiales se creen grandes libertadores. Tenemos algunos elementos de extrema derecha en nuestras fuerzas armadas, pero son una minoría. Algunos apoyan las elecciones, pero no asocian la democracia con las libertades civiles. No obstante, la mayoría de ellos admira a Fidel Castro.

Matt quedó en silencio.

--Este país está atravesando una transición difícil hacia la madurez-- concluyó Suárez.

Ambos miraron fijamente a sus tragos, hasta que finalmente Matt puntualizó, --Yo haré definitivamente todo lo que esté a mi alcance.

--¿Y acerca del tema de Argentina?-- preguntó Suárez.

--Le aseguro que transmitiré su petición.

3

Unos días después, Matt se dirigió en el metro hacia la oficina de Anderson que estaba ubicada cerca del capitolio.

Cuando salió de la estación, se dirigió rumbo al norte hacia la plaza principal donde una estatua ecuestre de bronce de Simón Bolívar observaba atentamente a los transeúntes. Matt divisó la cúpula dorada del capitolio con su visión periférica. Ésta era el área adonde los venezolanos habían declarado su independencia del absolutismo español en 1811. Algunos venezolanos se referían a su independencia de una manera muy peculiar. Si el deshonor y la humillación fueron las causas principales de la rebelión, lo que terminó de impulsarla fue el insoportable hedor de los emisarios españoles. El calor tropical, combinado con la pestilencia de las pelucas perfumadas de los españoles, convenció a Dios para que los ayudara mandando un terrible terremoto que azotó a Caracas en 1812, y les dio la oportunidad de iniciar su revolución en serio.

Unos pocos peatones con expresión abatida deambulaban por la plaza, miembros de una clase media en deterioro, alimentados por una larga lista de resentimientos como la corrupción, las malas administraciones, el oportunismo y la desilusión, consecuencia de una petro-economía que florecía o decaía en una danza con los precios mundiales del petróleo. Una economía centralizada, alimentada en su mayor parte por las exportaciones de petróleo, eran a la vez una ventaja y una desventaja. Cuando el país se inundaba de dinero, las oportunidades para la corrupción política eran abrumadoras, y cuando ese dinero se acababa, todo el mundo se volvía en contra de los líderes.

También se veían descontentos los estudiantes que distribuían panfletos políticos en una esquina cercana. Llevaban brazaletes pertenecientes a los partidos de izquierda. *El Movimiento al Socialismo*, *Causa Radical* y el *Movimiento hacia la Izquierda*. Ellos querían una asamblea constitucional que revisara el control que los dos partidos mayoritarios ejercían sobre el país, control que algunos denominaban *politicracia*. Uno era el partido gobernante, que se ubicaba al centro del espectro político, y el otro era el partido conservador. A pesar de su tensa relación, ambos se oponían a una asamblea constitucional.

Matt caminó rápidamente entre la multitud, y se dirigió al noroeste, hacia la Catedral. Una vez allí, siguió un par de cuadras al norte hacia el edificio donde trabajaba Anderson. La oficina de Anderson se encontraba en el segundo piso de un edificio sin nombre. Entró y subió unas escaleras que daban a un restaurante muy popular por su cocina criolla de alta calidad, y por ser un lugar de encuentro de los políticos. El restaurante estaba vacío, por ende era un buen momento para visitar a Anderson.

Pasó el restaurante, prosiguió por un pasillo angosto, abrió una puerta sin identificación, y atravesó una modesta área de recepción que se encontraba vacía. Introdujo una llave en una segunda puerta, y unos metros más adelante, llegó finalmente a la oficina de Anderson. Tan pronto lo hizo, Anderson balbuceó algo que Matt interpretó como una invitación e ingresó a la habitación. Anderson lo observó sin quitar los pies de encima de su atiborrado escritorio, lleno de papeles apilados, un teléfono y unas estatuillas de tres monos.

Matt se dirigió hacia una silla de metal con asiento de plástico marrón y se sentó frente al escritorio. Dirigió su mirada hacia los monos, luego hacia la izquierda adonde se encontraba una ventana semi-tapada por un cortinado. Segundos después dirigió su mirada hacia un gabinete de metal que se encontraba detrás de Anderson, para luego regresar nuevamente a los monos. *No escuches maldades, No veas maldades, No hables maldades.* Hasta los monos parecían incómodos. La oficina olía a tabaco rancio.

Matt hizo un gesto de desagrado.

Ignorando su reacción, Anderson bajó las piernas y asumió su postura de oficial, señalando detrás de sí a los archivos que se encontraban sobre el gabinete.

--Has traído noticias muy interesantes. No culpo a los venezolanos de querer presionar al Presidente Menem-- dijo con una mirada imperturbable. Pocas veces Anderson hablaba de banalidades.

--La pregunta principal es si vamos a proporcionar datos sobre Endelis, ¿verdad?-- dijo Matt.

--Olvida esos archivos. Un experto me dijo extraoficialmente que no vamos a meternos con Endelis, aunque esté conectado con los escuadrones de la muerte.

--¿Y por qué no?

--Irak es nuestra prioridad en este momento.

Permaneció en silencio mientras Anderson agregó, --Hoy, el Consejo de Seguridad de las Naciones Unidas autorizó el uso de la fuerza contra Irak, lo que significa que declararemos la guerra. No sé exactamente cuándo, pero es un hecho.

Matt enarcó las cejas mientras asentía lentamente.

--Saddam Hussein tiene unos 300.000 soldados en Kuwait.

--Entonces, ¿qué hago con la solicitud del Coronel Suárez?

Anderson se encogió de hombros. --Este patio de mierda nunca acabará de limpiarse, ¿no?-- Su mirada castaña estaba endurecida por espesas y oscuras cejas que lindaban con una naríz pequeña y chata. Aunque era un hombre de baja estatura, sus hombros eran anchos y erguidos como los de un boxeador. Se comportaba con el *savoir-faire* de un hombre de mundo, especialmente cuando la conversación tornaba sobre temas de inteligencia. --Es cierto que la industria del petróleo es un ingrediente importante-- convino --pero, ¿qué pasa entonces con el Medio Oriente? Se esperan aún más problemas porque aparentemente Saddam Hussein tiene un arsenal atómico.

Al decir ésto, abrió un cajón de su escritorio, sacó un cigarro y lo puso en su boca. Los últimos años de la década de los 1970 habían sido despiadados con él, pero no suavizaron su crudeza, ni siquiera cuando fue reasignado a un puesto menor en la sede administrativa, que él odiaba, por haber regañado al embajador norteamericano en El Salvador en una fiesta en 1978.

En 1981, cuando la guerra civil de ese país se intensificó, fue trasladado nuevamente a San Salvador, para mantener vigilados de cerca a unos políticos derechistas y a unos oficiales del ejército, cuya ideología fascista era demasiado cercana a los Estados Unidos. Él los llamaba *Sus Majestades Imperiales de la Familia Real del Grano de Café* dadas sus exageradas conexiones con la aristocracia europea. Tales aspiraciones aristocráticas, o como él prefería denominarlo, el complejo de *jihad* de hombres blancos, no le molestaban en lo más mínimo. Su visión personal del mundo se ajustaba en un vaivén pragmático, a las posiciones que tenía que proteger. Ciertamente no comprendía la habilidad de los venezolanos de aceptar la corrupción del momento, mientras se rebelaban pasivamente quejándose. Podía ser duro con ellos, pero los apreciaba.

Matt insistió, --¿Qué le digo entonces a Suárez?

--Más o menos lo que dije yo.

--¿Qué consideramos a su país como parte de la gran montaña de mierda?

Anderson dio una nueva pitada a su cigarro. --Después de siglos de dictaduras y unas pocas décadas de democracia, los militares venezolanos aún están tratando de navegar estos tiempos como si estuvieran viviendo una crisis de madurez. Puede parecer insensible, pero dile a Suárez que nosotros somos los últimos en enterarnos de los planes de Endelis y sus aliados. La *Kameradenwerke* es una rareza. No podemos reaccionar cada vez que un grupo de oficiales planea un golpe de estado. Tenemos nuestras manos llenas con Saddam Hussein.

Matt dejó que este consejo se filtrara en la habitación mientras miraba las estatuillas de los monos. *No escuches maldades, No veas maldades, No hables maldades.*

--No te lo tomes tan a pecho-- le aseguró Anderson --de hecho, dudo que la oficina central tenga una respuesta al respecto, a pesar de que ayer mismo envié por correo un resumen de la situación. Como te dije anteriormente, están ocupados analizando otros datos.

El ritmo con el cual se recolectaban datos de inteligencia, hacía que la misma fuera desechable de un día para el otro. Él agregó, --Tenemos que apoyar las reformas económicas neoliberales y los mercados comunes que son prioridad para el Presidente Pérez, lo que entre tú y yo, significa que está tratando de cambiar la dependencia de Venezuela a las exportaciones de petróleo.

Matt quedó en silencio.

Anderson continuó, --Me gusta el Presidente Pérez, es un defensor del libre comercio. Desafortunadamente, ha heredado una economía en ruinas.

Se estaba refiriendo a la caída dramática de los precios del petróleo. Ahora, dos años más tarde, los venezolanos ya se quejaban de su gobierno.

La perspectiva de Anderson era que los venezolanos estaban esperando una fórmula mágica instantánea que solucionara sus problemas de recesión económica. Habían elegido a Pérez con la esperanza de que repitiera la bonanza petrolera de los años 1970. Pero en su lugar, aplicó las medidas de austeridad exigidas por el Fondo Monetario Internacional, medidas que provocaron disturbios violentos impulsados por los habitantes de los barrios bajos ubicados en los cerros alrededor de Caracas. --No obstante, los problemas de Venezuela no pueden ser resueltos de la noche a la mañana, la pobreza está en aumento, cientos de miles de personas abandonan sus granjas y la clase media se está reduciendo peligrosamente.

Pérez estaba intentando llevar la economía en otra dirección. Su primera victoria presidencial había sido en 1973, año en que se produjo la guerra Árabe-Israelí y el embargo de la OPEC cuadriplicó los precios del petróleo. Venezuela, al ser un país miembro, se inundó de dinero sin haber estimulado su economía, y como consecuencia la inflación se disparó, cayeron las exportaciones, los capitalistas privados sacaron su dinero del país y la burocracia gubernamental se volvió profundamente corrupta. Por otro lado, Pérez canalizó una gran cantidad de dinero hacia la educación y hacia las empresas privadas del estado. La inundación de dinero fácil alimentó la dependencia de los venezolanos a la riqueza fácil y sus expectativas crecieron a niveles irreales.

Durante la década de los 1980, el influjo de los petrodólares continuó, pero solo para beneficio de los partidos políticos en el poder. Al ser elegido por segunda vez, Pérez consideró que el país necesitaba reformas económicas neoliberales, pero ni los dos partidos mayoritarios, incluyendo su propio partido, ni los militares, estuvieron de acuerdo con ningún tipo de cambio. Por consiguiente, la infraestructura política actual era la de no responder a las necesidades de las bases.

Los venezolanos querían una democracia más significativa. Un creciente número de venezolanos quería cambiar la constitución de 1961, que no otorgaba derechos a todos los movimientos de las clases populares. Los militares estaban divididos en dos campos, uno reconocía que su fin no era el de gobernar, y el otro quería volver a la época de los dictadores benévolos; pero ninguno de estos campos tenía una solución para el creciente descontento de las masas. Un golpe de estado, o una guerra civil, podría bien formar parte de los planes de Endelis.

Anderson masticó su cigarro y continuó, --Los extremos tienen el hábito de volver al punto de partida, o sea, hacia nosotros de una u otra manera. Es verdad que no apreciamos las cosas buenas cuando las tenemos. Sería necio pensar que Venezuela estaría mejor con un gobierno militar o pseudo-militar. No existen los dictadores benévolos. Mientras tanto, a los Estados Unidos no le preocupan los elementos de las SS, y mucho menos en Venezuela, ¿sabes por qué?

La mirada de Matt se endureció. --¿Acaso Janis Endelis es uno de los nuestros?

Anderson no respondió la pregunta, en su lugar continuó diciendo, --Porque nuestro gobierno aprende las lecciones dándose la cabeza contra la pared, Matt. Siempre nos hemos intoxicado con los problemas de oriente y occidente y estamos obsesionados con nuestras ideas moralistas. Por eso mismo es que vamos a dejar al problema de Venezuela para después. Tenemos la adicción de ignorar los problemas hasta que el techo cae sobre nuestras cabezas.

Él repitió la pregunta.

Anderson estaba disfrutando del momento. --A la gente le encanta jugar al juego de la culpa sin mirarse anteriormente a sí misma. Los venezolanos siempre le han echado la culpa de todos sus problemas a los extranjeros, incluyéndonos a nosotros.

--No estoy interesado en eso-- dijo Matt, molesto por los juegos de su jefe.

De pronto le preguntó, --¿Acaso Suárez mencionó a la Escuela de Las Américas?

Matt negó con la cabeza. --No te olvides que lo importante es lo que los venezolanos no mencionan.

--Es verdad.

--¿Con eso me estás queriendo decir que Endelis asistió a la Escuela de Las Américas?-- preguntó Matt. La Escuela de las Américas en Fort Benning, Georgia, tuvo una historia muy oscura. Una cantidad desproporcionada de los líderes militares latinoamericanos asistentes a la Escuela de Las Américas, terminaron siendo asesinos, torturadores y genocidas, entre ellos Roberto Viola y Leopoldo Galtieri de Argentina. Viola y Galtieri fueron miembros de la dictadura militar responsable de la Guerra Sucia que se encargó de hacer desaparecer a miles de supuestos subversivos.

--No lo sé-- respondió su jefe sin titubear.

--Endelis llegó a la Argentina en 1946…

--Y la Escuela de Las Américas fue fundada en 1946, ¿y con eso qué?

--La posibilidad existe-- argumentó.

--No voy a negarlo de forma inequívoca, pero lo dudo.

--¿Por qué?

--Porque en ese entonces no teníamos buenas relaciones con Perón, y él tenía su propia agenda, por eso.

Matt frunció el ceño.

--No te voy a negar que hemos aprendido mucho de los Nazis--argumentó --tuvimos que hacerlo. Nos hicimos amigos de algunos de esos hijos de puta para saber lo que hicieron y cómo lo hicieron. Sin embargo, nosotros no creamos a los Nazis, y ellos se infiltraron en Argentina y en otros países. Todos ellos son responsables.

--Nosotros también somos responsables.

--El mal existe en todo el mundo.

--La Escuela de Las Américas ha hecho mucho daño.

Anderson lo miró fijamente. --¿Acaso el entrenamiento que has tenido te convierte en un asesino?

--Quizás perdemos demasiado tiempo apadrinando a la gente equivocada.

--¿Qué quieres decir con eso?

--Por ejemplo los Ford Falcon sin patente y los Jeep Cherokee que utilizaban los escuadrones de la muerte.

--Solo porque son automóviles norteamericanos…

--¿Demasiado obvio?

--No somos tan estúpidos. Cada nación es responsable de protegerse contra los abusos.

--El General García está haciendo justamente eso.

--Como dije anteriormente, hay muchos que no conocen su propia historia y no les interesa un pito el aprenderla.

Matt asintió.

--Si Endelis está preparando un golpe de estado en Venezuela, es un tema que deben resolver los venezolanos. No podemos rescatarlos de sus propios tiranos.

Matt permaneció en silencio.

--Tienen que enfrentarse a sí mismos. Lo malo y lo bueno. Mira por ejemplo lo que sucedió con Simón Bolívar o con Rómulo Betancourt, que fue quien comenzó esta democracia. A Bolívar lo trataron muy mal. Betancourt rescató este país de una montaña de mierda que había dejado el dictador anterior, y nadie tiene nada bueno para decir de él. Y así sucesivamente. Si los venezolanos quieren a un dictador fascista, que lo tengan. Si eso sucede, es que no han aprendido que sus dictadores nunca les han dicho la verdad. Por el contrario, siempre los engañaron con figuras mesiánicas que emulaban proteger a sus niños. Los venezolanos tienen que aprender a vivir con las consecuencias.

--En este momento su preocupación es legítima.

--Seguro, y Endelis podría causar estragos, pero es mejor que lo averigüen ellos mismos. Tú y yo no podemos hacer nada, solo recoger inteligencia y enviarla a la oficina central.

--Entonces, ¿qué es lo que debo decirle a Suárez?

Anderson dejó de lado el sarcasmo y suspiró. --Déjame ver que puedo averiguar a través de mis propias fuentes.

Sin demostrar alivio, Matt preguntó, --¿Qué hago yo mientras tanto?

--Demora las cosas. Cuando consiga alguna información, solicita una reunión con el General García.

La mirada de Matt se deslizó una vez más hacia los monos. *No escuches maldades, No veas maldades, No hables maldades.* Asintió y se levantó para marcharse.

4

15 de Enero de 1991
Washington, D.C.

La guerra contra Irak aún no había comenzado, por lo que Diana Giller se concentraba en su propia guerra privada en el Banco Panamericano de Desarrollo, o BPD. El BPD era simplemente el acrónimo formado por las siglas de su nombre, aunque algunos de sus colegas le daban sus propios significados, como por ejemplo 'Burócratas Pandémicamente Desastrosos'. Los bancos internacionales de desarrollo eran tristemente célebres por su capacidad de arruinar las buenas ideas mediante el tratamiento nocivo de las mismas. Incluso el Banco Mundial había sido culpable de ceguera en varias ocasiones, aunque de a poco estaba comenzando a dejar de lado los proyectos convencionales que arruinaban el medio ambiente en lugar de sostenerlo.

Diana era la Directora de Proyectos Agrícolas, una subunidad del Departamento de Desarrollo Sostenible. Su peor enemigo era Stanley Gordon, que era el subdirector del departamento. Su relación no era exactamente un *esprit-de-corps*. El mes pasado, durante la ronda de negociaciones ante la Junta de Gobernadores, habían sido protagonistas de una acalorada discusión en la que él estaba a favor de los proyectos de infraestructura, tales como la construcción de represas, centrales eléctricas y carreteras mientras que ella quería canalizar parte de esos fondos para el desarrollo agrícola.

El conflicto que los enfrentaba en la actualidad, era un proyecto relacionado con las plantaciones de café en Venezuela. Era un proyecto ideal para el tipo de investigación que Diana quería llevar a cabo. Ella consideraba que si los agricultores continuaban abandonando sus granjas y emigrando a las ciudades a un ritmo mayor que la disponibilidad de empleos urbanos, se iban a consumir todas la reservas internas del país. Ésta era una crisis que no se podía resolver mediante la construcción de represas y caminos. Por el contrario, solo contribuían a acelerar la migración de los agricultores a las grandes ciudades.

Stanley era un economista de la vieja escuela y como tal estaba en contra de los nuevos economistas innovadores como Diana, que formulaban cuestionamientos nuevos y fundamentales. Éstos planteaban, por ejemplo, preguntas sobre la relevancia del colonialismo, las dictaduras y los monopolios en el comportamiento moderno. De hecho, las acciones de la mayoría de los gobiernos latinoamericanos no habían cambiado drásticamente a través de los siglos.

Para la consternación de Diana, los gobernadores actuaban en contra de sus recomendaciones, al menos hasta que regresara con información más convincente aunque ella ya conocía la manera en que trabajaban los *Stanley Gordon* de los bancos de desarrollo. La mayoría de las veces menospreciaban las ventajas que ofrecía el capital humano, es decir, el pueblo. Ella argumentaba que antes de que pudiera producirse progreso económico, se debía estimular el crecimiento del capital humano. La gente tenía que aprender a tomar sus propias decisiones en lugar de solamente cumplir órdenes. Sin embargo, los gobiernos latinoamericanos nunca dieron cabida a las iniciativas de los sectores populares, sino que la mayoría de los programas públicos iban de arriba hacia abajo, y en lugar de estimular, estancaban las iniciativas locales.

Ella le recordó a los gobernadores que las estadísticas matemáticas de Stanley no eran una fórmula básica que se podía trasladar de un contexto a otro. La teoría de Stanley no mostraba los patrones genuinos de consumo, los niveles de vida y de vivienda ni el rendimiento del capital humano pues no tomaba en cuenta los factores culturales, históricos y sociales que controlaron a la economía durante siglos. Además sus análisis estaban empañados por sus propios prejuicios.

Diana tenía 20 años menos que Stanley, largo cabello castaño rojizo y una téz blanca como la nieve. Era delgada y medía un metro, 75 centímetros. La profundidad de su mirada, le daba un toque de misterio a su rostro de mujer de 27 años. A Stanley le irritaba profundamente que una mujer tan bella y tan joven le diera tantos problemas. Antes de trabajar para el BPD,

Stanley había dictado clases de postgrado en megaeconomía, por lo tanto estaba acostumbrado a hacer alarde de su gran inteligencia y secretamente deseaba trabajar para el Banco Mundial, en lugar del insignificante BPD.

Para ser justos, el BPD podía al menos gozar del honor de estar por encima del promedio en comparación con otros bancos internacionales de desarrollo. El banco había contratado a Diana poco tiempo después de recibir su doctorado en la universidad de Chicago. Había atraído la atención del BPD luego de que se publicaran varios fragmentos de su tesis en diversas publicaciones especializadas y algunos gobernadores le acercaron sus artículos al presidente del banco. Su nombramiento como Directora de Proyectos Agrícolas marcó un cambio en la política del BPD a favor de los agricultores.

De acuerdo a estos artículos, el hambre había sido la causa principal de varias revoluciones Latinoamericanas, como por ejemplo las de Nicaragua y El Salvador. La guerra civil de El Salvador había comenzado cuando la cantidad de campesinos sin tierra aumentó casi un 30 por ciento en un período de 16 años. Durante este tiempo, la mecanización de la industria agrícola no pudo generar la cantidad suficiente de puestos de trabajo como para absorber a los agricultores que habían quedado desocupados. Diana también sospechaba de conceptos tales como urbanización, industrialización y la ahora tan de moda privatización, porque eran conceptos llenos de connotaciones políticas que nunca llegaban a la raíz del problema.

Gracias a los artículos publicados, ella se convirtió en una celebridad en los círculos académicos de la noche a la mañana. Fue invitada a muchas universidades para defender su posición a favor de pequeños proyectos agrícolas que podían ser auto-administrados por los mismos campesinos. Estaba fundamentalmente en contra de los grandes proyectos como la *Alianza para el Progreso* impulsada por Kennedy en 1960, que paradójicamente terminó convirtiéndose en la *Alianza contra el Progreso*. A pesar de las buenas intenciones de Kennedy, la alianza solo sirvió para que los banqueros conservadores jugaran en contra de las verdaderas reformas sociales y finalmente los agricultores fueron los últimos en beneficiarse.

La verdadera motivación de los bancos de desarrollo era su obsesión por las ganancias, entonces Diana enfocó su ataque a la comunidad internacional de desarrollo, que se inclinaba con frecuencia hacia acuerdos convencionales y grandiosos, construidos bajo esquemas económicos orientados únicamente al lucro. La construcción de carreteras, represas, centrales eléctricas y otros proyectos de infraestructura, proporcionaban más beneficios económicos que los programas de educación. Estos grandes proyectos no afectaban casi en nada a la arcaica estructura de clases sociales que se beneficiaba de la mano de obra barata, la dependencia, la avaricia y el monopolio. Incluso, en algunos casos, utilizaban tácticas terroristas para proteger el *status quo*. El fracaso de los bancos para hacer frente a estos problemas, creó una reacción en cadena que afectó a algunos países durante décadas.

Gracias a la ola de industrialización alimentada por la Alianza para el Progreso, 70 gobiernos latinoamericanos fueron derrocados entre 1960 y 1970. Los militares y sus aliados políticos utilizaron armas y tanques para controlar y apropiarse de los fondos de la Alianza. Además hubo otros efectos secundarios, como el embargo de la OPEC en 1973 que inundó de dinero a los países miembros y aumentó considerablemente la inflación. Cuando los precios del petróleo finalmente cayeron, los países afectados pidieron dinero prestado a los bancos extranjeros para poder seguir pagando los inflados salarios de los burócratas. Ahora, la deuda externa de estos países era inmanejable y los bancos de desarrollo agravaban el problema impulsando ciegamente proyectos tales como el de las privatizaciones masivas.

Su posición en contra de estas tendencias improductivas, hacía que Diana mantuviera caldeados debates con Stanley y otros colegas quienes estaban a favor de las teorías convencionales. Ninguno de ellos tenía en cuenta factores ocultos como los prejuicios culturales que requerían de demasiado tiempo para corregir. Ignoraban estudios nuevos e innovadores que ponían en tela de juicio a las viejas presunciones económicas tales como el margen de error. Los investigadores siempre utilizaban el margen de error para justificar lo que no podían comprender, sin darse cuenta que dicho margen de error era posiblemente causado por sus propios prejuicios culturales. Esta era la razón por la que Diana quería analizar los factores culturales en Venezuela.

Así que hoy, mientras se enfrentaba con Stanley en la sala de conferencias, trataba de mantener la calma mientras hojeaba una pila de papeles sobre la mesa. Stanley no dejaba de alardear por la decisión de los gobernadores. No obstante, ella estaba dispuesta a sacar provecho del buen humor de Stanley.

Inició la reunión dirigiendo la atención de Stanley hacia terreno neutral. --Los países como Venezuela deben concentrarse en sus propios mercados-- dijo ella, sin poder ocultar la tenacidad en su mirada, que le daba un aire felino a su rostro.

--Nosotros no estamos imponiendo nuestras propias fórmulas-- contestó él con educación.

Stanley era un hombre robusto, tenía el cabello rubio y medía alrededor de un metro, 80 centímetros. Sus ojos azules acentuaban la frialdad de su mirada. Reafirmó su punto de vista diciendo, --Todavía no me has convencido de que los supuestos factores culturales frenan el crecimiento económico. En todo caso, el aspecto cultural no afecta la construcción de redes de distribución y tu idea de hacer un estudio cultural del comportamiento de los agricultores no es tan importante como la construcción de carreteras.

--Las carreteras modernas no son culturalmente neutrales cuando no ayudan a los agricultores que están acostumbrados a transportar sus productos a lomo de burro-- contestó ella.

Él sabía que discutir con ella era como tratar de quitarle un hueso de la boca a un perro.

Ella se mordió el labio y agregó, --Es cierto que las carreteras son una contribución importante, pero hay una gran cantidad de problemas que debemos considerar. La economía de Venezuela está liderada por las exportaciones de petróleo y ésto ha contribuido a destruir el crecimiento agrícola. Ha hecho que cientos de miles de campesinos abandonen sus tierras. Cosechas de granos, maíz y café están siendo abandonadas. ¿Realmente piensas que no es importante?

--Abandonan sus cosechas porque simplemente se dedican a otra cosa-- dijo él llanamente --se convierten en habitantes de las ciudades, trabajan en las fábricas...

--Si, pero entonces, ¿quién va a producir las cosechas para alimentar al resto del país?-- preguntó ella mientras escondía su creciente irritación.

Él se encogió de hombros y dijo, --Venezuela siempre ha importado muchos de sus alimentos.

--Así que consideras que deben cubrir sus necesidades alimenticias básicas mediante importaciones.

--¿Y por qué no?, tienen suficiente petróleo como para pagar por lo que necesiten.

--Pero esas importaciones no van a estar siempre disponibles. Mientras tanto deberíamos tomar ventaja de esta situación para el estudio de las condiciones. No tenemos ni idea acerca de los factores históricos o culturales internos que contribuyen al estancamiento del sector agrícola.

--No estoy de acuerdo contigo.

--La pregunta que nos tenemos que hacer es la siguiente, ¿es la importación de alimentos una manera de ayudar al desarrollo sostenible?

--El BPD tiene la responsabilidad de traer a Venezuela a este siglo modernizando su infraestructura. Los venezolanos tienen una economía obsoleta, ineficiente, corrupta y mal administrada. No podemos cambiar la cultura del país.

--Pero no se trata de cambiar la cultura, Stanley-- respondió ella --se trata de comprenderla.

--Puede ser, pero, piensa que nosotros pasamos por la revolución industrial, ahora es el turno de ellos.

Ella no cedió. --¿No estaríamos entonces tratando de imponerles nuestra propia experiencia histórica? Quizás estén experimentando otro tipo de cambio. Debemos analizar las razones de la falta de organización de los agricultores, de la utilización de prácticas agrícolas obsoletas, etcétera.

--¿Y qué es lo que esperas encontrar? Es lo de siempre.

--¿Lo de siempre?-- preguntó exasperada.

Él permaneció en silencio pues detestaba la teoría de desarrollo económico de Diana.

--¿No es acaso ésto un ejemplo de prejuicio sistemático? El BPD siempre se maneja con prejuicios sistemáticos-- dijo ella.

--No sé a qué te estás refiriendo.

Una vez más, ella sacudió la cabeza. --Este es exactamente mi punto. Hay información que es crucial y no ha sido tenida en cuenta.

--¿Por qué tenemos que volver siempre a la misma pregunta?

--Porque tenemos que analizar el marco institucional en el que operan estos campesinos. Por ejemplo, la manera en que el gobierno maneja la información y los recursos. ¿El gobierno comparte la información abiertamente con ellos? ¿Saben acaso los campesinos de qué manera vende el gobierno sus cosechas y a qué precio? ¿Acaso el gobierno mantiene a los campesinos en la oscuridad intencionalmente? Y de ser así, ¿por qué lo hacen? También tenemos que analizar el comportamiento de los campesinos. ¿Son pasivos? Si el gobierno hace las cosas por ellos, ¿por qué todos se comportan de esta manera? ¿Cuáles son los pros y los contras de este tipo de comportamiento?

Esperó una respuesta, y al no escuchar ninguna, ella continuó, --Durante siglos, la economía de Venezuela ha sido centralizada. Y ésto ha disminuído el desarrollo institucional del sector agrícola--. De pronto interrumpió su discurso porque se dio cuenta que estaba hablándole a la pared. Ella sabía que sus batallas no podían ser ganadas con persuasión. --¿Por qué no nos vemos el próximo martes después del almuerzo?-- preguntó --y así nos tomamos una semana para pensar las cosas.

--Está bien-- respondió él y después de recoger su libreta de notas, agregó, --mientras tanto, ¿por qué no reconsideras lo que he dicho?

Ella se puso de pie y asintió. Recogió sus documentos y se dirigió hacia la puerta, hasta que repentinamente se dio vuelta y dijo, --Por supuesto que lo voy a pensar. Nos vemos el martes 22 a las 2:00 de la tarde. Reservaré nuevamente esta sala--. Salió y se dirigió a su oficina.

*****

Unos días más tarde a la hora del almuerzo, ella se dirigió al Banco Mundial a recoger a su mejor amiga, Liz Crowley, quien trabajaba allí como investigadora. Mientras tanto, la radio del carro anunciaba que Estados Unidos había iniciado la Operación Tormenta del Desierto. Ella se preguntó qué haría el BPD. Tal vez implementarían proyectos de infraestructura más costosos, y seguramente Venezuela iba a estar de acuerdo ya que, debido a la guerra, el precio del petróleo aumentaría.

Recogió a Liz, y juntas se dirigieron al Hotel Willard Intercontinental adonde tenían una reservación. Las dos amaban la historia del hotel. El Presidente Ulises S. Grant había utilizado el salón de entrada para relajarse con un brandy y un cigarro. Woodrow Wilson lo usó para presidir las reuniones de lo que eventualmente se convertiría en la Liga de Las Naciones. Luego el hotel pasó por una fase de remodelación y había reabierto sus puertas cuatro años atrás.

Atravesaron el famoso salón de entrada y se dirigieron hacia el restaurante Peacock Alley. Allí, un camarero las dirigió hacia una mesa apartada adonde podían conversar con tranquilidad. Ambas eran grandes amigas desde que sus caminos se cruzaron en la Universidad de Chicago cuando cursaban su doctorado y coincidentemente, fueron contratadas por bancos internacionales de desarrollo en Washington D.C.

A diferencia de Liz, que había tenido una infancia tranquila y estable en la Isla de Bainbridge, ubicada en el Estrecho de Puget, en Seattle, Diana había pasado su infancia viajando de país en país. La carrera diplomática de su padre la había preparado para enfrentar la realidad del mundo. Como miembro de una familia de diplomáticos asignados a puestos en África, Europa y Latinoamérica, aprendió que los países más ricos creían equivocadamente que lo que era bueno para ellos, debía ser bueno para todos. En la mayoría de los casos, la educación urbana y la experiencia de los países desarrollados les impedía comprender los problemas culturales de los países más pobres. Además, Estados Unidos había sido urbanizado e industrializado de una manera totalmente diferente al resto del mundo. De hecho, muchos de sus colegas creían que las comunidades de bajos ingresos estaban en desventaja por defectos inherentes a su carácter, educación y visión, y que dichas comunidades eran inmodificables. Para ella, sin embargo, el problema fundamental era ignorar la manera en que los países alentaban sistemáticamente el lado humano de la pobreza.

Tanto ella como Liz estaban de acuerdo, aunque aplicaban sus conocimientos de manera muy diferente. A Liz no le gustaba confrontar a la gente mientras que a Diana le gustaba el contacto humano y nunca dudó de estar en desacuerdo con nadie si sentía que debía de hacerlo. Por lo contrario, Liz no discutía con nadie, excepto con sus propias estadísticas.

Dada su larga amistad, no existían secretos entre ellas. --Estoy pensando en adoptar-- dijo repentinamente Liz.

Ella no se sorprendió porque sabía que Liz quería tener hijos. --¿Tienes pensado cómo?

--Mediante una agencia en Corea.

--¿Y cómo va el trámite?

--Como te podrás imaginar, va muy lento.

--¿Algún problema?

Liz sacudió la cabeza y tomó un sorbo de agua. --Si te refieres a que soy soltera, no.

--Ojalá yo pudiera hacerlo-- suspiró ella.

--¿Y por qué no?

--No..., porque viajo demasiado, aunque hace unos años lo consideré por un tiempo.

--¿A pesar de que Peter nunca quiso tener hijos?

Ambas rieron porque el ex-marido de Diana, Peter Grant, no solo no quería tener hijos, sino que le molestaba que la carrera de ella le quitara tiempo para dedicarle a él. También odiaba el estatus social de Diana. De hecho, Peter la trataba como si él hubiera sido el responsable de todos sus logros, incluyendo sus credenciales académicas. Sin embargo, Peter nunca se quejó del salario de Diana. Quería disfrutar de los beneficios financieros de tener una esposa profesional, pero a la vez quería tener un ama de casa experta en libros de cocina, fiestas hogareñas y que amara a Aba, su perra setter irlandesa, tanto como a él. En retrospectiva, el destino de su matrimonio no sorprendió a Diana. Su divorcio después de cinco años le dejó un sabor amargo en la boca.

Peter era abogado de bienes raíces y vivía en Chicago. Luego de su divorcio, hizo lo más práctico que podía llegar a hacer, se casó con una doctora veterinaria.

Liz continuó, --También estoy haciendo averiguaciones a través de una organización que se ocupa de adopciones en Latinoamérica.

--¿Adónde?

--Creo que en Perú-- dijo Liz.

--Le preguntaré a Alex. Quizás él pueda ayudar con sus contactos--. Alex Barclay era el jefe de su departamento, y era peruano. También podía usar la adopción como preludio para pedirle que participara en su próxima reunión con Stanley. Alex era su aliado natural, por sus antecedentes como reformador agrario en Perú, y era el supervisor directo de Stanley.

Liz siguió diciendo, --El problema con Latinoamérica son todas las trabas burocráticas por las que tendría que pasar.

Ella asintió pues sabía que la adopción no era un tema particularmente popular en Latinoamérica. Las adopciones internacionales eran casi imposibles, pero no dijo nada. Su mente estaba envuelta en la guerra con Stanley y todos los desacuerdos que tendrían. Cambió el tema de conversación y le preguntó, --¿Cómo va tu investigación?

--Muy bien, la presentaré este verano bajo el título Estudio sobre Política Forestal.

--¡Excelente!

--Si-- dijo Liz, mientras terminaba su comida vegetariana y ordenaba un café negro sin azúcar. Liz cuidaba su dieta porque su estructura robusta no le permitía cometer excesos, mientras que Diana no tenía necesidad de cuidarse, incluso había pedido un pastel de lima cubierto con chips de chocolate.

Liz continuó, --Ya casi he terminado de recopilar el material que me pediste para tu próxima reunión-- dijo con un brillo en sus ojos. Diana le había pedido que le consiguiera información sobre proyectos de infraestructura que habían fracasado anteriormente en Venezuela. La biblioteca del Banco Mundial era más grande y estaba mucho mejor organizada que la del BPD.

--¿Cuándo estará lista?

--Hoy por la tarde la llevaré a tu oficina.

*****

Esa misma noche, Diana regresó a su casa, tomó un baño y se preparó una ensalada de atún. Unas horas más tarde, sacó el informe de Liz de su maletín y comenzó a leerlo.

Según los datos del Banco Mundial, la comunidad internacional de desarrollo había fracasado en Venezuela en muchas ocasiones. El informe explicaba dichos fracasos en un lenguaje políticamente correcto, como falta de previsión, mala planificación y excusas por el estilo. Entre ellos estaba el caso de unos criaderos de pollos importados de los Estados Unidos, que se negaban a comer el maíz local, o el caso de maquinarias agrícolas que quedaron abandonadas por la falta de conocimiento técnico de los agricultores, etcétera.

Finalmente, sin poder dejar de pensar en todos esos proyectos fallidos, decidió acostarse. De pronto, recordó con aprehensión la advertencia de Alex. --No te metas con la historia, porque la Inquisición vendrá por ti.

Si bien muchos economistas como Stanley creían que las causas de la baja producción agrícola eran innatas, ella estaba convencida que las condiciones actuales tenían sus raíces en el pasado, en una conducta que se remontaba por siglos.

En la época colonial, los agricultores estaban sometidos a la voluntad de los terratenientes. Por otro lado, eran también súbditos del rey y la reina de España, cuyos emisarios predicaban la obediencia absoluta.

A comienzos de la conquista española de Latinoamérica, la monarquía adhería a una teoría económica simple conocida como mercantilismo, mediante la cual España recibía materia prima de las colonias y a cambio, les vendían productos procesados. El monopolio español estaba controlado por la Casa de Contratación, fundada en 1503. Este organismo se ocupaba de fiscalizar todos los aspectos del comercio. Estableció aduanas en algunos lugares estratégicos de Latinoamérica, conocidas como puertos monopólicos, que servían como entes fiscalizadores prohibiendo el comercio entre las colonias e imponiendo altos impuestos. Los puertos monopólicos más conocidos fueron los de Veracruz, en México, y Nombre de Dios, en Panamá.

Lo que la corona española nunca tuvo en cuenta fue la inflación devastadora que provocó en España la importación de riquezas, principalmente en forma de lingotes de oro y plata. Entre los problemas a los que se enfrentaron las colonias estaba el del contrabando y el de la piratería. La gran afluencia de oro y plata alimentó los deseos de supremacía económica y militar de España. Por otro lado, como consecuencia de esta riqueza, disminuyó la producción agrícola y comercial, que ya de por si era escasa en comparación con el resto de Europa septentrional. El afán de riqueza fácil intensificó también la aversión al trabajo duro. Todos querían formar parte de la aristocracia. Ya para el año 1700, la industria manufacturera en España se encontraba totalmente estancada, y Europa septentrional llenaba ese vacío con sus productos, a tal punto que cinco de cada seis productos consumidos por España y nueve de cada diez productos enviados a las colonias, estaban producidos por países del resto de Europa Septentrional.

En el siglo 18, cuando la dinastía Borbón reemplazó a los Habsburgo, los Borbones establecieron una liberación gradual del comercio. Carlos III astutamente permitió el libre comercio entre las colonias y con los comerciantes españoles. Redujo también drásticamente los impuestos a las colonias a las que consideraba, incluyendo a la población indígena, como una contribución y no como un obstáculo a la economía colonial.

Así, Carlos III, redujo significativamente la inflación y el contrabando, y en consecuencia aumentó la prosperidad en las colonias, aún aquellas que no proporcionaran ni oro ni plata. En Venezuela, por ejemplo, la agricultura y la ganadería fueron la puerta de entrada al comercio. Los Borbones establecieron la Compañía de Caracas, con una estructura similar a la de las Compañías de las Indias Orientales. La Compañía de Caracas redujo los precios de los artículos importados de España mientras que se dedicó a exportar cacao, cueros, especias y tabaco, sentando así las bases para la exportación de café, cuando éste se convirtió en el principal producto de exportación.

Sin embargo, en la actualidad, la economía latinoamericana seguía afectada por el monopolismo, ya que era manejada por líderes que apoyaban un modelo anticuado de economía centralizado y verticalista. La mayoría de las comunidades rurales se adherían a este tipo de dinámica, así que ¿cómo podía el BPD influenciar esta situación?

Los agricultores podían cambiar su situación si se les dieran las herramientas necesarias, pero ¿a qué costo? Diana ya había pasado por una situación similar cuando supervisó un proyecto en El Salvador, un tiempo después de comenzar a trabajar para el BPD. La mayor cantidad de tierra cultivable del país estaba en manos de una minoría que nunca reinvertía sus ganancias en mejorar el rendimiento o en educar a los trabajadores que les proporcionaban mano de obra barata.

No obstante, el proyecto fue exitoso en un principio, porque los agricultores asumieron el compromiso de cambiar sus propias vidas. Fueron lo suficientemente inteligentes como para preguntarse, --¿En contra de qué estamos luchando?-- Se prometieron a sí mismos romper el muro invisible que los rodeaba por siglos, y así lo hicieron.

Pero todo esfuerzo sería inútil, incluyendo este nuevo proyecto agrícola en Venezuela, si el BPD no asumía un fuerte compromiso para trabajar junto a los agricultores venezolanos.

Diana le dio vueltas y vueltas al proyecto en su cabeza, hasta que finalmente cayó en un sueño profundo.

5

19 de Enero de 1991
En las afueras de Barcelona, Venezuela

Iván reflexionaba en silencio acerca de su salida de la cárcel mientras caminaba detrás de su guía, Tomás. Había logrado evitar a un par de agentes encubiertos que lo habían seguido hasta Barcelona, la capital costera del estado oriental Anzoátegui. Tan pronto como se libró de ellos, buscó a Tomás, siguiendo instrucciones de su novia.

Continuaron su ascenso a las montañas del noroeste, por un sendero infestado de mosquitos. Estaban evitando la carretera principal y el puesto de vigilancia del kilómetro 52, siguiendo un sendero montañoso en dirección hacia la aldea de su novia. Tomás conocía muy bien la región y sabía que la Guardia Nacional mantenía siempre una presencia en el puesto de vigilancia.

La temporada de sequía se encontraba en pleno apogeo. El río que tenían por delante era la única fuente de agua para estas laderas que se tornaban de un color verde cada vez más profundo a medida que se acercaban a su orilla. Estos colores eran un drástico contraste con las ramas quemadas y los arbustos secos que se encontraban en la cuenca más baja del río.

Pero Iván ignoraba por completo la belleza del exhuberante paisaje y solo pensaba con furia en Rodríguez. Según lo que le había contado Esther, su novia, cuando hablaron por teléfono el día anterior, Rodríguez la había visitado unos días atrás, pero había omitido mencionarle los detalles acerca de su detención. Iván tampoco le había dicho nada, prefirió esperar.

Mientras tanto, Tomás se detuvo y miró a su alrededor. Se acercaba el anochecer, así que le hizo señas hacia un afluente seco, donde se formaba una planicie que atravesaba la ladera. Casi inmediatamente después de acampar, comenzó a mezclar hojas y ramas secas para hacer una fogata y la encendió con un frasco con kerosene que sacó de su bolsa de arpillera. El fuego y el kerosene eran ingredientes claves para protegerlos del ataque de los mosquitos durante la noche. También sacó una botella de ron.

Su rostro mulato se concentró en la tarea. Una vez que terminó, miró hacia el cielo oscuro y exclamó, --¡Ay caray! Las cigarras van a estar más ruidosas que de costumbre--. Le pasó el kerosene a Iván y se tomó un trago de ron.

Iván se frotó un poco de kerosene para alejar a los mosquitos, mientras pensaba que debería mantener una distancia prudencial del fuego. Esther le había hablado de Tomás, pero en realidad sabía muy poco acerca de él, así que le preguntó, --¿De dónde eres?

--De *Gadiago--* dijo Tomás, que en realidad era una forma gutural de decir *Cariaco*, ya que casi no tenía dientes. Las fibras de su pelo mulato brillaban al reflejarse con el fuego. Aparentemente, tenía también algo de sangre indígena y española, pero ante todo, él era un venezolano oriental, y a los orientales no les gustaba la gente de Caracas. Eso lo había dejado claro desde el principio.

Tomás dijo que la gente de Caracas se comportaba como *cachicamos de plata*, o sea como los conquistadores con sus brillantes armaduras, porque trataban a la gente del interior como si fueran idiotas. Los orientales tenían fama de ser amantes de la diversión y de tener un temperamento muy tranquilo, sin embargo, cuando eran provocados, la gente como Tomás podía partir a cualquiera con su machete en cuestión de segundos. --Solo porque soy un oriental, no quiere decir que no tenga nada en la cabeza-- dijo él mientras escudriñaba el rostro de Iván.

Iván tomó un trago de ron sin decir palabra. Era consciente de su hostilidad innata, aunque algunos orientales se empecinaban en referirse a ella como *independencia*.

Tomás continuó, --Tu nombre no es venezolano, ¿verdad?

El origen extranjero de Iván se hacía evidente en sus ojos verdes y en su metro ochenta de estatura.

--El apellido Trushenko es originario de Kiev-- le contestó.

--Caray, y ¿dónde diablos queda eso?

Para simplificarlo, él le contestó, --Mi padre es ruso.

--¡Ah!

Su piel olivácea denotaba también cierta herencia indígena, por lo que continuó, --Soy también criollo por parte de mi madre.

--¿Cómo se llama tu madre?

--María, bisnieta de Juan Vicente Gómez.

A Tomás no le importó ese dato porque consideraba que Gómez había gobernado el país como un bruto, y gracias a Dios, había muerto en 1935, el tiempo suficiente como para olvidar a ese hijo de puta, de manera que hizo caso omiso de la observación. Iván venía de Caracas, y a los caraqueños siempre les gustaba presumir.

--Obviamente eres un hombre educado, ¿dónde estudiaste?-- le preguntó.

--En la Universidad Central-- contestó Iván. No hizo falta que explicara cual, ya que había solo una Universidad Central y era la más importante del país. De más estaba decir que estaba ubicada en Caracas.

--¡Ay carajo, un medio ruso de ojos verdes y además de Caracas..., no sé que es peor!

Él ignoró el insulto y se distrajo mirando las llamas.

--¿Qué fue lo que estudiaste?

--Derecho-- contestó, y cambiando rápidamente el tema de conversación, preguntó, --¿qué te trajo por aquí?-- Ya que Cariaco quedaba a varias horas de distancia.

Encogiéndose de hombros, Tomás respondió con cierta irritación, --No puedo ganarme la vida con vacas muertas, ¿verdad?

--¿Tenías vacas?

--¡Carajo!, ¿es que acaso tengo cara de estúpido?

--Perdón, no quise ofenderte amigo, es que las vacas son un lujo, eso es todo.

--Está bien, tampoco te estoy tomando el pelo. ¡Tenía cinco, y que Dios me parta con un rayo si estoy mintiendo! Todas se murieron.

Iván permaneció en silencio mientras Tomás se encogió de hombros y agregó, --Le compré tres vacas a un ganadero, un tal Figueroa. Eran vacas brasileras, más feas que el diablo pero bien fuertes. No hay muchas de esas por aquí.

--¿Y cómo terminaste con vacas muertas?

--Es una larga historia..., a veces me confundo contándola.

--¿Por qué murieron?-- insistió Iván.

--Durante 20 años trabajé para este hacendado, yo era su capatáz, pero después de esa reforma inútil...

--¿La reforma agraria?

--Si.

--Hemos tenido muchas reformas..., ¿cuál de ellas?

--¿Y cómo carajo quieres que sepa?-- respondió él, sacudiendo una mano.

--Está bien..., continúa.

--Fue cuando el país tenía mucho dinero…

--¿Hace unos 15 años, más o menos?-- preguntó Iván.

--¡Sí!, así que pedí un préstamo para comprar tierra para mis vacas y para sembrar maíz y frijoles. ¡Era el sueño de toda mi vida! Entonces el señor Figueroa, que así se llamaba el hacendado, ¿ya te conté del hacendado, no?, bueno, él me ayudó con sus contactos, y habló con gente muy importante, que espero que el diablo se los coma vivos, y finalmente conseguí el maldito préstamo. El señor Figueroa me dio dos vacas más como regalo de despedida.

--¿Él criaba ganado?

--Si, y más que eso, tenía rebaños mixtos, algunas vacas las criaba para el matadero y otras para sacar leche. Las mías eran lecheras, más feas que el diablo; ¿ya te lo conté, no? Bueno, yo estaba felíz porque iba a poder vender la leche y hacer quesos. Pero entonces, vinieron unos hombres de Caracas a visitar mi granja y me dijeron que tenía que sacrificar a mis vacas porque había una epidemia de cólera en la zona y mis vacas se podían infectar. Y yo les dije, 'Si todavía no tienen el cólera, ¿para qué las tengo que matar?' Ninguna de mis cinco vacas tenía aspecto de estar enferma, así que les dije que las dejaran tranquilas que lo que no me mata me alimenta. Pero ellos me dijeron, 'No Tomás, el ganado del señor Figueroa y el de casi todos los hacendados de la zona ya está infectado de garrapatas', así que dejé que las mataran porque me prometieron que las iban a reemplazar. Mientras estaba esperando que llegaran mis vacas nuevas, vinieron otros hombres de Caracas y me convencieron de que sembrara tomates porque iban a construir una planta de conservas, ¡de modo que reemplacé mi maíz y mis frijoles por esos malditos tomates!

--Esos hombres, ¿eran del banco rural?

--Ehhh, creo que sí.

--¿Y por qué se interesaron en ti, si ya tenías tus planes?

--¡Por culpa de mi maldito préstamo! Dijeron que mi banco tenía un acuerdo con un banco en... en...

--¿Con un banco internacional?

--¡Sí, eso, eso! Me dijeron que podía ganar más dinero con los tomates y así pagar la deuda más rápido. Y la verdad que el préstamo me preocupaba muchísimo, ya sabes cómo somos los pobres con esas cosas...

--Entonces comenzaste a cultivar tomates...

Tomás asintió con la cabeza mientras tomaba otro trago de ron.

--¿Y qué pasó con las vacas, te las reemplazaron finalmente?

Se encogió de hombros, moviendo su cabeza con tristeza mientras avivaba el fuego con más hojas. --Mi padre me dijo una vez que Dios era sabio y en su sabiduría Él creó a seres superiores e inferiores. Hay vacas fuertes y vacas débiles, y a mí me dieron las vacas más enclenques que había visto en mi vida. ¡Unas vacas con la cabeza así de pequeña!-- dijo con un gesto de resignación. --No debí haberlas aceptado cuando las vi. ¿Pero qué puede hacer un agricultor pobre como yo discutiendo con hombres como esos que parece que tuvieran una ametralladora en la boca? Las vacas eran blancas y marrones..., eran vacas *musiú*, ¡y eso me pasó por ser más estúpido que las vacas!

--Eso nos pasa a todos cuando tomamos decisiones sin pensar.

Tomás siguió diciendo, --Cuando llegaron las vacas, los hombres me dieron vitaminas...

--¿Para tí?

--¡No! ¡No! ¡Para las vacas! Y también me dieron bolsas llenas de alimento, pero yo les dije, '¿Y cuando ésto se acabe, qué van a comer?' ¿Cómo querían que un campesino pobre como yo pudiera comprar alimento y vitaminas cuando apenas me alcanzaba para alimentar a mi familia?

--¿Y qué te dijeron?

--Tomates…, ¿te imaginas? Mira, te lo juro por Dios que esas vacas no pastaban. ¡No sabían comer como animales normales! ¡No soportaban el calor! Les decíamos *Sus Majestades*. Finalmente se enfermaron y se murieron así nomás-- dijo chasqueando los dedos. --¡Me hubiera ido mejor criando cualquier cosa, hasta tiburones con rayas!

--¿Eran vacas del país de los norteamericanos?

--Si, que la Virgen me parta con un rayo si no digo la verdad, carajo.

--¿Por qué diablos habrán traído esas vacas para aquí?-- preguntó Iván pensativamente.

--Solo Dios sabe.

--¿Y no te fuiste a quejar?

Sus ojos se agrandaron y dijo con vergüenza, --¿Y justamente tú me lo preguntas? ¡Nadie puede discutir con esos buitres de Caracas!

--¿Por qué?

--Porque esos buitres sermoneadores no me dieron oportunidad de hablar…

--¿Y por qué diablos no habrán tenido en cuenta el calor?

--¡Porque tienen mierda en el cerebro!

--Pero al menos te quedaron los tomates, ¿no?

--¡Esos desgraciados me arruinaron!-- dijo dándose una fuerte palmada en la frente.

--¿Por qué…, qué pasó?

--El primer año pude vender los tomates a la planta de conservas, no me puedo quejar, pero después la planta cerró como pasa siempre con todo en este maldito lugar. Entonces no me quedó otra opción que venderlos en el mercado y prácticamente los tuve que regalar porque no podía competir con los brasileros que contrabandeaban sus tomates a Venezuela y los vendían por centavos.

--¿O sea que los venezolanos estaban comprando tomates de contrabando?

--Si, los brasileros me sacaron del juego, y entonces no pude pagar más el préstamo.

--Y entonces el banco te embargó la granja, ¿no?

Tomás asintió.

--Pero aún no entiendo cómo permitiste que te pasara eso.

--Es que estos hombres eran manipuladores..., ¡carajo!, ponían palabras en mi boca que yo no quería decir y antes de que pudiera decir que no, terminaba estando de acuerdo. ¡Chupasangres!, me dejaron sin energía.

--¿Y no te quejaste a las autoridades?

--¡Sí! El señor Figueroa y yo fuimos a quejarnos del contrabando de tomates a la Guardia Nacional.

--¿Y no pasó nada?

--No, también fuimos a Barcelona muchas veces, pero nada.-- Tomás se empinó otro trago de ron y le pasó la botella a Iván, que decidió cambiar de tema y hablar de uno de los tópicos más candentes del momento, las medidas de austeridad de Carlos Andrés Pérez. --¿Qué piensas de la decisión de Pérez de recortar los subsidios a la gasolina? En Caracas hubo disturbios.

--Sí, ya me ha enterado.

--Los más afectados son las personas que viven en los barrios pobres, porque aumentaron las tarifas de los autobuses.

Tomás asintió.

--¿Crees que va a sacarnos de este desastre?

Él esbozó una sonrisa y dijo, --Lo único que va a hacer es enriquecer a algunos pocos buitres de Caracas, eso es todo. Siempre es lo mismo. Si ordeñas a la vaca de mal humor, se agria la leche. ¿Qué es lo que esperan de la gente de los barrios pobres? Es un mal momento para subir las tarifas del autobús.

Era obvio que él no creía en el gobierno actual y aludía al hecho de la corrupción como parte de la vida diaria de Venezuela. Rompió otra rama seca sobre su rodilla y echó las piezas al fuego.

--Lo que necesitamos-- dijo Iván --es un gobierno como el de Cuba que obligue a la gente a cambiar su mentalidad.

A él no le gustó el comentario, así que decidió aclararle las cosas. --Castro tiene nuestra misma sangre. Este país no puede tener buenos líderes, lo único que hacemos bien es fabricar ron y exportar petróleo. Durante la última dictadura, yo trabajaba para el señor Figueroa, y me remito a todos los santos como testigos, ¡te juro que podría contarte historias de corrupción tan terribles que te dejarían la piel arrugada como una pasa de uva!

--¿Estás comparando a Castro con nuestros dictadores?

Él ignoró la pregunta. --Me acuerdo de esos días, fue una época muy amarga. Los terratenientes tenían garras, porque los militares estaban de su lado. Ambos grupos se comportaban como una manada de tigres, abalanzándose sobre los demás.

--Seguro, no te discuto eso, pero…

--¡Eran despiadados, carajo! ¡Nunca vi nada igual! ¡Peleándose por el mismo pedazo de carne! Los terratenientes estaban también de mal humor, y todos estaban con ánimos de pelear. Lo recuerdo muy bien porque ese fue el año en que nació mi hijo y al año siguiente nació mi hija. ¡Hasta el señor Figueroa estaba nervioso con todo lo que estaba pasando!

--¿Cuántos años tenías?

--Tenía alrededor de 20 años.

--¿Y ya tenías dos hijos?

--¡Por supuesto!

--¿Cuántos hijos tienes?

--Trece-- dijo él arqueando sus cejas ante la ingenuidad de la pregunta.

Iván sacudió su cabeza. --Ese es justamente el tipo de situación que Castro no permitiría si fuera nuestro presidente.

--¿Y qué es lo que tendría que hacer un *macho* entonces?

--Tú no eres un gallo-- le respondió.

Tomás no quería entrar en esa discusión, así que siguió con su relato. --¡Esos tiempos sí que fueron duros!-- dijo ya muy agitado. --¡Hubo muchos abusos! Pero el fin de la dictadura cambió las cosas. Pérez Jiménez fue tan corrupto como los demás, pero al menos hizo algo bueno. Para ocultar su corrupción, construyó edificios y carreteras, mientras que sus compinches militares y sus amigos cercanos se beneficiaban enormemente. Luego vino Rómulo Betancourt y después Carlos Andrés Pérez, que nacionalizó las compañías petroleras. ¡Y mira lo que pasó! ¡Estábamos nadando en dinero, y nada cambió, excepto por el hecho de que ahora había más ricos mientras yo me quedé pobre!

--Bien…, pero ¿cuál es tu punto?

--Todo el mundo se volvió codicioso, especialmente los bancos. Nadie pensó en nadie.

Iván esbozó una sonrisa. --Y nosotros nos quedamos sin la soga y sin la cabra. Estamos tan mal como nuestros indios Yanomami.

Tomás frunció el ceño. --¿Y tú crees que ésto les importa a los Yanomami?

--Si se mueren de hambre en la selva, les tiene que importar.

--No, no..., ellos no van a abandonar su selva, porque pueden detectar a los tigres de Caracas.

Iván consideró que era una buena oportunidad para continuar su conversación acerca de Cuba, y dijo, --Como ya te mencioné, las cosas estarían mucho mejor si tuviéramos líderes como Castro.

--¿Qué?

--Decía que Venezuela estaría mucho mejor si nos gobernara Fidel Castro. Él le ha brindado a su gente, la mejor educación y los mejores servicios médicos.

--¿Y con eso qué? Castro siempre ha querido apoderarse de nuestro petróleo. Además él no es un venezolano como tú y yo.

--Está bien, entonces lo que necesitamos es otro líder como Simón Bolívar.

Tomás sacudió la cabeza. --No..., él tampoco nos dio nada.

Sorprendido, Iván levantó la mirada del fuego. --¿Me estás queriendo decir que Bolívar no nos dio un carajo?

Tomás puso los ojos en blanco.

--¡Bolívar murió en bancarrota para liberarnos!-- dijo él, casi gritando. --¡Los venezolanos estaban en la miseria, hambrientos y explotados, y fueron libres gracias a él!

Tomás quedó perplejo por unos instantes, y después dijo, --Tenía su herencia española pegada en el culo, quería ser rey.

Iván se puso rojo de furia. --¿Cómo puedes decir eso? ¡Si no fuera por Bolívar, hoy no serías un venezolano, sino un español de segunda categoría!

--Por las manchas se reconoce al cachorro, nos hubiera devorado como un tigre en un gallinero. Además, sigo siendo un ciudadano de segunda categoría.

--¡Me sorprende oírte hablar de esa manera!

--¿Y por qué no?-- dijo él empinándose otro trago de ron. --Nada ha cambiado desde esos días.

--Eres un hijo de puta desagradecido.

--¿Y por qué debería de estar agradecido? ¡Mira lo que vino después de que ganamos nuestra independencia, un montón de caraqueños amenazadores y sermoneadores! ¡Mira lo que pasó con mis vacas!

--¿Pero no te das cuenta que no es culpa de Bolívar?-- Iván hizo una pausa para que lo entendiera. --¿No te das cuenta que es ridículo echarle la culpa?

Tomás lo miró fijamente. --¿Culpa? Bolívar era quien era, un hijo de españoles resentido.

--Estás tan resignado como esas mujeres que van a misa.

--¿Mujeres?-- dijo sintiéndose insultado. --Los santos son mis testig…

--¡Guárdate los santos!-- dijo Iván gruñendo, --¿acaso crees que te hacen bien?

--Bueno…., al menos ayudan.

Iván estaba extremadamente furioso. --¡Mientras le echas la culpa a Bolívar, te olvidas de los que realmente han arruinado a Venezuela, los terratenientes y los generales, así como los carteles industriales y financieros, y por supuesto los políticos corruptos!

Él permaneció en silencio.

Iván continuó, --Esos españoles de mierda nos enseñaron bien. ¿Entiendes? La conquista española nunca terminó porque esos buitres corruptos nos engañan de la misma manera en que nos engañaron los españoles. Y lo peor es que hay gente como tú que se arrastran como perros humillados. Esa es la mentalidad atrasada que está en guerra con la gente como nosotros que queremos traer a Venezuela a este siglo.

--¿En guerra? ¿Qué guerra?

--¡Sí estamos en guerra, y a diferencia de ti hay gente que lo ve claramente!

--¿Estamos en guerra contra los santos?-- dijo él sin comprender.

--¡Los españoles nos lavaron el cerebro! ¡¿Nunca te preguntaste porque estamos constantemente golpeándonos el pecho en un *mea culpa, mea culpa, mea culpa*?! ¡Si no es tu culpa, es mi culpa o la de ellos! ¡Y así no hay progreso! ¿Qué mierda es lo que hicimos mal para sentir tanta culpa? ¡Bolívar no nos hizo sentir como cucarachas insignificantes, nosotros mismo lo hicimos, como tú lo haces ahora!

--Yo solo me siento como una cucaracha después de una pelea o cuando estoy tan borracho que no me puedo mantener en pie.

Ignorando su respuesta, Iván continuó hablando. --¿Alguna vez escuchaste la frase *los pobres siempre estarán contigo*? Era una predicción acerca de la explotación de las masas. Bolívar comprendió que los españoles nos controlaban enseñándonos obediencia..., *mea culpa, mea culpa,* ¿para qué? ¿Y ahora qué vas a hacer, seguir copiando a los españoles?

--Yo no voy a ser uno de los perros de Castro-- dijo él calmadamente.

Hirviendo por dentro, Iván cerró su boca y durante unos minutos se frotó más querosene sobre la piel. --No está mal tener esperanza, o en todo caso sueños, pero estás equivocado si piensas que a Castro no le importa la gente como tú. ¡Tienes que ayudarte a ti mismo!

--¿Ayudarme a qué? A Castro no le importamos un carajo, lo único que quiere es nuestro petróleo. Al fin y al cabo es igual que los tigres de nuestro gobierno que nos roban el dinero.

--¡Bolívar no nos robó, Tomás, por el contrario, la causa de la independencia le robó a él, incluso su salud!

Tomás se levantó repentinamente. --Necesitamos más madera para alimentar el fuego-- murmuró y se alejó de prisa hacia la orilla del río.

Iván quedó reflexionando acerca de la conversación.

Segundos más tarde, se puso a pensar en los Judas, ya que tristemente, la mayoría de los políticos no era más que eso. Su mano tocó la pistola automática calibre .45 que llevaba escondida bajo su chaqueta y que eventualmente usaría. Si todo salía bien, abordaría un barco carguero hacia Veracruz, México en julio, y desde allí, otro con destino a Cuba.

De repente, se sintió cansado y se recostó en el suelo dejando que su mirada se paseara por el fulgurante cielo estrellado, mientras por su mente deambulaban las medidas de austeridad impuestas por el gobierno. Venezuela estaba pasando nuevamente por una especie de limpieza. Era la más reciente en una lista de innumerables limpiezas inútiles anteriores.

Su antepasado, el dictador Juan Vicente Gómez, estaba familiarizado con este tipo de drama. De hecho, él fue una excepción entre los dictadores, ya que fue el caudillo más astuto de Venezuela, particularmente por su habilidad para detectar a los que se hacían los perros muertos.

El arte de identificar a estos perros era una de las habilidades de Gómez que Iván debía de haber aprendido. Los perros muertos siempre jugaron un papel histórico en Venezuela. Eran aquellos que simulaban su amistad mientras hacían planes de apoderarse del poder en el momento más oportuno, que es exactamente lo que José Rodríguez había hecho con él. Gómez lo hubiera aplastado antes de que pudiese actuar.

De hecho, Gómez tenía toda la razón cuando decía que los venezolanos hacían muy bien el papel de perros muertos, y lo repetía una y otra vez, como un mantra, poco antes de morir. *Nadie puede un buen cristiano, porque será devorado por los perros muertos que en realidad nunca están muertos, sino que se hacen los muertos. ¡Tienen la paciencia suficiente como para esperar que llegue la oportunidad para cagarte!*

Gómez gobernó el país por un total de 27 años, desde 1908 hasta 1935. Durante su gobierno, impuso la paz por la fuerza mientras construía carreteras, introducía el uso del automóvil y llenaba el país de consignas políticas. La población no tenía más remedio que tomar sus consignas muy en serio: *Orden, Paz y Trabajo. ¡Viva Juan Vicente Gómez! ¡Sigamos Adelante!* Y así, siguiendo estas consignas, el país siguió adelante.

Era un maestro en el juego de ganar, después de haber sido un agricultor, empresario, vaquero, soldado y finalmente un político. Gómez actuó también como un perro muerto durante diez años mientras fue la mano derecha del Presidente Cipriano Castro. Castro, como Gómez, era de la región andina. Ambos habían llegado a Caracas durante la Guerra de Liberación Restauradora de 1898, que ciertamente no restauró nada, ni siquiera la confianza de Castro en los médicos venezolanos.

Entonces, cuando Castro viajó a Paris en 1908 para consultar a un médico francés por su pierna inflamada, Gómez astutamente aprovechó la oportunidad para tomar las riendas del poder. De allí la expresión, acuñada por Castro, *Gómez no respeta ni siquiera una pierna hinchada*, ya que Castro no tenía la elocuencia suficiente como para decir algo más sustancial. Lo que en realidad quiso decir es que Gómez no tenía las bolas suficientes como para enfrentarse cara a cara con él. Posteriormente se referiría a Gómez como, *Ese hijo del demonio parecido a Stalin.*

Tan pronto como Gómez se convirtió en dictador, cultivó una imagen de líder populista, pero sin poder ocultar su gran desconfianza patológica por la gente que lo rodeaba. Sin dudas, una desconfianza tan profunda como la de Stalin. Gómez sabía que lo importante no era ser bueno, sino parecerlo, entonces jugaba el papel de héroe popular espartano mientras robaba indiscriminadamente. Para darle algo de legitimidad a su dictadura, tuvo que enmendar la constitución siete veces.

Mientras tanto, ejercía brutalmente la coacción sobre su pueblo para que nadie estuviera en su contra. Actuaba como si sus compatriotas fueran su propio ganado, o los peones de su finca, o los empleados mal pagos de sus fábricas. Todos anhelaban mejores condiciones de vida, mejores salarios y más participación en los asuntos del gobierno, pero nadie hacía nada. Se convirtieron en un aliado poderoso porque estaban manejados por alguien que aparentaba estar de su lado. Gómez apeló a su sentido de supervivencia, urbanizando el país y convirtiéndolo en un exitoso exportador de petróleo. Se concentró en este régimen, mientras asesinaba a sus críticos. Muchos se quejaron de la escasez de alfabetización para ayudar al proceso de urbanización, pero eso a Gómez no le importó en lo más mínimo.

Gómez fue un soberano hijo de puta que despreciaba la ridícula obsesión de los venezolanos con Francia. Esta obsesión había sido iniciada por otro dictador 38 años antes, y su nombre fue Antonio Guzmán Blanco. La presidencia de Guzmán Blanco terminó de manera previsible cuando un perro muerto le arrebató el poder durante uno de sus viajes a Paris.

Guzmán Blanco gobernó entre 1870 y 1887. Durante su gobierno, su obsesión se vio reflejada en la construcción de bulevares y edificios de aspecto europeo que transformaron el aspecto de Caracas. Es posible que Guzmán Blanco haya sido el dictador más educado, pero también fue el mejor ejemplo de alguien que nunca progresó internamente. No había nada original en sus ideas.

En los años posteriores, se sucedieron varios perros muertos menos importantes hasta la llegada de Juan Vicente Gómez. Cuando Gómez murió en 1935 de causas naturales, lo sucedió como Presidente su Ministro de Guerra, Eleazar López Contreras.

López Contreras evitó el estilo sádico de Gómez, pero no así la creencia que la presidencia debía estar ocupada por un integrante de las fuerzas armadas. Por lo tanto, Venezuela fue gobernada por militares desde 1935 hasta 1958, con la única excepción del interludio democrático genuino de 1947 a 1948 cuando Rómulo Gallegos fue elegido Presidente en la primera elección democrática popular. Luego de solo un año de gobierno, Rómulo Gallegos fue enviado al exilio luego del golpe de estado de 1948.

*****

A las 5:00 de la mañana, Iván y Tomás renovaron su viaje. Antes de que el sol empezara a quemar el rocío de la mañana, llegaron a la plaza triangular de un pueblo llamado Bergantín. En la plaza, las dos calles principales se unían para formar una carretera asfaltada con dirección hacia las montañas. La mayoría de los habitantes del pueblo se habían ido hacia las fincas de café o bien hacia los campos de las llanuras adonde se cosechaba la yuca. Los dos hombres continuaron camino arriba por la carretera con dirección al Río Querecual.

Una hora más tarde, abandonaron la carretera principal para internarse en un camino de tierra. El sendero estaba flanqueado a ambos lados por un bosque semi tropical. Helechos y enredaderas protegían la capa inferior de los árboles caturra de café. La mayoría de estos árboles estaban cargados de granos maduros, señal de que tendrían una buena cosecha. Siguieron el sendero hasta toparse con un portón, sostenido por un poste con una cadena oxidada pero firmemente cerrada con un candado. Saltaron por encima del portón y caminaron hasta alcanzar el borde de un claro.

El Pontiac 1958 color celeste de Esther estaba estacionado al frente de la casa. Un grupo de perros se acercó dándoles una bienvenida escandalosa. Con cautela, se abrieron paso entre los perros y esquivando cráteres llenos de lodo se acercaron a una pared de concreto. Esta pared era parte de una ampliación que había sido agregada a la casa de 207 años. Una capa delgada de yeso apenas cubría la vieja fachada hecha con caña de río. Un porche nuevo, de unos seis metros, protegía el frente de la casa. Los postes de metal que sostenían el techo de aluminio corrugado estaban pintados de verde oscuro, así como también la puerta metálica de la entrada.

Ya en el porche, Iván levantó su mano para tocar la puerta, pero antes de que sus nudillos pudieran rozar el metal, la cerradura hizo un ruido y la puerta se entreabrió. Él empujó la puerta y encontró a Esther a su derecha, mirando por la ventana del frente. Vestía una camisa blanca de algodón y un pantalón azul marino que realzaba su figura. Unas pocas canas salpicaban su cabello negro ondulado que le llegaba hasta los hombros. Los rizos que rodeaban su rostro ovalado resaltaban su piel bronceada. Sus ojos eran almendrados y oscuros. Su linaje por parte de padre, podía ser rastrado hasta las Islas Canarias de donde vinieron un gran número de colonos que habitaron la región oriental antes de la independencia de España. A través de los siglos, muchos de ellos se casaron con mujeres indígenas o africanas y como resultado, su rostro estaba acentuado por sus pómulos salientes, sus labios gruesos y su cintura de avispa.

Una vez que entraron a la casa, ella cerró rápidamente la puerta y le indicó a Tomás que se dirigiera hacia la cocina. Cuando quedaron a solas, Iván la abrazó fuertemente. Luego la tomó de la cintura, mientras deslizaba su otra mano por debajo de la camisa. Ella levantó su mano para secar las gotas de sudor frío que se deslizaban por la frente de Iván, tocando suavemente un moretón que tenía sobre su ceja izquierda. Él sonrió, miró sus ojos negros y la besó suavemente.

--Mi amor, están todos en la cocina-- susurró ella.

--¿También Rodríguez?-- preguntó él.

Ella sacudió la cabeza, diciendo en voz baja, --No he sabido nada de él desde que se fue hace unos días.

Iván asintió con la cabeza y fue hacia la cocina adonde encontró a dos hijas de Tomás que miraban en silencio a su padre, mientras que dos de sus hijos, David y Ernesto, reparaban los cestos que se utilizaban para la cosecha del café.

Unas sillas de madera rústica cubiertas con cuero de vaca, constituían el único mobiliario de la cocina. Esther se apoyó contra la mesada de madera en la que había una cocina portátil y un cubo de agua de lluvia y presentó a Iván al grupo. Esta era la primera vez que Iván visitaba su hogar.

Se conocieron tres años atrás mientras ella estudiaba sociología y él estudiaba derecho en la Universidad Central de Caracas. Luego de su graduación, ella viajó a Cuba adonde permaneció un año mientras él finalizaba sus estudios. A su regreso, ella se puso en contacto con las poblaciones marginales, sin embargo al poco tiempo se dio cuenta que la fórmula cubana de crear una sociedad más igualitaria no estaba funcionando. Los marginales venezolanos no aceptaban la receta cubana que querían imponerles. Estos grupos, formados por campesinos que habían inundado las montañas que rodean a Caracas, buscaban nuevas oportunidades de trabajo y educación; y eran atraídos por el canto de sirena de los elementos de consumo, como los carros, radios y televisores; pero no tenían ningún interés en los problemas de la tierra.

No tenía soluciones para ofrecerles, de manera que, convencida de que lo práctico debía prevalecer por sobre lo ideológico, especialmente en lo que se refería a su propia vida, decidió volver a la casa de su familia en las montañas. Su madre había fallecido y alguien tenía que hacerse cargo de la finca. Sus cinco hermanos y hermanas habían emigrado a Caracas y no estaban tan preocupados como ella por cambiar las condiciones de su tierra. Ellos habían decidido olvidar los males del pasado como la dictadura de Marcos Pérez Jiménez que se había ensañado con su padre, Fernando Sotero, por hablar a favor de los agricultores. Salvo por ella, todos en su familia querían olvidar que su padre había sido torturado salvajemente por protestar contra los saqueos del dictador.

Fernando Sotero había sido un oficial de bajo rango del ejército. Él había criticado las tácticas terroristas del ejército en las vísperas del golpe de estado de 1952 que llevó a Pérez Jiménez al poder. Un año después, Sotero se puso a favor de los campesinos, lo que selló ominosamente su destino. Lo arrestaron tras una falsa acusación de robo. Le vertieron ácido sobre su cuerpo, lo patearon y agarrotaron y luego tiraron su cuerpo desfigurado en una carretera desierta. Luego de un par de años había comenzado a recuperarse, pero murió repentinamente de un derrame cerebral cuando Esther tenía solo cinco años.

El hecho de ser abandonada por su familia, no mitigó su determinación para ocuparse de la finca. Por lo contrario, redobló sus esfuerzos para que fuera un éxito. En la casa de Sotero, como a ella le gustaba nombrarla, aún no había agua potable, pero le bastaba el agua de lluvia o del río para suplir sus necesidades. Era su manera de sellar su destino con el de los campesinos, que ahora eran su familia. Al igual que su padre y sus ancestros, que habían sido guerrilleros en la época en que su familia se estableció en la casa en 1793, ella había nacido en la habitación contigua a la cocina. Algunos de sus ancestros habían peleado junto a Simón Bolívar, mientras que otros se habían rebelado en contra del coronel Pancho Duro, sicario de Juan Vicente Gómez.

Iván miró a Tomás, luego a Esther y preguntó, --¿Cuándo se conocieron?

--Hace más de un año, cuando regresé a la finca-- contestó ella.

Tomás sonrió y dijo, --Yo era un hombre respetable que no quería trabajar la tierra de otros. Luego, muchos años más tarde, vine aquí.

--Tomás aceptó el trabajo y comenzó a trabajar para mí-- dijo ella.

--¿Y te viniste hasta aquí desde Cariaco?-- preguntó Iván sorprendido.

--Basta con decir que fui a Barcelona un día-- respondió Esther --y el chisme del día era que yo necesitaba ayuda y que estaba buscando un capataz.

Tomás asintió. --Me reuní con unos productores de café, y me contaron que Esther había regresado de Caracas para hacerse cargo de su propiedad.

--¿Qué pasó con tus hermanos y hermanas?-- le preguntó Iván.

--Cuando vinieron por el funeral de nuestra madre, me dijeron que querían vender la finca, pero los convencí para que me dejen trabajarla.

Iván permaneció en silencio.

Ella agregó, --Tomás no quería trabajar para nadie, pero por alguna razón sintió una necesidad irresistible de hablar conmigo.

--Es que ella estaba sola y yo tenía que ayudarla-- dijo Tomás --y después de un tiempo, traje a mi familia para que así pudiéramos estar todos juntos.

Todos se mantuvieron en silencio hasta que Esther miró a Iván. --¿Cuánto tiempo te vas a quedar?

--Hasta que zarpe mi barco, en Julio-- respondió él, omitiendo dar detalles.

--¿Y qué hay de José Rodríguez? ¿Por qué lo estás buscando?

Iván describió los acontecimientos que derivaron en su detención y tortura, y luego agregó, --Me dijeron que él me entregó y me acusó de cosas que no son ciertas.

--¡Ese canalla bueno para nada!-- exclamó Tomás.

--…sus intenciones son quedarse con la conducción del partido-- explicó Iván.

--¿Y por qué te soltaron?-- preguntó Esther sin poder apartar la mirada de su cara magullada.

Él se encogió de hombros. --Realmente, no lo sé--. Luego de una pausa, agregó, --Estaba seguro de que iban a matarme, pero luego cambiaron de opinión. Me llevaron en un carro y me arrojaron a un basurero en las afueras de Caracas.

--¿Sin decir nada?

--Absolutamente nada--. Permaneció en silencio unos instantes y luego agregó, --Mientras les ayudo con la cosecha, puedo mantener vigilado el refugio de Barcelona.

--¿Y cómo lo piensas hacer?

--Puedo chequearlo de vez en cuando-- dijo encogiéndose de hombros.

--¿Y el puesto de control?

--Iré a Barcelona por el sendero de la montaña.

--¿Y qué vas a hacer si encuentras a Rodríguez?-- preguntó ella frunciendo el ceño.

Él la miro fríamente y dijo, --Lo mataré.

6

22 de Enero de 1991
Washington, DC

Diana estaba preparada para hacerle frente a la oposición de Stanley. Caminó por el pasillo llevando varios informes bajo el brazo. Entró en la sala de conferencias adonde Alex Barclay estaba sentado junto a Stanley. Alex era un hombre menudo de unos 60 años, con algunos mechones canosos que acentuaban su rostro. Ambos estaban sentados en el mismo lado de la mesa.

Los anteojos bifocales de Alex se deslizaron hacia la punta de su fina naríz cuando la saludó. Diana se sentó al otro lado de la mesa. Alex les recordó que su política era la de no interferir en los debates a no ser que fuera necesario, ya que no había nada malo en tener opiniones opuestas. Además, los debates eran la mejor manera de examinar a fondo los temas difíciles.

El Presidente del BPD esperaba contar con una propuesta mejorada en seis semanas que serviría para preparar un estudio de factibilidad, que a su vez serviría como plan maestro del proyecto en Venezuela. También contaba con llevar esta propuesta a Caracas a principios del año entrante para obtener financiamiento del gobierno venezolano.

Diana abrió uno de sus informes sin dirigir su mirada hacia ninguno de los dos, y comenzó.

--Veamos, en nuestra última reunión, traje a colación el hecho de que existen tendencias sistemáticas que siempre controlan el resultado de nuestros proyectos. De hecho, producen fallas. Por ejemplo la falta de planificación porque hacemos suposiciones erróneas. Tengo información de una planta de conservas de tomate que cerró por falta de tomates...

Preparado para ésto, Stanley interrumpió, --Seguramente los agricultores no produjeron los tomates necesarios.

Ella lo ignoró y prosiguió. --Podemos citar también el caso de las viviendas prefabricadas totalmente inadecuadas para el clima cálido de la zona, o el de las carreteras que terminaban en medio de la selva, o también el de las maquinarias que se oxidaron porque no podían ser utilizadas.

--Los agricultores no se molestaron en aprender a utilizarlas-- contestó Stanley mirando a Alex quien levemente asintió con la cabeza.

--Les ofrecimos nueva tecnología sin haber planificado ningún tipo de entrenamiento.

Alex se encogió de hombros.

Ella continuó, --Tú insistes en culpar a los agricultores, así que déjame compartir los resultados del proyecto de repoblamiento de las vacas jersey.

--Un proyecto ganadero no va a apoyar tus teorías.

--Yo no tengo una teoría, Stanley, solamente una premisa importante-- dijo ella, haciendo una pausa para tomar aire. --Es evidente que hay información que nadie ha analizado.

Stanley frunció el ceño.

Diana, imperturbable, continuó diciendo, --EL BPD manejó este proyecto, sin embargo el análisis de implementación no menciona muchos factores importantes.

Sorprendido, preguntó, --¿Quién llevó a cabo el análisis?

--El BPD.

--¿Y qué hay de malo en eso?

--El Banco Mundial llevó a cabo un análisis secundario.

--¡Esa información es demasiado vieja!

--El problema es que hemos repetido el mismo error una y otra vez. El BPD encabezó la planificación y la ejecución sin tener en cuenta factores importantes como el sentido común.

El rostro de Stanley se nubló.

Sin perturbarse, ella añadió, --Todo se reduce a lo mismo--. Hizo una pausa, y continuó, --Aquí está el estudio, en la página dos--. Tomó el informe de entre sus papeles y leyó el texto. --Hemos comprado un rebaño de vacas jersey que son…

--Estoy familiarizado con las vacas jersey, no hace falta que me expliques.

--Enviamos vacas jersey a Venezuela para reemplazar a un rebaño nativo, un híbrido de cebú que había sido infectado por una misteriosa epidemia de cólera. Nuestro programa de control del cólera se nos fue de las manos, por consiguiente los expertos ordenaron la matanza de toda la población de cebúes, incluyendo los sanos.

--¿En qué zona de Venezuela sucedió ésto?

--En la región oriental.

--Si…, ya recuerdo ese proyecto. ¿Nosotros reemplazamos los cebúes, no es así?

--Si, con vacas jersey que murieron por el golpe de calor, o por alguna enfermedad tropical, cuando no por desnutrición. Su dieta en base a vitaminas no las preparó para las condiciones de vida de los agricultores venezolanos. *Sus majestades de cuatro patas*, como las llamaban los campesinos, se murieron de a montones.

A Stanley le molestó el tono en el que se estaba expresando ella, pero permaneció en silencio.

--Se vieron obligados a renunciar a una vacas perfectamente sanas que les daban leche, queso y carne. Y estas decisiones fueron tomadas sin consultar a los campesinos.

Él se encogió de hombros. --¿Y por qué tendríamos que haberlos consultado?

Ella hizo caso omiso de la observación que hizo él con el solo motivo de irritarla, y sin conmoverse, continuó, --Los campesinos no querían participar en el proyecto, pero les prometieron nuestras jersey. Obviamente no tenían la menor idea de qué tipo de vacas eran las jersey. No pudieron tomar una decisión correcta porque nadie les dio ningún tipo de información.

Stanley permaneció en silencio.

--El tema es que estábamos promoviendo las vacas jersey, y los tecnócratas de Caracas estaban cumpliendo con nuestras demandas. Les hicimos creer a los campesinos que las vacas jersey eran la panacea del reino animal, simplemente porque eran vacas norteamericanas. Nadie se detuvo a pensar en las consecuencias a largo plazo. La pérdida de producción de leche y carne encolerizó enormemente a los campesinos. Este enfoque de arriba hacia abajo, es una clara señal de las malas decisiones sistemáticas que tomamos. Ignoramos por completo la información de las bases y asumimos que tenemos todas las respuestas.

--Ahora bién, nada de ésto prueba que las carreteras no sean necesarias, así que no veo cuál es tu punto-- dijo él.

--Lo que quiero demostrar con ésto, es que para que el desarrollo sea auto-sostenible, debemos complementarlo con información autóctona. Y si tomamos decisiones en base al aporte de las necesidades de la gente, quizás deberíamos enfocarnos en cosas más importantes que las carreteras.

--¿Qué es ésto, un simulacro de la escuela primaria?

--Se me olvidó que, para tí, ellos son tan estúpidos que no saben lo que les conviene.

Stanley golpeaba la mesa de conferencias con su bolígrafo, mientras Alex, que se había mantenido en silencio hasta ahora, se dispuso a decir algo. --Ustedes van a presentar una propuesta el año entrante en Caracas y hay mucho trabajo por hacer. El Presidente está a la espera de nuestras recomendaciones en seis semanas. Busquemos un consenso.

Stanley, que aún hervía de la rabia, contestó, --No podemos comparar las carreteras con las vacas jersey.

Diana interrumpió, --¡Ese es justamente el punto! Estás tomando la decisión por ellos. Quizás no necesiten de carreteras.

--Está demostrado que los campesinos necesitan carreteras y electricidad.

Ella sacudió la cabeza y suspiró. --¿Cómo podemos medir su desarrollo si nunca les pedimos su opinión? ¿De qué manera podríamos ayudarlos para que desarrollen sus propios proyectos? ¿Acaso hemos estudiado su entorno? Quizás no necesiten carreteras. Tenemos que usar la información que nos proveen ellos mismos, y recién después de analizarla, decidir cómo los podemos ayudar.

Cuando él insistió que los campesinos no tenían nada que aportar, ella golpeó su mano fuertemente sobre la mesa.

Pero él siguió insistiendo, --Para modernizar el entorno de los campesinos es necesario contar con al menos algo de desarrollo de infraestructura. Para acceder a los mercados se necesita de carreteras,¿no estás de acuerdo, Alex?

Alex no respondió.

--Esos campesinos están desorganizados, dispersos. No hay infraestructura, así que tenemos que crearla.

--Quizás el hecho de que no haya infraestructura es algo bueno-- dijo Alex. --Podríamos comenzar con un grupo informal de agricultores. Si bien es cierto que las carreteras son necesarias, los agricultores tienen que utilizarlas de manera constructiva para vender su sus productos, y no para mudarse a las grandes ciudades, por ejemplo.

--Tal vez esa sea la respuesta-- dijo Diana.

--¿A qué te refieres?-- preguntó Stanley.

--A la economía paralela.

--¿De qué estás hablando?

--A veces, los campesinos tienen sus propias redes. En algunos países, han prosperado economías paralelas saludables porque no ha habido interferencia por parte del gobierno. En Venezuela, más del 50 por ciento de la economía privada es extraoficial.

Stanley detestó escuchar ésto.

--Los agricultores están excluidos de la economía oficial, pero el hecho de que pertenezcan a una economía paralela no quiere decir que no sean productivos.

--Pero eso no es prueba de que no necesiten carreteras-- insistió él.

--Bueno, de todos modos en la actualidad, ellos transportan sus productos sin necesidad de carreteras modernas-- dijo ella. --En lugar de tratar de imponer nuestra infraestructura, deberíamos analizar la suya. No podemos asumir que su economía informal no existe por el solo hecho de que no hay suficientes datos acerca de ella. Además, nuestras opiniones tienen que ser éticas.

--¿Éticas? ¡Siempre hemos sido éticos!

--No, no lo hemos sido. El caso de las vacas jersey es un perfecto ejemplo de un proyecto que desestabilizó la región. La mayoría de los campesinos afectados provocaron disturbios. Más recientemente, miles de habitantes de los barrios marginales participaron en manifestaciones violentas cuando los bancos internacionales demandaron medidas de austeridad. Estas medidas produjeron un incremento en los precios del transporte público, y sus consecuencias fueron la desestabilización política del país. Éste es otro ejemplo crucial de la manera en que imponemos nuestras decisiones sin tener en cuenta las consecuencias.

Stanley frunció el ceño. --No creo que sea una cuestión de ética...

--¿Qué entonces?

--No podemos confundir la falta de visión con el comportamiento poco ético.

--Nadie en su sano juicio debería haber exportado esas vacas para que vivan en el trópico...

--Reconozco que fue una decisión estúpida, pero...

--¿No crees que estábamos mucho más interesados en exportar nuestras vacas que en los resultados?

Él no contestó.

--La economía oficial generalmente ignora, y en consecuencia excluye a las comunidades agrícolas. Ésto sucede porque suponen que no están capacitadas para comunicar correctamente sus experiencias, y en consecuencia dichas comunidades pasan a formar parte de la economía paralela...

--¿A pesar de la ausencia de carreteras y de otras infraestructuras modernas?-- preguntó él mirándola con irritación.

--Es lo mismo que sucede cuando insistimos que la gente compre automóviles que después no pueden pagar. ¿Quién va a utilizar estas carreteras? ¿Por qué es tan difícil de entender que sus necesidades son simples, mucho más simples que las soluciones que les queremos dar? Averigüemos qué es lo que realmente necesitan.

Él decidió cambiar de tema. --El otro problema es la mala administración y la corrupción. Hace unos meses alguien denunció a varias personas importantes del gobierno que estaban robando de las arcas públicas.

--Si, fue un caso de corrupción que no tenía nada que ver con los campesinos-- dijo ella enfurecida. --¿Por qué estás tratando de complicar las cosas?

--No quieres que se repita lo de El Salvador-- le advirtió.

El rostro de Diana, repentinamente se nubló. Escuadrones de la muerte vestidos de civil habían incendiado la cooperativa que patrocinaba el BPD y 61 campesinos habían sido asesinados en la zona oriental de El Salvador. La crudeza y ferocidad del ataque, había sumido a Diana en una profunda depresión.

--¡Un momento!-- dijo Alex levantando una mano. --No hay ninguna razón para traer a colación el problema de El Salvador. Todos sabemos que los terratenientes utilizan esas tácticas para proteger sus intereses, pero la situación en Venezuela es diferente. Venezuela ha sido una democracia desde 1959. Es verdad que las revueltas no son una buena señal, pero los venezolanos mantienen una postura no violenta. Están reclamando por una democracia más significativa a través de una asamblea constitucional. Y lo que es más importante, los que están en el poder no utilizan escuadrones de la muerte.

--No podemos ignorar la situación-- dijo Stanley.

Alex sacudió su cabeza. --Las condiciones son diferentes. Están reclamando una asamblea constitucional y eso es una buena señal. De a poco, las asociaciones vecinales y las cooperativas de agricultores han ido influyendo las decisiones políticas sin recurrir a la violencia. En este momento, estas asociaciones están reclamando que se redefinan sus derechos. El experimento del que estamos hablando, puede servir como muestra de recolección de datos y entrenamiento.

Continuó diciendo, --Ustedes han estado discutiendo el mismo punto durante meses. Mejorar el sistema de carreteras u otras infraestructuras para los campesinos es obviamente muy importante. Sin embargo, Diana tiene razón, las carreteras no los van a motivar si no tienen participación activa, si nadie en Caracas los escucha, así que…

Stanley lo interrumpió, --Los agricultores van a trabajar más si les damos electricidad y carreteras.

--Bueno-- dijo Alex-- voy a intervenir para recomendar una visita a Julián Astrakán--. Julián Astrakán era el embajador venezolano para las Naciones Unidas.

--Que seguramente está a favor de los campesinos de Diana, me imagino-- argumentó Stanley.

--No son *mis campesinos*-- replicó ella mientras reflexionaba acerca de la manera en que Stanley amaba la complejidad, con sus absurdas e ingeniosas recomendaciones.

--¿Puedo continuar, por favor?-- preguntó Alex. --El Embajador Astrakán es un buen amigo mío.

--¿Y por qué tendríamos que consultarlo?-- preguntó Stanley.

--Porque puede hacernos sugerencias que nos ayudarán con la propuesta-- respondió Alex. --Y a la vez, puede ayudarnos a persuadir al gobierno venezolano para que nos ayuden con el financiamiento.

--Muy bien, y a la larga, ¿qué va a pasar con el sistema de carreteras?

--Las carreteras son importantes, pero ya discutiremos acerca de ellas después del viaje a Venezuela el año que viene-- respondió él.

Stanley estaba claramente disgustado. --¿Estás implicando un reducción de los fondos para infraestructuras?

--No estoy implicando nada, simplemente estoy abriendo las puertas a nuevas posibilidades.

--Es evidente que estás a favor de una reducción en los fondos para infraestructuras.

Diana lo miró con ojos de acero. --No quiero ser desagradable, como sueles decir, pero no tenemos control sobre lo que puede llegar a suceder--. Tomó un poco de aire, y añadió, --Estás asumiendo que los agricultores no pueden organizarse por sí mismos…

--La verdad, no creo que lo hagan--. Se cruzó de brazos. --Les dimos tractores, ¿y qué hicieron? Usaron las ruedas para sus carretas y vendieron los motores en el mercado negro.

--Bueno, esa es la forma en que sucedieron las cosas-- admitió Alex. --Pero míralo de otra forma. Las mejoras de infraestructura, como las carreteras, son beneficiosas pero no son la única solución. Si abandonamos otras posibilidades, estaríamos dejando de lado mejoras básicas como el auto-desarrollo. La primera pregunta que deberíamos hacerles es, ¿cómo quieren mejorar su producción agrícola?

Alex era un político académico que había sido ministro de agricultura en Perú durante los años 1960. Había diseñado uno de los programas de reforma agraria más completos del país. Era la persona con más experiencia del banco, acostumbrado a lidiar con los cientos de paradojas que afectaban a Latinoamérica. Paradojas que muy pocos comprendían y mucho menos podían explicar.

Alex añadió, --En Perú, utilizamos gran parte de nuestras reservas para importar alimentos. Nos industrializamos porque estábamos convencidos que los trabajos urbanos eran la solución. Sin embargo, el costo de los alimentos importados subió, mientras que los salarios se estancaron y la producción agraria disminuyó considerablemente. En consecuencia, nos controlaban los mercados extranjeros. No podíamos pedirle a la gente que esperara porque tenían que comer. El mercado laboral fluctuaba, y las ciudades se llenaron de gente que no podía cumplir con sus necesidades alimentarias básicas. Finalmente la situación se convirtió en una pesadilla política y terminamos utilizando todo nuestro tiempo y recursos en ocuparnos del hambre de la gente. Lamentablemente, eso les sirvió de excusa a los militares para tomar el gobierno.

Stanley no quiso escuchar más, por lo que replicó, --No vamos a llegar a ninguna parte, Alex, así que no tiene sentido seguir discutiendo, ¿no te parece?

Ya no le quedaban dudas, Alex Barclay era un astuto canalla que quería aparentar ser objetivo, cuando en realidad no lo era.

7

7 de Marzo de 1991
Caracas, Venezuela

Poco después del atardecer, Matt cruzó la plaza en camino al capitolio. Al llegar al histórico edificio, observó brevemente los reflectores que lo iluminaban antes de entrar por la puerta norte. Un oficial de la Guardia Nacional inspeccionó su tarjeta de identificación y su maletín. El oficial asintió y le dijo, --Lo están esperando, Sr. Sheridan-- mientras observaba su vestimenta informal, pantalones color caqui, camisa blanca de manga corta y una chaqueta color crema.

Una vez dentro del edificio, Matt atravesó el patio, subió las escaleras al segundo piso y se encontró con otra puerta vigilada. Nuevamente se identificó y le indicaron que pasara. Adentro, encontró a Suárez que lo estaba esperando. Un secretario que estaba escribiendo a máquina les dijo que el General García estaba listo para recibirlos.

Los dos hombres entraron a la oficina del general. Matt se sentó frente a un enorme escritorio de madera y mármol, mientras Suárez cerraba la puerta y luego se sentó junto a él.

El General García entró por una puerta lateral. Al ver a Matt, hizo algo inusual, esbozó una tenue sonrisa que resaltaba las arrugas de su rostro. García tenía 65 años. Aún se encontraba en forma gracias a sus caminatas diarias. Su cabello estaba debilitado y tenía bolsas en los ojos, pero su rostro aún irradiaba una vitalidad que todos podían notar. Tenía una fuerza de voluntad notoria. Su carácter serio era consecuencia de décadas de concentración en los problemas políticos del país.

Vestía ropa de civil conforme a la hora de la noche. --¿Cómo está el Sr. Anderson?-- preguntó.

--Le envía sus saludos-- contestó Matt sacando un sobre manila de su maletín. Siguiendo el protocolo, se lo entregó a Suárez que lo abrió y extrajo unos documentos y una fotografía. Luego Suárez se lo entregó a García.

--Hmmmm-- murmuró García mientras inspeccionaba la fotografía. --¿Janis Endelis?

--Sí, señor-- respondió Matt --sacada de nuestros registros sobre Letonia.

--¿Algo más?-- preguntó.

Matt asintió. --Endelis está conectado con los secuestros políticos y desapariciones en varios países, como por ejemplo Haití.

--¿Haití?

--Sí, señor.

--¿Por qué no comenzamos con Argentina?

--De acuerdo--. Matt hizo una pausa para organizar sus pensamientos. --Endelis estuvo involucrado en la primera presidencia de Perón. Lo protegía un grupo de derecha, cercano a Perón, denominado *Grupo de Oficiales Unidos*.

--Soy consciente de eso.

--Creemos que Endelis cambió de identidad en 1955 cuando Perón fue derrocado. Entonces viajó a Haití para perfeccionar a los Tonton Macoutes, que guardaban una gran semejanza con la Guardia Pretoriana de los Nazis.

--¿Guardia Pretoriana?

--Sí, señor. Endelis adoctrinó a los Tonton Macoutes en la técnica de los escuadrones de la muerte, que resultó ser mucho más eficaz. Dicha técnica se hizo relevante al integrar los escuadrones al aparato militar, sin embargo operaban en la clandestinidad. Quizás por eso se expandieron por toda Latinoamérica. Sus víctimas eran imposibles de rastrear. Luego de ser torturados eran asesinados y, tal cual indica el informe que tiene usted en sus manos, eran desmembrados para dificultar su identificación. Aunque, existían también otros métodos, como los asesinatos al azar, las masacres…, estas tácticas eran parte de un plan sistemático para mantener el control político y económico del país. La aleatoriedad de la violencia era lo que hacía tan efectivos a los escuadrones de la muerte.

Dirigió su mirada hacia Suárez, luego miró nuevamente al general y continuó, --Lo que diferenciaba la técnica de los escuadrones de la muerte con las técnicas Nazi, era justamente su aleatoriedad. Otro país que usó esta técnica fue El Salvador. Hace unos años descubrimos celdas clandestinas en el edificio central de la Guardia Nacional. También vimos el mismo tipo de celdas en la Secretaría de Inteligencia del Estado en Buenos Aires. Se les denominaba 'celdas de transición' pues albergaban a las víctimas hasta que eran transferidas a un lugar más seguro. Las desapariciones comenzaron a crecer en Argentina en 1976 y en El Salvador en 1980.

García fue directo al grano. --Estoy interesado en saber si sus fuentes han conectado a Endelis con la Escuela de las Américas.

Matt estaba preparado para esa pregunta. --Endelis nunca participó de la Escuela de las Américas. Como usted ya sabe, nuestras relaciones con Perón no eran las mejores. Endelis introdujo su técnica a través de la Argentina.

--¿Está insinuando que Perón nunca utilizó los escuadrones de la muerte aunque conocía dichas técnicas?

--Nunca tuvo necesidad de utilizarlas, pero sospechamos que las exportó a otros países.

--Pero la ideología de Perón no era el terrorismo.

--Es verdad, pero infectó al país de militarismo. Argentina se convirtió en un país que admiraba los uniformes.

--Pero eso fue parte de la cultura.

--Sí, y Perón fortaleció dicha admiración.

García y Suárez permanecieron en silencio.

Matt agregó, --Cuando llegó al poder por primera vez en 1944, su retórica avivó la imaginación de los izquierdistas, derechistas, civiles, oficiales, intelectuales y trabajadores. No utilizó las técnicas de Endelis porque la institución militar estaba de su lado. Finalmente los militares se volvieron en su contra cuando se deterioró la economía y provocaron su derrocamiento en 1955.

--Sí, lo sé-- dijo García. --Se escapó en un barco de guerra que proporcionó Paraguay.

Matt asintió. --De ahí en más, los militares pudieron controlar el país sin necesidad de utilizar el terror aleatorio. Y aunque los que estuvieron en el poder durante los siguientes 18 años eran anti-Peronistas, pudieron gobernar el país sin utilizar estas técnicas abiertamente hasta 1976.

--Parece contradictorio, lo sé-- dijo Matt --pero eso solo sucede cuando uno lo analiza superficialmente. La población continuó venerando al uniforme. Cuando Perón regresó en 1973, su oportunismo se hizo más visible. Nuevamente, se dirigió a todos los poderes políticos y sociales, a las fuerzas del orden, al deseo de estabilidad de la elite, al sueño juvenil de revolución social…, nunca desistió en su manipulación del oportunismo, aunque esta vez eso fue causa de divisiones. Enfrentó a las clases entre sí, incluso a los jóvenes en contra de sus padres. Manipuló a todo el mundo.

--La política de divide y vencerás-- dijo Suárez.

--Algo así-- dijo Matt. --Cuando regresó a la Argentina, su ideología fue la única retórica inspiradora. Perón murió nueve meses después de asumir el poder, y entonces los escuadrones de la muerte de Endelis salieron del closet y su violencia escaló cuando Perón fue reemplazado por su esposa, Isabel. Ella no pudo continuar con la farsa, y cuando fue forzada a abandonar el poder, los escuadrones comenzaron a rodar en sus Ford Falcon sin patente indiscriminadamente..., y ya conocen el resto de la historia.

García lo miró fijamente. --Para entonces, había oficiales militares como Roberto Viola o Leopoldo Galtieri en el poder..., y ellos se graduaron en la Escuela de las Américas.

--Sí, es verdad--. Matt hizo una pausa de varios segundos. --Anderson ya hizo sus averiguaciones porque preveía que esta cuestión iba a surgir. Endelis nunca estuvo conectado con la Escuela de las Américas. Con respecto a Viola y Galtieri, si, estudiaron allí, sin embargo la Escuela de las Américas no los adoctrinó acerca de cómo crear una organización secreta neofascista, y hay evidencias de ésto desde 1975.

--¿A qué se refiere?

--Para ese entonces, los militares argentinos ya se dedicaban a imponer los valores prusianos en sus víctimas, en un proceso que denominaban 're-educación de ciudadanos'.

--Roberto Viola fue uno de los arquitectos de la guerra antisubversiva.

--Sí, y el General Leopoldo Galtieri era el jefe de los escuadrones de la muerte del Batallón de Inteligencia 601...

--Y ambos terminaron siendo presidentes de Argentina...

--Sí, entre 1981 y 1982.

--Y su país recibió al General Galtieri con los brazos abiertos como un luchador contra el comunismo.

--Sí, fue recibido por el Presidente Ronald Reagan.

--Tanto Galtieri como Viola fueron arrestados y juzgados por graves violaciones a los derechos humanos.

Matt asintió. --Sí, tuvieron un comportamiento despreciable. Cuando el Presidente Reagan recibió a Leopoldo Galtieri en Washington, Galtieri era el Presidente de su país. Ésto no excusa el historial de Galtieri, pero todo se ve diferente cuando lo analizamos desde el presente. Hacer responsable a los Estados Unidos del comportamiento de estos individuos es irrazonable--. Eso es todo lo que pudo decir con respecto a ese tema.

García tamborileaba con impaciencia sobre el escritorio.

Matt continuó, --Los Nazis contaminaron el mundo, General. También penetraron en la Argentina, y no hay dudas al respecto.

--Son un cáncer-- dijo García.

--Razón de más para que trabajemos en conjunto para librarnos de ellos.

García asintió.

--En conclusión, tenemos evidencia-- dijo Matt --que las técnicas de Endelis se utilizaron en Argentina, Haití, El Salvador y Chile. Endelis es el común denominador. Las tácticas paramilitares de terror son históricamente evidentes en estos países. Los Nazis utilizaban las mismas técnicas. Es un hecho que los escuadrones de la muerte han arrojado cientos de miles de cuerpos sin manos ni cabeza en ríos y carreteras en cada uno de los países en que Endelis, o alguien haciéndose pasar por Endelis, entrenó a dichos escuadrones.

García lo miró fijamente. --¿Acaso me está dando a entender que un impostor podría haber tomado la identidad de Janis Endelis? ¿Cómo obtuvo su fotografía?

--Luego de que ciertas fuentes me proporcionaron la descripción física de Janis Endelis, alias Manuel Blanco, nuestra gente comenzó a buscar información del pasado y encontramos sus datos en uno de nuestros archivos--. Hizo una pausa para ordenar sus pensamientos, y continuó, --Pudimos confirmar entonces que el verdadero Janis Endelis no concordaba con la descripción dada por los argentinos y por Iván Trushenko.

García miró fijamente la fotografía.

--Un impostor debió haberse unido al Ministerio de Defensa de Perón para retirarse nueve años más tarde. Desde su supuesto retiro, no existen más datos sobre Endelis.

--¿Endelis desapareció?

--Sí, señor.

García asintió con la cabeza.

Matt continuó diciendo, --Por lo tanto, debemos asumir que dicho impostor fue el que entrenó a los Tonton Macoute y a otras organizaciones, unidas en la creencia de que estaban formando la nueva Guardia Pretoriana. Para confirmar nuestras sospechas, cotejamos los datos con las fuentes de inteligencia de Estados Unidos conectadas con la ocupación alemana posterior a la segunda guerra mundial. Tomó algún tiempo, pero estos datos están por ser confirmados ya que la tumba de Endelis en Riga contiene restos humanos, y hasta que puedan ser exhumados y comparados con los archivos dentales del verdadero Endelis, todo lo que les he dicho está basado en una comparación de fotografías y en información de terceros. De todos modos, creemos que el Janis Endelis que trabajó para Perón no es el mismo que trabajó para la Policía Auxiliar Letona.

García y Suárez se miraron. García preguntó, --Si la identidad real de Endelis es confirmada, entonces, ¿el impostor sería un alemán?

--Es solo una suposición-- contestó Matt --pero probablemente se trate de un alemán que trabajó para las SS.

García hojeó nuevamente el informe, y preguntó, --¿Existe algún tipo de información en sus archivos que nos diga adónde se dirigió el impostor luego de dejar Haití?

--Una fuente nos informó de la presencia de un alemán en El Salvador que habría estado involucrado con una organización política denominada ORDEN, que era una extensión del Departamento de Defensa de ese país.

--¿No se mencionó su nombre?-- preguntó García.

Matt meneó la cabeza. --No, pero creemos que el alemán habría utilizado diferentes identidades. Habría usado el nombre letón en Argentina, otra identidad en Haití y así sucesivamente. Aparentemente habría aparecido en El Salvador a fines de la década de 1960, cuando los militares estaban enfrentados entre sí.

--Esta organización ORDEN..., ¿se sabe si utilizaba escuadrones de la muerte?

--Sí, y también tenían una red de informantes. El Salvador tenía serios problemas internos por ese entonces. La camarilla militar gobernante estaba compuesta por oficiales liberales que presionaban por una reforma agraria agresiva, justo cuando el país estaba expandiendo sus exportaciones de ganado y algodón.

--En aquellos días-- recordó García --los campesinos eran despojados de sus tierras.

Matt asintió, y añadió, --En 1972, los derechistas que estaban en contra de la reforma agraria, confiscaron las urnas electorales con el apoyo de la organización ORDEN. Entonces se desató el caos y comenzó la guerra civil.

Matt se detuvo tratando de ignorar el ruido del tráfico que se filtraba por la ventana. Respiró profundamente y continuó, --Antes de que se destara la guerra civil, la camarilla liberal trató de disolver a ORDEN, sin embargo, de acuerdo a nuestras fuentes, la organización no fue desmantelada. Endelis continuó haciendo su trabajo hasta que se fue del país.

--¿Adónde se fue después de El Salvador?-- preguntó Suárez.

--Aparentemente habría ido a Chile justo antes del golpe de estado en 1973, y bueno, ya conocen como siguió la historia...

--¿No regresó a la Argentina?

--No, estoy seguro de que los militares no lo querían allí porque lo identificaban con Perón.

--¿A pesar de que había roto sus lazos con Perón en 1955?

--Sí.

--¿Sus fuentes mencionaron una organización en Chile similar al grupo ORDEN?-- preguntó García.

--Efectivamente, la organización DINA, aunque no la llamaban así, sino que simplemente le decían la Policía Secreta.

Unos segundos después, Matt preguntó, --¿Qué pasó con el hombre que se reunió con Trushenko?

--Estamos tratando de averiguarlo-- contestó García.

--¿Y Trushenko? ¿Adónde se encuentra?

--Desapareció.

--¿Qué?

--Nuestros agentes lo perdieron de vista en Barcelona.

Matt no podía creer que Trushenko hubiera desaparecido tan fácilmente.

--Sigan buscando información en los archivos nazis-- dijo García --y dígale a Anderson que se ponga en contacto con Alex Barclay.

--Perdone General…, ¿quién es Alex Barclay?

García sonrió. --Alex trabaja para el Banco Panamericano de Desarrollo en Washington. Fue ministro de agricultura de Perú y sabe mucho acerca de la *Kameradenwerke*, particularmente de los hombres de negocios con lazos en la organización. Estoy seguro que él nos ayudará.

*****

Seis semanas más tarde, se encontraron nuevamente a pedido de García. La reunión fue acordada en un café al aire libre en el barrio de Sabana Grande. Sabana Grande, situado al noroeste de la Universidad Central de Caracas, era un barrio conocido por sus cafés, hoteles, restaurantes, tiendas, vendedores ambulantes y su gran bulevar libre de tráfico automotor.

El general llegó puntualmente a la cita. Matt le hizo señas desde una mesa cercana. Una vez más, García estaba vestido de civil. Había tomado el metro, algo que insistía en hacer, aunque no le gustaba admitir que lo hacía para ejercitar sus rodillas entumecidas.

Mientras entraba al café, inspeccionó el lugar. Recorrió con su mirada a los jugadores de ajedréz, estudiantes, amantes…, todos clientes habituales. Con la excepción de algunos compradores distraídos y de los vendedores ambulantes, que no obstante permanecían en la acera, el lugar le pareció excelente. Las mesas estaban separadas de la acera por una valla de hierro ornamentado. También le pareció ventajosa la prudencial distancia entre las mesas. El desorden de las mesas adyacentes era una señal de lo pésimo del servicio, pero eso significaba que tendrían pocas interrupciones.

Se sentó frente a Matt y gruñó cuando éste le dijo, --General, usted siempre mantiene su figura tan elegante.

--Estoy muy viejo para adulaciones, hijo-- respondió mientras notaba las pequeñas canas incipientes que empezaban a dibujarse en el cabello de Matt. García se sentía molesto porque a pasar de sus arduas caminatas diarias, su cintura se ensanchaba inexorablemente. --Deja esos cumplidos para los cerebros de grasa--. Era un término que usaba para los empleados de gobierno que se comportaban como pequeños emperadores.

Matt se preguntó por qué habría roto el protocolo al venir solo a la cita y le preguntó, --¿Adónde está Suárez?

--Le dije que se tomara el día…, y bien…, ¿no va a ordenar algo? Aún tengo un par de horas libres-- contestó. Mientras trataba de llamar la atención del mesero, le preguntó, --¿Le mencionaste a Anderson acerca de Alex Barclay?

--Sí.

--¿Y qué dijo?

--Anderson no me dio muchos detalles, solo dijo que había sido una buena idea porque usted, Alex Barclay y un par de personas más tenían suficiente información como para llenar una biblioteca. Cuando hablé con él y le mencioné a Barclay el diseño con los seis brazos y sus posibles ramificaciones, dijo que podía ayudarme. Mencionó a un poderoso hombre de negocios, dueño de la Corporación Asteris. Su nombre es Ricardo Ariosto. Dijo que Ariosto es medio alemán y está tratando de expandir sus inversiones agropecuarias en Venezuela--. Luego de una pausa de unos segundos, le preguntó, --¿Ha oído hablar del término G*allo de Oro*?

--¡Por supuesto!

--¿Qué significa?

García esbozó una sonrisa. --¿Dónde lo has escuchado?

--Anderson se refirió a Barclay como un Gallo de Oro.

--¿Y Anderson no lo explicó?

--No.

--Es un término de respeto.

--¿Un término local?

--Sí. El gallo es un símbolo de defensa y protección. Un Gallo de Oro es un guerrero que se ha ganado el respeto de la comunidad y que tiene enseñanzas para dejar a las generaciones futuras--. Hizo una pausa de varios segundos mientras rememoraba el pasado. --Conocí a Alex Barclay cuando él era Ministro de Agricultura del Perú. En ese momento, tuvimos la oportunidad de compartir el hecho de que la maquinaria militar de varios países de Latinoamérica había sido infiltrada por elementos indeseables. Poco tiempo después, Anderson conoció a Alex…

Matt asintió.

García cambió repentinamente el tema de conversación. --Ordenemos de una vez por todas-- dijo mientras hacía señas para tratar de llamar la atención de un mesero que estaba discutiendo con un compañero. El mesero le indicó con un gesto que su discusión era más importante. Mientras tanto, García agregó, --Probemos el jugo de guayaba.

Matt perdió la paciencia y levantó su mano. Un mesero finalmente se acercó a la mesa y tomó la orden. Matt ordenó un capuchino.

El rostro de García se veía pensativo.

Matt comenzó con su informe. --Después de hablar con Barclay, investigamos a la Corporación Asteris, y nos dimos cuenta que el símbolo de los seis brazos era igual al logotipo de la corporación. Además descubrimos una conexión entre esta compañía y ciertas actividades paramilitares clandestinas que ocurrieron hace unos años en El Salvador y en Guatemala. Aparentemente, escuadrones de la muerte cometían actos terroristas aleatorios para controlar a los grupos que interferían con los objetivos económicos de Asteris, pero nadie ha podido demostrar una conexión directa. Si estos escuadrones eran una extensión de la estructura militar oficial, la cadena de mandos no seguía la estructura tradicional. Sin embargo, sospechamos que efectivamente formaban parte de la estructura oficial y que tenían una alianza con Asteris.

--¿Igual que el *Gruppe A* y sus comandos?

--Sí, actuando bajo las órdenes de un comando superior.

--Pero con un objetivo económico que beneficiaba a Asteris…

--Exactamente.

--¿Has podido averiguar algo acerca de El Salvador?

--Sí, aparentemente en 1972, cuando la ultra-derecha confiscó las urnas, los escuadrones ya estaban operando en el interior del país.

--¿Entrenados por Endelis?

--Si, y luego, en 1978, se trasladaron a las ciudades adonde comenzaron las desapariciones, secuestros y asesinatos en masa, cerca de 200…

--No me interesan las estadísticas.

--A esta altura, Ariosto ya había amasado una fortuna. Su red de terror controlaba los mercados de café y algodón de El Salvador.

--Evidentemente, un hombre que anda a la caza de presas fáciles-- dijo García.

--Si, la mayoría de sus víctimas eran campesinos. Otro dato interesante es que alguien asesinó a un agregado militar de Estados Unidos en El Salvador cuando iba camino a la embajada. En el maletín del diplomático se encontró una carta escrita por Ariosto dirigida a un general guatemalteco. Evidentemente fue un asesinato descuidado ya que los asesinos dejaron olvidado el maletín.

--¿Qué decía la carta?

--Describía el pago de sobornos al general. De todos modos, cuando hicimos una búsqueda de Ariosto en nuestras computadoras, el nombre del diplomático apareció dos veces. El agregado diplomático había compilado un informe acerca de la intromisión de Ariosto en los asuntos políticos y militares de El Salvador. Y bueno, el asesinato del diplomático confirmó estas sospechas.

--¿Su gobierno tomó algún tipo de acción en contra de Ariosto?

--No, lo mantuvimos vigilado hasta que se mudó.

--¿A Venezuela?

--Sí.

--¿Cómo va la investigación de Endelis?

--Sabemos que el verdadero Janis Endelis está muerto. Quedó demostrado por medio de los registros dentales, de manera que el hombre que buscamos es definitivamente un impostor. De hecho, encontramos información adicional que corroboró el fallecimiento de Endelis en 1945. También investigamos los antecedentes de Ariosto, y averiguamos que su madre era alemana y se llamaba Irmgard Vahl.

García permaneció en silencio.

Él continuó, --Nuestros servicios de inteligencia nos informaron que tuvo dos hermanos y que nacieron en Augsburgo. Irmgard se casó con un diplomático argentino, Antonio Ariosto, que era muy buen amigo de Perón .

--Hmmmm, recuerdo haber oído algo de su padre. ¿No fue asignado a Caracas?

--Sí, era un diplomático de carrera. Perón lo había asignado como cónsul adjunto. De hecho, Ricardo Ariosto nació aquí, en Caracas, en 1948.

García agregó, --Interesante, ¿no le parece? En 1948 tuvimos un golpe de estado en Venezuela que acabó con nuestro gobierno democrático.

--Si claro, ¿no fue acaso el golpe de estado que lo mandó a usted al exilio?

Él asintió. --No fui el único..., el golpe envió al exilio a gente mucho más importante que yo, como por ejemplo a Rómulo Betancourt.

--Para continuar, General, uno de los hermanos Vahl falleció en Grecia en 1942, tres años antes de que terminara la guerra. Tenemos el certificado de defunción y su tumba tiene los restos correctos. El otro hermano, Heinrich, aparentemente murió en un accidente automovilístico en 1945, pero nunca se expidió un certificado de defunción. Su tumba se encuentra en Augsburgo.

--Interesante...

--Sí..., tenemos planeado exhumar su tumba. Una fotografía de Heinrich Vahl tomada en 1942 muestra un gran parecido con Ricardo

Ariosto, solo que en una versión más rubia, pero la semejanza de sus rostros es asombrosa. Heinrich fue un delegado Gruppefuhrer en la organización A, que es la que supervisaba al Comando 2 en Letonia, como usted ya sabe.

--Sí claro, los que golpeaban, quemaban, acuchillaban y hasta enterraban con vida a sus víctimas-- dijo García. --Es evidente que Vahl conoció o trabajó para Endelis. Incluso es posible que lo haya asesinado para asumir su identidad--. Hizo una pausa para permitirle al mesero impaciente que sirviera su jugo de guayaba y el café de Matt.

Luego de saborear el jugo, continuó especulando. --Si la hermana de Heinrich estaba casada con un diplomático que era miembro del círculo íntimo de Perón, no hay dudas de que Heinrich tenía buenos contactos. Perón probablemente lo ayudó a escapar de Europa.

--Es verdad. Vahl fue un criminal de guerra muy buscado, mientras que Endelis no lo era. Lo más fácil era apropiarse de la identidad de Endelis.

García quedó unos momentos en silencio con la vista fija en su vaso de jugo. Luego de unos segundos dijo, --De manera que Heinrich Vahl es Janis Endelis.

--Así parece-- dijo Matt. Luego de una pausa, preguntó, --¿Cómo fue que terminó formando parte de la lista de los criminales más buscados de Argentina?

--La Guerra Sucia terminó oficialmente en 1982. En 1983, después de ser elegido presidente, Raúl Alfonsín comenzó una investigación de la Guerra Sucia y dejó al descubierto las conexiones de Janis Endelis con la dictadura-- explicó García. --Las tácticas de las SS estaban profundamente arraigadas en la maquinaria militar…

--…y fueron utilizadas por los militares argentinos durante dicha Guerra Sucia.

--Cuando la gente de Alfonsín analizó las pruebas con más detenimiento, fue imposible ignorar la conexión entre Janis Endelis y los escuadrones de la muerte.

--¿Por qué la Guerra Sucia se ensañó también con los Peronistas?

--Porque eran vistos como terroristas-- le explicó García. --La junta militar condujo una guerra contra cualquier oposición utilizando actos de terror aleatorios. Nadie puede negar el hecho de que la maquinaria militar utilizó mecanismos paramilitares. La junta militar jamás le dio crédito a Perón por sus tácticas, quizás ya había pasado demasiado tiempo…

--¿Cuál es el próximo paso?-- preguntó Matt.

--Tenemos que encontrar la manera de acercarnos a Ricardo Ariosto.

--¿Qué quiere decir con eso, General?

García añadió con impaciencia, --¡Tenemos que afilar nuestras uñas! Dígale a Anderson que espero verlo en mi oficina tan pronto como le sea posible alejarse de su equipo de pesca--. Ese equipo era parte de lo que Anderson llamaba su 'equipo de análisis de campo'. Él era un ávido pescador y frecuentemente salía de pesca junto a políticos y empresarios. Solían ir al archipiélago Los Roques, o a los bancos de La Guaira. Durante esas excursiones, aprovechaba para obtener información y para abogar por la causa norteamericana sin llamar la atención.

*****

Después de acompañar a García a la estación del metro, Matt se dirigió a la oficina de Anderson que lo estaba esperando.

Durante el camino, Matt tuvo tiempo para reflexionar. Estaba comenzando a comprender la gran admiración que Anderson sentía por García. En las últimas tres décadas, había sido uno de los líderes que habían trabajado incesantemente para tratar de proteger a su país de los males que habían plagado a Latinoamérica durante los últimos años. Estaba seguro que García se había ganado el título de 'Gallo de Oro'. No era un título oficial, pero era muy importante para los venezolanos. En otras palabras, era un título dado por el corazón del pueblo.

Anderson le contó de sus experiencias en Chile. Le dijo que no había estaba preparado para la información de inteligencia que había recogido. Chile se encontraba en el medio de un golpe de estado neo-Nazi en contra de un gobierno socialista. Ciertamente, los Estados Unidos fueron parcialmente responsables, pero no de todo lo que sucedió allí.

--Es ridículo pensar que pudimos haber corrompido a todos los militares-- explicó Anderson. --Su ideología tiene que haber sido corrupta para poder haber llevado a cabo esa guerra en primer lugar.

--En contra de su propia gente-- dijo Matt.

--Exacto.

Según Anderson, la conexión con la ideología Nazi ya formaba parte de aquel aparato militar. Había visto con sus propios ojos cómo algunos generales se golpeaban los talones y brindaban por el Nuevo Chile, jactándose sobre los beneficios de manejar el país de la manera en que se manejaba la Alemania Nazi. Así fue que empezaron a manejar el país al estilo comando. El gobierno capturó a miles de presuntos subversivos de una manera brutal. Algunos de ellos fueron llevados al Estadio Nacional y otros a la Isla de Dawson. Durante las semanas que siguieron al golpe de estado, la violencia empeoró. Ésto sucedió en el año 1973, tres años antes del comienzo oficial de la Guerra Sucia en Argentina.

De acuerdo con Anderson, García no quería que ésto sucediera en Venezuela. García estaba demasiado familiarizado con el terror. Todo había comenzado en 1948, cuando la guerra de agresión silenciosa de Perón había influenciado el golpe de estado que mandó a García al exilio. Venezuela no compartía una frontera con Argentina, pero tenía petróleo, lo que interesaba a Perón.

Además, Venezuela tenía una democracia, pero sus militares no estaban conformes con el experimento. El exilio de García continuó en 1952 cuando Marcos Pérez Jiménez, otro militar, tomó el poder. Pérez Jiménez emuló a Perón, aunque no estaba de acuerdo con su acercamiento a los sindicatos, por el contrario, los odiaba y fueron los primeros en sufrir las consecuencias cuando asumió el poder. Abolió la mayoría de los sindicatos y los pocos que sobrevivieron, lo hicieron con líderes designados por el mismo gobierno.

Pedro Estrada, el jefe de las fuerzas de seguridad de Pérez Jiménez, persiguió a los sindicalistas y a los subversivos con una eficacia abrumadora. Comenzó persiguiendo a los miembros de los partidos políticos abolidos y luego continuó con maestros de escuela de pensamiento libre. Nadie podía escapar a sus garras, persiguió a estudiantes, periodistas e incluso a sacerdotes.

Estrada llevó a miles de sus víctimas a campos de concentración en la selva, adonde fueron mutilados, quemados con ácido, electrocutados o gradualmente asfixiados. Algunos fueron sodomizados, violados, atados a árboles en la selva y abandonados a merced de las fieras salvajes. Otros fueron ahogados en aguas pantanosas, cuando no eran arrojados a los caimanes. Los que se salvaron fueron colgados, fusilados o simplemente abandonados en el medio de la selva.

Pérez Jiménez cerró la Universidad Central en Caracas y prohibió las publicaciones y periódicos que criticaran su dictadura, mientras se embarcaba en un programa impresionante de obras públicas financiado con las cada vez más redituables ganancias que dejaba el negocio del petróleo. Como era de esperarse, Pérez Jiménez siguió con la tradición de quedarse con un porcentaje de los ingresos petroleros, a los que llamaba irónicamente 'comisiones' y complementó su botín mediante confiscaciones de tierra que dejaron a más de medio millón de campesinos hambrientos y sin tierra. Ya a fines de 1957, era tristemente célebre por perseguir brutalmente a su gente, mientras compensaba a los perros que le brindaran pleitesía.

García pudo regresar finalmente a su país, cuando la casi ilimitada capacidad de los venezolanos para tolerar injusticias, finalmente explotó en el día de año nuevo de 1958. La población convocó a una huelga general y posteriormente se unió la marina y la fuerza aérea. Finalmente, el 23 de Enero se formó una junta militar de cinco hombres que tomó el poder mientras Pérez Jiménez se fugaba hacia Miami.

Debido al clamor público, se sumaron un par de civiles a la junta de gobierno y rápidamente se tomaron medidas para la transición hacia la democracia mientras se liberaba a los presos políticos, retornaba la prensa libre, regresaban los exiliados y reabrían las universidades. Se devolvió la mayor parte de las tierras confiscadas a sus legítimos dueños y se anunciaron elecciones libres y democráticas.

El triunfador de estos comicios fue Rómulo Betancourt quien, al igual que García, había tenido mucha experiencia con los tiranos. Nacido en una familia humilde de origen rural, Betancourt había recibido su educación en las escuelas públicas. Juan Vicente Gómez y, luego, la junta de gobierno de 1948 lo habían enviado al exilio. A su retorno al país, comenzó a reconstruir su partido, Acción Democrática (AD), para participar en las elecciones de 1958.

En su plataforma política, prometía una apertura para una nueva generación de líderes de clase media que estaban ansiosos por forjar un futuro sin uniformes militares. Betancourt se había fijado otras metas importantes, como la de fortalecer los movimientos sindicales y el diseño de una ambiciosa reforma agraria que rompería con el yugo feudal del pasado, ya que a pesar de siglos de socialización, el parentesco con la España feudal seguía siendo fuerte.

Una vez que Betancourt asumió la presidencia, convocó a su amigo García, quien entonces era un Capitán del ejército, lo ascendió como Coronel y le asignó al Ministerio de Defensa, donde se desempeñó como miembro del Estado Mayor Conjunto.

Betancourt no compartía las opiniones de García con respecto a Castro. García siempre fue más conciliatorio, mientras que Betancourt se oponía firmemente al líder cubano, a pesar de haber pertenecido brevemente al partido comunista en su juventud y de haber apoyado a Castro antes de que se sumaran los rusos. Betancourt también se distanció de los partidos de izquierda que le habían brindado su apoyo en su campaña electoral, cuando éstos se impacientaron por el lento desarrollo de sus reformas.

Sin embargo, la amenaza más grande venía del lado de los militares, por lo que tomó medidas descomunales para mantenerlos fuera de la política. Lo hizo persuadiendo a la oposición política, particularmente a los integrantes del Partido Demócrata Cristiano (COPEI), de que las ganancias provenientes del petróleo debían compartirse con las fuerzas armadas. De esta manera, gastó enormes sumas de dinero en sueldos para los militares, les concedió innumerables beneficios y realizó un esfuerzo extraordinario para explicarles sus objetivos.

García le sirvió como barómetro y catalizador para alejar al país de su pasado autocrático. Identificó a oficiales de extrema izquierda y derecha y los mantuvo alejados, enviándolos a puestos diplomáticos en el exterior. Se ocupó de los generales que tenían vínculos con poderosos intereses petroleros, principalmente con los Estados Unidos, quienes inicialmente no le habían prestado su apoyo por temor a las nacionalizaciones. No obstante, su mayor batalla fue la de consensuar un punto de encuentro entre los extremistas de derecha y de izquierda, ya que ninguno de ellos estaba dispuesto a hacer ningún tipo de concesión.

De hecho, Betancourt era odiado tanto por la extrema derecha como por la extrema izquierda. Apenas sobrevivió un intento de asesinato instigado por Rafael Trujillo, el dictador derechista de la República Dominicana. Trujillo despreciaba las políticas de Betancourt y quería apoderarse de las reservas petroleras del país. Por otra parte, Fidel Castro se entremetió en un conflicto interno y a consecuencia de ello se produjeron dos revueltas en la academia militar a mediados de 1962. Castro también proporcionó armas a los rebeldes para subvertir las elecciones presidenciales de 1963.

Bajo las órdenes de Betancourt, los militares neutralizaron la campaña terrorista llevada a cabo por una coalición de izquierda cuyo objetivo era la destrucción de propiedades nacionales y extranjeras, y para lograrlo contó con la asistencia de los Estados Unidos. García no estaba de acuerdo con este tipo de represión, pero Betancourt la consideraba apropiada. Además, fijó su posición contra el Castrismo casi inmediatamente, arrestando a todos los comunistas poco tiempo antes de las elecciones de 1963. Todos estos eventos le recordaban el pasado, cuando los tigres se escondían en emboscada, aunque esta vez los demagogos de la competencia habían sido reemplazados por guerrilleros de izquierda. Pero Betancourt no iba a permitir que la incipiente democracia fuera destruida por una guerra civil.

Irónicamente, la continua guerra de guerrillas alimentada por Trujillo y Castro, aseguró la permanencia de Betancourt en la presidencia por cinco años. Era la primera vez en la historia que un presidente elegido democráticamente, llegaba al final de su mandato. Betancourt astutamente previno que la elite terrateniente y sus aliados militares interfirieran con su reforma agraria. Mediante su nuevo Instituto Agrario Nacional, el gobierno adquirió una gran cantidad de propiedades que no estaban siendo utilizadas y las distribuyó entre 350.000 familias campesinas.

Estas familias recibieron préstamos para comprar maquinarias, herramientas y fertilizantes, así como también entrenamiento técnico. También estableció un plan para mejorar los servicios de salud y vivienda. Pero nada de ésto le resultó fácil, en efecto Betancourt tuvo que soportar inconvenientes tales como una rebelión armada, problemas con campesinos analfabetos que eran incapaces de operar las maquinarias agrícolas y una difícil recesión, agravada por la deuda pública que heredó de Pérez Jiménez. La fortaleza de Betancourt y su cuidadosa planificación, fueron compensadas con la continuidad de una democracia que él mismo ayudó a afianzar.

Matt admiraba la tenacidad de García que continuó siendo miembro del Estado Mayor Conjunto por más de tres décadas, asistiendo en asuntos concernientes a la diplomacia militar siempre que estuvo a su alcance. Matt llegó a la conclusión de que García era un maestro en su oficio ya que comprendía la idiosincrasia venezolana a la perfección.

Cuando Matt le comunicó a Anderson que García quería verlo en persona, Anderson le preguntó, --¿Te dijo por qué quería verme?

Matt se encogió de hombros y respondió, --No, pero dijo que teníamos que afilar nuestras uñas…

--Ah…, entonces el tema es Ariosto-- dijo Anderson esbozando una sonrisa.

--Y Heinrich Vahl, alias Janis Endelis.

--García tiene información que nosotros no tenemos.

--Probablemente.

--Quizás sea la conexión con elementos cubanos.

--No entiendo...

--Tanto Iván Trushenko como José Rodríguez están conectados con Cuba-- dijo Anderson con un brillo en los ojos.

--Pero..., ¿qué conexión ideológica pueden llegar a tener con Ariosto?

--¿Acaso no le vendieron un pasaporte?

Matt permaneció en silencio.

--Es solo una sospecha.

--¿Pero para qué? ¿Para empujar a Venezuela al precipicio?

--¿Por qué no? Quizás para desacreditar al General García..., Venezuela viene sufriendo un aumento cada vez más pronunciado en los niveles de pobreza, problemas relacionados con la creciente desigualdad económica y social, cambios dramáticos en la fuerza laboral, pérdida de poder de los sindicatos, corrupción en aumento, un electorado apático, movimientos comunitarios que han sido callados por los políticos y reformas económicas neoliberales que solo han contribuido a dividir la opinión pública. Así que, ¿por qué no aprovechar todos estos conflictos para beneficio de un cartel internacional diseñado para tomar el control del país?

--¿Con la ayuda de Castro?

Anderson asintió levemente con la cabeza. --Ariosto puede ser un empresario, pero es un desgraciado hijo del demonio. La tendencia en el continente americano debería ser hacia la disolución de barreras para beneficio del comercio, pero evidentemente, él tiene otros planes. Además como los Estados Unidos están distraídos con la guerra en Irak, es un momento ideal para encontrar otros aliados.

--¿Como por ejemplo Fidel Castro?

--Sí.

Matt dirigió su mirada hacia las estatuillas de los monos. --¿Y por qué Trushenko y Rodríguez querrían jugar al juego de Ariosto?

--Porque están siendo manipulados mediante viejos discursos de los años 1960 cuando este país estaba lleno de grupos de izquierda que querían que Venezuela se convirtiera en otra Cuba. Pero Rómulo Betancourt fue más listo que ellos y que Fidel Castro. Y ahora que Betancourt no está más en el poder, se tienen que enfrentar con García, y saben que contra él no tiene posibilidades a no ser que consigan algún tipo de ayuda externa..., además, Iván Trushenko es el nieto de García.

Matt quedó atónito sin poder pronunciar palabra.

Anderson sonrió. --¿Sorprendido eh?

Matt continuó en silencio.

--Y se pone más interesante..., el padre de Trushenko es un inmigrante ruso que llegó a Venezuela huyendo de las purgas de Stalin, así que de más está decir que su padre odia al comunismo.

--Suena como una disputa ideológica familiar.

--Además, el General García es descendiente de Juan Vicente Gómez.

--¿El dictador?-- preguntó Matt con incredulidad.

Anderson asintió y agregó, --Este es un país pequeño, Matt. Todos están emparentados de una y otra manera.

--¿Es posible entonces que Rodríguez haya engañado a Trushenko para desacreditar al General García?

--Quizás...

--En ese caso tendríamos que suponer que Rodríguez sabe de el parentesco.

Anderson no dijo nada.

--Perdón, pero no me puedo imaginar a Trushenko envuelto en un complot para derrocar una democracia que su abuelo ha defendido durante tantos años.

Anderson continuó desmenuzando los hechos. --No nos olvidemos de quiénes son Ariosto y Heinrich Vahl. Ellos saben cómo manipular a la gente--. Se habían descubierto nuevos datos acerca de la infiltración Nazi en el aparato militar latinoamericano y Anderson estaba convencido de que Vahl aún daba entrenamiento a ciertos gobiernos.

Matt se puso a pensar en los informes que él mismo había compilado. Mientras tanto, Anderson dijo, --Dios los cría y ellos se juntan, y para colmo se juntan en Cuba...

--Pero no hay ninguna evidencia de que estén conspirando juntos...

--Es verdad, pero por otro lado no sabemos nada de Rodríguez.

--Sabemos que Trushenko volvió de Cuba a pedido de Rodríguez.

--Aunque Trushenko no sea un terrorista, es posible que esté siendo manipulado, como dije antes-- respondió Anderson.

--Trushenko fue el que nos informó acerca del llavero de Ariosto.

Anderson asintió.

Él agregó, --Cuba la está pasando mal-- aludiendo al impacto negativo que había tenido la caída de la Unión Soviética en la economía de la isla. --Según he oído, los cortes de electricidad son frecuentes y el racionamiento de alimentos es cada vez peor.

--Razón de más para codiciar el petróleo venezolano-- respondió Anderson y después de una pausa, dijo, --quiero que mantengas vigilado a Ricardo Ariosto. Eso te llevará a Heinrich Vahl.

Matt asintió mientras se preguntaba qué más iba a descubrir.

8

16 de Julio de 1991
Montañas del Noroeste, Venezuela

Iván se levantó abruptamente y anunció, --Es hora de que me vaya de aquí--. Tomás y su familia dejaron de trabajar en las bolsas de granos para mirarlo. Esther también lo miró en silencio mientras cocinaba unos huevos criollos para el desayuno.

--Antes de irme tengo que pasar a revisar el refugio--. Su instinto le dijo que lo debía visitar una vez más antes de partir hacia Cuba. De pronto, se encogió de hombros y murmuró, --Es que soy un hijo de puta paranoico…

Tomás le dijo, --¡Has estado aquí por más de cinco meses, y ya has revisado ese refugio lo suficiente!

--Nada me cuesta revisarlo una vez más en camino hacia el barco.

--¿Tomarás nuevamente el sendero de la montaña?-- le preguntó Esther.

--No, iremos en tu carro.

--¿Y el puesto de control?

--No me preocupa demasiado, además tenemos tiempo de sobra, si hay algún problema, ya pensaré en algo.

--Es mejor que yo conduzca-- dijo ella mientras consultaba la hora en su reloj de pulsera. Eran las 10:15 de la mañana. Tenían que salir antes del mediodía para pasar por el puesto de control antes del cambio de guardia en el que oficiales más experimentados reemplazaban a los jóvenes inexpertos que cubrían el turno de mañana. --Tenemos que salir lo más pronto posible.

Iván miró a Tomás y le dijo, --¿Y tú? ¿Quieres venir con nosotros?

--No, yo me quedo aquí-- respondió. --Hay mucho que hacer en la finca--. Las lluvias habían atrasado el trabajo y no habían tenido tiempo de quitar toda la maleza.

Luego de desayunar, Esther se puso al volante del Pontiac y maniobró el viejo auto hacia la carretera asfaltada camino a la ciudad, evadiendo las mulas cargadas de café, que eran el medio de transporte habitual de los campesinos cafetaleros. Las mulas transportaban el café al centro de acopio del gobierno en el pueblo de Bergantín para ser vendido.

Era la única opción que tenían, Esther tampoco tenía otro remedio que venderle su café al centro de acopio, conocido como PACCA (Productores Asociados de Café Compañía Anónima).

Esta asociación regional era uno de los centros de la red nacional FONCAFE (Fondo Nacional del Café), formada poco tiempo después del embargo de la OPEC, cuando las arcas del país estaban inundadas de petrodólares y el gobierno se dedicaba a crear empresas patrocinadas por el estado. A nadie se le ocurrió preguntarse si los burócratas del gobierno podrían, o sabrían como manejar una red nacional de esas características. Luego de décadas de escasos beneficios, corrían rumores de que estos centros serían cerrados por el gobierno porque FONCAFE estaba en quiebra y el gobierno federal estaba descentralizándose a favor de otorgar a cada estado, más autoridad en lo que respectaba a asuntos agrícolas. Nadie creía en realidad que ésto iba a suceder, pero era una de las reformas impulsadas por el Presidente Pérez.

El cierre de PACCA afectaría dramáticamente a Esther, ya que ella, así como el resto de los agricultores, dependían totalmente de dicho centro. Además no tenían ningún tipo de conocimiento de mercadotecnia ni contaban con capital, ya que los pagos de la oficina central llegaban casi siempre seis meses atrasados.

Sin embargo, los campesinos rara vez se quejaban. Su sentido de supervivencia hacía que evitaran una confrontación con la agencia por su mala administración, porque la mayoría de las quejas se extraviaban en el gigantesco laberinto de la ineficiencia burocrática.

Además, la ausencia de un grupo de negociación organizado les quitaba todo tipo de influencia política y causaba divisiones entre ellos. Todos tenían opiniones diferentes, pero nadie tenía idea de cómo crear una cooperativa o una empresa privada. Esther era partidaria de crear una cooperativa para hacerle frente a las presiones monopólicas de la industria, como por ejemplo las tácticas de fijación de precios.

El silencio invadió al Pontiac mientras se desplazaba lentamente por la ciudad. Iván fijó la vista en la peregrinación de mulas que cubrían la carretera de Bergantín. La mayoría de ellas cargaban bolsas llenas de granos de café sin refinar.

Se sintió culpable de tener que abandonar a Esther. Mientras meditaba sus opciones, la miró y estudió sus pestañas exhuberantes mientras ella maniobraba el carro esquivando las mulas. Su mano en el volante lucía el anillo de oro que él le había regalado hace unos días. Iván planeaba casarse con ella a su regreso de Cuba.

Cuando llegaron al límite oeste de la ciudad, ella aceleró.

--No te quedes en silencio..., dime algo-- dijo Iván de repente.

--¿Has llamado a tus padres?-- le preguntó ella.

--No.

Ella se percató que rara vez mencionaba a su familia, así que decidió cambiar de tema y hablar de política. --En Caracas nadie está interesado en cambiar nuestra situación. ¿Cómo vamos a hacer para vender nuestra cosecha si no estamos organizados?

--Es una buena pregunta-- respondió él.

--¿Por qué no podemos salir de la pobreza?-- continuó diciendo ella. --El rédito siempre ha sido para Caracas y nosotros nunca vemos los beneficios. Somos una de las regiones más pobres del país a pesar de que producimos petróleo.

Él asintió. --El gobierno central ha manejado siempre todo.

--Si no formamos una cooperativa, vamos a terminar siendo absorbidos por las grandes empresas industriales-- dijo agitada. --El gobierno exporta nuestro café a un precio infinitamente más alto del que lo vendemos, y jamás hemos visto ni un centavo de esa ganancia.

--Los políticos no son agricultores-- dijo él. --No tienen el compromiso de trabajar contigo, de enseñarte, de mejorar tu tecnología o las carreteras que utilizas.

--Ni tampoco de compartir las ganancias...,construyen carreteras pero no las reparan.

--Tenemos que cambiar esa mentalidad.

Ella no estaba de acuerdo con su visión de convertir a Venezuela en otra Cuba, de manera que le dijo, --Nuestra solución no tiene por qué venir del lado de Cuba--. De todos modos, ella comprendía que él debía encontrar la respuesta por sí mismo, así que agregó, --Si me preguntas a mí, no tiene sentido que seamos manipulados de esa manera.

--Ya hemos discutido ésto demasiadas veces-- dijo él desviando su mirada hacia la carretera.

--¡Y ahora además tenemos que lidiar con el buitre de Miguel Curiel!-- Ella se estaba refiriendo al Comisionado de Asuntos Agrícolas cuya tarea era la de ayudar al gobernador a que los bancos y sus sistemas de préstamos para el agro, fueran más eficientes.

Iván permaneció en silencio.

--Durante los últimos dos años, Curiel se ha dedicado a acelerar los embargos de todos los que estén atrasados en sus hipotecas, en lugar de ayudar a los agricultores a que PACCA les pague todo el dinero que les adeuda. Mientras Curiel presiona para que se confisquen las tierras, lo que baja el precio de las propiedades, sus compinches compran esas tierras a precios regalados.

--¿Y por qué no presentan una demanda?

--Porque los jueces no quieren escupir sobre Curiel ya que tienen miedo que se les devuelva y caiga sobre ellos.

--Para pelear contra Curiel, debes hacerlo con inteligencia. Tienes que conseguirte un aliado que sea más poderoso que él. Seguramente tiene enemigos que te puedan ayudar.

--Sí…, el problema es encontrar alguno.

--Busca a alguien con más autoridad.

--¿En Caracas?

--Si…, Curiel tiene demasiado poder en este estado.

--Está bien, voy a tratar de averiguar--. Luego de una breve pausa, ella agregó, --He llegado a la conclusión de que no podemos enmarcar nuestras realidades en fórmulas diseñadas por personas que no conocen nuestros problemas. Caracas siempre ha tenido una fascinación enfermiza con las ideas extranjeras o con cualquier cosa que venga del exterior. El Presidente Pérez estuvo obsesionado con las privatizaciones y ahora el tema es la descentralización.

--Solo está haciendo lo que le pide el Banco Mundial y el Fondo Monetario Internacional.

--Todo el mundo espera que nuestros problemas se solucionen aplicando fórmulas extranjeras. Es verdad que los campesinos tienen que ser productivos y competitivos, pero ¿cómo diablos podemos hacer para que estas ideas inverosímiles se transformen en algo que realmente nos ayude? La agricultura no solamente sirve para producir ganancias, ¿acaso los alimentos no son más importantes que los minerales que exportamos?

Iván la miró y le dijo, --Si te refieres al potencial económico de los minerales…, no.

--¿Y qué hacemos con el hambre? ¿Acaso se supone que vamos a comer diamantes?

--Para combatir el hambre, importamos alimentos-- dijo él provocándola con una sonrisa.

--¿Y cuando se nos acaban?

--Simplemente importamos más alimentos-- dijo él encogiéndose de hombros.

--Bien, pero entonces ¿qué haremos cuando se nos acaben los minerales y el petróleo…? ¿Cómo vamos a pagar por nuestros alimentos?

--No lo sé…, el gobierno no piensa en el futuro…, y nosotros tampoco.

Esther sacudió la cabeza, y con su rostro lleno de ira dijo, --¡Deberíamos preguntarnos qué podemos esperar de nosotros mismos!

Él asintió.

--Los agricultores tienen derecho a obtener intereses preferenciales, pero no califican para ningún préstamo, los bancos nos embargan las tierras sin decir ni pío. ¡Las mentiras nunca terminan!

Iván intentó cambiar el tema de conversación, pero ella lo ignoró. Su ira iba en aumento. --¡Que cuerda de mojoneros!-- Repentinamente, miró hacia adelante y se estremeció.

Iván se puso rígido. El puesto de vigilancia del kilómetro 52 asomaba en el horizonte. Se tranquilizó y le dijo, --Relájate…, tú sabes lo que tienes que hacer.

Se acercó a ella mientras frenaba lentamente. El automóvil se detuvo junto a un guardia joven que miró por la ventanilla y vio como Iván acariciaba suavemente la pierna de Esther. Ella le sonrió al guardia y luego dejó escapar una risita.

--¿Adónde van?-- preguntó el guardia.

--A la ciudad-- respondió ella dulcemente. Su tono de voz tuvo el efecto deseado. El guardia dio dos pasos hacia atrás y les indicó que siguieran adelante. Ella aceleró sin dejar de sonreír.

Tan pronto como el puesto de vigilancia desapareció en el horizonte, suspiró con alivio. Ni ella ni Iván hablaron por el resto del viaje.

Cuando llegaron a la periferia sur de Barcelona, ella tomó una calle hacia el oeste y atravesó varias intersecciones. A media cuadra del refugio, inspeccionaron la calle con detenimiento. El área estaba desierta con la excepción de un grupo de niños cubiertos de tierra que jugaban a un juego con unos palos y una lata vacía. Nada estaba fuera de lugar. Los niños se dispersaron cuando vieron al automóvil detenerse al frente de una casa que estaba protegida por un muro de más de dos metros de altura, al igual que la mayoría de las casas de la cuadra.

Iván se bajó, quitó el candado de un portón de hierro y lo abrió. Segundos después, Esther metió el carro al patio mientras él cerró el portón detrás del carro.

Caminaron con cautela bordeando el muro interior que protegía a un pequeño jardín cubierto de hierbas. El jardincito llenaba el espacio entre el muro y la fachada de la casa.

Iván empujó el portal de hierro oxidado y abrió la pesada puerta de madera. Entraron a un pequeño vestíbulo y caminaron por un pasillo estrecho. Sus pasos resonaron contra las paredes de una sala que daba hacia un porche al aire libre, protegido por otro muro en su parte posterior.

Todas las casas de la zona habían sido construidas una junto a la otra en el estilo español colonial, en donde los patios posteriores de las casas estaban separados entre sí solo por un muro alto. Por lo tanto, ofrecían una ruta de escape ideal, simplemente escalando el muro hacia un jardín vecino o saltando de un techo a otro.

La casa refugio tenía solo el mobiliario esencial y una hamaca blanca enmohecida en el porche junto con una silla de cuero de vaca y una variedad de plantas que se mantenían verdes gracias a la humedad que proporcionaba la cercanía con la costa.

Inmediatamente notaron botellas de ron vacías al lado de la hamaca, al igual que periódicos diseminados por el piso. Era evidente que alguien había visitado la casa recientemente.

Inspeccionaron el resto de la casa y descubrieron que alguien había utilizado también el colchón que estaba en el piso de la habitación principal.

Regresaron al porche y Esther se recostó en la hamaca. --¿Quién?-- le preguntó mientras Iván inspeccionaba los periódicos.

--¿Quién otro puede ser?-- dijo él arqueando los hombros.

--¿Rodríguez?

--Sí..., dudo que haya sido un desconocido que saltó por el muro-- dijo mientras se sentaba en el piso y comenzaba a organizar las páginas cronológicamente. --28 de Junio de 1991, 1 de Julio..., 3 de Julio..., 5 de Julio..., 9 dc Julio..., son siete en total. Interesante selección-- dijo señalando los artículos que habían sido recortados.

Unos minutos más tarde, se fue a la cocina y regresó con una botella y aproximadamente medio metro de cable no eléctrico del que se utilizaba para quemar. Olió la botella y luego se la entregó a ella, que pudo reconocer el olor.

--¿Azufre?-- le preguntó.

Iván asintió, se sentó nuevamente en el piso y comenzó a leer los periódicos, mientras que ella, exhausta, se quedó dormida.

Cuatro horas más tarde, se despertó con una brisa caribeña que le acariciaba el rostro. Cuando abrió sus ojos, vio que el cielo tenía un color morado, luego dirigió su mirada hacia el techo del porche y finalmente miró a Iván que seguía sentado en el piso mientras la observaba. Recordó la primera vez que habían estado en esa casa cuando eran estudiantes universitarios. En aquella ocasión, ella lo había encontrado sentado en la hamaca, descalzo y sin camisa. Sus ojos verdes irradiaban encanto. Ella sintió la misma atracción que había sentido entonces.

--¿Qué hora es?-- preguntó frotándose los ojos.

--Las 6:30-- dijo él sin moverse, y sonriendo tiernamente agregó, --¿quieres un poco de pan y queso? Es todo lo que pude conseguir en el mercado. También encontré dos botellas de ron en una caja, ¿quieres un poco?

Comieron en silencio mientras ella se mecía suavemente. Habían pasado tres años desde aquella primera visita. Durante los últimos cinco meses había disfrutado enormemente de su compañía, deleitándose con sus abrazos y haciendo el amor apasionadamente. Ahora de pronto sintió una profunda desazón por su inminente partida.

Pero en el fondo, ella sabía que no lo podía apartar de sus objetivos así como ella tampoco podía olvidarse de su finca. Se dio cuenta de que lo amaba porque él era como su padre..., fuerte, terco y valiente.

Él le devolvió la mirada.

--¿Cuándo te volveré a ver?-- susurró ella.

--Muy pronto-- le respondió.

Ella dejó colgar sus piernas juguetonamente a los lados de la hamaca y le lanzó una de sus miradas cautivadoras. Solo transcurrieron unos segundos, antes de que la alzara y la llevara al dormitorio.

Él se recostó a su lado en el colchón, comenzó a acariciarle la entrepierna mientras ella sintió como se tensaba cada músculo de su cuerpo.

Un tiempo después, cuando salieron de su mundo de ensueños, él jugueteó suavemente con su pelo y le dijo solemnemente, --Desde el momento en que te conocí, supe que íbamos a estar juntos.

Ella acarició su torso bronceado y él tomo uno de sus pechos y lo besó suavemente.

Finalmente reconoció que debía dejarlo ir, él tenía que encontrar su propio camino antes de que pudieran comenzar una vida juntos.

--Mantente en contacto conmigo, mi amor-- le dijo con una sonrisa.

Él asintió.

Luego de una pausa, le dijo, --Mientras estés de viaje, voy a averiguar por qué Rodríguez cortó esos artículos.

De pronto, sintió como otra ola de calor invadía su cuerpo. Se incorporó hasta montarse sobre su cintura. Una cadena de oro con un crucifijo se meneaba entre sus pechos. Tomó su rostro entre sus manos, y se inclinó hacia adelante temblando.

9

Se mantuvieron despiertos hasta pasada la medianoche hablando del pasado. Él le contó de su familia, repitiendo varias veces las mismas historias, pero a ella no le importó porque sabía que era necesario, él necesitaba de esa catarsis.

--Yo no soy tan alto como mi padre, mi tez oscura y mi pelo negro los he heredado de mi madre. A diferencia de mi padre que siempre tiene arrebatos emocionales, mi carácter es más parecido al de mi madre. Como ella, siempre fuí un buen estudiante y a pesar que mi padre siempre quiso que me hiciera cargo de su zapatería, me mantuve firme en mi idea de ser abogado. Mi madre es pequeña y tiene ojos grises. Se casó con mi padre en 1959.

--¿Luego de que regresó tu abuelo?

--Sí, toda la familia vivió en el exilio desde 1948 hasta 1959.

--Eso es mucho tiempo…

Él se encogió de hombros y continuó, --Mi padre es mucho mayor que mi madre. Cuando se conocieron, él era un zapatero que apenas podía sobrevivir. Y sí, tiene un carácter explosivo, es inflexible y extremadamente testarudo, mientras que mi madre es reservada, tranquila y silenciosamente rebelde.

Esther sabía que su madre se había casado con Boris Trushenko en contra de los deseos de su padre, el General García. Iván continuó, --Mi padre se siente fuera de lugar en este trópico venezolano, pero vino decidido a olvidar el gran sufrimiento que pasó en Rusia, la colectivización forzada y las purgas y asesinatos orquestados por Stalin.

Iván consideraba que Fidel Castro practicaba un comunismo completamente diferente al comunismo de Stalin.

--¿Aún extraña su patria?-- le preguntó Esther.

--Sí..., él es el típico inmigrante que se siente dividido entre su nueva patria y su tierra natal. Nunca se ha olvidado de Rusia y he aprendido muchas cosas de él. Por ejemplo me ha enseñado a estar orgulloso de ser quién soy, un venezolano vinculado con su tierra. Una tierra que le pertenece a todos los que la aman. Siempre me ha dicho que éste es un regalo que debo saber apreciar porque es un lazo que nace de un poder único proveniente de las entrañas mismas de la tierra. Mi padre siente ese mismo tipo de vínculo con su tierra natal. Su zapatería se llama Desna, como el río del mismo nombre ubicado al norte de Kiev. Y aunque detesta todo lo que tenga que ver con el comunismo, nos ha enseñado a hablar ruso a mis hermanas y a mí. Como tú sabes, finalmente me inscribí en la universidad y para disgusto de mi padre, me uní a los grupos comunistas estudiantiles-- dijo con una sonrisa.

--¿Tenían discusiones acerca de Fidel Castro?

--¡Por supuesto!

--¿Y tú qué le decías?

--Que Castro no era como Stalin, pero él nunca estuvo de acuerdo.

--¿Y tu madre? ¿Cómo reaccionó ella?

Se encogió de hombros. --Ella me entendió mejor que mi padre, ya que trae el fervor revolucionario en sus genes...

--¿Ella lo tomó con calma, entonces?

--Sí, a pesar de que todos tuvieron que aprender a vivir con el primer comunista verdadero de la familia. ¡Carajo, no se pueden quejar! Al otro lado del espectro político, mi abuelo ayudó a la Oficina de Seguridad Pública de Estados Unidos, que mejoró nuestras comunicaciones, entrenamiento, investigaciones y control antidisturbios durante el gobierno de Rómulo Betancourt.

Esther le acarició el rostro. Conocía lo suficiente acerca del General García como para darse cuenta de que había un fuerte vínculo entre él e Iván, aunque ambos lo disimularan. Entonces dijo, --Pero todo eso sucedió durante los años 1960, el mundo está cambiando…, ha caído el gobierno comunista de línea dura en Alemania oriental…, de la misma manera, debes aprender a sacrificar ciertos ideales para llegar a un compromiso.

Él sabía que ella tenía razón, pero permaneció en silencio. No había tenido ningún tipo de comunicación con su familia por casi tres años, pero no estaba dispuesto a ceder. Ni siquiera se había comunicado con ellos luego de ser liberado por la policía de seguridad.

Su madre comprendía que ceder era para él como dejar que los políticos corruptos siguieran abusándose de los pobres. El término que utilizaba para referirse a esa clase de políticos era el de 'buitres', porque se alimentaban de presas fáciles y se enriquecían a expensas de los demás. Pero los buitres no eran solamente políticos, sino también empresarios y militares que se consideraban líderes y que en su arrogancia confundían la inteligencia con la estupidez y la verdad con la mentira. Eran los aristócratas de hoy.

Iván frunció el ceño y dijo, --No voy a ceder ante mi familia ni ante nuestra supuesta democracia que se dedica a generar corrupción burocrática y a crear monopolios comerciales que mantienen a la mitad de la población por debajo de la línea de pobreza. Eso lo sabes tú tan bien como yo.

--Sí, tienes razón-- dijo ella, luego de una pausa, agregó, --¿qué fue los que nos pasó, Iván? El país comenzó tan bien en 1959…, ¿qué sucedió?

--Demasiado dinero nos hizo perder la conciencia.

Se miraron en silencio y al poco tiempo se quedaron dormidos.

Poco antes del amanecer, se despertaron súbitamente y se pusieron en cuclillas afinando sus oídos al viento que golpeaba el techo de la casa.

--Algo no está bien-- susurró ella --hay alguien merodeando la casa.

Iván asintió.

Se vistieron rápidamente. Aún descalzos, cruzaron el pasillo y se detuvieron detrás de la puerta principal. Iván estiró su cuello en dirección al sonido proveniente de la reja de entrada. Evidentemente los intrusos habían roto el candado, además él conocía muy bien el sonido de esas botas. --Seguramente alguien me vio cuando fuí al mercado-- susurró.

Volvieron rápidamente a la habitación donde él se calzó los zapatos, recogió su mochila y le dijo, --Cuenta hasta 100 y luego abre la puerta, te llamaré desde Cuba.

Corrió a través del porche y saltó por encima del muro, aterrizando sobre una pila de tierra al otro lado. Pudo escabullirse fácilmente ya que el jardín del vecino quedaba oscurecido por las copas de los árboles de guayaba y mango.

Sintió una puntada nerviosa en el estómago, pero rápidamente la calma se apoderó de él. Caminó lenta y cuidadosamente hacia la casa vecina. De pronto se detuvo al oír el sonido de una escoba barriendo contra un piso de concreto. Segundos después, continuó avanzando a través de un porche desierto hasta llegar a la entrada del pasillo central que atravesaba toda la casa hasta llegar a la puerta principal, que se encontraba abierta. El sonido de la escoba se hacía cada vez más fuerte. Manteniendo la calma, atravesó el umbral y salió a la calle deseándole los buenos días a la matrona que barría la acera.

Una vez que dobló la esquina, sonrió y le dio gracias a la arquitectura colonial. Con un aire despreocupado, abordó un autobús y se dirigió a la terminal de autobuses de la ciudad. Una vez allí, tomaría otro autobús con destino al puerto de La Guaira.

10

19 de Julio de 1991
Puerto de La Guaira, Venezuela

Antes de entrar apresuradamente a la terminal portuaria, Iván miró hacia el cerro El Ávila que separaba el puerto de la ciudad de Caracas y se juró en silencio que nadie lo iba a volver a arrestar. Una vez adentro, se dirigió con su mochila y su pasaporte falso hacia el área de partidas. Tenía dos horas para pasar por la aduana y llegar a su barco, el Montenegro.

Entre enormes cajas y maletas, divisó los puestos de control adonde se formaban varias filas. La primera fila se dividía entre dos garitas paralelas, adonde se recolectaba la tasa de salida. Una de las garitas estaba atendida por un hombre joven y la otra por una mujer de mandíbula prominente. Su instinto le indicaba que debía evitar a las mujeres ya que éstas siempre querían demostrar que eran las más eficientes, de manera que se dirigió hacia la garita atendida por el hombre.

Luego inspeccionó la fila que seguía por detrás y vio un cartel que decía, *Pasaportes y Visas*. Un hombre mayor controlaba una garita, mientras que la otra era controlada por un joven. La garita que él quería, sin embargo, estaba separada mediante cuerdas que no le permitían cambiar de fila una vez que hubiera pagado la tasa de salida.

Cuando llegó a la cabina del primer inspector, pagó su tasa de salida, luego se tocó el bolsillo de la chaqueta mientras con la otra mano buscaba su boleto. A continuación y sin vacilar, se golpeó la frente con la palma de la mano y exclamó, --¡No lo puedo creer!

El inspector lo miró y le preguntó, --¿Sucede algo, señor Sáenz?

--¡Dejé mi boleto en la tienda de regalos!-- dijo Iván mientras continuaba palmeándose los bolsillos de la chaqueta y los pantalones. --Compré unas tarjetas postales, y se me debe haber caído allí--, y creando una sensación de urgencia, añadió, --¡Mi barco está por partir, debo apurarme!

--¡Regrese a la tienda a buscar el boleto!-- dijo el inspector mientras hacía señas a los pasajeros para que lo dejaran pasar.

Iván salió de la fila y entró rápidamente a una tienda de regalos y preguntó, --¿Se acuerda de mí? ¡Vine a comprar unas postales y las he perdido!

--No señor, ¿cuándo las compró?-- preguntó la vendedora.

Iván ignoró la respuesta y sacudió su cabeza diciendo, --¡Las he comprado aquí y ahora no las puedo encontrar!-- Con eso, regresó al área de inspección y se ubicó esta vez en la otra fila, detrás de un anciano de traje arrugado adonde esperó por una media hora. Cuando estaba por llegar a la garita fue sorprendido por una mujer uniformada que apareció de la nada y tocándolo en el brazo, le dijo, --Señor, venga que lo atiendo por aquí-- y le señaló una mesa portátil.

Iván negó con la cabeza, y la mujer agregó enfáticamente, --Estoy tratando de que la fila se mueva más rápido, señor, por favor sígame que lo atiendo en esa mesa.

--¿Sabe usted cuánto tiempo he esperado?-- dijo él repentinamente.

La mujer lo miró con expresión vacía.

--¡Me han salido cálculos en la vesícula de tanto esperar! ¡Así que yo de aquí no me muevo!-- A continuación, tocó el hombro del anciano que se encontraba adelante y le dijo, --¿Quiere que lo atiendan rápido? ¡Vaya con esta señora!-- Acobardado por el escándalo, el anciano se fue con la mujer e Iván respiró aliviado.

Minutos después, escuchó, --¡Que pase el siguiente, por favor!

Le dio su pasaporte al joven inspector y miró como revisaba sus páginas.

--No encuentro su visa, señor Sáenz, ¿cuál es su destino?

--Ciudad de México.

El inspector revisó nuevamente las páginas y frunció el ceño.

--¿Algún problema, Inspector?

--Usted tiene solo una visa de tránsito, ¿cómo puede ser eso?, además su boleto es solo hasta Veracruz…

--Yo se lo puedo explicar…

--Usted necesita una visa para poder permanecer en la Ciudad de México…

--Voy a México a estudiar derecho. Solicité una visa de estudiante pero mis papeles aún no estaban listos en la universidad mexicana.

--La Ciudad de México tiene muchas universidades, ¿en cuál de ellas va a estudiar?

--En la Universidad Autónoma.

--Y exactamente, ¿qué es lo que va a estudiar?

--Voy a hacer mi posgrado en Leyes Internacionales.

--Está bien, pero ésto es muy irregular. Los mexicanos no suelen dar visas de tránsito como ésta, usted tiene que viajar con una visa de estudiante.

--Sea o no sea irregular-- respondió Iván con irritación --¿no es acaso eso un problema que tienen que resolver los mexicanos? Me dieron esta visa porque las clases comienzan en una semana. Después de todo, puedo viajar a la Ciudad de México desde Veracruz y obtener allí mi visa de estudiante.

--Hmmm, nunca había visto una situación como ésta…, tenemos que respetar nuestro acuerdo de reciprocidad con México. No quiero tener problemas por dejarlo embarcarse de ésta manera.

--¡¿Y cómo diablos quiere que haga para cumplir con todos los requisitos?!

--Las reglas son las reglas.

--¿Qué reglas?

--Como ya le dije, tenemos un acuerdo…

--¡Escúcheme, si yo no puedo acceder a mi educación por culpa de estas reglas, la responsabilidad va a ser exclusivamente suya!

El inspector lo miró sin comprender.

--Si usted quiere bloquearme, hágalo-- argumentó --pero no será por mucho tiempo, ¡tan pronto le cuente ésto a todos mis conocidos de Caracas, usted terminará limpiando los baños!

--¡No se enfade conmigo!-- refunfuñó el inspector --solo estoy cumpliendo órdenes.

--A eso justamente me refiero, usted se comporta como una obediente cucaracha.

--¡Está bien, por esta vez lo voy a dejar pasar, pero no lo vuelva a intentar!-- El inspector le selló el pasaporte y se lo devolvió al grito de --¡El próximo!

Conteniendo su euforia, recogió su mochila y miró hacia el enjambre humano que se dirigía hacia las puertas de salida con dirección a los muelles de embarque. Debía dar la impresión de que no viajaba solo así que se propuso unirse a algún grupo de viajeros. Dejó pasar a un grupo de monjas que caminaban hacia la puerta y finalmente decidió acercarse a una dama de cabello blanco que luchaba con sus dos maletas.

--Esas maletas se ven muy pesadas, permítame que la ayude-- se ofreció.

La dama lo miró y dijo protestando, --No permitieron que mi hijo pase a ayudarme.

--¿Hacia adonde va?-- le preguntó con prisa.

--Voy a Curazao.

--¿Sale por el muelle uno?

--¡Sí, gracias, muchas gracias!

Tragando su amarga saliva, él la acompañó hacia la puerta de salida, deteniéndose brevemente detrás del grupo de monjas. Miró por encima de los velos y pudo divisar a dos hombres que usaban los típicos lentes de sol de la policía de seguridad.

--Venga por aquí-- le dijo a la dama aprovechándose de una interrupción provocada por un trabajador portuario que motivó que los agentes desviaran su atención. Tuvo que contenerse para no correr mientras la guiaba hacia su muelle de embarque.

Al llegar al muelle, recibió pacientemente las bendiciones de la dama y luego se dirigió hacia el Montenegro, cuya pasarela de embarque estaba desierta.

Con su corazón palpitando frenéticamente, se acercó a un ayudante de cubierta y le preguntó en ruso, --*¿Izuinitye, poshaluisto, Gdye Kapitan, vash Kapitan*?

El ayudante levantó una mano y le hizo señas de que lo siguiera hasta el comedor que se encontraba en el piso superior. Una vez allí, vio a un hombre corpulento de pelo canoso que estaba conversando con el cocinero. Su uniforme negro de doble solapa indicaba que era el capitán. Cuando divisó a Iván, levantó una taza de té con una de sus manos curtidas.

Iván lo saludó diciendo, --*Zdraustuitye. Moya imya* Ivan Trushenko.

El capitán Bakic enarcó sus pesadas y canosas cejas y le respondió, --*Prostiye.* No te esfuerces en hablar ruso, si no hablas serbocroata, mejor que hablemos en español.

Iván le entregó su boleto y le dijo, --¿Puedo hablarle con franqueza?

Bakic se encogió de hombros y le dijo, --¿Quiere que lo esconda?

--Sí...-- dijo tartamudeando.

Bakic le señaló una silla mientras dirigía su mirada hacia un ayudante de cubierta, Davico, que era tan alto y bronceado como Iván. Davico observaba atentamente el intercambio, pero no por curiosidad, sino porque estaba acostumbrado a los terribles escándalos que se desataban cuando alguien le desobedecía al capitán.

Bakic le gritó con voz estruendosa, --¡Vigila la pasarela de embarque y no permitas que ningún extraño suba al barco!

Davico asintió y salió corriendo.

Entonces Bakic lo miró y le dijo, --De manera que no eres un pasajero común que viaja a Veracruz..., ¿por qué te buscan?

Iván evadió la pregunta diciendo, --¿Acaso no he pagado el boleto?

Bakic asintió sin ocultar su diversión. --Ya veo...,bueno, déjame presentarme, soy el capitán Pavle Bakic.

Iván esbozó una pequeña sonrisa.

--¿Y cómo fue que un comunista como tú apareció en esta Venecia Sudamericana?-- preguntó Bakic con su vozarrón.

--¿Y cómo sabe que soy comunista?

Bakic se encogió de hombros y sonrió con picardía.

Iván le ahorró los detalles. --Mi padre es de Kiev.

--¡Ah! Así que eres el hijo de un expatriado ucraniano que se engaña a sí mismo-- dijo riendo a carcajadas y agregó con un una mirada conspirativa, --has pasado por mucho, ¿no?

--Bueno, sí, pero...-- murmuró Iván.

Bakic lo interrumpió moviendo su mano de manera imperiosa, --¡Mi pequeño comunista ha sido abandonado! ¿Estás en problemas?

--Sí.

--¿Eres un fugitivo?

--Sí.

--Ah, entonces sí, estás realmente en problemas...-- dijo Bakic bramando.

Iván se sentó y se mantuvo en silencio ante la imponente presencia del capitán.

--¿Sabes algo de mí, mi pequeño hombre de Kiev?

Él negó con la cabeza.

--Fuí torturado durante la dictadura fascista, perseguido por sospecha de ser Trotskista para luego ser readmitido al partido, viví en un kolkhoz soviético, comí carne podrida para probar mi lealtad al partido, dormí en una cama de estiércol de caballo para demostrar mi disciplina...--. Bakic hizo una pausa, intoxicado por su propia historia. --Fuí torturado nuevamente, ésta vez por los alemanes, fuí enviado a Bileca, salí, fuí perseguido nuevamente, pero ésta vez por sospecha de asociación con elementos Trotskistas, fuí encarcelado en Eslovaquia..., ¿qué piensas de todo ésto?

Iván estaba a punto de responder, cuando el capitán comenzó nuevamente. --¡Recién cuando hayas pasado todo lo que yo he pasado, puedes considerarte un fugitivo! ¡Y eso si aún estás vivo!

--Ehh, yo…

--¡Estás en el barco indicado, no te preocupes!-- vociferó Bakic moviendo sus voluminosos hombros hacia arriba y abajo. --El Montenegro no será la reina de la marina mercante yugoslava, pero te llevará a México, si eso es lo que tú quieres. Ahora bien, lo que me gustaría saber es, ¿por qué te vas antes de haber terminado tu trabajo aquí?

--Porque he estado trabajando con municiones oxidadas y traidores-- dijo Iván con severidad indicando que no estaba de humor para bromas.

--¿Y piensas que eso es malo? ¿Qué es lo que esperas exactamente de tu revolución?

Él lo miró con una expresión dura en el rostro y no dijo nada.

--¿Igualdad?-- preguntó Bakic para provocarlo.

--¡Terminar con la corrupción!-- contestó él con tono desafiante.

--¿Te estás dando golpes en la cabeza contra paredes invisibles?

--¡Capitán, solo le estoy pidiendo pasaje, eso es todo! ¡Una ayuda para un camarada internacionalista!-- dijo él visiblemente enojado.

El capitán sonrió con benevolencia.

--Tengo que llegar a La Habana antes del lunes próximo.

--¡No seas tan sensible!

--De todos modos, no tengo por qué darle explicaciones.

--¡Por supuesto que no! Yo siempre hago mi trabajo, que en éste caso es llevarte hasta México--. Bakic tomó otro trago de té y agregó riéndo, --Solo que esta vez me pagan por hacerlo. Hoy en día, nadie me pide la opinión…--. Su rostro se suavizó y continuó, --Tenemos un problema en común, mi amigo, y es que nuestro mundo comunista se está derrumbando…, ¿no crees que es interesante?

Iván permaneció en silencio.

Bakic continuó, --Han permitido que Alemania Oriental se derrumbe. ¡Mira lo que nos ha hecho Hitler! ¡Es una desgracia!-- De pronto, cambió su actitud y le preguntó sonriendo, --¿Has almorzado?

--No.

--¡Ah bueno, puedes comer algo entonces! Zarparemos en breve, así que aprovecha para comer--. Se dirigió al cocinero y comenzó a darle instrucciones en su dialecto serbocroata más o menos comprensible y luego le preguntó a Iván, --¿Quieres huevos?

Iván asintió y encogió sus hombros mientras que Bakic seguía vociferando en su lengua nativa. Cuando terminó de dar órdenes, terminó su té de un sorbo y dijo, --Debemos estar preparados.

Confundido por el comentario, él intentó decir algo, --Pero…

--¡Pero nada!-- gruñó Bakic. --El día que estés en mi lugar, hasta la gente común te va a parecer sospechosa ¡Así que prepárate!

Él estaba convencido de que Bakic se estaba divirtiendo a su costa, pero igual le siguió la corriente, --¿Qué tiene en mente?

--El plan uno, el dos y el tres. Los comunistas siempre tenemos un plan, ¿no es cierto?-- De pronto, se abrió la puerta y entró un hombre robusto de cabello rubio ondulado que dijo, --Terminaremos con el último de los lastres en 30 minutos, capitán--, mientras observaba a Iván con desconfianza.

Bakic rugió, --Jefe de cubierta Ratkovic, este muchacho es un camarada internacionalista que viajará con nosotros, de incógnito, hacia México.

Ratkovik asintió.

--¡Bien! Zarparemos en 40 minutos. Busca el pasaporte de Davico y guárdalo.

Sin comprender, Ratkovik tartamudeó algo hasta que logró preguntar, --¿Y adónde lo guardo?

--¡Guárdalo contigo, ¿adónde más?!

--¿Y qué le digo a Davico?

--No le digas nada, ¡es una orden!

--¿Puedo preguntar por qué?

--No, pero te lo diré de todos modos. Las fuerzas imperialistas pueden llegar a abordar este barco. El camarada Trushenko es un huésped muy importante y no podemos darnos el lujo de estar envueltos en un escándalo internacional. Cuando te dé la señal, ordénale a Davico que salte por la borda.

Ratkovik balbuceó, --Pero..., ¿y si se niega?

--¡En ese caso lo empujas!

--Con todo respeto, capitán... ¿Tenemos autoridad para hacer eso?

Bakic gruñó, --¡¿Acaso tenía yo autoridad para matar alemanes con mis propias manos?!-- Ignorando el rostro pálido de Ratkovic, agregó, --Una vez que tengas el pasaporte de Davico, dirígete hacia el puente.

Ratkovik bajó la mirada y se alejó con paso confuso.

--¿No le parece un poco drástico?-- preguntó Iván.

Los ojos de Bakic brillaron con locura. --No es nada fácil tomar las decisiones correctas. Yo he seguido órdenes toda mi vida. Esta vez, Davico y Ratkovic siguen las mías, pero yo seré el único responsable. ¿Qué les cuesta a ellos, eh?

--Espero que Davico sepa nadar...

--¡Por supuesto que sabe nadar! Pero tanto él como Ratkovik, viven golpeándose las cabezas contra la cubierta sin llegar a ninguna parte-- gruñó Bakic. --No saben cómo hacerle frente a sus miedos, al menos aún no lo saben, aunque ya lo van a aprender, y cuando lo hagan, comprenderán que el miedo no les deja ver lo que es importante.

--¿Y qué es lo importante?

--Mantener al Montenegro a flote y fuera de problemas. ¡Es que no tienen disciplina! No es suficiente con desear mantenerlo a flote. No saben adónde tienen puesta la cabeza porque no saben quiénes son. Recién cuando lo sepan van a tener en claro qué es lo que quieren y cómo lograrlo.

--Entonces, haga que lo entiendan por la fuerza.

--¿Y por qué debería hacerlo?

-- Usted es el jefe.

--¿Jefe?-- dijo Bakic riendo a carcajadas, --¡no existen los jefes en un paraíso de obreros! El Montenegro no es un campamento de esclavos, es simplemente un barco que debe mantenerse a flote para poder llevarte a México--. Mientras decía ésto, le acercó a Iván el plato con mantequilla. --Toma, prueba la mejor mantequilla que hayas comido, viene del paraíso de los obreros.

Iván, que para este entonces tenía mucha hambre, agarró un panecillo y lo untó con mantequilla. --¿De dónde es la mantequilla?

--¡De Suecia!-- contestó riendo a carcajadas. --A Davico y Ratkovik no les gusta trabajar juntos porque están demasiado ocupados pensando en sí mismos, no se dan cuenta de los beneficios de trabajar en equipo y ¡mientras tanto todos nos ahogamos!-- Bakic lo observó mientras tomaba otro panecillo y le dijo, --¿Estás dispuesto a decir la verdad sobre tí?

--Sí.

--Eres un mentiroso, y de los mentirosos sin disciplina que a la primera oportunidad se roban lo que no les pertenece.

Iván se indignó porque él no era ninguna de esas cosas.

El capitán continuó, --Al menos que te enfrentes a lo que realmente eres, nunca serás un buen comunista. Un mal comunista se preocupa por lo que piensan los demás, en cambio un buen comunista se preocupa por ser lo que él dice ser, y eso, mi estimado joven de Kiev, se aplica a todo el mundo, sin importar su ideología. Se aplica a los padres, las madres, los religiosos, los maridos, las esposas, los ingenieros, ¡y hasta a ese fumador de cigarros hijo del demonio que está en el paraíso obrero amurallado del Caribe!

Iván no estaba de acuerdo, pero era consciente de que no estaba a la altura de lo que Bakic consideraba un buen comunista. --Usted no tiene derecho a hablar así.

--¡Por supuesto que tengo derecho! A mi edad uno sabe más de estas cosas, además nadie sabe la verdad porque la verdad no existe...

Frustrado con la conversación, Iván decidió cambiar de tema. --¿Dónde aprendió a hablar español?

--Usé la Exposición de París como excusa para llegar a España durante la guerra civil. Pasé dos años allí. Fue una gran experiencia. Por eso mismo fuí, para adquirir experiencia.

--Por eso mismo es que yo estoy viajando a Cuba.

Bakic respondió gruñendo, --Yo ya estuve allí. Encontrarás muchas cosas en Cuba que no podrás usar en Venezuela y muchas otras que sí. Eso fue lo que me sucedió a mí. Luego descubrí que soy esencialmente un yugoslavo y no un ruso. Un comunista yugoslavo no es lo mismo que un comunista ruso...

--¿Por qué lo persiguieron exactamente?

--¡Porque estaba rodeado de comunistas mentirosos y oportunistas! Si no hubieran sido mentirosos, no hubieran perdido tanto tiempo y esfuerzo acusándome de cometer crímenes-- dijo mientras golpeaba la mesa con el puño.

Él inmediatamente pensó en el bastardo de José Rodríguez.

Bakic continuó, --Stalin era muy popular en Yugoslavia. Decían que sus pensamientos eran claros.

Iván dijo sorprendido, --Nunca pensé en Stalin como un intelectual.

--Era un intelectual paranoico... Algunos yugoslavos lo consideraban un gran intelectual. Pero al menos nos dio una meta a seguir, el problema es que su meta no era la nuestra..., solo creíamos que era nuestra meta. Ésto pudo haber sido bueno para Rusia, porque todos tenían que obedecer al poder ruso, pero como yugoslavos, no nos sirvió para nada. Recién hoy estamos comenzando a entender que no tenemos que obedecer a nadie...

--Mi padre odia a Stalin.

Bakic frunció el ceño. --Las décadas de 1930 y 1940 fueron tiempos duros para Ucrania--. Hizo una pausa y volvió a hablar de las purgas. --A mí me persiguieron porque realmente simpatizaba con Trotsky, quizás no era lo correcto, pero era lo que yo sentía--. De pronto, miró su reloj y dijo, --¡Ya es hora! ¡Ve y busca a un ayudante de cubierta y dile que te lleve a mi camarote!

Iván preguntó sobresaltado, --¿Y qué debo hacer?

--¡Nada, debes quedarte quieto encerrado en mi camarote, pase lo que pase!—Antes de salir del comedor, Bakic se despidió del cocinero y se dirigió hacia la puerta con movimientos lentos pero con determinación. Sus ojos reflejaban una tristeza poética. Su vida había estado signada por coloridos contrastes, victorias embriagadoras y mórbidos fracasos.

Ya en el puente, se paró junto a Ratkovic y le dio órdenes al timonel. --¡Suelten las amarras, listos para zarpar!-- gritó. --¡Virar 30 grados a la derecha!-- Luego gritó en el tubo de comunicaciones, --¡Cuarto de máquinas, iniciar motor a media velocidad!

El barco comenzó a alejarse lentamente del muelle y de la bahía. Cuando la proa apuntaba en dirección al noreste, gritó, --¡Manténganse en 330 grados!-- Luego se dirigió a Raktovik y le dijo, --¡Tan pronto hayamos llegado al límite territorial, avancen a toda velocidad y manténganse en dirección hacia Bonaire, y traten de no encallar en Las Aves! ¡Me voy a cubierta a observar a los pájaros!

Con los binoculares en la mano, salió hacia un pasillo adonde vio a un ayudante de cubierta que se dirigía hacia la proa y le gritó, --¡Vé hacia la popa y mantente atento a cualquier embarcación que parezca que nos esté siguiendo, y cualquier movimiento extraño me lo informas a mí personalmente!

Subió por la escalera mientras tarareaba una canción. Cuando llegó al puente de leva, desfrutó del aire del atardecer. --Me pregunto si la comida de la prisión ha mejorado desde la última vez-- pensó. Tomó los binoculares, los levantó y estudió el horizonte, consultando su reloj intermitentemente y contando, --Una milla..., dos millas..., dos millas y media..., hasta que la voz jadeante del ayudante de cubierta se oyó a través de la escotilla.

--¡Capitan! ¡Capitan! ¡Se acerca un barco guardacostas!

--¡Ah!-- dijo encantado. --¡Ve a mi camarote y entrégale al joven que se encuentra allí un uniforme de marinero! ¡Dile que se cambie, luego recoges su ropa y se la entregas a Ratkovic!-- El ayudante de cubierta dio la vuelta y bajó la escalera rápidamente.

Bakic lo siguió y reingresó al puente de mando. Lanzó una mirada penetrante a Ratkovic quien supo inmediatamente que algo andaba mal. A Bakic nunca se lo veía tan animado como cuando había problemas.

--Ratkovic, me voy hacia la popa. En unos minutos va a venir un ayudante de cubierta que te traerá las ropas de nuestro visitante. Llévaselas a Davico y tráelo contigo al puente. Dile al segundo y al tercer oficial subalterno que reúnan a todos los ayudantes de cubierta que estén disponibles y que los pongan en fila para someterse a inspección cuando recibamos a los venezolanos. Yo te haré saber cuándo disminuir la marcha. Quince minutos después, dile a Davico que salte por la borda desde el noroeste, cerca del contenedor de carga número uno. Y deben dar aviso gritando bien fuerte--. Al terminar de dar sus instrucciones, salió hacia la cubierta principal.

Ni bien terminó de pasar por la cocina, oyó un aullido silencioso. Cerca del mástil trasero, se escuchó el estridente sonido de un megáfono que aullaba en español, --¡Atención, detengan la marcha inmediatamente! ¡Atención!

Él llegó a la popa donde se encontró con un ayudante de cubierta y ambos observaron cómo se acercaba el barco de la guardia costera mientras advertía, --¡Hay un fugitivo de la justicia oculto en su barco, deténgase!

Él se dirigió al ayudante y le dijo, --Ve y dile al oficial en Jefe Ratkovik que deje que el barco se deslice hacia el límite territorial. Él sabe lo que debe hacer. Luego regresa y coloca una escalera para nuestros invitados--. Observó con sus binoculares y vio que en la cubierta del barco de la guardia costera se encontraban cinco hombres uniformados y otros dos de civil.

--Soy el Capitán Bakic-- gritó. --¡No tenemos ningún fugitivo a bordo!

--¡Usted tiene orden de parar!

--¡Usted no puede revisar mi barco!

--¡Usted tiene orden de parar!-- El guardacostas se mecía acompañando al Montenegro hasta que el ayudante de cubierta regresó con otros dos compañeros y arrojaron una escalera. Un teniente comenzó a abordar, seguido por un hombre de civil.

El teniente enfrentó a Bakic. --Soy el Teniente Marcos Ramírez y este es el agente Enrique Ferreira de la Policía de Seguridad Nacional-- dijo girando hacia Ferreira que estaba junto a él. Ferreira asintió. El Teniente Ramírez agregó, --Le pido disculpas por el inconveniente, pero tenemos órdenes de buscar a una persona que responde al nombre de Iván Trushenko--. A continuación, le entregó a Bakic una serie de documentos que él examinó atentamente. Ramírez y Ferreira observaron a los ayudantes de cubierta que estaban alineados detrás de Bakic.

El capitán infló su enorme torso y dijo, --Ustedes no tienen ninguna autoridad para registrar este barco. Estos papeles solo ordenan detenernos.

Los ojos del teniente parpadearon nerviosamente.

Ferreira intervino. --Estoy seguro que ustedes no querrán quedarse un tiempo ilimitado en el puerto--. Su mirada se dirigió al teniente que se mantenía callado.

Bakic frunció el ceño y dijo, --Está bien, como podrán ver, mis hombres están alineados. Una vez que los inspeccione, pueden desplegarse y registrar el barco.

De pronto, Ferreira preguntó, --¿Cuál es su carga?

--Los contenedores uno y tres contienen granos provenientes de Argentina. Los contenedores cuatro y cinco contienen café que acabamos de cargar. Los otros dos contienen lastre y están reservados para la carga que efectuaremos en Veracruz, México.

--¿Lleva algún pasajero a bordo?-- preguntó Ferreira.

Bakic negó con la cabeza. --¿Qué aspecto tiene este pasajero que están buscando?

--Es alto, delgado, tiene la piel bronceada, el pelo negro y habla fluentemente el idioma ruso-- contestó Ferreira mientras el teniente escuchaba ecos de gritos distantes que llegaban hacia ellos. El teniente miró a su alrededor, un poco incómodo y dijo, --¡Parece que alguien saltó por la borda!

Inmediatamente vio como un ayudante de cubierta corría hacia ellos al grito de, --¡Hombre al agua! ¡Hombre al agua!

--¡¿Adónde?!-- preguntó Bakic.

--¡Hacia el noreste!

El teniente gritó unas órdenes a los hombres que permanecían en el barco de la guardia costera, luego giró con una sonrisa en su rostro y le dijo a Bakic, --¡Parece que atraparemos a nuestro hombre!

--No..., no lo creo. Van a atrapar a uno de los míos-- dijo frunciendo el entrecejo.

El teniente sonrió, respondiéndole, --¿Así que insiste que es uno de los suyos?

--¡Por supuesto!-- dijo mientras miraba amenazantemente a Ferreira y a Ramírez. --¡Debo hacer un reclamo formal! ¡Hablaré por radio a nuestro embajador para asentar la denuncia!

--Haga lo que quiera-- le respondió Ramírez. El guardacostas rodeó el casco del barco hasta llegar adonde estaba Davico chapoteando en el agua.

Cuando Ramírez oyó el motor del guardacostas, se inclinó hacia un lado e intercambió órdenes a los gritos con la tripulación. Cuando se dio vuelta para mirar a Bakic, le dijo, --Su hombre insiste en hablar en ruso.

--¡Por supuesto! ¿En qué idioma quiere que hable?

--Ya abandonará la farsa cuando lleguemos a Caracas. Buenas tardes, capitán, y tenga usted un buen viaje.

--*Dobar Dan*-- le respondió secamente. Luego los siguió ansiosamente con la mirada mientras abordaban el guardacostas. Minutos más tarde, observó su trayectoria con los binoculares mientras dejaban un rastro espumoso con dirección a tierra firme. La espuma le recordó la cima nevada de la montaña Durmitor y se vio conmovido por las imágenes de su tierra natal. Comenzó a cantar en voz baja una canción que contaba la historia de su gente orgullosa. Mientras cantaba, pensaba en las instrucciones llenas de ira que transmitiría por radio a su embajada en Caracas.

11

1 de Agosto de 1991
Ciudad de Nueva York

Matt salió de un restaurante en el Bajo Manhattan y giró hacia la izquierda. Miró hacia adelante y observó a un grupo de personas que esperaban el autobús en la esquina. A la derecha, un policía dirigía el tráfico. Luego de doblar en la siguiente esquina, dirigió su atención a las vidrieras de las tiendas que se encontraban a lo largo de la calle. Continuó por la acera hasta que encontró una tienda de delicatesen. Al entrar, un hombre calvo de unos 60 años lo saludó desde la mesa adonde estaba sentado y Matt se acercó hacia él.

Este hombre, al que sus amigos llamaban Art, irradiaba una energía amistosa. Se puso de pie y le dio un apretón de manos. --Arthur Stevens-- se presentó y se sentó nuevamente a su mesa. Su amabilidad ayudaba a disimular su carácter terco y la aguda inteligencia que había desarrollado luego de años de trabajar para la CIA. Matt se sentó y ordenó una taza de café.

Art le entregó una lista y fue directo al grano. --Esta es una lista de negocios conectados con Ricardo Ariosto en Argentina, El Salvador y Venezuela. El más notorio es la Corporación Asteris, también conocida como Asteris Sociedad Anónima, con sede en Venezuela.

Matt ojeó las primeras páginas. La lista estaba formada por nombres, direcciones y números de teléfono. --Excelente-- dijo.

Art sonrió. --Anderson y yo nos conocemos hace mucho tiempo.

Matt asintió.

Art continuó, --La madre de Ariosto fue Irmgard Vahl. Ella se casó con el padre de Ariosto cuando él era un diplomático argentino asignado a Berlín. Ariosto es el sobrino de Heinrich Vahl, que es la persona que se hace pasar por Janis Endelis.

--Yo creía que el padre de Ariosto había sido asignado como diplomático a Venezuela.

--No, eso sucedió después.

Matt asintió con la cabeza.

--Fue asignado a Caracas en 1945 y Ricardo, su único hijo, nació allí.

--Por lo tanto, Ricardo es un ciudadano venezolano...-- concluyó.

--Correcto, y eso explica por qué Venezuela es tan importante para él--. Frotando su barbilla, Art continuó, --Su padre llegó a ser funcionario del Ministerio de Defensa en Buenos Aires. Irmgard era una dama de la alta sociedad. Ella falleció hace cinco años y su padre hace diez. Una familia interesante...

--Sí..., lo sé.

--Todavía estoy verificando los datos, sin embargo, según varios artículos publicados en periódicos de Buenos Aires y Caracas, la madre de Ariosto pertenecía a la aristocracia alemana y era descendiente de los Welsers, una familia de banqueros--. Luego de una pausa, le preguntó, --¿Haz comenzado a vigilar a Ariosto?

--Sí, estamos vigilando su casa en las afueras de Caracas, un hermoso chalet. ¿Por qué?

--¿Algún rastro que nos lleve a Heinrich Vahl?

--No.

--Esa lista que tienes en tus manos incluye una hacienda ganadera propiedad de Ariosto ubicada a orillas del Rio Orinoco. ¿Has oído hablar de Ciudad Guayana?

--Sí.

--La ciudad está vinculada con el núcleo minero de Venezuela. El Dorado se encuentra a unos 300 kilómetros al sur de Ciudad Guayana...

--¿Minería de oro?

--Sí, además Ciudad Guayana tiene una importante industria metalúrgica cuyo mercado es más estable que el del oro, aunque el oro ha experimentado un resurgimiento recientemente. El tráfico ilegal de oro se suele hacer a través del río Orinoco que es una zona con muy poca vigilancia por parte de las autoridades venezolanas.

--¿Ariosto está involucrado en la explotación de oro?

--Probablemente, también es dueño de varias fincas de café, pero no son fincas grandes, ya que de acuerdo con la ley venezolana, ninguna persona puede ser dueña de más de 300 hectáreas..., aunque seguramente utiliza a testaferros para sobrepasar ese límite. No obstante sus fincas están dispersas, algunas están en las montañas del noreste, mientras que otras se encuentran en la región central o en la zona andina.

--O sea que se dedica a las exportaciones de café.

--Sí, pero el café no proporciona buenas ganancias.

--Quizás esté intentando expandir sus negocios.

--Tengo entendido que la red gubernamental de café está cerca de la bancarrota.

--Más razón para invertir, quizás sepa algo que nosotros no sabemos.

Luego de una breve pausa, Art retomó el tema de la hacienda. --Ariosto tiene un socio argentino, su nombre es Pedro Bayer. Pedro Bayer nació en

1950. Él y Ariosto compraron la hacienda en 1985, al finalizar la Guerra Sucia argentina.

--¿Cuán grande es la hacienda?

--Tiene alrededor de 5.000 cabezas de ganado.

--Argentina tiene muchísimo ganado, ¿por qué diablos escogieron a Venezuela?

Art frunció el ceño. --La hacienda está ubicada al lado del Orinoco, que es un río navegable.

--¿Y con eso qué?

--Heinrich Vahl puede estar usando la hacienda como su base. No es de fácil acceso, pero si lo arrinconan, se puede escapar por el Orinoco hacia el Océano Atlántico.

--Es una posibilidad-- dijo Matt con perplejidad.

--Pedro Bayer es un ganadero muy conocido en Ciudad Guayana-- continuó Art –y nuestros archivos reflejan que su padre, Fritz Bayer, estuvo asociado al exterminio de más de 60.000 alemanes desde 1936 hasta 1941. Fritz inmigró a la Argentina unos años después que Vahl. Fritz fue también miembro de la *Kamerandenwerke.*

Matt quedó en silencio.

--La historia de Fritz es muy interesante. Se afilió al partido Nazi en 1936. Trabajó como asistente administrativo del Grupo de Trabajo del Reich que administraba los hospitales psiquiátricos y los asilos. Este Grupo de Trabajo fue el que llevaba a cabo el programa de eutanasia de Hitler, denominado código T4, que se encargaba de asfixiar con gas a los alemanes con deficiencias genéticas, hasta que Hitler finalmente canceló el programa en 1941. Fritz continuó trabajando para el Grupo de Trabajo, prefirió quedarse allí en lugar de ser transferido a las SS, para evitar las tareas que llevaban a cabo los veteranos del T4, que eran los expertos en cámaras de gas.

--¿Qué hizo Fritz cuando llegó a la Argentina?

--Trabajó para la Secretaria de Inteligencia, un grupo muy cercano a Perón. La Secretaría operaba desde adentro del palacio presidencial, la Casa Rosada.

--¿Trabajó junto a Vahl?

--No lo sabemos. Desde 1948 hasta 1955 Fritz integró el grupo íntimo de Perón. Cuando Perón perdió el poder, Fritz fundó un periódico semanal de finanzas que siguió operando hasta que Fritz murió de cáncer. Ya para ese entonces, Pedro estaba involucrado en el negocio de la ganadería en Venezuela.

Matt consultó la lista. --No creo que tengamos los suficientes hombres disponibles como para llevar a cabo la vigilancia de la hacienda.

Art sonrió. --Ya lo sé..., ¿cuándo regresas a Nueva York?

--En Noviembre.

--Bueno, dile a Anderson que seguiré buscando información y te la entregaré personalmente en Noviembre-- dijo, sin mencionar el hecho de que estaba evitando los canales oficiales.

12

15 de Agosto de 1991
La Habana, Cuba

Inmediatamente después de llegar a La Habana, Iván se dirigió a la pensión para compañeros de la revolución adonde se había hospedado en viajes anteriores. La pensión estaba ubicada en el centro de la ciudad. Iván estaba visiblemente agotado, por lo que sus compañeros de habitación lo dejaron solo y aprovechó para relajarse escuchando por radio las sensuales baladas de Albita, la Lili Marlene cubana.

La pensión tenía su rutina propia. Cada noche, los huéspedes se sentaban en sus camas a discutir la inminente caída de la Unión Soviética. Mientras aplaudían a Castro por resistir a la *perestroika* de Mijaíl Gorbachov, estaban preocupados por la inevitable caída de la economía cubana. La economía sentiría los efectos de perder a su principal socio comercial. El país perdería billones de dólares y su economía basada en la exportación de azúcar sería destruida. También se sufrirían efectos adicionales como apagones por los recortes en el envío de combustible. La comida sería racionada en porciones aún menores, se eliminarían hasta seis huevos y 120 gramos de café por mes, por familia, incluso se reducirían las raciones de carne a los hogares con niños menores de doce años. Seguramente los mercados vecinales se quedarían sin mercadería en las primeras horas de la mañana, en lugar de al mediodía.

A pesar de todas esas predicciones, los tributos a Castro resonaban en los oídos de Iván cada vez que intentaba ir a dormirse temprano. ¡Fidel era invencible! ¡Tenía un increíble talento para manejar las situaciones más inesperadas! ¡Siempre se las había arreglado para proporcionar alimentos, salud y educación a todos los cubanos y seguramente, luego de esta mala experiencia vendrían cosas buenas!

Finalmente, reconoció que debía ocuparse de lavar la ropa sucia que traía en su mochila, de manera que en la mañana de su tercer día en la isla, se dedicó a lavar sus pantalones, camisas y ropa interior en el lavabo del baño y los puso a secar colocándolos sobre los muebles de su habitación. Cuando terminó, bajó a comer su ración de pastel de plátano y a leer el periódico mientras esperaba que el resto de los huéspedes se marcharan.

En cuanto pudo, golpeó la puerta de la habitación privada de la dueña de la pensión. A través de la puerta de madera, podía oírse la estridente voz de un programa de Cuba Visión.

Isabel Villegas lo invitó a pasar. Cuando entró a la habitación, vio a Isabel sentada en el borde de su cama, de modo que él arrastró una silla y se sentó frente a ella. Ella lo observó con detenimiento. Su deber era espiar a los huéspedes para luego reportarlo al gobierno a través del comité vecinal, sin embargo Iván le agradaba pues lo consideraba un buen joven que siempre la escuchaba con atención. Durante sus visitas anteriores a Cuba, Iván había pasado horas escuchándola hablar acerca de la dictadura de Batista y de cómo su difunto marido había luchado junto a Castro para derrocarlo.

--Tengo que hacer un llamado telefónico a Venezuela-- dijo con tranquilidad --pero no tengo dinero para pagar la llamada. Mi novia se llama Esther Sotero, ¿la recuerda?

--Si, mijo, ella estuvo por aquí, ¿no es vedad? Recuerdo que su padre fue torturado por uno de los dictadores de tu tierra...

--Sí..., usted tiene buena memoria, doña Isabel-- dijo mientras le acariciaba las manos.

Isabel no dijo nada, de manera que Iván continuó, --Tengo que llamarla para hacerle saber que estoy bien.

Asintiendo, ella le preguntó, --¿Por qué no vas a tu embajada?

--No..., ellos no me dejarían hacer ninguna llamada.

--¿Y por qué?

Iván optó por la honestidad, y le dijo, --Porque soy un fugitivo.

Isabel asintió nuevamente y luego de reflexionar por unos instantes le dijo, --Mi hija Elena conoce a alguien en la embajada que te podría dejar utilizar el teléfono. Elena da clases en la escuela por las mañanas, así que le dejaré un mensaje explicándole la situación y ella me hará saber cuándo puedes ir a la embajada.

Iván se dio cuenta que no podía preguntarle cómo diablos iba a hacer Elena para conseguirlo, pero comprendía que tener buenos contactos era algo muy importante en Cuba, de modo que cambió de tema. --¿Se acuerda de José Rodríguez?-- le preguntó.

--Sí-- contestó Isabel parpadeando. --¿Por qué me lo preguntas?

--Porque necesito saber adónde está.

Ella encogió sus hombros y dijo, --No se..., mejor pregunta en otra parte.

Y así lo hizo, llamó a Raymundo Martínez, su amigo de más alto rango en el gobierno, pero le dijeron que estaba de viaje en Asia y que regresaría en siete semanas.

Mientras esperaba el regreso de Martínez, siguió las instrucciones de Isabel, alquiló una bicicleta para dos personas y se dirigió hacia la escuela adonde Elena daba clases, situada cerca de la prisión más importante del país.

Elena era una maestra de alfabetización que le enseñaba a leer y a escribir a los viejos migrantes que llegaban a la ciudad. Estos migrantes del interior sentían más que nadie las consecuencias del retiro de la ayuda económica soviética. El desempleo crecía porque el uso de maquinarias en los campos azucareros se había ido deteriorando por la falta de combustible. Se habían convertido en refugiados económicos y los cubanos los llamaban *palestinos* porque no tenían hogar. Algunos de ellos sobrevivían con la ayuda de sus parientes, mientras que otros recurrían a trabajos itinerantes como el de vendedores ambulantes. En su mayoría eran analfabetos ya que habían perdido la oportunidad de educarse mediante los continuos esfuerzos del gobierno para erradicar el analfabetismo en el interior del país.

Cuando Iván llegó, la clase estaba a punto de terminar. Elena interrumpió la lección y lo saludó con su cara encantadora de mulata cuarentona. Todos sus estudiantes tenían más de 40 años y a la mayoría de ellos se los veía deteriorados tras años de trabajo duro. Iván los saludó con la mirada y se sentó en una de las sillas destartaladas al fondo de la clase.

A continuación presenció un intercambio que lo impresionó de manera tal que lo recordaría por el resto de su vida. Elena le enseñaba a los *palestinos* a leer usando un método basado en su realidad.

--Como venía diciendo-- dijo Elena --ustedes tienen un vocabulario de unas tres mil palabras, aunque no las sepan escribir ni leer, pero saben lo que significan. Ahora bien, ¿qué otra palabra podemos agregar a la pizarra?

Una mujer contestó, --Abeja.

Elena sonrió, dibujó una abeja y continuó, --La letra B de la palabra 'abeja' nos hace pensar en los animalitos que hacen la miel. ¿No les parece que la letra B se asemeja a la forma de una abeja? Entonces cuando escriban la letra B, recuerden la palabra 'abeja'.

Cuando terminó la clase, Elena se subió a la bicicleta de Iván y condujeron en dirección a la ciudad vieja. Comenzó a lloviznar ligeramente pero siguieron pedaleando sin darle importancia hasta llegar a un mercado adonde recogieron su almuerzo, una bolsa con tostones. Como no tenían donde ponerse a cubierto, caminaron por la acera mientras comían sus tostones e intercambiaban información ignorando a los ruidosos autobuses que les pasaban por al lado. Iván caminaba empujando su bicicleta mientras ella caminaba a su lado.

Elena le habló acerca del 'Período Especial' al que se refería Castro cuando les pedía que estuvieran preparados para los tiempos difíciles que se avecinaban. Le señaló un puesto callejero en el que se vendían libros y le dijo, --¿Cómo puedo hacer para motivar en mis alumnos el hábito de la lectura?, ¿qué cosas pueden leer? El gobierno ha prohibido a la mayoría de nuestros escritores. Todo escritor verdadero escribe desde el alma, sin embargo muchos de ellos no pueden escribir lo que realmente sienten.

Iván la escuchaba en silencio. Luego de doblar en la esquina él le dijo, --Es una forma dura de cambiar la mentalidad de un país, pero es un mal necesario.

--¿Y en tu país?, allí los escritores pueden expresar lo que sienten.

--Sí, pero mi país es un país enfermo.

--¿Por qué lo dices?

--La mayoría de los venezolanos viven por debajo de la línea de pobreza.

--¿Y el petróleo?

--Nuestra riqueza no llega a los pobres, la mayoría no recibe buena atención médica-- contestó encogiéndose de hombros.

Ella frunció el ceño. --¿No crees que después de 30 años deberíamos vivir en mejores condiciones? Mira cómo vivimos, ni siquiera podemos abandonar la isla.

--Tu país estaba muy enfermo antes de la llegada de Castro.

--Sí..., eso es verdad.

--Las revoluciones suceden cuando los líderes ignoran las necesidades de su gente. Castro fue la reacción natural, había demasiadas injusticias.

--Nadie puede forzar a la gente a tener compasión-- dijo ella.

--No se trata de compasión, sino de responsabilidad.

--¿Es ese el problema de tu país?

--Sí, tan pronto como alguien logra el éxito, se convierte en un pequeño Napoleón. Es como viajar por el túnel del tiempo. De repente alguien aprieta un botón oculto y se convierte en un conquistador.

--¿Incluso la gente educada?

--Sí..., piensan que un título como el de 'doctor' es equivalente a 'Su Alteza'. No sienten ningún tipo de obligación para con los pobres, los tratan como si fueran basura.

--Nosotros, en cambio, tenemos que empezar un capítulo nuevo de nuestra historia. La verdadera prueba vendrá cuando volvamos a ser libres.

Se detuvieron en una tienda de cigarros adonde trabajaba el hermano de Elena. El motivo de la visita se hizo evidente cuando el hermano le dio un paquete de cigarros para su 'amigo' de la embajada.

Luego, siguieron caminando hacia una zona conocida como Miramar. Iván amarró su bicicleta a un árbol al frente de un edificio blanco de dos pisos protegido por una cerca de alambre. Se detuvieron a observar el edificio y Elena sonrió diciendo, --Sueño con emigrar a tu país..., algún día lo haré.

Iván no dijo nada. No había nada que decir. Todo el mundo tenía una versión distinta del paraíso.

Una vez en el vestíbulo de lo que una vez fue una casa privada, un vicecónsul les dio la bienvenida. Tenía alrededor de 30 años e inmediatamente hizo que Iván se sintiera cómodo. Ya dentro de su oficina, Elena le entregó los cigarros.

--Mi hermano le envía sus saludos-- dijo ella con actitud amistosa. --Iván vive en la pensión de mi madre y tiene una emergencia. Su esposa está muy enferma. Perdóneme si he traspasado los límites de su confianza, pero ¿sería posible que él pudiera hacer una llamada a Venezuela?

Iván permaneció en silencio.

--¿Para qué están los amigos, no? ¡Claro que puede llamar!-- dijo el vicecónsul, y volteándose hacia Iván dijo, --¡Espero que su esposa se encuentre mejor!-- A continuación, lo hizo pasar a una oficina contigua, anotó el teléfono de Esther y le dijo que esperara hasta oír sonar el teléfono. --La recepcionista le pasará la llamada.

Cuando sonó el teléfono, Esther estaba del otro lado de la línea.

Iván simuló preocupación. --Me dijeron que estabas muy enferma.

Esther, que sabía descifrar sus mensajes, le dijo, --Te han estado buscando.

--¿Y qué dijo el doctor?

--Estuve leyendo los artículos que Rodríguez había recortado, y todos hablaban de la inauguración de las nuevas instalaciones de la refinería-- dijo refiriéndose a la refinería que estaba cerca de Barcelona.

--¿Cuándo es?

--El 31 de enero próximo.

--¿Algo más?

--Sí, para la inauguración esperan la visita del Presidente de Petróleos de Venezuela y del embajador de Estados Unidos.

--¿Qué pasó con las botellas?

--Las confiscaron. Me preguntaron dónde había conseguido el azufre, supongo que querían acusarme de fabricar bombas, pero yo les dije que no sabía nada, que solo había estado contigo en la casa pero que ya te habías ido.

--¿Te causaron problemas?

--No, pero me dio la impresión de que sabían que te ibas a ir en barco.

Iván decidió cambiar de tema y le preguntó, --¿Has sabido algo de nuestro amigo?

--No..., no he sabido nada de él, ¿y tú?

--Tampoco...

--¿Cuándo te veré?

--Pronto--. De pronto alzó la voz para que lo escucharan. --¿Te ha hecho el médico un exámen a fondo?

--Sí.

Luego bajó la voz y le dijo, --Llama a mi abuelo y cuéntale acerca de lo de la inauguración de la refinería--. Finalmente dijo en voz bien alta, --¡Cuídate por favor! Te llamaré de nuevo en un par de semanas. ¡Adiós!

13

12 de Septiembre de 1991
Caracas, Venezuela

Tan pronto como vio a Ricardo Ariosto parado detrás de un capitán del ejército, Matt, que estaba vigilando desde su auto, tomó varias fotografías. Ariosto y el capitán estaban saliendo de un restaurante del centro de Caracas. Mostrarse públicamente con el capitán era un acto de descaro, pero no tanto como lo que sucedió a continuación. Mientras conversaban, apareció un hombre bajo y robusto que se sumó a la conversación. Junto a él estaba Heinrich Vahl.

--¡Diablos!-- murmuró Matt cuando reconoció a Vahl.

Vahl miró a Ariosto y le dijo, --¿Por qué demoraste tanto?

Ariosto lo miró frunciendo el ceño. Luego saludaron al capitán y caminaron hacia un Mercedes negro que estaba estacionado a una cuadra de distancia, mientras el capitán salió caminando en la dirección opuesta y se perdió entre la multitud.

Matt mantuvo su mirada fija en el Mercedes. Ni bien se unió al tráfico, comenzó a seguirlos desde su sedán azul marino.

Mientras tanto, sentados en el asiento posterior del Mercedes, Vahl le pedía disculpas a Ariosto. --Perdón por ser tan impaciente, es que no estoy acostumbrado a esperar por tanto tiempo.

La ira de Ariosto estaba a punto de estallar y con frialdad cortante le contestó en alemán, --Con el debido respeto, tío, te pedí que esperaras en el automóvil. No deberías haber seguido a mi chofer.

El parecido de Ariosto con su tío era asombroso, a pesar de la diferencia de edad. Ariosto tenía 43 años, llevaba su cabello negro lacio peinado hacia atrás y tenía un prolijo bigote negro azabache. Era una versión más oscura de su tío. --No importa-- dijo mientras pensaba sobre su encuentro con el Capitán Beltrán. Por último, lo miró de reojo y le dijo, --Trushenko, el hombre del pasaporte, se fue.

--¿Se fue?-- preguntó Vahl arrugando la frente.

--¡Sí, se fue!, ¡se escapó!, ¡desapareció!

Vahl ocultó su preocupación.

Segundos después, Ariosto agregó, --¡Malditos venezolanos!

--Pensé que Beltrán había dado órdenes de matarlo.

Ariosto asintió. --Sí, pero lo interrogó la persona equivocada.

--¿La persona equivocada?

--Sí..., no es uno de los nuestros, y lo dejó libre.

--¿Trushenko desapareció sin dejar rastros?

--No, según me dijo Beltrán, la policía de seguridad estuvo a punto de capturarlo en su refugio, pero consiguió escaparse. Rodríguez les dio más información y siguieron su pista hasta el Montenegro, un barco de carga ruso, pero atraparon al hombre equivocado...

--¿Cómo el hombre equivocado?

--Si, le entregaron al hombre equivocado...

Vahl estaba estupefacto. --¡¿Cómo pueden ser tan inútiles?!

--Es una historia larga...

Después de un rato, le dio una palmada a su tío en la rodilla dándole entender que no se preocupara. --Beltrán está tratando de conseguir una copia de la confesión firmada por Trushenko. Probablemente solo haga mención del pasaporte falso, después de todo Trushenko no sabe nada acerca de Beltrán y de los otros.

--Pero Trushenko se encontró conmigo-- contestó Vahl, -- y también te vio a ti.

--Sí-- dijo, evitando mencionar nuevamente el interrogatorio que debió haber culminado en asesinato. Ni él, ni su tío, ni el grupo de oficiales de Beltrán contaban con el fracaso de ese plan. Trushenko había sido liberado y había abandonado Venezuela, y esta situación comprometía la nueva identidad de Vahl.

Por suerte, pensó Vahl, --Ya he comprado otro pasaporte--. Después preguntó, --¿Cuando llega mi nuevo pasaporte?

--En unos pocos días-- contestó su sobrino.

--¿Tú crees que harán alguna conexión con mi verdadera identidad?

--No lo creo... , todos los datos apuntan a Endelis.

Vahl miró por la ventanilla. Había teñido su pelo de color castaño e iba a dejar crecer su prolijo bigote y también su barba. Estaba acostumbrado a cambiar su apariencia.

Matt disminuyó la velocidad de su sedán y dejó que el Mercedes se alejara. No era necesario seguirlos de cerca porque ya sabía hacia adonde se dirigían.

El Mercedes tomó una carretera empinada, angosta y sinuosa y Vahl fijó su mirada en el chofer. Siempre había tenido dudas acerca de Alfredo. Era como todos los venezolanos, que llevaban una vida despreocupada y tranquila, excepto cuando se ponían detrás de un volante. Cuando manejaban, se convertían en demonios.

Así que se aferró fuertemente a la manija de la puerta mientras el Mercedes se alejaba de Caracas a toda velocidad, abriéndose paso entre la frondosa vegetación y los profundos precipicios que pasaban peligrosamente cerca de su puerta.

Mientras tanto, escuchaba las quejas de Ariosto acerca de lo que pasaba en Caracas. Su sobrino se quejaba, entre otras cosas, del grupo de militares que apoyaban al gobierno y de los campesinos que llegaban a la ciudad en busca de trabajo.

--Los campesinos deben permanecer en el ámbito rural al que pertenecen, porque en la ciudad no contribuyen en nada. Caracas no puede darles trabajo a todos-- dijo Ariosto.

Vahl asintió y agregó, --Es una situación que puede ser controlada mediante organismos de seguridad rurales. Menciónaselo a Beltrán.

--Este país es un desastre, merece líderes mejores. Es un país muy bello, en algunos lugares incluso pareciera que el Génesis aún estuviera desarrollándose.

--¿Cómo va el proyecto del café?-- preguntó Vahl.

Ariosto conocía bien este tema. --La calidad del café es inestable. El gobierno nunca lo ha regulado como corresponde. Los canales de distribución nunca han sido buenos y los venezolanos no han tenido nunca un interés genuino en exportarlo.

--Tanto Colombia como Brasil y los países centroamericanos exportan café.

--Sí, lo sé, pero los venezolanos consideran al café como algo del pasado. Su atención se centra en las exportaciones de petróleo.

--Entonces, ¿cuáles son tus planes?

--Continuar comprando fincas. El programa de descentralización del gobierno nos ofrece una gran oportunidad en las montañas del noroeste.

--¿Y qué hay de las autoridades?

--La descentralización hace que sea mucho más fácil el controlar ciertas cosas. Mi hombre de confianza es la persona con más autoridad después del gobernador y el gobernador confía en él. Los agricultores son fáciles de controlar porque no están organizados, solo quieren asegurar su subsistencia, eso es todo. No están preparados para nada más que vender su café y así pagar sus cuentas.

--Tu proyecto cafetero está tomando mucho tiempo-- le recordó Vahl.

--Eso es porque nadie puede tener más de 300 hectáreas.

--Ah..., la reforma agraria.

--Lo que planeamos hacer, aumentará las exportaciones de café e incentivará al sector cafetero--. Ariosto creía fervientemente en su estrategia.

--¿Y tú crees que así evitarás que los campesinos emigren a las ciudades?

--Si les proporciono trabajo, no tendrán por qué emigrar a las ciudades. Podrán ser utilizados como trabajadores temporales porque habrá mucha tierra productiva. Eso es mucho mejor que tenerlos ociosos mendigando comida o provocando disturbios en las ciudades.

Vahl arqueó sus cejas.

--Tú sabes que ésto ya está demostrado. Tanto Guatemala como El Salvador son ejemplos claros de que este tipo de sistema funciona. Los organismos de seguridad rurales siempre han servido para mantener a los campesinos a raya para que no se vuelvan muy ambiciosos.

Minutos más tarde, el Mercedes se detuvo bruscamente en una pendiente, frente al portón cerrado de la villa de Ariosto. Vahl trató de ignorar la decoración de la estructura que rodeaba al portón de hierro. Odiaba las mini columnas talladas con formas de enredaderas, pájaros, frutas y crucifijos. No podía comprender la obsesión de la humanidad con los crucifijos. Sin dudas, la decoración era una mezcla de motivos indígenas y españoles y ya estaban allí cuando Ariosto había comprado la propiedad.

Mientras tanto, Matt condujo hasta una colina cercana que, a pesar de su espeso follaje, le servía de puesto de vigilancia. Era el único lugar desde donde tenía una buena vista del frente de la villa. Desde allí, usando binoculares, observó al Mercedes descender rápidamente desde el portón hasta llegar a una entrada circular al frente de la casa.

Cuando el Mercedes se detuvo, Ariosto exclamó, --¡Solo habían pasado cuatro meses después de mudarme y el camino de la entrada ya se había derrumbado!

Un jardinero se apresuró a abrir la puerta.

Ariosto continuó quejándose en alemán. --¡Inmediatamente lo reparamos y se derrumbó tres veces más! ¡Cuando las lluvias lo destruyeron por cuarta vez les pregunté a los ingenieros venezolanos si en lugar de cemento utilizaban pasta de dientes!-- Para acabar con tanta ineficiencia, unos años atrás, había contratado una empresa alemana que se había encargado de reconstruir el camino de una manera más eficiente. Ariosto se bajó del Mercedes, seguido por Vahl.

Vahl observó detalladamente la arquitectura y la decoración de la mansión de dos pisos, analizando la elegancia de la casa a pesar de su disgusto por los toques franceses e italianos. La simplicidad de las columnas cuadradas que sostenían el pórtico eran más de su agrado que el decorado barroco del portón. Estas simples columnas realzaban las hileras de flores multicolores que bordeaban la entrada al pórtico. Al llegar a la puerta de entrada, se detuvo y miró con atención a las dos estatuas idénticas de mármol, tamaño natural, que rodeaban a la puerta. Estas estatuas representaban al dios romano Janus, el espíritu animista de todos los orígenes, luciendo una corona de olivos.

Observó el escudo de la familia que se encontraba sobre la puerta. Dos letras 'K' de color amarillo que simbolizaban la doble cabeza del dios. La 'K' representaba a la palabra *kopf*, o cabeza en alemán.

Vahl pensó que todo este simbolismo era ridículo.

Una vez adentro, su humor empeoró porque odiaba profundamente a los italianos, y la casa estaba repleta de detalles de decoración italiana. El piso era de mármol italiano y continuaba hacia una gran escalera a la derecha, con un vestíbulo hacia la izquierda. Atravesó el vestíbulo y bajó hacia la sala. La totalidad de una pared de la sala estaba cubierta por un gran ventanal desde donde se apreciaba un jardín exhuberante. Una mujer uniformada hizo una reverencia, les dio la bienvenida y les preguntó si querían almorzar.

Ariosto, que estaba parado detrás de Vahl, respondió, --Pueden servirnos el almuerzo en la biblioteca en 30 minutos.

Luego, se dirigieron al segundo piso. Al final de la escalera, hacia la izquierda, tomaron un pasillo con una baranda que daba hacia la sala de abajo, y al final de éste, se encontraba la biblioteca.

La biblioteca estaba amueblada con muebles tapizados en terciopelo color bordó y paneles de madera en las paredes. Esta decoración quedaba fuera de lugar en un país tropical, pero a Vahl le encantaba. La atmósfera era suntuosa. El cuarto estaba repleto de cuadros costosos, alfombras persas y una colección de espadas chinas de la Dinastía Ming que colgaban de la pared cerca de un escritorio Chippendale. Vahl se dirigió hacia los estantes de las paredes. Algunos de ellos estaban llenos de libros mientras que otros contenían objetos de arte.

Ariosto abrió un cofre rococó de madera tallada y sacó una botella de whiskey, regalo de Beltrán, y un par de vasos. No necesitaban hielo, porque a ambos les gustaba tomarlo seco. Era su ritual antes de almorzar.

Vahl continuó inspeccionando los estantes. Luego dirigió su mirada al escritorio Chippendale. El único objeto sobre su superficie era una caja de vidrio con una cruz de oro y plata de unos 15 centímetros de largo. Era una cruz plana con las puntas cuadradas y sus detalles artesanales eran excelentes. Estaba colocada sobre un terciopelo azul. --Deberías guardar ésto en la caja fuerte-- dijo por enésima vez.

--Me recuerda a mi padre-- le contestó Ariosto. Su padre se la había comprado a un comerciante de Arabia Saudita. Era una cruz Sasánida. Su madre había querido dejársela a Ariosto y a sus herederos. Él era viudo y tenía dos hijas solteras que aún no habían heredado su afición por el arte.

A Ariosto le causaba gracia pensar que él era el único heredero de las dos familias. Su padre había sido hijo único y no había ningún heredero por parte de su madre, ya que ninguno de sus tíos, ni Heinrich, ni Rudolph, se había casado.

Mientras tanto, Vahl sacó de uno de los estantes el libro, *Corpus Sermo Generalis*. Meditó sobre el significado del título 'Cuerpo de Sermones Generales' y se sentó a ojear sus páginas.

Ariosto le dio el whiskey, se sentó junto a él y le preguntó, --¿Lo has leído?

--No, ¿por qué me lo preguntas?

--La iglesia y la corona capturaron la imaginación de la gente--. Hizo una pausa y sonrió. --La Inquisición Papal emitió veredictos generales. En España se los llamó '*sermo generalis*' o '*autos de fe*'.

Vahl asintió.

--Los sermones ceremoniales tienen el efecto de darle a la gente algo en que concentrarse. Los grandes líderes siempre los han utilizado, incluso Hitler lo ha hecho. Es verdad que yo soy el primero en criticar a la iglesia por su absolutismo excesivo, sin embargo mantuvo las cosas claras y concisas. Algunas veces ese rigor es absolutamente necesario.

--Aún así-- dijo Vahl --el estilo pomposo de esas estatuas de Janus que tienes en la puerta es una tontería.

Él no estaba de acuerdo. --Siempre te disgustó el uso de la pompa. La pompa no hace ningún daño, por lo contrario unió al pueblo alemán. La pompa y el boato los mantuvo unidos en su orgullo.

--Y Beltrán puede cometer el mismo error de llevar las cosas demasiado lejos.

--Tío..., él conoce la psicología del hombre común, pero también sabe de la necesidad de inspirar a su gente. El terreno está abierto para un nuevo tipo de nacionalismo radical que se nutre de las imágenes y el simbolismo de la gente común. Hitler utilizó el culto al pasado y lo mismo hará Beltrán. Está familiarizado con esa mentalidad colectiva.

--¿Y cuál es esa mentalidad colectiva?

--Los venezolanos son fáciles de distraer. Hay un adagio que los describe, *son humildes cuando encadenados, y vanos cuando libres.* Se desempeñan bien bajo emoción pura. Confían en su suerte más que en el resultado de sus esfuerzos porque no tienen un propósito. De manera que, si creamos un enemigo para que odien, los mantendremos distraídos y no estarán pendientes de lo que hace el gobierno.

--En otras palabras, no tienen memoria-- respondió su tío.

--Correcto. Tienen un país rico, pero no hacen nada al respecto. No saben cómo desarrollar su capital. Viven de día a día, por eso mismo no va a ser difícil hacer descarrilar los esfuerzos para descentralizar el gobierno o tener una asamblea constituyente. Claro, tenemos que planear ésto con mucho cuidado y metódicamente, no obstante, es muy fácil dividirlos.

Vahl frunció el ceño. --Bueno, pero eso no es lo único que he escuchado.

--¿Qué es lo que has escuchado?

--Cuando esta gente está comprometida, son un digno adversario-- explicó. --Hace siglos, España perdió a Venezuela y a cuatro colonias más por culpa de Simón Bolívar. No dirigía a soldados profesionales, eran campesinos harapientos que, sin embargo, estaban determinados a ganar su libertad.

--Es verdad, pero hoy han perdido esa determinación, solo les sirve para luchar entre ellos.

--Sin embargo, esa es la clase de espíritu que debe ser manipulado con inteligencia. No te olvides que fue utilizado con éxito en el pasado.

--¿Y en el ínterin?, ¿qué pasó?-- Ariosto dejó que su tío reflexionara por unos instantes, y luego dijo, --Sus leyes tienen menos valor que el papel que se usa al fondo de una jaula de pájaros. Se distraen por su culto al *personalismo.* El culto a sus líderes es su opio, y eso es perfecto para nosotros.

Cambiando de tema, preguntó, --¿Tienes seguridad con respecto a Beltrán y sus oficiales?

--Sí, él es ideal. Está naturalmente perturbado por la población que es desorganizada, irresponsable y pasiva. Se considera un hombre del pueblo, aunque cultiva un deseo de poder porque está convencido que puede cambiar el curso de su país. Está dispuesto a destruir para reconstruir y empezar desde cero, lo que significa limpiar el orden establecido. Hitler reconstruyó Alemania de la misma manera--. Los ojos negros de Ariosto brillaban como saltando de su rostro. --El Capitán Beltrán está realmente preocupado por el futuro de su país. Piensa reconstruir la mentalidad de los venezolanos porque hay demasiados canallas que se aprovechan de la situación actual.

Vahl sintió orgullo. La fortuna le sonreía a su sobrino. La causa unía al país a través de la mejor maquinaria de seguridad que nadie hubiera producido hasta el momento. Este país era el diamante más grande de las Américas. De pronto, volvió a sentir preocupación y preguntó, --¿Y qué hay del *status quo*?

--¿Te refieres al gobierno actual?

--Sí.

--Bueno, tenemos que hacer todo lo posible para debilitar los procesos políticos actuales, y eventualmente…

--¿Eventualmente qué?-- interrumpió.

Ariosto sacudió la cabeza y dijo, --Hacer lo que hemos hecho siempre. Distraer a las masas mientras imponemos nuestra agenda. Polarizarlos, quitarles la estructura legal para que no puedan cambiar nada, entrenar militarmente a los jóvenes, poner nuestra gente en posiciones claves, etcétera.

--¿Ha mencionado Beltrán una fecha límite?

--No, aún no hay suficientes oficiales que lo apoyen.

--¿Y entonces?

--Beltrán quiere esperar por ahora…-- dijo apretando la boca.

--Ah…

--Tío…, tú sabes qué es lo que Beltrán necesita para lograrlo.

Vahl no respondió.

--Una amplia base de apoyo es esencial…, sí, es esencial-- dijo, y en silencio, bebió su whiskey.

14

17 de Octubre de 1991
Montañas del Noroeste, Venezuela

Esther pensaba en Iván mientras conducía. Abandonó la carretera asfaltada, tomó el camino de tierra y finalmente el sendero estrecho lleno de baches que la llevaba a su granja. Si bien el sendero había sido nivelado el verano pasado, el Pontiac se hundió levemente en el barro al atravesarlo.

Al llegar al portón, sonó la bocina, sacó su cabeza por la ventanilla y gritó hasta que un grupo de niños de varias edades se acercaron y se apiñaron detrás de las maderas del portón. Los niños estaban acompañados por cuatro perros callejeros, tres de ellos habían sido criados por la madre de Esther y el otro, llamado Luna, lo había criado ella misma. Un adolescente abrió el candado y empujó el portón para que Esther entrara con su carro. Todos ellos la siguieron y se dispersaron cuando llegaron a la casa, unos 40 metros más adelante. Se detuvo detrás de un edificio de concreto en forma de L que estaba al lado de la casa. El edificio estaba cerrado por un lado y abierto por el otro.

Esther salió del carro y se topó con la pared cerrada del edificio. Rápidamente miró hacia arriba, contempló el claro cielo matutino y luego miró hacia atrás al portón de entrada. Los niños de Tomás permanecieron cerca, jugando con los perros que no paraban de ladrar, con la excepción de Luna que la seguía en silencio como si fuera un discípulo obediente. Un campesino amigo de Esther se la había regalado unos cinco años atrás. Era un perro blanco y negro con algo de Dóberman en su sangre. Le había puesto el nombre de Luna por una mancha blanca en forma de luna que tenía en el medio de la frente.

Luna sintió un olor extraño proveniente de un montón de basura amontonada contra la pared y comenzó a hurgarla. El olor inundaba el aire y se mezclaba con los sonidos provenientes de una choza desde donde se descascaraban los granos de café. Tomás y David, su hijo mayor, estaban operando la maquinaria para descascarar granos.

Molesta, Esther espantó a Luna y se detuvo a observar el montón de basura podrida cubierta de moscas. Antes de dirigirse hacia la parte expuesta del edificio, su mirada se dirigió a su conuco, apreciando las mejoras realizadas en el último año. Ahora tenía un jardín más grande, una vivienda para Tomás y su familia, un corral techado para las gallinas de donde obtenían huevos caseros, una máquina para descascarar granos de café y una parrilla para secar los granos. Todas estas mejoras habían sido posibles gracias a un préstamo otorgado por un banco local. Esther no había podido pagar los primeros cinco meses debido a que PACCA no le había pagado por diez meses. Ella no había querido compartir su situación desesperada con Iván la última vez que hablaron por teléfono.

Las botas de Esther crujieron levemente mientras caminaba lentamente por un sendero que rodeaba al edificio. Al doblar en la esquina, casi se tropezó con Ernesto, uno de los hijos de Tomás, de 21 años, que llevaba una canasta repleta de granos listos para ser descascarados. Tanto Ernesto, como David, su hermano mayor, habían llegado junto a Tomás para ayudarla a reactivar la finca. Luego se había sumado el resto de la familia.

Esther estaba tan sorprendida como ellos de que les gustara trabajar en la cosecha de café. La intensa dedicación laboral de Tomás y sus muchachos podría haber resucitado a un muerto si la hubieran dedicado para ese fin. Habían trabajado duro porque la finca de 100 hectáreas estaba terriblemente deteriorada.

Una vez que llegó al lado abierto del edificio, se detuvo a contemplar las 12 hamacas tejidas que colgaban entre postes de metal y argollas incrustadas en la pared oeste. Allí encontró a la esposa de Tomás y a sus hijas de 19 y 20 veinte años, cocinando arepas en un budare redondo.

Esther les reclamó por la basura. --¿Qué están esperando, que la limpien los buitres?, ¿por qué nadie la sacó de allí para quemarla?-- Rápidamente, las muchachas abandonaron sus tareas, tomaron sus escobas y salieron corriendo a limpiar la basura.

El budare estaba en una vieja cocina portátil oxidada, sobre una mesa improvisada. El gas provenía de una bombona portátil. La esposa de Tomás estaba de pié a un costado de la mesa, redondeando la masa de maíz para preparar más arepas.

Esther dijo con severidad, --¡Si ustedes quieren al zamuro de Pancho Duro, van a tener a Pancho Duro!-- y se fue en dirección a la parrilla ubicada entre el edificio principal y la choza donde se descascaraban los granos.

A medida que apuraba el paso, pensó en lo desagradable que le resultaba compararse a sí misma con el desgraciado del Coronel Duro, sin embargo, la sola mención de Pancho Duro resultaba muy efectiva. El infame representante de Juan Vicente Gómez tenía un lema, --¡Nadie va a discutir conmigo!-- Él decía que las elecciones eran libres mientras desenvainaba su cuchillo y les decía a los campesinos por quién votar. Nunca nadie discutió con él.

Y así fue que gracias al legado violento de Pancho Duro, la vida continuó brutalmente en estas montañas llenas de angustia, donde los hombres correteaban al bar todos los sábados y se atracaban de ron durante toda la noche. El resultado era casi siempre un frenesí de violencia, hombres tambaleantes que regresaban a sus casas después de haber apuñalado a algún cochino que se les cruzara en el camino, o que al llegar a sus casas, les pegaban a sus mujeres y a sus amantes.

A pesar de estos problemas, la verdadera preocupación de Esther era la demora en los pagos de su préstamo, ya que Miguel Curiel, el representante rural del gobernador, continuaba confiscando tierras mediante la ejecución de hipotecas. Además, la cosecha de café había comenzado demasiado pronto y ahora tendría que venderle su café a PACCA sin saber cuándo le iban a pagar lo adeudado.

En otras aldeas que carecían de instrumental moderno, enfrentaban problemas más graves, pues dependían exclusivamente del trabajo manual. La recolección de granos era efectuada a mano y luego eran depositados sobre grandes parrillas adonde se secaban exponiéndose a los rayos del sol. Pero además había escasez de mano de obra, y por lo tanto se desperdiciaban toneladas de granos maduros que nadie recogía. Se habían hecho experimentos para dilatar la cosecha irrigando algunas zonas antes del período de lluvias, o por medio de la poda, pero mayormente no habían dado buenos resultados. Y así era la situación actual, mientras los recolectores se apresuraban a recolectar los granos, el sol se demoraba mucho tiempo en secarlos, ya que muy pocas fincas contaban con secadores mecánicos.

Ella se detuvo cerca del centro de la parrilla, y se movió cuidadosamente sobre la capa que se estaba secando hasta llegar hasta donde estaban los primeros granos de la cosecha. Rafael, el gallo de su madre, la observaba desde el borde de la parrilla, inclinando su cabeza mientras vigilaba su dominio. Sus plumas eran blancas con reflejos amarillos en las puntas que escondían las pecas de su piel, marca de su invencibilidad.

En su apogeo, había sido un gallo de riña campeón hasta que lo hirieron y perdió la voluntad de vivir. Su dueño se lo había entregado a la madre de Esther para que lo cuidara hasta recuperar su salud. Pero, cuando el dueño lo reclamó y lo retaron a luchar, el gallo se negó a pelear. Ignoró los esfuerzos para hacer que utilizara sus espuelas o para agacharse con prontitud, y se dejó morir. El dueño, entonces, lo devolvió a la finca y nuevamente con los cuidados de la madre de Esther, volvió a ser el mismo de siempre. Sin embargo, esta vez el dueño lo dejó tranquilo. Mientras tanto, su piel pecosa de pedigrí y el historial de sus peleas, le hicieron ganar una reputación entre los gallos vecinos que lo honraron dejándolo iniciar el canto ritual de la mañana y el mediodía. Su canto era poderoso. Era la canción del Gallo de Oro. La sabiduría popular decía que era un rey guerrero enviado por la divina providencia para proteger a los agricultores de los malos espíritus.

Esther era supersticiosa, pero no dejaba que ésto le arruinara la vida. Ignoró deliberadamente a Rafael y siguió caminando por la parrilla. Avanzó con cuidado evitando pisar los granos más frescos. Finalmente, se agachó y recogió algunos granos de color opaco. El clima había estado soleado, de manera que se estaban secando muy bien. Empujó la punta de uno de ellos con sus dedos, y dos granos volaron por el aire. Como eran planos, los yuxtapuso hasta que se vieron como conchillas cauries.

Satisfecha, permaneció en cuclillas y pensó en el secador de granos que quería comprar. Cuando hubiera una buena cosecha, podría secar los granos hasta ponerse negros en la parrilla para luego transferirlos al secador y así acelerar el proceso.

De pronto, la invadió una sensación de desesperación. ¿Para qué adquirir un secador si ya no tenía fondos y el banco podía ejecutar su hipoteca en cualquier momento? Además, solo podía venderle a PACCA. También estaba preocupada por las llamadas de Iván. La primera vez que la llamó, le pidió que hablara con su abuelo, lo cual hizo. Luego, la llamó nuevamente en los primeros días de octubre para hacerle saber que aún no tenía información acerca del paradero de José Rodríguez.

Siguiendo las instrucciones de Iván, ella puso inmediatamente todo en movimiento para ponerse en contacto con el General García. Como no tenía su número telefónico, habló primero con su madre. María Trushenko la atendió con su voz suave y se puso feliz de recibir noticias de Iván. Le dio el número de teléfono del General García y le pidió que esperara un día antes de llamarlo.

La conversación con el General García había sido muy buena. No era como lo había descrito Iván, serio y al grano, por el contrario, se mostró encantado de saber que Iván había partido sin inconvenientes hacia Cuba. Solo se puso serio cuando hablaron de José Rodríguez y de las sospechas de Iván acerca del posible atentado el día de la inauguración de la refinería. García le hizo muchas preguntas y ella se sintió complacida de poder responderlas.

Se levantó y, acompañada por Luna, caminó hasta la choza adonde David y Tomás estaban tratando de reparar el descascarador ya que una piedrita se había deslizado sin ser percibida. Cuando ella entró a la choza, Tomás la saludó, se quitó el sombrero de paja para limpiar la transpiración de su frente y se recostó contra la pared. Ella se le acercó en silencio y ambos contemplaron cómo David desarmaba la máquina descascaradora.

Tomás se consideraba a sí mismo como un pacifista, pero su actitud ante Miguel Curiel era diferente. Tomás quería pelear. Lo que lo había llevado a reaccionar de esta manera, ere el hecho de que Curiel era diferente a los banqueros. Tomás consideraba a los banqueros como idiotas sin sentido común.

Curiel, por lo contrario, operaba con maldad y lo peor era que nadie lo enfrentaba. Se había hecho una reputación de sabelotodo y tenía el apoyo de milicias y de hombres y mujeres que hacían el trabajo sucio por él. Las payasadas de Curiel lo irritaban terriblemente y por eso murmuraba acerca de la idea de formar un grupo guerrillero. Tomás veía a Esther como una ola siempre a punto de romper y por eso le recordaba a Eulalia, una mujer patriota que había muerto luchando contra los españoles.

--Tenemos que detenerlo-- dijo Tomás.

--No sé cómo.

--Curiel es un cochino estúpido, y tenemos que encontrar la manera de ganarle--. Tomás estaba seguro de que en algún momento, de alguna manera, la mala suerte le llegaría a Curiel, y Dios se vengaría de él.

Esther pensó en quién los podría ayudar y mencionó el nombre de José Herrera. --Herrera es viejo, y no es tan cruel como el Coronel Pancho Duro, pero no es ningún idiota-- dijo.

Tomás estuvo de acuerdo. --Si le queda algo de luchador, nos ayudará. ¿Aún está en Caracas?

Ella asintió, se puso de pie y agregó, --Estoy segura que él nos ayudará.

--¿Adónde vas?

--A Caracas-- respondió, saliendo de la choza sin mirar hacia atrás.

15

23 de Octubre de 1991
La Habana, Cuba

El hecho de pasear por la vieja Habana, trasladó a Iván al pasado histórico de Caracas donde los españoles habían dejado también su huella indeleble. La acera irregular que pisaba en ese momento le hizo pensar en las cosas que eran imposibles de borrar, como los valores españoles que lo mantenían atado a ese pasado. Eran como las piedras bajo sus pies..., viejas, duras, gastadas, voluminosas. De pronto, se sintió atravesado por emociones conflictivas mientras pensaba, --Un pie en el presente, el otro en el pasado y el siguiente paso hacia el futuro--. Se dio cuenta que tenía que superar sus temores.

Mientras tanto, siguió caminando hasta que dirigió su mirada hacia la fachada barroca del edificio donde trabajaba Raymundo Martínez. El edificio era una de las sedes del Partido Comunista. Iván había intentado encontrarse con Martínez varias veces, pero siempre le decían que estaba en un viaje diplomático. Martínez era un miembro privilegiado del gobierno y la mayor parte del tiempo se la pasaba viajando, probablemente persiguiendo algún barco petrolero. Finalmente, Martínez se había puesto en contacto con él y había concertado una cita para esa mañana.

Al entrar al edificio, se encontró con un corredor que rodeaba a un patio interior. En el centro del patio había una fuente demasiado vieja y cansada como para largar agua. No había nadie alrededor y el escritorio de control estaba vacío, de manera que puso sus manos en los bolsillos y miró hacia el segundo piso que tenía un balcón que daba hacia el patio, buscando alguna señal de Martínez, ya que su oficina estaba en el segundo piso.

Como no vio a nadie, se sentó en una silla ubicada cerca de la fuente y se dispuso a esperar mientras un viento suave flotaba desde la puerta de entrada.

De pronto, recordó las palabras de Bakic. *Un comunista yugoslavo no es lo mismo que un comunista ruso. Al menos que te enfrentes a lo que realmente eres, nunca serás un buen comunista.*

Interrumpiendo sus pensamientos, oyó el saludo de Martínez. --¡Compañero! ¿Cómo estás, amigo mío? ¡Qué bueno verte!-- Martínez era el segundo hombre más importante del partido en lo que relacionaba a relaciones públicas y era excelente en su trabajo. Llevó a Iván a su oficina y le ofreció café. Iván apreció el gesto ya que el café era tan bueno como el mejor café venezolano.

Martínez se sentó en un viejo sofá y le preguntó, --¿Cómo estuvo el viaje de regreso a Cuba?

Iván tomó una silla que probablemente venía de la época anterior a la revolución, y le respondió, --Frustrante…, ahora soy un fugitivo--. Sus miradas se cruzaron.

--Eso no es bueno. ¿Qué pasó?-- preguntó Martínez rascándose la sien.

--¡Me fregaron!-- dijo Iván hirviendo de la rabia. --José Rodríguez me tendió una trampa.

--¿No te había llamado con urgencia pidiéndote que volvieras a Caracas?

--Sí, dijo que quería presentarme a una persona que estaba a punto de hacer una importante donación a nuestro partido, pero en realidad lo que quería hacer era venderle un pasaporte a un hombre que es un criminal de guerra buscado, un antiguo miembro de las SS que huyó a Argentina. Me reuní con él y luego fui arrestado por la policía de seguridad y acusado de ayudar a ese hombre.

--¿Y Rodríguez fue responsable de eso?

--Sí, como dije, me tendió una trampa. Me pidió que manejara la transacción y yo lo hice, claro, para ganar un dinero extra para el partido. Luego me arrestaron, me agarrotaron, me patearon y me dieron con la picana eléctrica hasta que finalmente les di la información.

--¿Qué información era tan importante?

--¡¿Y yo que carajos se?! Un pasaporte falso o un criminal de guerra senil no justifican ese tipo de reacción.

Martínez lo miró sin mostrar emoción.

--El único que sabía que yo estaba en Caracas, además de ti, era Rodríguez.

--¿Nos implicaron a nosotros?-- preguntó Martínez.

--Yo les dije la verdad, pues no tenía nada que ocultar. Ellos sabían que yo había estado en Cuba.

--¿Y quién es ese criminal de guerra?

--Su nombre es Janis Endelis, y aparentemente tiene alguna conexión con una organización denominada *Kameradenwerke.*

--¿La red de las SS?

Él asintió. --Una semana después, me arrojaron desde un automóvil y me dejaron libre.

--Pero entonces, no eres un fugitivo.

--Busqué a Rodríguez en su barrio, pero no estaba por ningún lado. Hasta sus padres habían desaparecido. Hablé con algunos de sus vecinos que me confirmaron que José y su familia eran inmigrantes cubanos, pero eso ya lo sabía. Luego me fuí al oriente venezolano porque oí que se había ido para esa zona. Lo busqué en uno de nuestros refugios, pero tampoco estaba allí. Entonces fuí a visitar a Esther Sotero, ¿te acuerdas de ella?

Martínez asintió.

--Estuve con ella por varios meses y decidí pasar una vez más por el refugio antes de tomar el barco de regreso hacia aquí, y la policía de seguridad irrumpió en el refugio antes del amanecer.

Martínez suspiró. --¡Qué desafortunado es todo ésto…, muy desafortunado!

--Bueno, y a así fue que salí corriendo y me embarqué en el Montenegro, de hecho tú me conseguiste el pasaje.

--Sí…

--¡Pero apenas escapé! ¡El capitán del barco me tuvo que esconder!-- Iván evitó mencionar el azufre, los recortes del periódico o la refinería.

Martínez se levantó del sofá y comenzó a caminar por la oficina tocándose la barbilla. --O sea que, luego de que te soltaron, ¿te querían arrestar nuevamente?

Iván lo miró fijamente y le dijo, --¡Ese miserable bastardo de Rodríguez necesita que lo jodan! ¡Dime todo lo que sepas de ese perro come mierda!

Era evidente que Martínez estaba preocupado. Se preguntaba a sí mismo la misma pregunta una y otra vez. --Pero…, ¿por qué diablos te perseguían luego de haberte liberado…?

--No sé, pero no me molestaron mientras estuve con Esther.

--De manera que, ¿solo intentaron arrestarte cuando fuiste al refugio?

--Sí…, alguien les debe haber pasado el dato.

--¿Y qué información querían?

--Querían saber la nueva identidad de Janis Endelis, la que figuraba en el pasaporte falso. Yo se las dí antes de que me liberaran.

Martínez frunció el ceño. --Cuba no se puede dar el lujo de enojar al gobierno venezolano--. Se sentó nuevamente y le dijo, --Te ayudaré en lo que pueda. Con respecto a Rodríguez no lo he visto ni he oído nada de él en meses.

--Quizás él tenga familia aquí…

--Te prometo que voy a averiguar acerca del paradero de Rodríguez. Limpiar la mala hierba es de interés para la revolución. Dame tiempo.

16

20 de Noviembre de 1991
Ciudad de Nueva York

La mesa donde almorzaban Diana y Alex estaba a unos pocos metros de la mesa de Matt en el Dragón de Jade, un restaurante de comida china estilo Hunan en el Bajo Manhattan. Matt observaba discretamente a Diana mientras ella conversaba con Alex, apreciando su brillante pelo rojizo y deslizando su mirada hacia el chaleco corto multicolor que lucía sobre un suéter verde. Un broche de oro prendido en su chaleco, le daba un toque de elegancia a su atuendo. Matt se detuvo a observar sus curvas cautivantes hasta que ella se dio cuenta que la estaba observando. Su mirada confusa inyectó una cualidad deslumbrante a su rostro.

Diana le murmuró a Alex, --En esa mesa, hay un hombre de suéter azul que nos ha estado observando.

Alex resistió el impulso de girar su cabeza para verlo.

--Cuando le devuelvo la mirada, mueve el menú de abajo hacia arriba para taparse la cara-- dijo ella mirando hacia abajo para disimular.

A Alex le pareció gracioso, pero se contuvo de reaccionar. Como siempre, llevaba puestos unos anteojos bifocales que se deslizaban hacia la punta de su larga y refinada nariz. La miró con una expresión amable y trató de calmar su nerviosismo. Se acercó hacia ella, extendió su brazo y le acarició suavemente la mano diciendo con voz muy seria, --No podré vivir con esta intriga, voy a ir a averiguar de qué se trata.

Se puso de pie y se dirigió al baño, atravesando el pasillo entre las mesas llenas de gente, pasando por al lado de Matt que seguía escondiendo su rostro tras el menú.

Diana alzó su taza de té tratando de distraerse, un poco irritada por la decisión de Alex de comer en ese restaurante estrecho y descuidado. El local era angosto y largo, con un pasillo que iba desde el frente, donde ella estaba, hasta el fondo. La vitrina del frente estaba cubierta por un cortinado de brocado rojo. Sintió un frío que invadía sus huesos ya que era un día fresco y destemplado. Trató de ignorar la ansiedad que sentía por la junta que tendría esa misma tarde con el Embajador Astrakán.

A pesar de que dentro del restaurante se sentía calor gracias a la calefacción de los radiadores, ella sintió un escalofrío y para contrarrestarlo bebió más té caliente. Un amable mesero asiático murmuró algo en un inglés mal hablado. Sin comprenderlo, ella asintió de todos modos y el mesero le volvió a llenar su taza de té. Miró nuevamente hacia atrás y vio a Alex salir de la parte trasera del restaurante. Con sorpresa, vio como él le daba una palmada en el hombro al hombre que la había estado mirando. El extraño entonces, se puso de pie y le dio la mano a Alex. Luego se dio vuelta y miró a Diana. Alex le hizo una señal en dirección hacia ella, y acercándose a la mesa, le presentó efusivamente a Matt.

--¡Te presento a un viejo amigo, Matthew Sheridan!

Ella se encontró con la mirada de Matt. Mientras se daban la mano, Matt percibió el aroma de su perfume, Violetas Africanas.

Alex le señaló una silla vacía y le dijo, --Siéntate por favor, ¿cuánto tiempo ha pasado? Como dos años, ¿no?-- A continuación señaló a Diana y le explicó, --La Doctora Diana Giller es una economista internacional que trabaja junto conmigo en el mismo departamento. Es muy inteligente y muy bonita, ¿no te parece?

Ella luchó con la sequedad de su garganta. Matt la ponía nerviosa y no sabía por qué. Tomó la taza en su mano y bebió un poco de té. Recobrando su compostura, le preguntó cortésmente, --¿Usted vive en Nueva York?

--No, estoy visitando a mi familia-- le contestó, haciendo una seña dando a entender que continuaran con su almuerzo.

Alex sonrió. --¡Ah cierto!, me había olvidado que eras de por aquí, ¿de qué parte?

--De Brooklyn.

--¡Si claro! ¡¿Cómo pude olvidarlo?!

Diana y Alex siguieron comiendo mientras Matt bebía su té. Sus ojos se paseaban de uno al otro hasta que Diana bajó súbitamente su tenedor y le preguntó, --¿Y qué clase de trabajo hace usted, si es que se puede saber?

Alex interrumpió. --Perdón que no te lo aclaré. Matt es un agregado de la Embajada de Estados Unidos en Caracas--. Luego, dirigiéndose a Matt, preguntó, --Dime, ¿sigues siendo el enlace con el congreso venezolano?

--Sí.

--Por lo tanto, usted trabaja para el Departamento de Estado-- dijo ella mientras cortaba sus pechugas de pollo al sésamo por la mitad.

--Sí, exactamente.

--Entonces debe saber todo lo que sucede allí.

--Trato de mantenerme informado-- contestó él sonriendo.

Alex intervino. --La Dra. Giller es la hija del embajador David Giller--. Alex disfrutaba enormemente porque había notado la mutua atracción que surgía entre ellos.

Diana, un poco molesta porque siempre trataba de minimizar la importancia de su árbol familiar, continuó comiendo sus pechugas de pollo mientras Matt la observaba.

--Si mal no recuerdo, su padre era de Boston. ¿Usted también nació en Boston?-- preguntó Matt.

--Sí, pero nos mudamos cuando asignaron a mi padre a París. En realidad nos mudamos muchas veces…

--Diana es la directora de nuestros proyectos agrícolas-- explicó Alex.

--¡Ah, que interesante! ¿Y tienen algún proyecto en Venezuela?

--Casualmente, Diana viajará a Caracas para hacer un estudio de factibilidad-- agregó rápidamente él.

--¿Cuándo?

--A comienzos del año entrante.

Diana se mantuvo en silencio.

Alex continuó, --En los primeros días de enero, Diana se reunirá con el Vice Ministro de Agricultura y con otras autoridades, de hecho, esta misma tarde tenemos una junta con Astrakán.

--¿Astrakán?

--Sí, el embajador venezolano ante las Naciones Unidas.

Matt asintió.

Alex agregó, --Nos reuniremos para comenzar a abrirle el camino a nuestro proyecto agrícola.

--Si puedo ayudarles en algo...-- dijo Matt entregándoles su tarjeta.

Diana miró la tarjeta con curiosidad.

--Por supuesto que puedes ayudarnos-- contestó Alex con un brillo en sus ojos.

Matt sonrió y le dijo, --Espero que no te echen de Venezuela. Recuerdo todas las dificultades que tuviste en Perú con esa reforma agraria.

--Siempre habrá alguien que diga que nuestro proyecto en Venezuela no es más que otra conspiración para sabotear la herencia cultural del país-- dijo sacudiendo su cabeza.

-- Y me imagino que tú tendrás la obligación moral de cuestionarlos, ¿no es así?

--Es complicado, como todo lo demás--. Alex suspiró y bebió un sorbo de su té. --Siempre dije que es complicado, son dos sociedades con muchas identidades. Los campesinos tienen en claro quiénes son, y los pobres de las ciudades también, pero el resto, no puede ver más allá de su herencia cultural anticuada.

--O no saben lo que deben ser.

--En realidad, el problema es que algunos quieren ser lo que no son…

Matt se distrajo mirando el cabello de Diana que caía suavemente sobre sus hombros acariciando su piel suave y pecosa. Sus facciones lo atraían de una manera atrevida y sensual.

Alex continuó, --En Perú, las complicaciones comenzaron con el régimen jurídico ya que no se correspondía con el marco social, porque ese régimen había sido diseñado para mantener a los campesinos fuera del sistema impuesto por los españoles. De manera que los peruanos se dieron cuenta que tenían que cambiar esa situación, y eso es lo que nos metió en problemas con los militares y la oligarquía.

--Obvio-- intervino Matt pensando en el golpe de estado que sacó a Alex de Perú en 1968.

--Sí Matt, las estructuras son un reflejo de las actitudes. Y ese es el mismo problema que enfrenta hoy Venezuela. Las actitudes son muy difíciles de cambiar, especialmente cuando la gente tiene que sacrificar algo.

--Como por ejemplo, su identidad.

--¡Exactamente! Es un problema humano. Los peruanos que tenían acceso al régimen jurídico habían sido educados consistentemente con esas actitudes-- dijo Alex mientras terminaba de comer. --Nosotros le proporcionamos algunas tierras a los campesinos y la elite se puso en contra. Los campesinos consideraban a las tierras como parte de sí mismos, pero la elite nunca comprendió o aceptó esa relación.

--¿Cuánta tierra fue redistribuida?-- preguntó Matt, ya que en realidad no sabía mucho acerca de la reforma agraria del Perú.

--Unas 200.000 hectáreas públicas y privadas, con acceso a agua. La idea era ayudarlos a cambiar sus métodos de cultivo arcaicos porque los españoles destruyeron muchas cosas buenas.

--¿Como cuáles?

--Como algunos métodos indígenas de cultivo que eran muy superiores.

--Y los españoles acabaron con esos métodos…

--Lamentablemente, sí.

--Y dime…, ¿tú también irás a Venezuela?

--No…, al menos no en este viaje--. Alex sonrió e hizo una señal para que le trajeran la cuenta. Luego de pagar, se puso de pie y dijo, --Bueno, nos tenemos que ir porque tenemos una junta pendiente, pero cuando tengas tiempo, avísame así le digo a mi esposa que te prepare un delicioso plato peruano casero.

Matt también se puso de pie y se dirigió hacia Diana mientras ella recogía su bolso. --Ha sido un placer.

--Igualmente-- contestó ella sin demostrar ninguna emoción y se dirigió hacia la puerta.

Él la siguió con la mirada. Luego se sentó mientras luchaba con el persistente aroma de su perfume y la imagen de alta ejecutiva del BPD. El Banco Panamericano de Desarrollo era una institución conservadora, pero permitía un cierto margen de elegancia.

Diana se sentó junto a Alex en un taxi, y apenas se acomodó, le preguntó, --¿Qué fue eso?

La respuesta de Alex fue ambivalente. --Matt solo me estaba advirtiendo acerca de los peligros de involucrarme en el nuevo programa piloto.

--¿Peligros…? ¿Y por qué?

--Porque, como bien sabrás, los nuevos desarrollos siempre causan problemas-- dijo sin referirse al verdadero motivo del encuentro, que era el de presentarle a Matt en el restaurante. Tanto Alex como Richard Anderson habían estado de acuerdo que era mucho mejor que se conocieran en Nueva York en lugar de hacerlo en Caracas. --En Perú-- continuó diciendo --me consideraban como un tecnócrata y no como un político liberal, pero cuando los militares se movilizaron en contra del presidente, me tuve que ir del país, aunque yo en lo personal no tuviera nada que ver, pero así es como los conservadores percibieron la reforma agraria.

Ella enarcó sus cejas.

--En Perú operábamos en un vacío. No había ninguna válvula de escape para distraer a los conservadores porque la industrialización se movía a paso de tortuga y la reforma agraria progresaba muy lentamente. De manera que mucha gente se molestó. Si la reforma se hubiese hecho con rapidez, quizás el resultado hubiera sido diferente. Por eso muchos dicen que las reformas se deber realizar rápidamente.

Luego de unos instantes de silencio, ella le dijo, --¿Por qué Matt no te reconoció?

Alex sonrió. --Porque te estaba mirando a ti, cariño. Y además yo estaba de espaldas.

Durante los minutos siguientes, ella permaneció en silencio preguntándose por qué sentía frío en los huesos. La noche anterior había nevado, pero ella estaba acostumbrada al clima frío.

El taxi se detuvo, y mientras Alex le pagaba al conductor, ella se detuvo a observar a un mendigo que se expresaba a los gritos en un lenguaje mordaz. De pronto ella sintió que esta ciudad era otra especie de jungla.

17

El embajador Astrakán había conocido a Alex cuando éste dirigía la reforma agraria y Astrakán era un diplomático venezolano en Perú. Astrakán tenía ahora alrededor de 60 años, era calvo, no muy alto, delgado y tenía un aspecto mucho más mundano que la mayoría de sus pares. Apoyaba el programa piloto que Alex quería implementar porque valoraba lo innovador del proyecto.

Ambos reconocían que el proyecto piloto tenía un gran valor publicitario ya que Venezuela, después de todo, era un miembro de la OPEC y el proyecto podía servir como programa modelo. Ni bien Alex se había comunicado con él, Astrakán había comenzado a trabajar para conseguir un adelanto de fondos del gobierno venezolano. Aún no se sabía de qué manera el BPD iba a administrar esos fondos, pero igualmente ya habían avanzado con el proceso.

Ni bien llegaron a su lujosa oficina en el World Trade Center, Astrakán los saludó efusivamente.

--Muchas gracias por su contínuo interés-- dijo Alex con serenidad calculada.

Una vez que tomaron asiento, Astrakán apoyó sus manos en su moderno e impecable escritorio de caoba y esperó que ellos iniciaran la conversación.

Alex miró a Diana poniéndola en el compromiso de comenzar. Después de todo, ésto era una prueba piloto para ella ya que en unos pocos meses se iba a enfrentar a los políticos de Caracas y no podía fallar, de modo que ella comenzó con la introducción. --Ustedes nos han proporcionado algunas ideas muy buenas, y aunque algunas de ellas estén afectadas por aspectos prácticos, creemos que los directivos del BPD las van a aceptar ya que el BPD ha dado un giro en su filosofía hacia el sector rural.

Astrakán asintió y observó el prendedor de oro de Diana, regalo de su padre.

Ella notó su mirada, apreció su admiración y continuó, --Si continuamos enfocándonos en la población rural, el entrenamiento vendrá de los propios agricultores ya que les proporcionaremos conocimientos.

--Está bien, pero no nos olvidemos que no es lo mismo el conocimientos que la sabiduría.

--Sí, es verdad.

--Los bancos han cometido muchos errores.

Ella asintió. --Sí, lo sé. El comportamiento de los sistemas es muy difícil de cambiar. Estamos acostumbrados a preservar la continuidad, y por lo tanto evitamos usar la imaginación en favor de lo que es familiar.

--Y eso es el conocimiento…

--Sí, y como usted dijo, el conocimiento no es lo mismo que la sabiduría. Repetimos nuestros errores porque siempre caemos en los mismos hábitos. Por eso mismo es que hemos estado en comunicación con José Herrera…

Astrakán la interrumpió. --Perdón, ¿con quién?

--Con José Herrera, del Banco Rural de Caracas.

--¡Ah sí!, tiene muchos admiradores.

--…y con el Vice Ministro de Agricultura.

--¡Muy buena idea!

--El ministro quiere que escuchemos las sugerencias del Dr. Herrera ya que él ha sido el experto en los problemas de la población rural del país desde 1959, todo un récord-- dijo ella mirándo a Alex sentado a su lado.

Sin disimular su placer genuino, Astrakán dijo, --Una hazaña difícil, ya que por lo general los burócratas entran y salen con cada elección política.

--Comprendo la importancia de la popularidad de Herrera.

--Sí, se ha ganado el respeto de la comunidad.

Diana sonrió.

Alex intervino. --Herrera ha luchado contra todo..., contra el colonialismo, el imperialismo, las dictaduras...

--¿Y qué es lo que propone?-- preguntó Astrakán.

--Iniciativa privada para los productores de café-- dijo Alex que era consciente de que Astrakán no tenía la misma actitud de sabelotodo que tenían la mayoría de los políticos. Por el contrario, Astrakán auspiciaba el intercambio constructivo de información. Alex agregó, --Como usted sabe, el Fondo Nacional del Café (FONCAFE) en Venezuela, le ha proporcionado a los productores una infraestructura que lamentablemente no está funcionando.

Astrakán asintió. --Sí, estoy al tanto de la situación. FONCAFE ha desarrollado centros regionales llamados PACCA en las diferentes regiones cafetaleras, pero estos centros no han sido beneficiosos para los productores.

--La idea de brindarles acceso no era mala, pero lamentablemente la infraestructura no ha respondido a las necesidades de los productores-- dijo Diana.

--Yo no soy ningún experto en la industria del café-- subrayó Astrakán --pero ésto no es más que un ejemplo típico de centralización que ayuda a los burócratas y a los políticos pero no a los productores.

--Igualmente, la idea de una empresa estatal no es mala-- ofreció ella. --El gobierno tiene mucho dinero a su disposición y tiene que invertirlo en algo. El problema es que estos programas fueron diseñados erróneamente. Nadie pensó en los productores y ellos nunca tuvieron ni voz ni voto. Para ser miembros de las PACCA tuvieron que comprar acciones, pero el estado, al ser el accionista mayoritario, se encargó de seleccionar la gente inadecuada para manejarlas.

--Por consiguiente, al no escuchar a los productores, nunca les dieron acceso a la infraestructura.

--Si no tienen voz, no pueden auto-gestionarse.

--Las intenciones fueron buenas-- aclaró Astrakán --pero lamentablemente este tipo de arreglos no dieron los resultados que esperábamos.

Diana continuó, --Pero el Dr. Herrera tiene otro enfoque de esta situación, porque cree que este es el momento ideal para ayudar a los agricultores. Si FONCAFE cerrara, los productores quedarían repentinamente desamparados.

--Y si quedan desamparados, ¿cómo diablos van a hacer para sobrevivir?, son agricultores, no empresarios.

--Es verdad-- dijo ella resistiendo la tentación de aclararle que los agricultores no eran niños, sino que eran totalmente capaces de forjarse su propio futuro. --En la actualidad, el gobierno fija los precios de los diferentes grados de café, lavado fino, lavado ordinario, etcétera. Y el centro vende el café a la industria del agro. El gobierno también se encarga de exportar el café. Cuando los productores hacen la entrega de sus granos, el gobierno les adelanta algo de dinero, pero por lo general no les termina de pagar el balance hasta muchos meses después, algunas veces hasta más de un año después. En cualquier caso, el sistema no ha mejorado la productividad de los productores ni los medios de cultivo, transporte o distribución. Muchas de estas familias siguen utilizando el transporte por medio de mulas. Como no disponen de efectivo, no tienen acceso ni a fertilizantes, ni a herbicidas, ni a nada que los ayude a mejorar la calidad de su economía individual o colectiva. Tampoco tienen asistencia educative.

--¿Y qué planes tiene el Dr. Herrera para cambiar esas condiciones?-- preguntó Astrakán.

--En realidad, él no planea cambiar nada-- contestó Alex --porque dice que los que tienen que cambiar son los productores mismos. Él cree que ni la tecnología ni las regulaciones pueden reemplazar a la ambición humana, de manera que recomienda que les preguntemos a ellos mismos qué es lo que quieren y les proporcionemos información para guiarlos a mejorar sus propias vidas.

--El Dr. Herrera también considera que el excesivo proteccionismo de las industrias locales les ha jugado en contra-- explicó Diana.

--Por eso mismo es que no han podido cambiar a una economía más compleja-- reconoció Alex.

--Es verdad-- señaló Astrakán. --Siglos de proteccionismo no han sido buenos para ellos.

Diana sonrió. --Para llevar a cabo este programa piloto, las decisiones no deben imponerse, porque de lo contrario, los productores no tendrán un interés en el éxito del proyecto.

--¿Y qué opinan los políticos?

--El propósito de nuestro viaje a Caracas es determinar si colaborarán con nosotros-- respondió ella. --Primero tenemos que lograr que reconozcan que el fondo del café está manejado por gente inexperta cuyo único interés es el de obtener réditos políticos. Esta clase de liderazgo nunca conduce a resultados positivos.

--¿Y cómo piensan llevar a cabo la auto-gestión de los agricultores?

--Eso lo sabremos luego de hacer un estudio de factibilidad.

--Veo que Herrera los guiará bien.

Diana se dirigió a Alex, --Alex, ¿qué piensas?

--En mi opinión, Herrera tiene un punto de vista legítimo. Los agricultores sospechan de los políticos porque pertenecen a mundos muy diferentes. Los agricultores tienen una economía muy simple. Llevan una vida muy dura, recogiendo a mano kilos y kilos de café en un terreno muy difícil y escarpado sin la ayuda de tecnología, sin carreteras y sin soporte de Caracas.

Luego de ordenar café, Astrakán se relajó recostándose en su sillón. --Mientras esperamos por el café, cuéntenme un poco más acerca de sus planes.

Diana sonrió. --La cultura organizacional es centralizada y vá de arriba hacia abajo. FONCAFE no ha podido dar cuenta de por lo menos el 10 por ciento de las ganancias acumuladas por los últimos cinco años. El punto de Herrera es la ausencia de rendición de cuentas.

Llegó el café y Diana bebió el suyo calmadamente mientras suprimía lo que realmente quería decir acerca del centralismo. Ella pensaba que reducía la capacidad de los agricultores para adaptarse y para resistir a las crisis económicas o para pelear en contra de la corrupción. Los agricultores dependían de un sistema que los mantenía aislados de las soluciones prácticas, incluyendo a las que pudieran ofrecerse fuera del país. Estaban en una jaula dorada sobreprotegida, ineficiente y corrupta.

Alex intervino. --El proyecto de entrenamiento va a mejorar su independencia económica, si eso es lo que quieren. Cada comunidad, incluso los grupos agrícolas, tienen factores informales que afectan la manera en que se maneja la economía local. Si se sienten cómodos utilizando mulas de carga, está en ellos decidir si quieren continuar utilizándolas. Los bancos de desarrollo históricamente se han enfocado en generar oferta y demanda para su propio beneficio.

--Sí..., eso tiene que ser reevaluado.

Alex continuó, --En resumen, durante décadas, hemos tratado de ayudarlos mediante programas que han arruinado comunidades de bajos ingresos pero socialmente saludables. La idea de Herrera se basa en ayudarles a construir sobre las bases existentes y de ahí avanzar.

Diana asintió. --Su conuco, o granja de subsistencia, es pequeña, pero es probable que eso sea lo mejor para el medio ambiente. Quizás deberíamos comenzar por ahí.

Los ojos de Astrakán brillaron. --Entonces, ¿el BPD creará una asociación en conjunto con los agricultores?

--Es una posibilidad-- contestó ella. --Otra opción es la de un administrador externo que responda a los agricultores.

--Perdone mi franqueza-- dijo él --pero a veces las prioridades se confunden debido a las luchas internas.

Ella sonrió. --Nosotros no vamos a proveer ni dinero en efectivo, ni equipamiento ni suministros porque eso podría generar una mala competencia entre los agricultores.

Astrakán no era el tipo de persona que evadía lo desagradable. --Como hemos visto muchas veces en el pasado, el país anfitrión canaliza los créditos agropecuarios a los grandes y medianos empresarios agropecuarios, pero en este caso, la mayoría de ellos son pequeños productores. ¿Van a cambiar esta política?

Alex se quitó los bifocales y se frotó los ojos. --Este proyecto no está enfocado en el otorgamiento de créditos agropecuarios, sino en entrenamiento, aunque el crédito sea algo que los agricultores siempre necesitan. Darle dinero al país anfitrión siempre ha causado problemas. Hace unos años, ayudamos a una cooperativa de agricultores a construir un centro de procesamiento en El Salvador, pero el proyecto no resultó, porque los terratenientes no querían tener competencia y utilizaron escuadrones de la muerte para erradicar la cooperativa.

Astrakán frunció el ceño mientras recordaba el fin desastroso de las cooperativas de El Salvador. --¿Y los culpables nunca fueron atrapados?

--No…

--¿Y no hubo una investigación?

--Lamentablemente, el BPD tuvo que dejar que el gobierno investigara los asesinatos de los campesinos, y el gobierno nunca encontró a los autores.

Astrakán asintió, y para finalizar preguntó, --Bueno entonces, ¿quién va ir a Venezuela a realizar el estudio de factibilidad?

--Diana y mi delegado, Stanley Gordon.

18

Un par de meses más tarde, Diana y Stanley abordaron su vuelo a Caracas, pero fue demorado en Miami debido a las condiciones climáticas, así que decidieron pasar la noche cerca de la puerta de embarque.

Durante las siguientes 12 horas, Diana pasó el tiempo leyendo una serie de artículos acerca del desmantelamiento de la Unión Soviética. Este evento histórico significaba que los miembros del Banco Mundial aumentarían porque los países del bloque soviético se convertirían en países independientes. Ésto se transformaría en más trabajo para economistas como ella, como Stanley y quizás en una promoción para Liz.

Luego desvió su atención a un libro que Stanley nunca pensaría en leer. Era un libro acerca de eventos ocurridos a mediados del siglo 19 y proporcionaba una perspectiva muy útil acerca de las naciones en desarrollo. Por ejemplo hablaba acerca de la violenta reacción en Europa cuando los estados de Maryland y Pennsylvania, y luego Mississippi y Louisiana, incumplieron en los pagos de sus préstamos otorgados por bancos de Londres. Los estados endeudados tenían un record consistente de malversación de fondos y pagos atrasados.

A la mañana siguiente, cuando finalmente abordaron el vuelo, Diana se durmió después del desayuno y se despertó cuando hicieron una escala en Aruba. Una vez en el aire nuevamente, se volvió a dormir hasta que aterrizaron en la pista del aeropuerto internacional Simón Bolívar.

Embotados por el cansancio, se desplazaron torpemente a través de aduanas y migración hasta llegar a la zona de los taxis donde emprenderían su viaje de 45 minutos montaña arriba hacia Caracas.

Durante el viaje, las extensas montañas a lo largo de la carretera evocaron viejos recuerdos. De pronto, se encontró suspendida entre las bocinas de los carros y el recuerdo de cuando viajó a visitar a su padre cuando era aún una estudiante universitaria. En esa época, su padre estaba asignado a la embajada de Estados Unidos en Caracas.

Su memoria infalible traía a su mente recuerdos de las neblinosas laderas alrededor de los techos rojos de la vieja Caracas. Mirando a través de la ventanilla, notó que arriba en los cerros, los barrios pobres de la ciudad se habían extendido como un entretejido al estilo medieval. Los habitantes de los barrios pobres eran como ingenieros prácticos pues usaban cualquier cosa que pudiera clavarse o amarrarse. Los techos desnivelados y casi siempre hundidos, estaban decorados con antenas de televisión, a pesar de que sus paredes se apoyaban en una mescolanza de concreto, barro, cartón, latón, madera o cualquier cosa que pudieran encontrar. Estos ranchos, como los llamaban los venezolanos, se veían incongruentes en contraste con los altos edificios que rodeaban la ciudad vieja, cuya plaza central aún atraía gente de antaño que vestía ropas de otra era. La ciudad tenía tres caras, la de los ranchos de los barrios pobres, la de los techos de tejas rojas, y la que estaba envuelta en acero pulido y bloques de hormigón.

Era difícil de comprender cómo un país tan rico en recursos naturales, con una de las tasas más altas de intelecto del hemisferio y con más del 30 por ciento de la población estudiantil compuesto por graduados en ciencias, podía comerse sus reservas tan rápidamente. Un exceso de petróleo que comenzó en la década de 1970, había impulsado el crecimiento de la petro-economía, y gracias a ella, se crearon muchas empresas estatales, pero a la vez se paralizó la economía, generando inflación, déficit comercial y desempleo. En consecuencia, el costo de la comida y de los artículos importados de lujo se disparó.

Luego, en 1983, el Presidente Jaime Lusinchi aplicó medidas de austeridad y reorganizó el pago de la deuda externa, cosa que indignó a los venezolanos. Entonces, cuando fue elegido el Presidente Pérez, todos esperaban que impulsara otra bonanza petrolera. Aunque Pérez era considerado un líder de la democracia y del libre comercio, su popularidad decayó cuando continuó aplicando las mismas políticas que Lusinchi. Cuando Pérez anunció un aumento de las tarifas de autobús, cientos de residentes de los barrios pobres bajaron de las montañas para manifestarse y saquear, muriendo muchos de ellos en manos de las tropas que fueron llamadas para sofocar el levantamiento.

El taxi siguió avanzando a alta velocidad hasta que repentinamente entró en una rampa que conducía a una autopista donde el tráfico se hizo muy lento y Diana aprovechó para pensar cómo se manejaría con Stanley, quien estaba callado y sentado a su derecha.

Stanley siempre había querido trabajar para el Banco Mundial. Era muy arrogante respecto a su Curriculum Vitae que incluía un doctorado en Princeton, una pasantía como becario Rhodes en Oxford y un *cum laude* de Harvard donde recibió su primer título en economía. Sus otros logros incluían una voluminosa colección de artículos y libros sobre cómo modernizar el mundo subdesarrollado y diversas apariciones como experto en ayuda internacional ante el Congreso de Estados Unidos.

A Diana no le gustaba el término 'subdesarrollado', siempre fruncía el ceño cuando oía esa palabra. También quería que Stanley dejara de abogar por la 'modernización', ya que ambos conceptos eran cuestionables. Para lograr alterar cualquier entorno de una manera significativa, se debían cambiar viejas actitudes. El desarrollo estructural no era algo mecánico, sino que los seres humanos eran siempre parte del proceso, y no se podía cambiar su comportamiento mediante transiciones bruscas, a menos que éstas fueran brutales y violentas.

De pronto, divisaron un hotel en lo alto de una colina. --Este hotel se llama Tamanaco-- le explicó Diana.

Era el primer viaje de Stanley a Caracas. --¿Qué significa el nombre?-- preguntó.

--Tamanaco fue un cacique indígena asesinado por los conquistadores españoles. Fue un gran guerrero que se rindió por medio de un engaño y luego fue asesinado por un perro.

--¿Por un perro?-- preguntó Stanley con incredulidad.

--Sí.

--¿Y cómo puede un gran guerrero ser asesinado por un perro?

--¡No fue un pequeño caniche peludo, Stanley, fue un perro entrenado para matar!

Mientras tanto, el taxi salió de la autopista, giró hacia una calle y se subió rápidamente arriba de la acera para evitar un choque.

Diana ignoró su propia irritación y le preguntó, --¿Dónde quieres cenar?

--En el hotel, ¿dónde más? ¡Estas personas conducen como locos!

Ignorando el comentario, ella le preguntó, --¿A qué hora?

--No te preocupes por mí, voy a comer en mi habitación.

El taxi los dejó en la entrada del hotel. El hotel no era muy nuevo, pero era elegante. Al llegar a la recepción, el conserje los estaba esperando.

--¿Ustedes son los enviados del Banco Panamericano de Desarrollo?-- les preguntó con una sonrisa. Inmediatamente después, apareció el gerente del hotel quien le entregó un mensaje a Stanley. Luego dio unas órdenes y rápidamente aparecieron varios maleteros dispuestos a ayudar.

Stanley abrió el sobre y leyó en voz alta: *La cita con el Vice Ministro Camacho ha sido cambiada para el viernes a las 10:00 am. Camacho los aconsejará respecto a la cita con Herrera. Mis mejores deseos, Alex.*

Diana asintió aliviada.

Les asignaron las habitaciones 511 y 520.

--¿Qué habitación prefieres?-- preguntó Stanley en el elevador. Ella se encogió de hombros. Solo podía pensar en quitarse la ropa para dormir una siesta. Tomó la habitación 511.

Al entrar a su habitación, sacó una diminuta botella de vino tinto del refrigerador, se sentó en la cama y la bebió con abandono. Desempacó su maleta, luego su maletín y por último colocó unos informes sobre la cama para leerlos ya que tenía el hábito de leer en la cama. Luego se quitó la ropa.

Minutos más tarde, cuando estaba a punto de ducharse, escuchó el timbre del teléfono. Rápidamente volvió a la habitación, levantó el auricular y escuchó la voz profunda de Matt.

--¿Cómo estuvo el viaje?-- le preguntó.

--Nos demoramos por culpa del mal clima en Miami-- le respondió, mientras ella se preguntaba --¿Por qué diablos la estaba llamando?

--¿Podemos cenar esta noche?

Ella dudó por un momento. --Fue un largo viaje, estoy cansadísima.

--Ah, pero una buena cena puede hacer maravillas, ¿le parece bien a las 7:30?

--Está bien...

--Perfecto, la estaré esperando en el lobby.

Después de colgar, se bañó, pidió a la recepción que la llamaran a las 7:10 y se recostó a descansar. Estaba tan agotada que cuando recibió la llamada de la recepción, no la escuchó y siguió durmiendo.

A las 7:45 se despertó repentinamente escuchando golpes en la puerta. Se envolvió en una bata de seda verde y se dirigió hacia la puerta. Molesta, abrió y se encontró con Matt recostado en el marco.

--¿No es un poco temprano?-- preguntó ella sin ocultar su irritación.

Matt notó su cabello despeinado. --¿Me perdí la fiesta?

A ella no le causó gracia el comentario y contestó incisivamente. --¡No ha contestado mi pregunta!

Enderezándose le dijo, --Son 15 minutos tarde…

--¿Acaso no tienen teléfonos abajo, no se le ocurrió que podía llamar antes?

--Sí…, y la llamé dos veces--. Miró hacia los costados y viendo que el pasillo estaba desierto, preguntó, --¿Puedo pasar?

--Bueno, como podrá apreciar, estoy hecha un desastre--. Se preguntó por qué estaba haciendo ésto y entró a la habitación señalando a la derecha. --Ahí está el bar, sírvase usted mismo.

Matt entró a la habitación y vio un maletín abierto en una silla, papeles tirados a un lado de la cama y ropas arrugadas sobre el televisor. Sonrió y le dijo, --¿Tuvo un encuentro con rusos, o eran maoístas?-- Luego se sentó en una silla mientras ella pasó frente a él a recoger los papeles.

--Piense lo que quiera-- murmuró y luego fue al armario, recogió algunas ropas y se encerró en el baño. Rápidamente, se puso algo de maquillaje, se vistió y se miró al espejo. El vestido marrón sin mangas combinaba con el color de su pelo, que había cortado un día antes de viajar. Un lado caía seductoramente sobre su sien derecha, mientras que el otro lado permanecía recogido detrás de su oreja. Las puntas se curvaban suavemente. Colocó un suéter negro sobre sus hombros, dándole a su atuendo un aire de seriedad.

Matt dormitó mientras esperaba hasta que Diana salió del baño con una expresión seria.

--¿Dónde está su amigo, el Dr. Gordon?-- preguntó él.

--En la habitación 520, recuperándose del viaje en taxi desde el aeropuerto--. Ella recogió su bolsa, y ambos salieron de la habitación con rumbo al elevador.

--¿Pensó en llamar a Stanley o decidió molestarme a mi primero?-- preguntó ella.

Matt sonrió. --Estamos de mal humor, ¿no?

--¿Mal humor, le parece? Hágame saber cuándo me ponga verdaderamente odiosa, ¿sí?

--Está bien, no se enoje…, decidí llamarla a usted porque es mucho más bonita que Stanley.

Sus ojos color miel se suavizaron.

Ingresaron al elevador que estaba vacío. Él continuo, --¿Cuánto tiempo va a estar en Caracas?

--Hasta el 29.

--¿Tiene planes de ir a algún otro lado?

--Todo depende de lo que tengan planeado los venezolanos.

--Alex me dijo que se reunirán el viernes con el Ministro Camacho.

--¿Ah, habló con Alex?

--Sí, ayer.

--Nuestra cita con el ministro es el viernes por la mañana.

El elevador abrió sus puertas en el primer piso. Caminaron hacia la piscina y se sentaron en una mesa cercana a la misma. Diana inspeccionó el menú con detenimiento hasta que levantó la vista y se dio cuenta que Matt la estaba observando. --¿No va a mirar el menú?-- le preguntó.

Él se encogió de hombros. --Ordenaré un filete de res.

Para comenzar, él ordenó un whisky con hielo y ella su bebida favorita, una Coca Cola con ron y un toque de limón dejando la comida para más tarde.

Cuando el mesero se retiró, ella lo miró y le dijo, --No empeore las cosas divirtiéndose a costa mía.

--¡No, para nada!, hoy fuí a la oficina, luego a mi casa por un par de horas, me bañé, me afeité y vine para aquí.

--¿Y con eso que me quiere decir?

--Bien..., nada, que así son las circunstancias.

Ella se inclinó hacia adelante. --¿Alex le pidió que me vigilara?

--¿Cree que la estoy espiando?

--Es una posibilidad...

--No estamos en el medio de una guerra fría.

--No..., pero la posibilidad de que me esté espiando es real.

--¡No sea tan dramática!-- dijo Matt con una sonrisa.

--No se preocupe que la idea de que me espíe no me molesta, Sr. Sheridan.

--Por favor, llámeme Matt.

Ella bebió un trago de su ron con cola.

Matt tomó su vaso e hizo un brindis. --Usted y yo no podemos permitirnos operar bajo falsas presunciones. ¡Brindemos por nuestra honestidad!

--De acuerdo.

Matt preguntó por Stanley, --¿No se unirá Stanley a nosotros?

Ella se encogió de hombros. --Como le dije anteriormente, está tratando de sobrellevar el shock cultural.

--Alex me dijo que Stanley le está haciendo la vida difícil.

--Eso es porque él cree que tiene todas las respuestas.

--¿Ha estado usted en Venezuela anteriormente?

--Si, visitando a mi padre, pero luego él se mudó a Buenos Aires. ¿Y usted? ¿Cómo terminó aquí?

--Haciendo mi trabajo habitual…, el Departamento de Estado nos muda constantemente.

--¿Dónde?

--Hasta ahora, he estado en seis países, incluyendo éste.

--Ahora dígame, ¿por qué trabaja para el Departamento de Estado?

--Yo quería entrar a la marina…

--¿La marina?

--Si, para saciar mis ansias de ver el mundo después de graduarme en Yale.

--¿Qué estudió en Yale?

--Estudios Americanos.

Diana dirigió su mirada al menú. --Estoy muerta de hambre…, ¿ordenamos?

Matt llamó al mesero, que tomó la orden y luego continuó con la conversación. --Estudios Americanos es un buen comienzo, si alguna vez quiero estudiar leyes, ya tendré una buena base.

De pronto ella recordó que él era de Brooklyn. --Su familia vive en Brooklyn, ¿no es así?

--Sí, mis padres viven allí…, yo soy soltero, eso simplifica las cosas…, ¿y usted?

--Como ya le conté, nací en Boston. Estoy divorciada, no tengo hijos y a mi marido no le gustaba la banca internacional.

--¿Qué es lo que no le gustaba, no le gustaban la banca, o no le gustaba el hecho de que sea internacional?

--No le gustaban ninguna de las dos cosas.

--¿A qué se dedica él?

--Es un abogado de bienes raíces en Chicago.

--¿Y él no estaba de acuerdo con sus planes?

--Me pidió el divorcio cuando el BPD me ofreció este trabajo.

--Ah, suena como que había cierta competencia.

--Digamos que él tenía otras expectativas.

--¿Cómo cuales?

--Odiaba los viajes. Él quería a alguien que estuviera atado a él, pero que no fuera una carga económica y se hiciera cargo de sus propios gastos. En realidad, lo que quería era alguien que le cuidara sus perros, particularmente su setter irlandés, Aba. Recientemente se casó con una veterinaria que adora a ese perro.

--Entonces a su ex marido no le gustaban los retos.

--Algo así..., no soy una persona fácil para convivir.

--¿Qué es lo que es tan difícil?

--Soy obsesiva con todo lo que hago.

--¿Y no tenían intereses en común?

--Eramos una pareja disfuncional. Tanto que a veces me besaba y me llamaba Aba.

Ambos rieron y en ese momento apareció el mesero con la comida. Cuando ella terminó de comer sus plátanos fritos con arroz blanco, frijoles negros y carne mechada, Matt le preguntó, --¿Conoce el barrio alemán en las afueras de Caracas?

--Sí, claro.

--¿Le gustaría ir?

--¿Cuándo?

--El sábado.

Ella sonrió y contestó, --¿Por qué no?

19

Cuando ella y Stanley cruzaron el opulento salón colonial, el Vice Ministro Camacho los estaba esperando. Al frente del escritorio de Camacho había un grupo de sillas. Era un escritorio muy grande de estilo barroco que tenía una larga historia, y hacía juego con el marco dorado de un retrato de Bolívar que colgaba en la pared detrás de Camacho.

El Dr. Camacho lucía unas patillas gruesas, canosas y anticuadas, pero hacían resaltar sus ojos negros que eran casi idénticos a los de Carlos Andrés Pérez. Tenía una mirada penetrante, cosa que agradó a Diana. Era más alto que ella, calvo, estaba elegantemente vestido y al sentarse dijo, --Por favor, sin formalidades-- en un inglés casi perfecto con la excepción de un suave acento. A su lado, se sentó una secretaria que tomaba notas en un anotador.

Según Camacho, el país estaba pasando por una crisis económica y, naturalmente, la asistencia del Banco Panamericano de Desarrollo sería apreciada, aunque históricamente el BPD no fuera el mejor ejemplo ya que otros bancos internacionales de desarrollo lo superaban, tal era el caso del banco de Asia, famoso por su eficiencia, o el de Africa, famoso por su dedicación humanitaria.

Diana observó a Stanley que se encontraba a su izquierda. Temblaba solo de imaginar lo que podía estar pasando por la mente de Stanley. El BPD estaba al borde de un gran avance si dejaba atrás su obsesión con los proyectos verticales de infraestructura. Para su alivio, su presentación fue cortés, era obvio que ya se había recuperado del viaje en taxi.

Camacho agradeció, excusándose de su inglés, levantó la mano con un gesto cordial y centró su atención en Diana cuando ella dijo, --Esperamos que una cantidad significativa de asistencia será utilizada para los agricultores de café de nuestro programa piloto-- evitando mencionar la palabra 'dinero'.

Camacho sonrió. --Le agradezco su preocupación.

Ella asintió mirando a Stanley con su visión periférica. Esa misma mañana habían estado discutiendo acerca de las preferencias de Camacho por los proyectos pequeños.

--Simón Bolívar siempre nos animó a utilizar nuestros propios recursos, pero le agradecemos su ayuda-- dijo Camacho. Luego se recostó sobre el espaldar de cuero del sillón como para deshacerse de una pasión interna que lo carcomía, y agregó, --Debemos aprender de la historia.

--Sí, y como le expresó el Dr. Alex Barclay en sus cartas, debemos estar seguros de que esta reunión sea un encuentro significativo de nuestras ideas.

Camacho gesticuló mostrando su acuerdo mientras que Stanley permaneció en silencio.

Camacho continuó, --Muchos de mis compatriotas murieron luchando por la independencia de otras cuatro naciones, por lo tanto tenemos interés en expandir los beneficios de nuestro programa piloto a nuestros vecinos. Si el programa funciona, podremos transferir esos conocimientos. Nuestras circunstancias son similares y muchos de nuestros problemas también son comunes--. Hizo una breve pausa y luego continuó con intensidad. --La Alianza para el Progreso es un buen ejemplo de errores pasados. Creíamos que la transformación ocurriría a través de la industrialización, pero carecíamos de mercados apropiados. El espacio para nuestras maniobras financieras se hizo cada vez más reducido por diversos factores, como el abandono, la inflación, el desempleo, la ignorancia, etcétera.

--Sí, lo entendemos-- respondió Diana.

--¿Debo decir más? A pesar de nuestros altos ingresos por el petróleo, importamos el 50 por ciento de nuestros alimentos. Proveemos un subsidio oculto a través de nuestra moneda sobreevaluada, y ésto hace que las importaciones sean muy fáciles. Mis compatriotas se han acostumbrado a un bolívar sobreevaluado porque nos basamos en la economía del gas y el petróleo. El presidente anterior intentó cambiar esta realidad, pero se encontró con una feroz oposición. ¿Deberíamos ser más realistas? ¿Debería haber más igualdad basada en todos los factores de la economía? ¿Deberíamos continuar con la devaluación de nuestra moneda a riesgo de inestabilidad social? ¿O deberíamos evitar tales disturbios y continuar importando alimentos en detrimento de nuestros agricultores?

--Esas son todas preguntas válidas-- respondió Diana.

--¡Exacto!-- dijo Camacho enfáticamente. --En 1979 nosotros decidimos disminuir temporalmente el gasto público porque la economía estaba recalentada, y se suponía que dicha disminución duraría solo por un año, pero desafortunadamente al cabo de ese año, todo el mundo había perdido la confianza y la economía no se recuperó nunca. Así que debe haber un encuentro de ideas entre el pueblo y sus líderes porque está demostrado que lo que afecta nuestra confianza, afecta nuestra economía. Y lo que nos afecta a nosotros, afecta al resto del hemisferio.

--Comprendemos-- dijo Stanley finalmente.

Camacho continuó, --No es cierto que los Estados Unidos sufran la condena de ser vecino de América Latina, como dijo alguna vez un connacional suyo. Pero nosotros somos realmente vecinos, ¿Acaso no somos todos miembros del continente americano? Debemos dejar de comportarnos como si no perteneciéramos al mismo hemisferio. Debemos llegar a un acuerdo para construir juntos el continente.

--El BPD concuerda con esa visión-- replicó ella.

--Los europeos han peleado entre ellos por siglos y ahora están tratando de trabajar juntos. Nosotros deberíamos hacer lo mismo-- agregó Camacho.

Diana y Stanley asintieron.

--Va a llevar tiempo llegar a un consenso, pero debemos hacerlo. Apenas ayer leí un informe que decía que casi toda la tierra cultivable de América Latina está en manos de una minoría cuyo objetivo no es el de generar reservas para su propio país-- dijo él suspirando.

--Sí, lo sabemos-- dijo Stanley --pero el período de gestación de los programas piloto es muy largo…--. Estaba a punto de continuar, pero Camacho lo interrumpió.

--El programa piloto sigue siendo una idea sensata. Durante décadas opinábamos que lo pequeño no era lo mejor para el interés de nuestro país. Las economías que han sido desarrolladas desde la época de nuestros conquistadores, han producido siempre resultados muy pobres. Estas economías oficiales han jugado con una poderosa fuerza política, favoreciendo dictaduras, cuando no demagogias o monopolios. Así es la naturaleza de lo que nos enseñaron-- insistió él. --Es peligroso experimentar porque nos envolvemos con expectativas que fueron creadas en nuestro pasado, sin embargo, debemos seguir adelante.

--¿Qué expectativas?-- preguntó Stanley.

--La expectativa, por ejemplo, de que los campesinos no entenderán los matices de la gestión moderna.

--No me opongo a la idea de entrenar a los campesinos, Dr. Camacho, pero me niego a poner mucha fe en ellos.

--No estoy de acuerdo-- dijo Camacho --su país ha sido construido sobre las espaldas de los pequeños agricultores.

--Sí, pero ahora estamos utilizando grandes granjas mecanizadas, que son mucho más rentables.

--Si…, y están reemplazando a los agricultores tradicionales, pero en América Latina no nos podemos permitir eso. Como están las cosas, no tenemos el mismo tipo de economía compleja que tienen ustedes, que puede absorber a los agricultores desempleados. ¿Qué prefiere, un agricultor que produzca lo mínimo indispensable como para comer o uno que emigre a las grandes ciudades y se alimente de los basureros municipales?

Camacho hizo una pausa y luego agregó, --La producción puede mejorar siempre y cuando los agricultores manejen sus propias posibilidades. Estoy consciente de nuestros problemas, quizás más de lo que usted cree. Nosotros tenemos muchas excentricidades que han sido moldeadas por nuestro pasado, y algunas de ellas son formidables. Nosotros tenemos nuestros problemas y ustedes tienen los suyos. Ninguno le debe echar la culpa al otro por circunstancias que fueron decididas hace siglos.

Diana dijo, --Ciertamente, el BPD ha sido el culpable de algunos programas mal planificados.

Camacho registró la insinuación. --Por favor, transmítale al Sr. Barclay que estamos satisfechos con los puntos establecidos en su correspondencia--. Luego, fijó la mirada en Stanley, y agregó, --Dr. Gordon, nosotros hemos intentado desarrollar fábricas para embotellar y enlatar productos. No estoy en contra de la industrialización, ni de la privatización ni del comercio. De hecho, estoy promoviéndolos. Sin embargo, debemos ser coherentes. En el futuro, el desarrollo debe cambiar hacia una economía más compleja si es que queremos competir globalmente. El petróleo es un recurso no renovable, sin embargo las personas se renuevan. Nuestra gente quiere tener éxito, pero no saben cómo operar fuera de nuestra cultura centralizada.

--Pero si ustedes tienen uno de los porcentajes más altos de intelectuales, ¿por qué no los utilizan?-- le disparó Stanley.

--¿Y a usted le parece que tenemos la infraestructura como para hacerlo? ¿Cómo hacemos para absorberlos si todo lo que hacemos gira en torno a la industria del petróleo? Hay algunas pocas excepciones, pero el sector privado es pequeño.

--Pero pueden desarrollar la infraestructura…

--Yo soy consciente de que nuestra economía debe tener un equilibrio de mercados organizados de una manera descentralizada.

--Pero hay alternativas…-- dijo Stanley como dejando caer la frase.

--Mire, aquí tenemos varios sectores-- dijo Camacho. --Un sector cree en proteger la economía a cualquier costo, mientras que otro cree en reducir las políticas proteccionistas y abrir el país a las compañías extranjeras. El argumento es, al menos para muchos, que una economía abierta traerá capital y educación del extranjero. Otro sector cree en la descentralización de nuestros recursos y servicios, pero temen que la competencia extranjera acabará con nuestra industria nacional.

Miró a su secretaria que tomaba notas sin parar y continuó, --En mi opinión, la verdadera cuestión es saber cómo nuestro capital humano, incluyendo el intelectual, puede prepararse para los cambios drásticos que están teniendo lugar en el mundo. Una manera de estar preparado es la educación. En este momento tenemos un exceso de personas bien educadas que están sin trabajo, pero por otro lado, la mitad de la población vive por debajo de la línea de pobreza y no pueden pasar de una pala a la tecnología computarizada de un día para el otro. Y con respecto a los campesinos, no deberíamos tratarlos como si no existieran. Deben tener voz y voto en su propio proceso de aprendizaje.

--Supongo que sí...-- respondió Stanley.

--Quizás deberíamos cambiar la manera de educar a nuestra gente. Después de todo, nuestros campesinos tienen un interés personal en su propio progreso.

--Pero la comunidad de desarrollo ha fracasado con ellos en reiteradas ocasiones.

--¿Y no deberíamos echarle la culpa al sistema educativo entonces?

Stanley permaneció en silencio.

--Quizás el fracaso esté en los ojos de quien lo mira, ¿no?-- dijo Camacho con sarcasmo.

--De cualquier modo, éste es un estudio de factibilidad.

--Por supuesto. Si mis compatriotas no están preparados para la transición que está teniendo lugar en el mundo, yo voy a ser el primero en admitirlo. No obstante, tengo esperanzas de que aprenderán. Los Estados Unidos han adquirido muchísima experiencia en esta área y nos la pueden facilitar, eso sí, no de la misma manera en que fue hecho con la Alianza para el Progreso, pues ese fue un fracaso abismal.

--Pontificar sobre nuestros errores no va a subsanar los resultados.

--La alianza asumió que lo grande era lo mejor, entre muchas suposiciones erróneas.

--Eso falló porque se tomó demasiado tiempo en motivar a los campesinos que son analfabetos.

--¿Tan ignorantes como los ricos de nuestro país que no invierten ni mantienen sus ahorros aquí, ni desarrollan el valor de su propia nación?-- preguntó Camacho comenzando a alterarse.

Diana preguntó, --¿Cuál es la posición del gobierno con respecto al tratado de libre comercio entre Canadá, México y los Estados Unidos?

--Admirable-- replicó el ministro, cambiando su atención hacia ella. --Esperamos que ese tipo de alianza se extienda hacia nosotros--. Hizo una pausa para organizar sus ideas. --Y además es consistente con nuestros esfuerzos para unificar este hemisferio. Venezuela siempre trabajó a favor de los acuerdos comerciales y los mercados comunes. Hasta Simón Bolívar vislumbró los beneficios.

Era verdad. El Presidente Pérez había estado detrás de la formación del Mercado Común Andino así como del acuerdo petrolero entre Colombia, México y Venezuela.

Ella preguntó, --¿Cuando nos encontraremos con José Herrera?

Camacho miró a su secretaria que se puso de pie y anunció, --Su reunión es el próximo lunes a las 7:30 de la mañana. Aquí está la dirección--. La secretaria les acercó un papel.

Luego de estrechar las manos, Camacho dejó abruptamente su oficina mientras su secretaria los acompañó hasta el área de recepción. De allí, tomaron un taxi hacia el hotel.

Una vez en el taxi, Diana soltó su indignación. --¿Pontificar? ¿Pontificar? ¿Cómo te atreves a insultarlo de esa manera? ¿Por qué insistes en forzarlo a escuchar cosas que no le interesan?

Stanley gruñó, --Bueno..., pero ellos quieren *nuestro* dinero.

--¿Y qué es lo que queremos *nosotros*? ¿Qué hay de nuestra dependencia en *su* petróleo?

--¡Pero por Dios, Simón Bolívar ha estado muerto por más de un siglo y medio!

--¡Bolívar era un visionario!-- replicó ella echando humo.

--¿Y qué? ¿Lo tienen que citar todo el tiempo? ¿No pueden hablar en el presente?

--¡Camacho fue muy claro, Stanley, y eso es lo que te enfurece!

--No estoy enojado, solo estaba poniendo los hechos en su lugar.

--¿Qué hechos? ¡Eres peor que ellos porque estás siempre queriendo forzar el *status quo*! ¡Dios mío, ayúdame con este hombre horrible que tiene una cabeza de piedra!

Él sacudió su cabeza. --No voy a dejar pasar lo de la inversión de las carreteras.

Ella se encerró en sí misma y miró hacia adelante concentrándose en el tráfico, que estaba parado. Los peatones le daban color y movimiento al paisaje. Trató de dejar su enojo de lado y le recordó a Stanley que no tratara a Herrera como un tonto.

Stanley frunció el ceño.

--De acuerdo a la descripción de Alex-- explicó ella --el Dr. Herrera es un hombre práctico, con los pies sobre la tierra, con un gran sentido del humor y puntos de vista que nos pueden ser muy útiles.

--Siempre soy razonable cuando nos limitamos a los hechos.

--Herrera es un hombre diferente, él creció a lomo de caballo. Viene de los Andes, de donde vinieron muchos dictadores poderosos. Estos dictadores, a los que llamaron 'hombres de hierro', nunca pudieron con él, así que no lo trates como un tonto.

20

Matt pasó a recoger a Diana en su jeep cubierto el sábado por la mañana y se dirigieron a la colonia alemana que estaba ubicada en las montañas al oeste de Caracas, a unas dos horas de distancia, según el tráfico.

La colonia había sido fundada por 12.000 inmigrantes agricultores alemanes que comenzaron a llegar en oleadas intermitentes a partir del año 1835 y continuaron haciéndolo por 11 años más. Hoy, solo unos pocos residentes podían decir que eran de puro origen alemán, pero la mayoría de ellos se dedicaba a la cosecha del café. La arquitectura teutónica de la colonia atraía a muchos turistas.

Durante el primer tramo de la carretera, cruzaron varios pueblos pequeños que convergían a cada lado. Los automovilistas hacían sonar el claxon a los peatones que se cruzaban.

A medida que el jeep ascendía, se encontraron con algunas curvas ciegas. De repente, de una de estas curvas, irrumpió un autobús y se abalanzó sobre ellos, volviéndose milagrosamente a su carril evitando así el impacto. Diana se llevó una mano al pecho.

Matt sonrió y le dijo, --Veo que estás fuera de práctica. Tengo que confesar que cuando te conocí, pensé que eras una historiadora y no una economista--. Sus miradas se cruzaron.

--Quizás debería pensar en dedicarme a otra cosa-- dijo ella con una cautivante sonrisa.

Él rió. --Ciertamente no te comportas como un banquero.

--¡Eso es porque no soy un banquero!-- dijo ella aparentando estar molesta.

--Entonces…, ¿qué es lo que eres?

--No lo sé…-- dijo encogiéndose de hombros --una economista creativa, supongo.

Matt desvió su mirada de la carretera y la observó. Su mirada era directa y firme.

Diana cambió de conversación. --¿Y cómo fue que conociste a Alex?

--A través de un amigo en común. Alex es un buen hombre. Pasó por un infierno para sacar a Perú del siglo 16--. Mientras conversaba, Matt continuaba negociando las curvas. --De acuerdo a la conversación que tuvimos la otra noche durante la cena, puedo asumir que el Dr. Gordon es difícil de tratar.

--¿Lo notaste por el tono de mi voz?

--Sí-- contestó sonriendo.

--Stanley adora los rascacielos y tiene una fijación con las economías de rápido apogeo y caída, basadas en mucho concreto y acero. No le gusta trabajar con el comportamiento humano, porque lo considera demasiado difícil. La gente es impredecible, los rascacielos no.

--¿Cómo estuvo la entrevista con Camacho?-- preguntó Matt.

--Bastante bien, teniendo en cuenta que Stanley no entiende a los venezolanos, ni a la mentalidad de apogeo y caída que ha moldeado la manera en que se maneja la economía. Stanley cree que las instituciones deben reformarse o reorganizarse en lugar de tratar directamente con la gente.

--¿Camacho va a cooperar, entonces?

--¡Por supuesto que va a cooperar!, aún cuando Stanley le dijo que no pontificara sobre nuestros errores.

--¿Y cómo reaccionó Camacho?

--Como todo un caballero.

Matt permaneció en silencio.

--Stanley es muy impaciente. Conocer la historia puede ser algo muy arduo, pero tenemos que hacerlo, ¿no te parece? Los conquistadores españoles buscaban oro, y cuando no pudieron encontrar El Dorado...

--Bueno..., algo de oro encontraron...

--Si, un poco, pero nada comparado con las minas de plata de México y Perú, así que se conformaron con las especias. Entonces reemplazaron los cultivos de maíz, frijoles y calabazas por los de especias. Cuando la demanda de especias disminuyó, cultivaron bananas, cacao y café. Stanley se niega a comprender el simple hecho de que la economía de este país estuvo siempre basada en demandas del extranjero. ¡Y hoy, es la demanda por el petróleo!-- dijo ella enojada.

Matt la observó.-- ¿Siempre te pones así?

--Si, Stanley tiene ese efecto en mí. Alex sabe manejarlo mucho mejor que yo.

--Está bien, sígueme explicando.

--Te decía que esa mentalidad de apogeo y caída es parte de la cultura venezolana. Su economía basada en exportaciones de petróleo está controlada por los precios mundiales. Durante las épocas de bonanza, se distribuyen los fondos más o menos equitativamente porque alcanza para todos. Pero el problema es que nadie presta atención a la infraestructura humana. Nadie desarrolla el capital humano. Nadie ha intentado diversificar la economía modificando el comportamiento humano. Y esta forma de comportarse continúa a través de los siglos.

--También podríamos decir que los esfuerzos para diversificar la economía han sido bloqueados.

--¡Exactamente!, entonces cuando la economía se hunde, continúa el ciclo de siempre. El gasto público es llevado al límite, aún cuando no haya dinero de reserva, y no tienen dinero porque gastan excesivamente durante los períodos de bonanza. Jamás tienen en cuenta las deudas públicas del futuro, en otras palabras, viven al día...

--Digamos entonces que no son cuidadosos con el control de sus gastos, pero todo el mundo tiene ese problema.

--Sí, es verdad. Cuando hay un cambio drástico para peor, los mecanismos emocionales y psicológicos se orientan hacia la supervivencia.

--No se puede disminuir la adrenalina.

--Los venezolanos se endeudan en las épocas malas para mantener el *status quo.* Este país tiene más de un millón de burócratas en el gobierno.

--Parece que la bonanza petrolera que trajo el embargo de la OPEC dio pie para una caída más profunda.

Diana suspiró mostrándose de acuerdo. --Ese es el ciclo. A veces, las instituciones tratan de tener planes a largo plazo, pero la mentalidad de supervivencia se termina imponiendo. Siempre entran en pánico. Todos quieren trabajar para el gobierno. El sistema suprime la iniciativa y la creatividad. Y eso es lo que Stanley no comprende. Él cree que es simplemente una metodología.

--Además de los ciclos de la economía petrolera-- dijo Matt --todos deben adaptarse también a los ciclos políticos. Un día estás en el poder, y al otro día estás afuera.

Ella asintió. --El sistema está siempre en modalidad de supervivencia. Los partidos políticos se turnan para gobernar. Cada vez que asume un partido, se producen grandes cambios en la burocracia. Por eso mismo es que no les interesa aprender a construír carreteras, represas, edificios, ni a operar maquinarias. Si tú eres un contratista, tu proyecto se irá al diablo si no perteneces al partido político de turno.

--No entiendo entonces por qué no desarrollan una burocracia profesional.

--Por la tendencia a la demagogia. Una clase permanente de burócratas tiende a profundizar la corrupción.

--¿De manera que esa es la razón por la cual a mi me transfieren cada dos o tres años?-- preguntó él bromeando.

Ella sonrió. --Pero la gente puede entrenarse. Ellos tienen una industria petrolera sofisticada. En algunas partes del país, tienen un buen sistema de carreteras. Tienen represas que son la envidia de otros países. La mentalidad predatoria y de saqueo que controla a muchos de los que están en el poder opera bajo la suposición de que no existe el futuro. Robemos hoy porque no habrá consecuencias. Esta cultura fue impuesta por los conquistadores y los venezolanos simplemente copiaron esa manera de proceder--. Ella levantó la vista y una colonia de Baviera se reveló ante sus ojos.

Condujeron en silencio hasta que Matt divisó el café y estacionó el jeep. Antes de bajar, le dijo a ella, --Voy a llamar a un amigo.

Los ojos de Diana tenían un brillo plácido. --¿Me quieres decir que me trajiste hasta aquí para presentarme a un agricultor de café?

Matt sonrió. --Sí, mi amigo vendrá hacia aquí desde su finca.

21

Juan Buchner, el amigo de Matt, se encontró con ellos en el café. Juan era bajo y fornido. Vestía jeans y una camisa color bordó. Su barriga generosa, su risa y su camaradería sin pretensiones, le daban un aire a Falstaff. Su tez era color bronce claro, herencia de su madre mestiza. De su padre alemán había heredado su abundante cabello rojizo. Su padre era uno de esos alemanes a los que denominaban 'rojos' por el color de su piel, siempre roja por la exposición al sol.

Diana y Matt siguieron a la camioneta Ford roja y blanca de Buchner en dirección hacia las montañas hasta que llegaron a un camino de grava que cruzaba por delante de su finca. Continuaron por el camino hasta llegar a un estacionamiento cerca de la entrada. Matt estacionó su jeep entre un Jaguar de colección y la camioneta de Buchner quien les hizo señas para que entraran a la casa.

El amplio corredor que rodeaba la casa estaba sostenido por unas columnas redondeadas que combinaban con las paredes de estuco rosa. Buchner los guió hacia la sala adonde les presentó a su amigo Ricardo Ariosto.

Ariosto era tan elegante como apuesto. Su nariz era larga y fina y sus ojos eran tan negros como Diana jamás había visto. Ella estimó que tendría poco más de 40 años. Vestía una camisa blanca manga larga con el cuello abierto debajo de un cinturón de piel de cocodrilo. Sus pantalones color café estaban confeccionados con una tela suave similar al lino.

Mientras Ariosto hablaba con Matt y Buchner, Diana se dedicó a inspeccionar la habitación que era bastante inusual teniendo en cuenta que pertenecía a una vivienda rústica. Era una casa que tenía mucho de colonial, pero el interior tenía detalles de clase, incluyendo la gran jaula ornamental habitada por un loro de plumas color lima. De hecho, el ambiente de la casa parecía haber sido diseñado en función del pájaro. Mientras el loro imitaba la suave música clásica de Wagner que sonaba en el fondo, las paredes blancas absorbían los rayos solares que entraban por las ventanas abiertas cuyos postigos de madera estaban perfectamente doblados.

A lo largo de la pared oeste, se encontraban una serie de estatuas griegas y romanas de diversos tamaños al lado de un enorme armario, cuyas puertas de madera habían sido removidas para dar lugar a un santuario de la Virgen. Diana se acercó, y observó que estaba cubierto de oro y esmalte incrustado. Se quedó admirándolo hasta que escuchó la voz de Buchner detrás suyo. --Esta virgen fue obsequiada a Carlos VI de Francia por su esposa.

--¿Dónde la consiguió?

Buchner se rascó la cabeza. --En realidad, yo…

--En Alemania oriental, mucho tiempo antes de que cayera el muro de Berlín-- interrumpió Ariosto. Luego sonrió y se acercó a ellos añadiendo, --Se la compré a un comerciante de antigüedades.

Buchner hizo un gesto hacia la puerta que se encontraba abierta a su derecha, y dirigiéndose a todos dijo, --¡Disfrutemos del paisaje y vayamos a almorzar!

Lo siguieron hacia un corredor, y desde allí bajaron unos escalones hasta que se encontraron con una terraza que extendía el espacio habitable de la casa mientras que proveía una maravillosa vista al jardín. Un alto muro obstruía la vista al estacionamiento.

Diana bajó diez escalones más hasta llegar a una plataforma rosada con incrustaciones de azulejos azules y rojizos, que rodeaba a una piscina rectangular. Inmediatamente a la izquierda, se desplegaba un esplendido jardín cuyo césped estaba bordeado con cayenas rojas y trinitarias, combinadas con helechos tropicales. En la esquina sudeste del muro, había un jardinero trabajando la tierra de un sembradío de cambures.

Guiados por Buchner, caminaron hacia la esquina opuesta del jardín donde tres empleadas domésticas preparaban la mesa. La mesa de tamaño grande era inusual por su cubierta de vidrio grueso apoyada sobre un pedestal de piedra, tallado con cuatro caras idénticas que miraban hacia afuera en las cuatro direcciones.

El día estaba nublado y fresco, perfecto para un almuerzo estilo campestre, con entradas de platos con guayabas, aguacates y piñas. Buchner ordenó su mejor vino blanco español para Diana y whiskey para él, Ariosto y Matt. Cuando ella le preguntó acerca del pedestal, Buchner nuevamente refirió la respuesta a Ariosto, quien explicó, --Es Janus, el Dios de todos los orígenes.

--Usted es todo un experto-- dijo ella mientras miraba a Matt que distraídamente observaba al jardinero que se sacudía la tierra de los pantalones.

Mientras tanto, Ariosto le contestaba, --Es un hobby.

--¿Y cuáles son sus otros intereses?-- preguntó ella.

--Soy esencialmente un hombre de negocios dedicado a la importación y exportación, pero mi único pasatiempo es elevar el nivel cultural de mis amigos.

Buchner rió a carcajadas con una informalidad afectuosa. --Necesito toda la ayuda que me puedan ofrecer--. Miró a Ariosto y dijo, --¡Apenas puedo manejar mi finca, manejar dos o tres inversiones y correr tras el cambio de moneda que es cada vez peor!

Diana desvió su mirada a Ariosto y preguntó, --¿Qué clase de negocios tiene?

--El nombre de mi compañía es la Corporación Asteris-- respondió él.

--Asteris es un nombre griego, ¿no es así?

--Sí, quiere decir 'grupo de diez estrellas', aunque en mi caso es un grupo de seis estrellas, por los seis países donde funciona la corporación. Uno de estos días llegaremos a ser diez.

--Entonces es una compañía grande.

Ariosto inclinó la cabeza y tiró de las mangas de la camisa. --¿Ha visitado Argentina alguna vez?-- le preguntó.

--Un par de veces, ¿por qué me lo pregunta?

--Por curiosidad nada más. La Corporación Asteris tiene su sede central en Caracas, pero la segunda oficina más grande está en Buenos Aires.

--Su acento es de aquí, pero usted tiene el aire de un argentino-- observó ella.

--Parece que ella captó tu arrogancia, mi amigo-- dejó escapar Buchner disfrutando el momento.

--Mi padre era de Buenos Aires, pero yo nací en Caracas.

--¿Y usted vive en Buenos Aires?

--Sí y no-- dijo él evasivamente.

--Ahora usted suena como un abogado-- dijo Matt con una sonrisa.

Ariosto sonrió cortésmente. --Vivo en Caracas porque su ubicación geográfica me conviene--. De pronto fijó su mirada en Diana. --Es irónico que esté usted aquí, Dra. Giller. Justamente el otro día Buchner y yo estuvimos discutiendo acerca de qué hacer con nuestras inversiones. Nuestra economía se ha estancado seriamente por décimo año consecutivo. Si a ésto le sumamos la caída en la actividad petrolera, ésto significa una caída también en la construcción y en los servicios. Por lo tanto otras cosas se vuelven prioridad, ¿usted qué opina?

--Yo no tengo una opinión al respecto porque no soy un banquero-- dijo ella. Luego miró a Matt y le preguntó, --Usted trabaja con el Congreso, ¿qué es lo que ha oído?

--No he oído nada importante.

Buchner sonrió. --Porque los políticos están demasiado ocupados salvando su propio pellejo.

--¿Y qué la trae por aquí?-- preguntó Ariosto.

Ella respondió con cautela. --He viajado para revisar las políticas del sector agropecuario. Conduzco estudios de factibilidad para el Banco Panamericano de Desarrollo.

--Ah, un banco de desarrollo. Y dígame, ¿acaso el banco va a conducir más intercambios científicos?

Ella asintió. --Son uno de los componentes que ofrece el banco.

--Muy pronto se inaugurará un plan de tres años para estimular la producción agropecuaria. ¿Su banco estará involucrado?

--Quizás-- dijo ella.

--Ya veo, ¿y que hay del sector cafetalero?

--Tal vez.

--¿Y por qué es tan reacia a compartir información?

--No es nada personal. Debo mantener mis conclusiones en forma confidencial--. Ella dejó de hablar cuando una empleada domestica trajo mangos verdes con sal. Mientras la empleada los ponía sobre la mesa, ella recalcó, --Nunca pensé que iba a comer mangos verdes aquí.

Buchner hizo un gesto hacia Ariosto, --Él aprendió a comerlos en El Salvador.

La sonrisa de Ariosto fue inequívoca. --Donde tengo ganado e inversiones cafetaleras.

Ella asintió mientras recordaba que un salvadoreño promedio comía menos cantidad de carne vacuna por año que un gato doméstico en Estados Unidos. Su mirada se dirigió hacia Matt que estaba tomando su segundo whiskey. Luego le retornó la sonrisa a Ariosto y le dijo, --Algún día deberíamos hablar acerca del futuro de la economía de El Salvador.

--¿Por qué?-- preguntó rápidamente él.

Ella lo miró sorprendida --¿Acaso no cree que tenga un futuro?

--Es que la economía de El Salvador está en un estado desesperante.

--¿Por qué nunca va a cambiar su dirección?

--Me resulta muy interesante escucharla decir eso. Cuando la economía cambió de dirección hace 20 años, yo me dediqué a la ganadería.

--Supongo que se dedicó a la carne deshuesada-- dijo ella con sarcasmo.

--Sí-- contestó Ariosto sin cambiar su expresión seria.

--Carne deshuesada barata-- insistió ella.

--Es una opción que tomé en su momento. No veo nada de malo en eso.

--Si, pero hoy en día no es una alternativa económica, sino más bien una elección monopólica por parte de los que manejan el poder, los oligarcas apoyados por los militares.

--Es verdad.

--¿Y por qué los militares tienen que ayudar a manejar el país si no saben nada de economía?

--Bueno…., yo difiero con su opinión.

--Los militares siempre restringen las libertades políticas, económicas y sociales.

--Si, pero a veces eso es necesario.

Ella no agregó nada, así como tampoco Ariosto.

Durante la siguiente media hora, la conversación giró alrededor de la hacienda de 300 hectáreas de Buchner hasta que les sirvieron arroz, frijoles negros, plátanos fritos y cubos de carne marinada. Ella nunca se cansaba de esta comida, y comió hasta sentirse completamente satisfecha. Luego tomó dos tazas de café negro mientras se distraía mirando el jardín. El sembradío de cambures llamó su atención. Los troncos emergían como si fueran un grupo de bailarines. De pronto dijo, --Este es un lugar estupendo.

--El jardín tiene luces en lugares estratégicos y el efecto nocturno es algo para apreciar-- dijo Ariosto.

--¿Usted pasa mucho tiempo aquí?-- le preguntó Matt.

--Hoy en día si, desde que mi esposa falleció--. Ariosto hizo una pausa. --Cuando Buchner enciende las luces, me quedo horas durante la noche observando este maravilloso paraíso verde.

Buchner intervino. --Pero tu casa no se queda atrás, mi amigo-- y se volteó hacia los demás agregando, --Deberían ver su jardín, sin mencionar su colección de arte.

--La mayor parte está de gira-- dijo Ariosto con orgullo.

--¡Eso no importa!-- dijo Buchner --mi amigo no se separa de las mejores piezas de su colección--. Luego miró a Diana y le dijo, --¿Están listos para el tour?-- Cuando Matt y Ariosto negaron con la cabeza, Buchner rió. --¡Caramba!-- dijo de forma exhuberante --¿quiere decir que tendré la compañía de esta espectacular economista para mí solo?

Cuando ella subió los escalones de la terraza, Matt observó sus piernas que eran delgadas, pero con curvas seductoras.

*****

Diana y Buchner subieron a la camioneta. Ella le preguntó, --¿El Jaguar le pertenece al Sr. Ariosto?

--Sí, fue un regalo de Perón a su padre. Ariosto se lo trajo desde Argentina.

Ella permaneció callada.

Buchner agregó, --Perón era amigo de la familia, un muy buen amigo.

Desde el camino de grava, giró a la derecha hacia una carretera pavimentada estrecha y zigzagueante y condujo en dirección contraria a la colonia, hacia la periferia suroeste de la hacienda. Relajado detrás del volante, comenzó a hablar de su pasión, el cultivo del café.

--Los jesuitas españoles comenzaron a cultivar café en el valle del Orinoco a fines de 1730, pero el experimento fracasó. Entonces, 50 años más tarde, lo reintrodujeron en la región Andina, esta vez con éxito. De allí se extendió hacia otras regiones como ésta. Luego también en las montañas orientales y posteriormente en la región cercana al Orinoco. Los mejores granos provienen de la región andina y de los estados cercanos, debido a la altitud y la humedad, claro que las condiciones varían.

Beber ese brebaje aterciopelado, como él lo llamaba, había agudizado los sentidos de Diana como ninguna otra cosa. Ella miró las capas de nubes que se suspendían sobre las copas verdes de los árboles. Las nubes daban al paisaje una apariencia ensoñadora. Era difícil resistirse a su belleza.

Buchner continuó, --Cuando nos reunimos los productores, nos gusta compartir nuestras experiencias. Los mejores consejos siempre vienen de la experiencia y la práctica. Pero las condiciones son siempre diferentes. No hay dos regiones iguales. El grano arábigo, por ejemplo, es ideal para éste terreno montañoso, pero los árboles crecieron y se propagaron como los seres humanos, de manera impredecible. Ocasionalmente, tan pronto como el terreno ideal es despejado para plantar, el medio ambiente cambia, y es así que el agricultor debe jugar con el equilibrio natural sin dejar de lado la lógica. En una situación ideal, la acumulación de lluvias debería ser de unos 1.700 milímetros por año distribuídos de manera proporcional, pero aquí no caen más que unos 750 milímetros, entonces dependemos de la sombra, de las capas de hojas caídas y de otros métodos de conservación de la humedad para mantener la calidad y la productividad. Los árboles bourbon requieren más esfuerzo, pero valen la pena.

Él se desvió hacia una carretera de tierra que los llevó a una aldea donde unos perros abandonaron su siesta y comenzaron a ladrar al mismo tiempo que aparecían niños a través de las puertas de sus pequeñas casas construídas con materiales indígenas. Él se bajó de la camioneta y cruzó hacia el otro lado para abrirle la puerta a Diana. Ella lo siguió hacia un grupo de hombres que se encontraban conversando frente a un mercado. Buchner la presentó y ella les dio la mano. Eran de distintas edades, pero todos trabajaban para las plantaciones locales mientras atendían sus propios conucos.

Luego, regresaron a la camioneta y continuaron su viaje. Buchner continuó hablando. --Las plantaciones como la mía operan bajo el principio del cultivo a gran escala pero son muy individualistas. Los pequeños agricultores son la regla. Cuando nuestro Presidente, Rómulo Betancourt, fue electo en 1959, la reforma agraria era una de sus prioridades. Él creó el Instituto Agrario Nacional con el objetivo de establecer a unas 350.000 familias sin tierra. Quería cambiar la estructura que mantenía el 65 por ciento de las tierras en manos del dos por ciento de la población, entonces confiscó las tierras sin cultivar. Pero Betancourt no solo quería dividir en parcelas, sino también quería mejorar las condiciones de vida para reducir la migración a las grandes ciudades.

--¿Usted vio las mejoras?-- preguntó ella.

--Claro que sí, él rompió el sistema latifundista, pero su nuevo sistema creó un problema con respecto a la tenencia de tierras, ya que muchos campesinos no tenían el título de propiedad y por consiguiente no podían obtener préstamos.

--¿Fue eficiente el Instituto como instrumento de desarrollo?

Buchner se rascó la cabeza. --Ví una concentración de recursos en viviendas, servicios de agua, escuelas, etcétera, pero esas mejoras no cambiaron la producción de alimentos. La producción no creció a la par de la creciente tasa de natalidad. Es cierto que parte del problema fue que algunos campesinos siguieron migrando a las ciudades, pero no tanto como antes. Igualmente, al migrar, dejaron de ser productores de alimentos y se volvieron dependientes de las importaciones, de manera que continuamos importando comida.

--Y gracias a una moneda fuerte, se hizo fácil acceder a dichas importaciones-- dijo ella.

--Sí, absolutamente. Eso es lo que yo les decía a los productores de por aquí. De alguna manera, el petróleo se convirtió en una maldición porque se abarataron las importaciones y los agricultores fueron abandonados porque no podían competir con los alimentos importados.

--¿Cuál es el tamaño promedio de las parcelas de los hombres que acabo de conocer?

--Cinco hectáreas, básicamente lo mismo que tenían antes de la reforma agraria. Como decimos por aquí, el canto del gallo no puede ser más claro, ya que las cosas no han mejorado mucho en ese sentido.

Ella asintió, comprendiendo el significado de la frase, *Los hechos hablan por sí mismos.*

Buchner continuó, --Los campesinos tienen esencialmente una preocupación, alimentarse, y los que quieren mejorar sus economías no pueden hacerlo.

--¿Por qué no?

--Porque no tienen otra experiencia que la del cultivo de subsistencia, o sea el conuco.

--Ni tampoco entrenamiento-- agregó ella.

Él asintió. –Hace 40 o 50 años atrás, los oligarcas los controlaban poniéndoles un machete en el cuello. Hoy se enfrentan a tiranos burócratas que no entienden nada de agricultura. Además, no hay ningún tipo de coordinación entre FROCAFE, los centros PACCA y los agricultores.

--¿Cuán susceptible a los incentivos es el sector cafetalero?

--En la década de 1940, la Cámara de Agricultura inició una campaña para mejorar la calidad del café de exportación, y para eso fijó estándares de calidad. ¿Sabe lo que eso significó para nosotros?

--No.

--En 1939, el 49 por ciento de los granos de café eran tratados con el método húmedo y podían ser exportados. Como resultado de la campaña, las exportaciones de café aumentaron a un 83 por ciento en diez años. Fue todo un éxito. Pero por otro lado, nuestra experiencia con los controles gubernamentales después de 1949 no ha sido muy exitosa, a pesar de las buenas intenciones.

--¿No hubo continuidad?

--No, el gobierno canceló el programa.

--Eso fue después del golpe de estado, ¿no es así?

Buchner asintió. Segundos después, aclaró, --La calidad aumentó debido a la campaña, pero la producción bajó porque fue descuidada.

--En otras palabras, la campaña no fue completa, porque si bien trabajaron para mejorar la calidad, descuidaron la producción.

--Exacto.

--¿Y qué pasaría si Venezuela descentralizara la producción cafetalera?

--Debo admitir que eso sería bueno, pero ahora estamos pasando por otra crisis.

Buchner condujo la camioneta hacia el sur, luego dobló hacia el este y manejó unos dos kilómetros. De pronto, dobló a la izquierda, pasó por un portón y subió una cuesta empinada. Los movimientos de la camioneta al atravesar ese terreno desparejo dificultaban la conversación. Poco después, llegaron al borde de un cerro y él dijo, --Ahora estamos en un balcón natural. Desde aquí podrá ver gran parte de mi hacienda. Claro que no podrá apreciar las plantaciones de bourbon desde tan lejos, pero allí están y son una cosecha de sesenta mil.

Parados en el borde de la colina, la vista del techo verde que formaban las copas de los árboles era un espectáculo digno de apreciar. Ella preguntó, --Me estaba explicando acerca de la crisis actual...

--Sí, como le iba diciendo, un cultivo a esta escala debe estar basado en principios comerciales sólidos y en nuevos métodos de cultivo, y no solo en la suerte. ¡Yo soy un agricultor, caramba! Mi padre me enseñó que el café suave de calidad siempre va a tener mercado. El tipo de café más popular, es un café de un grado inferior, que si bien es más resistente a las enfermedades, etcétera, es, como dije, de inferior calidad.

Buchner miró hacia el otro lado para contemplar las colinas más lejanas. --Dejé de exportar a Europa y Nueva York cuando el gobierno instaló estos centros de acopio, los PACCA, donde los granos son clasificados, procesados y vendidos a la industria, y en algunos casos, exportados. El objetivo de estos centros es el de establecer un sistema estricto de clasificación, ya que los productores mayormente no tienen la infraestructura para hacerlo. El gobierno quiere prevenir la venta indiscriminada de granos de baja calidad a comerciantes extranjeros ya que ésto nos desprestigiaría. Pero este plan no ha funcionado porque mientras el gobierno compra mi café a un precio preestablecido, lo exporta a un precio mucho más alto y de más está decir que se queda con la diferencia. Nunca han rendido cuenta de sus ingresos reales y eso me molesta. ¡Si yo me manejara de esa manera con mis colegas agricultores, me colgarían del árbol de mango más cercano!-- Su rostro se tornó de un rojo vivo.

--Entonces, usted está a merced de las redes regulatorias.

--¡Claro que sí, a merced de las regulaciones corruptas!-- respondió enojado.

--Los brasileños y los colombianos estarían encantados de comprar su café.

--¡Es que ya lo compran, en las subastas de PACCA! Por supuesto, no actúan como compradores extranjeros, sino que tienen frentes locales. Pero a pesar de todo, tengo que aceptar los precios que determina PACCA. Es imposible vender fuera de la red del gobierno.

--¿Por qué?

--Porque estamos excesivamente regulados, y porque somos corruptos.

--Pero entonces usted está perdiendo enormes cantidades de dinero.

--¿Qué piensa de todo ésto?-- le preguntó como para mitigar su frustración.

Diana sonrió. --¿Por donde debería comenzar?

--Bueno, hábleme del BPD.

--El banco desempeña varios papeles. Promueve políticas financieras prudentes para mejorar el flujo de dinero privado, crea organizaciones que aconsejan a los gobiernos anfitriones acerca de las fallas o imperfecciones de sus mercados.

--¿Cuándo usted hace estudios de factibilidad, qué es lo que busca?

--Se analizan las condiciones internas. Los precios, servicios, distribución, información. El mercado internacional es más eficiente porque es más libre. La clave es la eficiencia. Y para lograr la eficiencia nos preguntamos si hay suficiente información.

--¿Por ejemplo, qué?

--Para empezar, es muy importante contar con un entorno cuantitativo, pero si no hay ninguno, entonces las estadísticas de nacimientos, matrimonios, muertes, divorcios…

--Pero eso ya lo tenemos, ¿no?

--Los datos demográficos existentes son muy claros, sí, pero no así las matemáticas de otros factores. Por ejemplo la manera en que los ciclos económicos se ven afectados por eventos políticos, históricos y sociales. Si logramos compararlos matemáticamente, nos ayuda a ver otros datos como los del empleo, desempleo, ahorros, inversiones, etcétera, porque nada de ésto es un hecho aislado.

Buchner se rascó la cabeza. --¿Eso es lo que está haciendo usted, entonces?

--Sí-- contestó ella sonriendo. --Uniendo la historia, la sociología y la economía para obtener una mejor idea matemática de su país, más específicamente, de su industria agrícola.

--¿Y no cree que tenemos un desastre?

--No necesariamente, pero creo que deberían reconsiderar sus estrategias.

El gesto de Buchner fue seguido por una sonrisa.

--EL BPD también ha tenido que reconsiderar sus propias estrategias muchas veces. La Alianza para el Progreso, por ejemplo, afectó al sector industrial de América Latina. Se concentró en modernizarlo, pero los mercados internos no estaban preparados. El banco fue culpable de no analizar bien todo el terreno.

--Sí, lo recuerdo.

--El BPD también construyó carreteras para conectar las ciudades con el campo, con el convencimiento de que ésto los ayudaría. El Presidente Betancourt trató de mantener a los campesinos en sus conucos mejorando sus condiciones de vida, pero ésto no funcionó. Ciertamente, la alianza proporcionó tecnología a los campesinos, pero a pesar de eso, en 1968 por ejemplo, la producción alimenticia latinoamericana fue mucho más baja que en 1960. ¿Cómo puede explicarse eso? Es muy sencillo, no tuvimos un análisis matemático que explicara las razones de una manera objetiva.

--Sí, lo sé. Los campesinos se mudaron a las ciudades y no estaban capacitados para los trabajos urbanos.

--No solo eso, sino que tampoco había trabajo suficiente para todos.

Buchner quedó pensando en silencio.

--Otro problema fue que se les dio fórmulas de crecimiento a gobiernos, como el de Venezuela, que no tenían experiencia en administración. En algunos casos también, se trabajó con países que no tenían controles democráticos, así que además de todo, los campesinos sufrían de inseguridad política. Los pocos agricultores que se beneficiaron de alguna manera, tuvieron que lidiar con controles de precios, importaciones indiscriminadas de alimentos, falta de crédito y muy poco entrenamiento. Esas son algunas de las cosas que tuvimos que reconsiderar.

Regresaron a la camioneta y comenzaron el viaje de regreso a la casa de Buchner ya que en un par de horas se haría de noche. Él le preguntó si ella y Matt desearían quedarse a cenar, pero ella le agradeció y le dijo, --Tenemos planeado cenar en la colonia y después volver a Caracas donde nos espera un colega mío del banco.

--Ah, ¿en qué hotel se hospeda?

--En el Tamanaco--. Ella hizo una pausa. --Espero conocer a su familia la próxima vez.

Buchner sonrió. --Ellos están en Miami--. Se detuvo un momento y luego le preguntó, --Perdone la indiscreción, pero ¿cómo conoció a Matt?

--A través de un amigo mutuo del BPD. ¿Y usted?

--Déjeme ver..., sí, lo conocí hace un año en un country club de Caracas.

--¿Y al Sr. Ariosto?

--Oh, a él lo conocí hace unos diez años en una junta de la Cámara de Comercio.

--¿Ustedes son socios, no?

Buchner rió. --¡No! Lo único en lo que estamos de acuerdo es en su gusto por el arte. Bueno, en realidad mi esposa es la que comparte su gusto y yo soy el que pago por el arte. Según dice él, es una buena inversión.

22

Al atardecer, Diana y Matt se instalaron en un restaurante estilo Bávaro en el centro de la colonia. Los ojos de Diana estaban llenos de curiosidad cuando le preguntó, --Cómo conociste a Ariosto?

Matt recordó la conversación en el área de la piscina y dijo, --Lo acabo de conocer hoy.

--Me dio la impresión de que ya lo conocías.

Matt se encogió de hombros. --Pero no…

Ella cambió de tema. --¿Te habló Alex acerca de la cooperativa en El Salvador?

--No, recuerda que no he visto a Alex en mucho tiempo.

--El Sr. Buchner me dijo que te conoció en un country club de Caracas. ¿Es cierto?

Él asintió. --¿Me pareció, o trataste a Ariosto con desprecio?

--Es que tiene trato con la elite de El Salvador.

--¿Qué pasó en El Salvador?

--Un proyecto del BPD que yo supervisaba fue totalmente destruído. Era una cooperativa cafetalera. La calcinaron. Además, asesinaron a 61 personas y las arrojaron a una fosa común.

Matt escuchó en silencio.

Ella continuó, --Yo nunca regresé, pero Alex sí. La cooperativa estaba cerca del volcán Izalco, ¿has oído de él?

--No.

--Hace dos siglos apareció un hueco repentinamente en el suelo del que botaba humo y piedras, y después de unas semanas se convirtió en un volcán.

--¿Cuántas personas participaron en el proyecto?

--Alrededor de 100 personas. Gracias a Dios, el resto estaba a salvo con sus familias en sus hogares. Los que atacaron la villa eran civiles con armas militares. Eran tropas paramilitares conocidas como los escuadrones de la muerte. Estos escuadrones habían estado operando por varias décadas. Comenzaron operando en el campo. Durante 15 años, el número de campesinos sin tierra había aumentado un 29 por ciento, de manera que había mucho resentimiento. Se incubaron rencores y el odio se disparó, incluso entre campesinos. La elite terrateniente entonces comenzó a utilizar a los militares para reprimir a los campesinos.

--Ariosto no se dio por aludido.

--Él sabía lo que yo estaba insinuando. Durante los últimos 30 años El Salvador ha experimentado un aumento en las inversiones y como resultado, grandes bosques fueron convertidos en campos de pastoreo y plantaciones de algodón. La carne congelada se exporta a los Estados Unidos y el algodón a Japón. La mitad de la población campesina se quedó sin tierra mientras solo el dos por ciento de la población es propietaria de tierra fértil, y la mitad se utiliza para pastoreo.

--¿Y cuál es el problema?

--Los campos de pastoreo se utilizan para alimentar al ganado. El ganado se sacrifica para exportación. Por lo tanto, toda la comida que se produce va hacia el exterior, y ésto da como resultado el hambre.

Ella hizo una pausa y él permaneció en silencio.

--¿Sabes cuanta tierra es patrimonio de ese dos por ciento?

Él negó con la cabeza.

--Son dueños del 57 por ciento de todo el país--. Ella bebió su café y agregó, --Las fuerzas armadas confiscaron las urnas en las elecciones presidenciales de 1972 y anunciaron su propio ganador, cuando el verdadero ganador había sido un civil. La ultra derecha se apoderó del gobierno para proteger la economía basada en exportaciones.

--¿Cuándo se involucró el BPD?

--En 1982. Fíjate que hasta ese entonces, los campesinos trabajaban para los terratenientes por temporadas y a tarifas ínfimas. Los terratenientes los obligaban a venderles su café porque también controlaban a los comerciantes. Entonces, el BPD reunió a algunos de esos campesinos y les dio crédito directo ya que los bancos locales estaban bloqueados. Cuando comenzaron a enviar el café a través de Guatemala, fueron bloqueados nuevamente, entonces el BPD contrató al mejor abogado del país para defenderlos, y ahí fue cuando comenzó el terror hacia los campesinos.

--¿Llegaste a reunirte con el abogado?

--Sí, antes de que incendiaran la cooperativa.

Él apreció sin pudor la piel de alabastro de su rostro. Sus ojos brillaban. Ella se golpeó el pecho para detener un ataque de hipo y le preguntó, --¿Sabías que Ariosto fue amigo de Perón?

--No.

Sus ojos se abrieron aún más. --¿No lo sabías?

--Ya te dije que no conocía a Ariosto. ¿Cómo te enteraste de su amistad con Perón?

--Lo mencionó Buchner. ¿Sabías que la ultra derecha de El Salvador ha estado relacionada con la ultra derecha de la Argentina?

--Sí.

--En Argentina, el Presidente Alfonsín enjuició a la ultra derecha responsable de la Guerra Sucia, durante la cual se masacraron miles de personas. Muchas de las víctimas fueron asesinadas tirándolas desde aviones militares, ¿sabías eso?

--Sí.

--Bueno, gracias a Dios eso aún no ha sucedido en Venezuela.

Matt rió, interrumpiéndola. --Eso fue una buena lección de historia.

--¿Historia?

--Esta mañana, me dijiste que unías la historia con la economía.

--Dime una cosa…, ¿me trajiste solo para presentarme a Buchner?

--Fue una buena idea, ¿no crees?-- dijo él sonriendo.

La mente de Diana estaba cansada, pero no quería que terminara la cena. Se quitó los zapatos, felíz de que el mantel cubriera sus pies. Mientras tanto, notó las sombras que agraciaban el fuerte rostro de Matt. --La verdad…, no se qué pensar de ti.

Matt suavizó su mirada. --Hablemos de ti.

--No, gracias-- dijo ella mientras tomaba una copita de jeréz.

--Por ejemplo, uno de estos días, ¿no te gustaría casarte y tener hijos?

--Ya te dije que en el caso de mi ex esposo, yo no podía competir con sus perros.

--Eso suena a resentimiento.

--¡Por supuesto que estoy resentida! ¡Yo no estudié un doctorado para ocuparme de sus perros!

--Toda mujer debería tener un hijo…

--¿Por qué me da la impresión de que piensas que yo debería tener una ubre colgando sobre mi ombligo?

--No, no quise decir eso, pero los hijos pueden ayudar a unir a la parejas. Además es un derecho innato de toda mujer.

--Si como también de todas las vacas, los cerdos y las ranas hembras...

--Estoy hablando en serio...

--Mira, hace unos años consideré la adopción, pero cambié de idea cuando me dí cuenta de que un hijo no iba a solucionar los problemas de mi matrimonio. Peter...

--¿Así se llama tu ex marido?

--Sí--. Ella vaciló, pero continuó, --Peter y yo peleábamos casi todo el tiempo. Estábamos en desacuerdo en muchas cosas. Él estaba obsesionado con el dinero mientras que yo estaba obsesionada con ayudar a los campesinos del mundo. Él quería que yo estuviera todo el tiempo en la casa, entreteniendo a sus clientes y cuidando a sus perros. Yo quería hacer algo que fuera compatible con mis propios objetivos. Tener un hijo podría haber sido algo muy bueno, pero ese niño hubiera tenido que crecer en un hogar disfuncional e infeliz.

--Y se hubiera convertido en un adulto con muchos conflictos.

--Sí.

--La gente tiene que tener objetivos comunes para poder estar juntos.

De pronto, ella frunció el ceño y dijo, --¿Por qué estamos hablando de ésto?

--Porque tú eres una mujer muy interesante--. Matt miró su cara ruborizada y pensó que se veía muy sensual.

--Estoy muy cansada, Matt. Mañana es mi único día de descanso. El lunes es un día muy importante y debo prepararme para una junta--. Se calzó los zapatos y se puso de pie. Era hora de irse.

23

21 de Enero de 1992
Caracas, Venezuela

Diana empujó los acontecimientos del fin de semana completamente fuera de su mente cuando, junto a Stanley, se reunió con José Herrera. El éxito del programa piloto dependía de su buena voluntad.

Cuando lo conoció en persona, no tuvo dudas de que Herrera era un hombre extraordinario. A pesar de su avanzada edad, demostraba una agilidad mental asombrosa. Su paso era rígido y su piel curtida y octogenaria estaba oscurecida por el sol. Su cabello y sus bigotes eran blancos. Era de estatura baja, como Alex, pero su estilo era completamente opuesto, ya que era extremadamente franco, al punto de carecer de tacto en algunas situaciones. Era un gran narrador, y le encantaba enriquecer sus historias con ingeniosas metáforas.

Herrera confesó sin remordimientos ser un experto en pandillaje y guerrilla. Su doctorado era honorario, lo que demostraba que la testarudez rendía sus frutos. Reía con facilidad, especialmente de sus propias bromas y anécdotas, pero podía ser intensamente serio si la ocasión lo requería. Era el bastión del sentido común del Banco Rural que últimamente se había inundado de tecnócratas.

Se había convertido en bandido cuando Juan Vicente Gómez controlaba el país con mano de hierro. Luego se metió en política a fines de la década de 1930 cuando se unió al partido político clandestino de Rómulo Betancourt. Fue entonces cuando su reputación cambió de bandido a izquierdista. Cuando el golpe de estado de 1948 envió a Betancourt al exilio, Herrera se quedó en sus amadas montañas andinas donde se ganó el mote de guerrillero y subversivo. Tan pronto como Pérez Jiménez tomó el poder, sus expertos en contrainsurgencia intentaron atraparlo, pero nunca lo consiguieron. Herrera fue más astuto que sus perseguidores y cruzó la frontera con Colombia, retornando solo en contadas ocasiones protegido por campesinos de ambos lados de la frontera. Cuando la región se volvió muy peligrosa, se refugió en las montañas del noroeste, cerca de Barcelona.

Su guerra terminó en 1958 cuando Betancourt fue elegido Presidente. Herrera regresó a Caracas, una ciudad que detestaba ya que consideraba que estaba llena de burócratas maleducados que deseaban secretamente llevar una corona imperial y que ignoraban sus consejos.

Luego de que lo nombraran asesor del Banco Rural, los tecnócratas lo ignoraron aún más pues le daban mucho más importancia a las ideas y tecnologías importadas. Recién comenzaron a prestarle atención luego del fracaso de la Alianza para el Progreso. Sus conocimientos estaban actualizados y podía hablar por horas acerca de las experiencias inconstantes de Venezuela con la reforma agraria.

Herrera sobrevivió a Betancourt y ayudó a los presidentes subsiguientes, sin importar su afiliación política. Su única lealtad fue siempre hacia los campesinos.

Stanley frunció el ceño con impaciencia cuando Herrera comenzó a hablar de la historia de Venezuela. Herrera lo ignoró, y continuó diciendo, --Y entonces España estableció el sistema de concesión de tierras, y la gente saltaba como toreros para obtener algún trozo de tierra. La situación de Venezuela fue muy similar a la de muchos otros países hasta que se topó con el petróleo. Luego de nuestro breve experimento democrático en 1948, los militares volvieron a comportarse como gallos de riña. Las granjas y fincas eran ineficientes. Un segmento muy pequeño de la población era dueño de las tres cuartas partes de las tierras cultivables, y estoy hablando de terratenientes con más de mil hectáreas. Lo peor de todo es que nuestras leyes anticuadas les daban todo el poder a los terratenientes--. Su voz estaba cargada de emoción.

--Dígame, ¿usted piensa que los agricultores son susceptibles a los incentivos?-- preguntó Diana.

--A veces... Antes del boom petrolero de 1922, se sentaban bajo un árbol de mango esperando que los frutos maduraran y cayeran a la tierra--. Herrera vio que Stanley no aparentaba estar interesado en el tema. --Mientras tanto, los terratenientes actuaban como tigres al acecho, a veces se cagaban en los campesinos mientras que otras veces apadrinaban a sus hijos. Durante esa época, nuestras exportaciones más importantes eran el cacao y el café. Después del boom petrolero, se hizo más fácil la importación de alimentos, que no se ha podido disminuír porque la población ha continuado en aumento.

Diana respondió, --Tanto la falta de planeamiento, como la inestabilidad, los mercados sobre-regulados y las guerras civiles, son factores que hacen que un país no pueda con sus problemas internos.

--¡Es que la gente está demasiado ocupada en sobrevivir!-- dijo él en voz alta.

Ella mencionó el proyecto de las vacas Jersey, a lo cual él replicó, --¡También importamos maquinarias que no sirvieron para una mierda! En esa época se duplicaron las importaciones, cosa que para mí fue absolutamente innecesaria. Yo le dije a Betancourt que era como escupir en un coco seco.

Stanley reaccionó. --Perdón, no comprendí, ¿qué quiso decir con eso?

--¡Está bien claro..., un coco seco!

--¡No entiendo a que se refiere!-- dijo Stanley, frustrado.

Diana le explicó, --Lo que quiso decir es que era inútil el tratar de persuadir a nadie porque era como escupir en un coco seco, que por más que se lo escupa, no se le puede sacar brillo.

La expresión de Stanley permaneció confusa, pero Herrera continuó, --Tampoco se pensó en traer repuestos para las maquinarias agrícolas--. Hizo una pausa y agregó, --Lo que pasa es que para los campesinos, se hace muy difícil el pensar en alternativas. Este país ha avanzado al galope, y muchos líderes se han aprovechado de su inteligencia innata, ya que si se los mantiene ignorantes, son mucho más fáciles de controlar--. Él soltó una carcajada y dijo, --Los líderes se creen que son emisarios de Dios, los llamamos los 'ropasantas'.

--¿Pero no cree que la culpa es del sistema educativo?-- preguntó Stanley.

Herrera lanzó su mano al aire. --La mayoría de los líderes ven a los campesinos como si fueran mulas. Somos un conjunto de islas que no estamos conectadas entre sí, a no ser que pertenezcamos a la misma familia. Nuestro sistema político ha crecido junto con nosotros, pero todavía hay mucho que aprender. Por ejemplo, yo tengo 600 ahijados.

--¿600 ahijados?-- Stanley quedó boquiabierto.

Con mucha paciencia, él le contestó, --Sí, ahijados, ¿me entiende? que los hemos bautizado...

--Sí, eso ya lo sé, pero ¿por qué tantos?

--Aquí solemos decir que un tigre no se come a otro tigre, en otras palabras, que no nos vamos a enfrentar entre nosotros, así que hacemos crecer la familia. Es nuestra manera de cultivar la lealtad.

--¿Como la mafia?-- disparó Stanley.

Él sonrió. --No, pero creo que usted puede entender el tipo de lealtad que se genera cuando uno bautiza a sus pequeños gallos y gallinas. Usted tiene alguno, ¿no?

--No, no tengo.

--¿No tiene gallitos y gallinitas?

De pronto, comprendió. --Si..., tengo tres hijos y una hija.

--Ah, ¡felicitaciones! Nosotros también creamos otras formas de unir nuestras islas. Hoy en día contamos con profesionales, como por ejemplo contadores, economistas como ustedes, ingenieros agrónomos, doctores, ingenieros, abogados, geofísicos, aunque eso sí... no puedo decir que la educación los haya cambiado a todos. Algunos se quedaron burros porque no pudieron absorber la educación y no hacen más que contaminar nuestro entorno. Son muy intolerantes. Creen saberlo todo y rechazan cualquier cosa con la que no estén de acuerdo tratándola de no profesional.

--Pero creo que eso es así por su perspectiva-- dijo Diana. --En otras palabras, cuando la gente cree que los recursos son escasos, quieren estar en la cima para asegurarse de obtener lo suficiente.

--Si claro, a eso lo llamamos cagarse sobre los demás.

Ella sonrió y continuó, --Eso sucede porque esperan que todo se maneje desde la cima, y eso es consecuencia directa de su economía verticalista.

--Y de nuestro sistema político. El control corre por nuestra sangre. Es el sistema social que trajeron los españoles.

Ella asintió.

--Hoy tenemos una politicracia, todo lo controlan nuestros partidos políticos. No quieren compartir los beneficios con nadie y no se ven a sí mismos como parte de una nación.

--¿Cree usted que ésto cambiaría con una reforma constitucional?-- preguntó ella.

--Mire, el *status quo* tiene que cambiar, aunque estoy seguro de que no va a ser sencillo. Crecer nunca es fácil.

Ella decidió cambiar de tema. --Dígame, ¿usted piensa que nuestro programa piloto estará a salvo de cualquier sabotaje?

--No sabría decirle…,hay muchos tipos de saboteadores. La mayoría son muy difíciles de detectar porque, como le dije antes, actúan como ropasantas. Humillan sistemáticamente a los campesinos.

--Quizás deberíamos conseguir un grupo de asesores que sean cercanos a los campesinos-- sugirió ella.

--Sí, yo ya he hecho algunas averiguaciones-- respondió Herrera, y notando la expresión de aburrimiento de Stanley agregó, --Venezuela ha sido afectada por tres factores. El automóvil nos dio movilidad, el petróleo nos dio ganancias y los dictadores nos dieron un mal ejemplo de lo que es el liderazgo. Supongo que habrán oído hablar de Vicente Gómez, ¿no?

Ambos asintieron, de todas formas continuó, --Gómez se hizo valer por encima de todos nosotros. Hizo lo que hubiera hecho cualquier tigre que se precie..., devorarnos. Era codicioso y hambriento de poder, pero lo disimulaba muy bien. A él le gustaba la gente pero no dudaba en ponerles trozos de vidrio roto en sus gargantas. De alguna manera se podría decir que unió a las islas, pero era regionalista hasta la médula. Era un andino bueno para nada. Pero debo admitir que tenía una cosa buena, Caracas le importaba un carajo... De todas maneras, Gómez nos enseñó a depender más en la suerte que en el esfuerzo.

--¿Qué quiere decir con eso?-- preguntó Diana.

--Que el país dependía de sus caprichos. Por eso es que hay tantos tigres esperando tomar ventaja de cualquier situación que les permita obtener cualquier cosa sin trabajar.

--Cuando la gente se comporta de esa manera, no piensa en las consecuencias a largo plazo-- dijo ella.

Herrera asintió. --Para construír un país, debemos ocuparnos de todo el bosque en vez de ponerle demasiada agua a nuestro propio árbol.

Stanley interrumpió. -- Perdón si le parezco impaciente, pero me gustaría saber qué es lo que está sucediendo hoy, no lo que sucedió hace 65 años.

Herrera asumió una expresión de seriedad. --Hemos tenido un crecimiento negativo con un leve incremento en la producción agrícola de cereales, raíces comestibles, azúcar, café, semillas certificadas y ganado. Hemos sufrido una fuerte reducción de frijoles, vegetales...

--Sí, ya estoy al tanto de eso-- interrumpió Stanley con irritación.

--Entonces, ¿Qué es lo que quiere saber?

--Quiero información acerca del plan de revitalización y del programa piloto.

--¡Ah, eso!-- dijo sonriendo. --Estamos expandiendo la disponibilidad de crédito preferencial a través de nuestros bancos. También estamos aumentando los precios de algunos productos básicos para incentivar la producción.

--¿Qué productos?

--Algodón, caraotas, maíz, café, yuca.

--¿Cuál es la tasa de crédito aprobada para los productores de café?

--Alrededor del 12 por ciento.

Stanley frunció el ceño y permaneció callado.

Diana volvió a la conversación. --Tengo entendido que los pagos del gobierno a los productores de café llegan siempre tarde.

--Sí, a veces hasta un año más tarde, pero con nuestro nuevo plan preferencial, los bancos privados se verán obligados a aumentar los créditos agropecuarios hasta que ocupen un 22.5 por ciento del total de créditos otorgados. Los términos serán extendidos de dos a diez años. El programa piloto se llevará a cabo en la región del noroeste.

--¿En la región oriental?-- intervino Stanley.

--Sí, es el lugar perfecto.

--¿Por qué no en la región andina?

Él sonrió. --Porque en la región oriental hay muchos piratas. Conozco muy bien esa región. Cuando Pérez Jiménez estaba en el gobierno, yo utilicé la región oriental para esconderme.

--Tenía entendido que usted utilizó la región andina.

--Sí, pero cuando se volvió muy peligrosa, me fui al noroeste.

--¿Y usted quiere que instalemos nuestro programa piloto allí, con los piratas?

Herrera sonrió nuevamente. --¿Por qué no? ¿No le gusta la aventura acaso?

Diana estaba perturbada. --Dr. Herrera, ¿podría explicarse por favor?

--En el pasado, los campesinos tenían derecho a un tratamiento preferencial, claro no tan preferencial como con este plan. Teníamos excelentes piezas legislativas, pero fueron saboteadas por los banqueros que no querían ayudar a los campesinos, sino que preferían a los clientes más seguros. Entonces acortaron los términos de pago, agregaron cargos adicionales y cosas por el estilo.

--Esos son abusos-- dijo ella.

--Sí claro, y nosotros hemos estado investigando. Algunos políticos mapurites son los responsables de esos abusos. ¡Son arrogantes hasta con sus propios pedos!

--¡Por favor, Dr. Herrera!-- suplicó Stanley.

--¿Quiere que le cuente acerca de los mapurites, o zorrillos?

--Perdóneme pero no puedo continuar con esta conversación. ¿Vamos a hablar de personas o de animales?

--¿Por qué le molesta que compare a las personas con mapurites?

--¡Porque un mapurite es un animal de cuatro patas!

--¿Y usted cree que esos políticos no lo pueden mear, como lo hacen los mapurites?

--Mire, Dr. Herrera, la mitad del tiempo creo que lo comprendo, ¡pero francamente ahora no!

--Si usted no me comprende, ¿qué le hace pensar que va a comprender a los campesinos, eh?

Stanley estaba furioso. Miró a Diana y le dijo, --¡No se qué diablos estamos haciendo aquí!

Herrera le contestó, --Quizás usted esté aquí para saber si un animal de dos patas puede contaminarlo con mal olor.

--La mejor estrategia-- dijo Diana --es averiguar qué es lo que quieren hacer los agricultores. La corrupción es un problema que encontraremos indefectiblemente, no importa donde vayamos.

--¡Correcto!-- contestó rápidamente Herrera.

Ella lo miró fijamente y le dijo, --Si su gobierno y el BPD les proporcionan entrenamiento, la dependencia de los agricultores va a disminuir, ¿no le parece?

--Sí, eso es muy importante, sin embargo prefiero no mencionar esa posibilidad, ya que muchos mapurites son muy buenos oliendo las posibilidades de generar dinero del proyecto. Son muy buenos saboteadores y seguramente destruirán, desmoralizarán y causarán deserción entre los campesinos. Estos campesinos son islas que luchan y dependen de su suerte para sobrevivir.

--¿Pero acaso usted no tiene autoridad para manejarse con los mapurites?

--¡Qué va! ¡Ellos desprecian mi piel vieja! Pero no hay que preocuparse porque hay muchas maneras de enfrentarlos--. Herrera hizo un silencio, luego dijo, --Nunca envenenes a un tigre, porque un tigre envenenado es muy peligroso.

--¿Pero, qué es lo que pueden querer los saboteadores?-- preguntó Diana.

--Que estemos de su lado, si no lo estamos nos odiarán como uno de esos tigres--. Herrera frunció su arrugado ceño. --Y los que saldrán perdiendo son los campesinos porque van a salir inundados de mal olor--. Miró a Stanley y dijo, --Eso significa que los campesinos terminarán con mala fama y ni los bancos, ni los políticos honestos, ni nadie querrá ayudarlos.

Herrera se adelantó en su silla y siguió explicando. --Vea, primero nos reuniremos con los campesinos sin darles detalles de nuestro plan--. Sus ojos penetrantes se suavizaron. --Luego, mientras los mapurites estén esperando la oportunidad de otorgarse más prestamos entre ellos, comenzaremos a entrenar a los campesinos. Los campesinos han sido estrangulados por el laberinto burocrático, están listos para recibir cualquier ayuda que puedan conseguir, y nosotros seremos quienes se la proporcionemos.

--¿Los campesinos son propietarios?-- preguntó ella.

--No, solo unos pocos. El otro problema es que cuando no pueden pagar sus préstamos a término, el banco ejecuta las hipotecas y aparecen otros mapurites que enseguida compran las tierras. Todo ésto huele como un plan de machete.

--¿Plan de machete?-- preguntó Stanley confundido nuevamente.

--Si, amarrar a un hombre con una cuerda al cuello y sus manos atadas por la espalda. La cuerda al cuello son los pagos atrasados del gobierno, y la cuerda en sus muñecas son los bancos hipotecando su propiedad.

--Una situación horrible-- remarcó ella.

--La mentalidad de supervivencia corrompe el espíritu.

--¿Cuándo conoceremos a los agricultores?-- preguntó ella.

--Herrera respondió sonriendo, --Si quieren, el jueves que viene.

--¿Dónde?

--En Barcelona.

Ella asintió. Mientras Herrera les daba más detalles, decidió que al regresar a Caracas, aceptaría la invitación de Ariosto a su mansión.

24

La mañana siguiente, Esther observó con sus ojos oscuros la mesa que se encontraba junto a su cama, mientras permanecía bajo las sábanas. La casa estaba en silencio. Deseaba desesperadamente levantarse, pero sus huesos estaban cansados.

En lo más profundo de su alma, una voz interior le decía que había hecho lo correcto, de manera que su mente se aferró a una tenue luz de esperanza y se sentó en el borde de la cama. Permaneció allí durante varios minutos mirando al vacío, absorbiendo el silencio y luego se quitó su camisa de dormir.

De pronto, se puso de pie en frente del espejo del armario, y parada allí, se hizo las mismas preguntas. Miró su cintura de reloj de arena, sus pechos, su abdomen, sus brazos y piernas, y se respondió a si misma que sí, ya estaba lista para tener hijos.

Recorrió su pelo rizado y brillante con los dedos de ambas manos, hasta que el siguiente pensamiento resolvió sus problemas, al menos por hoy. Ningún otro hombre podría reemplazar a Iván. Su carácter era producto de una combinación de virtudes que ella admiraba. Él llenaba un vacío que ningún otro hombre había sido capaz de llenar.

Tan pronto como se cruzó de brazos, escuchó el poderoso canto de Rafael. Había comenzado su canto del amanecer. Los rayos del sol se abrían paso entre las nubes y Luna arañaba la puerta de la cocina. Se vistió de prisa y ni bien abrió la puerta, Luna entró y realizó su ritual matutino, que consistía en lamerle los pies hasta que se desplomaba en el piso cerca de la mesa de la cocina.

Luego de desayunar, con Luna siguiéndola por detrás, caminó hacia la choza donde se descascaraban los granos, adonde se encontró con Tomás y David. Tenía que contarles acerca de su encuentro con Herrera.

Esther se preguntaba qué era lo que se le había metido a Herrera en la cabeza, estaba fuera de juicio para traer a dos economistas extranjeros que no sabían absolutamente nada acerca de sus problemas. Venían de los Estados Unidos, de donde habían venido esas vacas estúpidas que habían llevado a Tomás a la ruina.

Se sentó en el piso, de cuclillas contra la pared como lo hacía habitualmente. Luna se acomodó junto a ella. Minutos después comenzó a hablar acerca de la proposición de Herrera, un programa de entrenamiento para organizarlos en una cooperativa cafetalera. Una vez que terminó, tal cual lo esperaba, Tomás y David la miraron como si hubieran estado escuchando hablar a un loro loco. Tomás no solía criticarla, no obstante le contestó.

--¡Esos malditos extranjeros nos trajeron unas vacas que no sabían sobrevivir como un macho! Tenían que dormir en corrales techados y tomar pastillas. ¿Esta gente se ha vuelto loca nuevamente?

--No estoy mintiendo-- murmuró ella --Herrera quiere reunirse con todos los agricultores este viernes próximo, en el centro PACCA.

--¡Que Dios me parta de un rayo si ésto no es una broma de mal gusto!

--No, no es ninguna broma-- dijo ella con firmeza.

--¡Ésto es un castigo que me envían los santos!

Ella rió. --¿Y por qué los santos te enviarían dos economistas para castigarte?

Tomás aplastó su sombrero sobre su rodilla. --¡Porque no puedo huir de ellos, carajo, porque me están persiguiendo!

--Papá-- le dijo David --quizás estos hombres sean diferentes…

Tomás no quería entrar en razones. --Mira, ésto es así. A veces me siento bien cuando estoy en un estado miserable. Siempre espero la llegada de los fines de semana porque los santos me dicen que tengo que ayudar a Esther, de manera que los sábados me gusta burlarme de mí mismo, me gusta sentirme un inútil. Pero los banqueros me han hecho sentir como un miserable gusano todo el tiempo. Está bien que me lo haga a mí mismo, ¡pero carajo, no voy a permitir que nadie se burle de mí! Quizás haya gente que le guste sentirse como gusanos todo el tiempo, pero yo no voy a vivir así.

--Pero nadie te está pidiendo que vivas así, Tomás-- protestó Esther.

--¡Pero ellos trabajan para uno de esos malditos bancos!, ¿no es así?-- gritó él revoleando su mano por el aire.

--Sí, para un banco de desarrollo.

--He oído que en otras provincias, han forzado a los campesinos a criar cochinos que deben ser bañados en la ducha dos veces por día…

--Tomás, no tendremos que preocuparnos de eso porque no vamos a criar cochinos, ni vacas, ni nada parecido.

--¡Los santos son mis testigos de que los forzaron a construir corrales con duchas para bañar a los cochinos cada mañana!-- Él estaba enfurecido.

--Te dije que no vamos a importar ningún cochino.

--¡Almas del diablo, eso es lo que son! ¡Un montón de tigres que vinieron aquí con su aire de sabelotodo!

--Nadie nos obliga a nada, podemos elegir si nos interesa participar…

Tomás continuó interrumpiendo. --¡Se creen que son los líderes más grandes..., y solo sirven para construir baños modernos!

Ignorándolo, ella anunció, --Iremos a la junta y escucharemos su propuesta.

--Yo no iré a ninguna parte-- protestó Tomás.

David intervino nuevamente --Escúchala, papá.

--Pero hijo, ¿qué es lo que quieres que haga?, ¿que escuche a esas personas que no tienen sentido común, que no saben cuantas patas tiene un burro? Esos economistas no nos entenderán jamás. Nunca comprenderán la manera en que nos expresamos, ni como a veces podemos tener varias opiniones al mismo tiempo.

Esther sacudió su cabeza. --Seamos honestos, a veces no hacemos lo que realmente queremos hacer, a veces ignoramos nuestras alternativas porque asumimos de antemano que no podremos resolver nuestros problemas.

Tomás volvió a interrumpir. --Prefiero estar acompañado por animales de verdad.

--Pero podemos usar la cabeza, Tomás, estás exagerando.

--¡Quizás, pero tengo mis razones!

--Mira, muchas veces dejamos que otros decidan por nosotros, y quizás esos otros tienen intereses distintos que los nuestros. Pero Herrera cree en nosotros, vale la pena que nos arriesguemos.

Tomás negó con la cabeza.

Ella agregó, --Siempre esperamos que otros traigan la solución a nuestros problemas porque asumimos que no tenemos las respuestas.

--Estoy en contra de eso.

--Casi siempre dejamos que personajes de la calaña de Miguel Curiel se impongan sobre nosotros.

--Joder a los demás es nuestro pasatiempo nacional.

--Mira, quizás Herrera enloqueció, pero no lo creo. Él es un ex-guerrillero que se enfrentó a Juan Vicente Gómez y a Pérez Jiménez y ha demostrado su lealtad hacia nosotros en incontadas ocasiones.

--¡Tiene tanta integridad que hasta puedes exprimirla de su ropa!-- agregó David.

--¿Dónde oíste eso?-- preguntó Tomás.

--Ehhh…, en la escuela.

--Tienes razón-- dijo Esther --hemos tenido muchas malas experiencias, pero Herrera es alguien en quien podemos confiar.

--Quizás no sea corrupto…, pero supo ser un bandido-- dijo Tomás.

--Es verdad--. Ella esperó unos segundos hasta que el silencio llenó la habitación y luego continuó, --¿Acaso no solemos decir la frase 'obedecemos pero no nos comprometemos?'

Cuando ellos asintieron, ella continuó, --Estoy convencida de que Herrera está completamente comprometido con el bien del país. Él es un Gallo de Oro. ¡Además, no voy a esperar a que esté frío y enterrado para rendirle mis respetos, caramba!

--¡Así es como quiero ver a esos tigres, fríos y enterrados!

--Otra diversión nacional es la de criticar a nuestros buenos líderes. Tomás, Herrera no es nada comparado con los hijos del demonio que él combatió.

--Las mismas manchas, diferentes tigres.

Finalmente, ella se indignó. --Mira, yo sé muy bien de lo que estoy hablando porque mi abuelo combatió junto a él.

Sorprendidos, Tomás y David levantaron sus cabezas. Se quedaron sin palabras porque ella jamás había mencionado a su abuelo.

--Sí, mi abuelo conoció a José Herrera.

Tomás se sintió perturbado porque la conversación se había vuelto personal y él había insultado a un amigo de su familia.

--La familia de mi madre es andina y su padre era de la misma región que Herrera.

--Nunca habías dicho nada al respecto-- dijo Tomás con incredulidad.

--Mi abuelo se unió a las tropas de Herrera cuando tenía quince años, unos cuatro años antes de la muerte de Juan Vicente Gómez. Mi madre me contó que mi abuelo, Herrera y otros dos hombres más, fueron emboscados por los secuaces de Gómez. La única manera de escapar era cruzando un río infestado de caimanes. No tenían más remedio que cruzarlo. Uno de ellos fue devorado por los caimanes. Mientras luchaba dando golpes en el agua, los otros tres lograron cruzar. Tan pronto llegaron a la otra orilla, el otro hombre recibió un balazo en la espalda. Herrera lo llevó cargado por varios kilómetros, hasta que finalmente murió. El hombre tuvo suficiente tiempo como para pedirle a Herrera y a mi abuelo que le llevaran su anillo de bodas a su mujer y Herrera le pidió a mi abuelo que lo hiciera porque él tenía que ir a Caracas...--. De repente ella quedó paralizada por los recuerdos.

--¿Y él lo hizo?-- preguntó David.

En voz baja, ella añadió, --Mi abuelo llevó el anillo y así conoció a mi abuela, que en ese entonces tenía 13 años. El hombre que había muerto era su padre.

--¿Entonces el que murió fue tu bisabuelo?-- preguntó Tomás.

Asintiendo, ella continuó, --En esa época, la gente se casaba mucho más joven. Mi abuelo se casó dos años más tarde. Tuvieron muchos hijos. Mi madre fue la hija del medio.

--El canto del gallo no puede ser más claro...-- dijo Tomás. De pronto, sintió que su cuerpo se ponía rígido. --Quizás Herrera tiene el derecho de ser un ropasanta, pero te juro que si me ofrece un préstamo, le haré tragar mis cálculos biliares.

Ella lo miró pensativamente y dijo, --Todos sabemos que hay muchas ventajas si los agricultores nos unimos-- mientras pensaba que la vida no es más que una colección de círculos que se entrelazan. De pronto, comprendió la ironía. Ella se iba a casar con Iván, un descendiente de Juan Vicente Gómez, el perseguidor de su abuelo y su bisabuelo.

25

Dos horas después de la puesta del sol, Matt se dirigió en su carro a la ciudad vieja. Cuando llegó al estacionamiento del capitolio, vio a los guardias que estaban en la garita y bajó la ventanilla. Les enseñó su identificación y lo hicieron pasar.

Al llegar a la oficina de García, pudo detectar su mal humor. Su expresión sombría no cambió cuando Matt se sentó junto a Suárez y comenzó a relatar sus hallazgos.

Fue narrando todos los detalles y le entregó a García un expediente acerca de Ariosto, que había conseguido por cortesía de los expertos antiterroristas del gobierno argentino. Se sintió complacido al recibir esta información, aunque conservaba una actitud escéptica acerca de las intenciones de los expertos que habían preparado el informe. El Presidente de Argentina le había otorgado el perdón a los criminales que habían participado en la dictadura militar, como el General Jorge Rafael Videla, quien había sido condenado a cadena perpetua por su rol de liderazgo en la Guerra Sucia. La sentencia había sido impuesta durante el gobierno anterior, pero ahora Carlos Menem lo había dejado en libertad. Eran hechos que sin duda hablaban por sí mismos.

García le preguntó, --¿Cuándo le entregaron esta información?

--Ayer por la mañana-- contestó. --Volé a Buenos Aires el domingo, y regresé anoche. Estuve allí el menor tiempo posible--. Hizo una breve pausa y luego continuó, --Durante años, Ariosto ha estado en busca de economías controladas por gobiernos que colaboran con los militares.

--Monopolios-- señaló Suárez.

--Sí, algo así.

--¿Qué significa entonces ese informe para nosotros?-- preguntó García.

--El gobierno de Argentina no está interesado en enjuiciar ni a Ariosto ni a Vahl.

Los detalles de la misión de Matt a Buenos Aires nunca se discutieron con García. Todo había sido arreglado por Anderson. Matt supuso que la entrega del informe había sido una cortesía profesional del gobierno de Menem que sabía que nadie podía acusar a Ariosto o a Vahl de ninguno de los crímenes cometidos durante la Guerra Sucia. Si el asesinato y la desaparición de miles de personas no era un crimen contra la humanidad, como en el caso de Videla, las evidencias en contra de Ariosto y su tío eran muy débiles. Todas las almas torturadas que habían sido desplazadas de sus hogares, tierras o negocios, y muchas veces asesinadas, tenían que resignarse a la existencia de una red clandestina de asesinos.

Se preguntó, entonces, cuál era el verdadero objetivo del informe. Siguiendo las instrucciones de Anderson, había hecho una copia para así poder estudiarlo más detalladamente.

Tan pronto se instaló en el hotel Sheraton de Buenos Aires, Matt se dio cuenta de que no era bienvenido ya que comenzó a recibir llamadas telefónicas intimidatorias. Le dijeron que lo estaban vigilando y que sabían lo que estaba haciendo. Estas llamadas lo hicieron reflexionar acerca de muchas otras cosas, como ser la presencia constante de personajes neo-Nazis en América Latina. El símbolo de la Corporación Asteris, por ejemplo, era probablemente una versión estilizada de la cruz esvástica nazi.

Matt continuó con su relato. --Menem no va a investigar el pasado de Argentina, hay demasiados fantasmas escondidos en el closet. Probablemente quiera proteger el legado de Perón, e investigar los asuntos de Ariosto o de Vahl solo serviría para revolver las cosas. Por ejemplo, el golpe de estado de 1948 en Venezuela ocurrió dos años después de que Perón asumiera su primera presidencia. Perón llevó adelante una política secreta de agresión en apoyo a elementos de ultra derecha en Ecuador, Chile y Colombia entre 1946 y 1953. El gobierno actual de Argentina quiere olvidar esos acontecimientos. Cuando Perón fue derrocado, la Argentina estaba en quiebra. Un fuerte sistema de beneficios sociales y un presupuesto desmesurado para el ejército y la marina, entre otras cosas, consumieron las reservas del país. Cuando Perón le pidió asilo a Pérez Jiménez en 1955, éste se lo negó. Lo último que quería el dictador venezolano era tener a Perón cerca.

--Sí, lo sé-- respondió García.

Lo que había llamado poderosamente la atención de Matt, era la compra que hizo Ariosto de la finca de ganado cerca de la riviera norte del Río Orinoco, y le comunicó este hecho a García. --El informe argentino menciona que Ariosto compró la finca en 1985. En esa época, la Argentina estaba enjuiciando a los responsables de la Guerra Sucia y evidentemente Ariosto quería evitar problemas. No hay dudas de que Vahl permanece en la finca, desde allí tiene una ruta de escape fácil pues puede abordar un barco que lo lleve rápidamente al Océano Atlántico. O también puede tomar la autopista 10 hacia el sur, y desde allí esconderse en alguna parte de la selva amazónica, cuyas fronteras con Guyana y Brasil tienen muy poca vigilancia, como usted ya sabe.

Matt continuó su relato ofreciendo detalles acerca del socio de Ariosto, Fred Bayer y de su padre, Fritz Bayer.

Estos hechos lo ayudaron a tener una visión panorámica de las cosas, especialmente si consideraba las conversaciones que había tenido con Art Stevens. --De acuerdo a nuestras fuentes, Ariosto está atrincherándose en Venezuela. Ha invertido en ganadería, fincas de café y minería aurífera.

--El contrabando de oro siempre ha sido un problema-- dijo García.

Matt asintió.

Suárez intervino. --En 1988, Venezuela aumentó la inversión extranjera en minería aurífera, mayormente con compañías canadienses. Desde entonces la producción se ha quintuplicado.

--¿Podría averiguar acerca de las actividades mineras de Ariosto?-- preguntó Matt.

--Sí, me pondré en contacto con el Ministerio de Energía y Minas.

García preguntó, --¿Hay alguna otra información acerca de las actividades mineras y ganaderas de Ariosto?

--Nada importante. La inversión ganadera es aparentemente legal, pero por otro lado, no sabemos nada acerca de sus empresas mineras.

--Quizás porque la fiebre del oro es un fenómeno reciente-- explicó García.

Matt asintió.

García pensó en lo que iba a decir. Miró a Matt y le dijo, --¿Se acuerda de Rodríguez, el hombre que entregó a Iván Trushenko a la policía de seguridad?

--Sí.

--Hemos sido alertados de un inminente ataque con bombas a una refinería del noroeste de Venezuela dentro de diez días. Enviaremos a Roberto Beltrán como señuelo. Si existe alguna conexión entre Beltrán y José Rodríguez, Beltrán seguramente buscará la forma de evitar ir a la refinería.

--¿Y por qué José Rodríguez?

--Porque se lo ha conectado con la conspiración--. La expresión del general era de furia. Entonces dijo, --Beltrán está ignorando la línea que separa a los militares del terrorismo.

Matt se mantuvo en silencio.

García añadió, --Cuando estuve exiliado en la década de 1950, pasé algunos años en Perú estudiando en el Centro de Posgrado de Altos Estudios Militares que había sido inaugurado bajo circunstancias irónicas, pues lo había fundado un dictador para democratizar las fuerzas armadas peruanas. Los cursos incluían estudios sociales para los oficiales de carrera, una notable excepción en América Latina durante esa época.

Suárez le alcanzó un vaso con agua. García lo bebió y luego continuó, --A pesar de los esfuerzos por democratizar a los militares venezolanos, la obsesión por el control continúa devorando nuestros corazones y nuestras almas. Si no hay corazón, ni espíritu, ni alma, no hay espacio para el futuro. El futuro está en manos del pueblo, mientras que Beltrán y su grupo de oficiales creen que el antídoto para todos nuestros problemas es someternos a un líder fuerte. Esta creencia es lo más difícil de erradicar porque corre a través de nuestra historia. Beltrán quiere convertirse en un líder fuerte con imágen de patriarca popular, anestesiando a la gente y haciéndoles creer que lo necesitan. Es un demonio vestido de santo.

Matt dejó que García diera rienda suelta a su ira. García continuó, --Mientras seguimos alimentando nuestra desilusión infantil, continuamos con la cultura que impusieron los conquistadores que nutre a hombres como Beltrán.

García se puso de pie, miró hacia la noche a través de su ventana y agregó, --Los conquistadores no consideraban que los venezolanos fueran iguales que los nacidos en España, y nosotros tomamos eso como si careciéramos de identidad, y peor aún, como si no estuviéramos capacitados para tener una identidad propia. Ésto nos ha llevado a ignorar todo lo que contribuye a nuestra riqueza como nación. Nuestro sentido de hermandad ha sufrido muchos golpes porque no asumimos la responsabilidad de que somos una misma familia, una misma nación compartiendo una misma identidad.

Nuevamente, sus ojos brillaron de ira. --Cada uno de nosotros tiene sus propias expectativas y olvidamos que los demás tienen también las suyas. Ponemos a todos nuestros líderes en la misma bolsa, los malos, los mediocres, los brutales y los que se destacan por su excelencia, sin hacer distinción alguna entre ellos. Acabamos con la reputación de los que han hecho una contribución positiva. Rómulo Betancourt´es un buen ejemplo de lo que estoy hablando. Fue un hombre dedicado a su país, aunque pudiera ser arrogante, intolerante y demasiado dramático. Algunos incluso lo acusaron de corrupción. Sin embargo, nos mantuvo unidos a pesar de innumerables rebeliones. Creía fervientemente que un sentido de responsabilidad social es lo que convierte a una persona en ciudadano.

Hoy los venezolanos escupen en su memoria y se olvidan de todo lo bueno que hizo por el país.

De pronto, Matt buscó en lo más profundo de su memoria y dijo, --Una mayor confianza en sí mismo tiene que producir una revolución en todas las ocupaciones y en todas las relaciones de los hombres: en su religión, en su educación, en sus tareas, en su modo de vivir, en sus maneras de asociarse, en su propiedad, en sus miras especulativas. Nada puede traernos la paz sino nosotros mismos. Nada puede traernos la paz sino el triunfo de nuestros principios.

García asintió, --Emerson…

--Sí, Ralph Waldo Emerson.

--Un gran norteamericano…

--Emerson dijo eso porque estábamos pasando por una fase similar.

García esbozó una sonrisa. --Hacerle frente a nuestra naturaleza humana es un problema universal. Bolívar fue un visionario que confiaba en sí mismo y se hizo responsable de sus actos, algo que muchos de nosotros hemos olvidado hacer. Bolívar dejó cartas para la posteridad y sus principios siguen vivos gracias a ellas. Los principios no tienen nada que ver con los lazos de sangre, sino con la responsabilidad y el respeto por los demás.

--¿Por qué no arrestan a Beltrán?-- preguntó Matt.

--Porque sería prematuro hacerlo, es mejor seguir vigilándolo.

--¿Y qué hay de Trushenko?

--Aún está en Cuba.

--¿Y Rodríguez?

--Sospechamos que es un terrorista que trabaja para Cuba o para otra organización que aún no hemos identificado. Ah, y para su información, Iván Trushenko es mi nieto.

Matt asintió sin mencionar que ya lo sabía. García continuó, --La madre de Iván, María, es mi hija. Ella se casó con un inmigrante ucraniano, Boris Trushenko.

Suárez explicó, --Iván cortó todo contacto con su familia hace muchos años, hasta hace muy poco.

García asintió sin decir nada.

Suárez añadió, --De hecho, cuando Iván fue arrestado, recibimos una llamada de un agente de seguridad llamado Alfredo Villanueva que nos informó de su arresto.

--¿Bajo qué cargos?

--Por estar implicado en la venta del pasaporte a Janis Endelis, o sea, Heinrich Vahl. Cuando le confirmé que se trataba del nieto del general, Villanueva me dijo que lo iba a liberar. Enviamos dos agentes para que lo vigilaran, pero como usted ya sabe, lo perdieron de vista.

García carraspeó. --Iván siempre me criticó, especialmente mi relación con la Oficina de Seguridad Pública de los Estados Unidos. La OSP fue la encargada de proporcionar entrenamiento a nuestros expertos en contrainsurgencia durante el gobierno de Betancourt. Mencionar la OSP siempre genera fuertes reacciones, pero es muy fácil criticar desde afuera. Había que estar en los zapatos de Betancourt para comprender la situación.

--Parece que sus problemas de comunicación se agravaron por complicaciones ideológicas.

--A Iván nunca se le ocurrió echarle la culpa a Cuba de ser responsable de armar a nuestra izquierda, una ejemplo claro de su amnesia.

Matt se mantuvo en silencio.

--La verdad es que muchas de las quejas de Iván están bien sustentadas. Las reformas que tuvimos después de 1959 no produjeron ningún cambio significativo en nuestro comportamiento. Actuamos sin pensar en las consecuencias de nuestras acciones. Culpamos a los demás o esperamos que las soluciones vengan de afuera. Honramos lo que no nos pertenece y despreciamos lo que es nuestro.

--¿Qué está haciendo Iván en Cuba?

--No lo sabemos.

--¿Se sabe algo del paradero de Rodríguez?

--No, nadie sabe nada. Iván nos envió el dato de la refinería-- dijo García, omitiendo mencionar a Esther. --También nos informó que José Rodríguez estaría implicado.

--Entonces tenemos que asumir que Rodríguez estaría en Venezuela.

García y Suárez asintieron.

De pronto, García se puso de pie abruptamente y anunció, --Caballeros, creo que es tiempo de decir adiós.

Minutos después, Suárez y Matt salieron del edificio y miraron hacia el cielo. La noche se filtraba por entre las nubes.

Luego de pensar cuidadosamente en lo que iba a decir, Suárez comentó, --El General García está muy preocupado por Iván.

Se dirigieron lentamente hacia el estacionamiento. En el aire sonaban los graznidos de las guacamayas desde los árboles cercanos. Matt sonrió pensando en cómo las aves amazónicas convivían con los habitantes de la ciudad de una manera singular.

Suárez agregó, --La rebelión corre por la sangre de la familia. La madre de Iván se escapó con Boris, y luego está el asunto de Juan Vicente Gómez, que fue el abuelo de García.

Intrigado con esta información, Matt miró a Suárez que continuó explicando, --El certificado de nacimiento del general no menciona a su padre, pero él sabe quién fue. Fue uno de los hijos ilegítimos de Gómez, pero el general nunca habla de él.

¿Iván lo sabe?

--Sí.

--Quizás eso explique un poco las cosas.

--¿Qué cosas?

--Él está buscando su propia identidad.

--Puede ser…, ah, hablando de rebeliones, ¿ha oído hablar de Manuel Montenegro?

--No.

Suárez tenía ganas de hablar, de manera que continuó, --Montenegro fue un elector que se rebeló contra uno de nuestros dictadores a mediados de los 1800. Cuando le preguntaron por qué candidato iba a votar, todos esperaban que dijera que votaría por el dictador, pero en lugar de eso, anunció a su propio candidato, una persona que estaba en prisión. Cuando le dijeron que su candidato estaba acusado de traición, Montenegro contestó, 'Entonces voto por el acusado'. Y luego, cuando le advirtieron que el acusado había sido condenado a muerte, decidió dar por terminado el asunto diciendo, 'Entonces voto por el muerto'.

Matt divisó a dos ancianas que se dirigían a la iglesia de San Francisco donde se celebraba una misa de gallo.

Suárez le preguntó, --¿Quiere ir a la misa?

--No, pero gracias-- respondió Matt con una sonrisa.

--Varios siglos de historia están acumulados en cada esquina de esa iglesia-- dijo con orgullo.

Llegaron al carro de Matt. Suárez se despidió dándole la mano y diciendo, --Lo llamaré tan pronto como sepa algo del Ministerio de Energía y Minas.

26

El jueves siguiente, Diana y Stanley siguieron a Herrera a un restaurante ubicado al frente de una de las puertas de embarque del aeropuerto.

Ni Diana ni Stanley ordenaron desayuno. Herrera sonrió y ordenó un café negro. Diana reflexionó acerca de cuán expresivo era su rostro. Su piel, manchada por el sol, era extraordinariamente tersa, con la excepción de unas suaves arrugas bajo su barbilla.

--¿Están seguros de que no quieren comer nada?-- preguntó él mientras estudiaba el traje color amarillo de ella. Era un traje de algodón con mangas cortas, apropiado para el clima cálido y húmedo de Barcelona.

Ambos negaron con la cabeza.

Herrera quería asegurarse de que la espera fuera placentera para Diana, así como se deleitaba en hacer que Stanley se sintiera incómodo. Stanley vestía una camisa de poliéster con mangas largas y cuello alto.

Domingo, el chofer de Herrera, se sentó al otro lado de la mesa. Tenía 23 años, era de baja estatura, y su tez era tan negra como la cáscara de una berenjena. Sus hombros eran anchos y sus brazos musculosos. Siempre se divertía mucho con las bromas y anécdotas de su jefe a quien veneraba incondicionalmente.

Herrera se colocó sus bifocales y revisó el itinerario. --Veamos, hoy llegamos a Barcelona, bueno, digamos que en algún momento del día de hoy llegaremos, y entonces Miguel Curiel se reunirá con nosotros en nuestro hotel. Regresaremos el sábado, eso si el mapurite de Curiel no complica las cosas.

--¿Complicar qué cosas?-- preguntó Stanley --¿quién es Curiel?

Sin levantar la vista, Herrera le contestó, --Miguel Curiel es el jefe de Asuntos Rurales del estado. Y sí..., si no viene el viernes a la reunión con los campesinos, no importa.

--¿Qué quiere decir? ¿Cómo que si no viene a la reunión?

--Es un mapurite, pero no se preocupe.

El intercambio produjo un creciente malestar en Stanley.

Herrera carraspeó y sin levantar la mirada añadió, --Bolívar decía que debes estar a cierta distancia para poder estar cerca de la gente--. De pronto, miró fijamente a Stanley y dijo, --Sin embargo, a veces tienes que acercarte y oler el sudor de la gente para poder comprender su cultura.

--A sus compatriotas no les gustaba Bolívar-- respondió Stanley.

--Al final así fue, sí, y esa es una verdad que jamás negaré-- respondió enérgicamente. Segundos después, añadió, --Bolívar es una ilusión contra la cual solemos pelear. Aún estamos tratando de convencernos de que nuestras ilusiones no son verdaderas o de que mueren con nuestros huesos y nuestra carne, y para comprobarlo, degradamos a nuestros buenos líderes. Pero esas ilusiones no mueren, porque es como pedirle al cielo que no exista.

Cuando llegó su café, lo bebió de un sorbo. Miró nuevamente a Stanley y continuó, --Mira hijo, cuando yo era guerrillero en la década de 1920, un campesino que había trabajado con nosotros fue atrapado por los hombres de Juan Vicente Gómez. Gómez era el que nos jodía en ese entonces. Ese campesino no nos conocía muy bien, pero nos había traído comida como para un mes. Cuando lo capturaron, lo torturaron como un animal, perdió sus dedos y lo obligaron a tragar vidrio molido hasta que murió en silencio, porque nunca dijo nada, jamás nos delató. Siempre me he preguntado cómo puede ser que un hombre como él, que apenas nos conocía, pudo resistir tanto dolor sin decir una palabra.

--¿Cómo se enteró de eso?

--Porque teníamos un espía entre la gente de Gómez.

--¿Y qué es lo que sabía ese campesino?, ¿qué les podría haber dicho?

Herrera se tocó el bigote pensativamente. --El campesino sabía adónde nos escondíamos, pero no se los dijo. Este tipo de experiencias de vida son las que nos enseñan a distinguir entre los gavilanes y los gusanos. Algunas personas son valientes como ese campesino, y a ellos los llamamos gavilanes. Los gavilanes tienen una visión excelente y pueden volar por encima de las nubes divisando grandes distancias. Pero hay otro tipo de personas que viven pegados al suelo como gusanos. Tienen muy poca visión y una vida muy limitada. Esos gusanos existen gracias a nuestros dictadores.

Herrera frunció el ceño y agregó, --A mí no me molesta cuando los tipos como Curiel cagan en su propio baño, pero no voy a permitir que se caguen en el pueblo de este país. Las personas así son las que arruinan la reputación de los líderes bien intencionados. La gente como Curiel confunde las cosas. Cuando Gómez estaba en Caracas, y nos trataba como si fuéramos su baño, había gente que aplaudía su simplicidad. ¡Simplicidad! ¡Eso no es un líder, sino un buitre controlador hambriento de poder! Esos admiradores no eran gavilanes, eran gusanos.

Herrera se distrajo mirando las personas que deambulaban por el aeropuerto hasta que repentinamente exclamó, --¿Qué les recuerda la letra N?-- Sus ojos brillaban mientras Diana, Domingo y Stanley se miraban sin comprender. --Diana, ¿por qué no la dibujas?-- preguntó.

Ella extrajo una libreta y una pluma de su maletín, colocó la libreta sobre la mesa y comenzó a dibujar una letra N. Herrera observaba con satisfacción mientras la N se materializaba en el papel.

--¿Y bien?-- preguntó una vez más --¿A qué se parece?

Nadie respondió.

--Años atrás-- explicó --comenzamos un programa de alfabetización entre los campesinos más analfabetos del interior. Hoy tenemos una de las tasas de analfabetismo más bajas. El maestro les preguntaba a los campesinos la misma pregunta. ¿No es fascinante?

--¡Es una N! ¿Qué tiene de fascinante?-- preguntó Stanley.

--La N es un brazo sosteniendo un machete, ¿qué les parece?

--¿Los campesinos veían a las letras como si fueran un dibujo?-- preguntó Diana.

--El maestro no los contradijo, sino que se basó en lo que ya conocían. Entonces usó a los machetes como metáfora porque es lo que ellos usaban como defensa y como herramienta de trabajo. ¡Esos campesinos aprendieron a leer en tiempo récord!-- dijo Herrera riendo a carcajadas. --Cuando el maestro les dibujó una T, ellos dijeron que era una cruz y que eso les enseñaba cómo morir.

Diana y Stanley estudiaron la letra T por un largo rato.

--Este método fue inventado por un maestro brasilero y revolucionó la enseñanza en la década de 1960, pero desafortunadamente fue perseguido y se exilió en Chile. Allí continuó aplicando su método por muchos años, hasta que tuvo que huír nuevamente luego del golpe de estado de 1973.

--¿Dónde se encuentra ahora?-- preguntó Diana.

--Se fue lo más lejos posible de América Latina. Ahora está en Suiza.

--¿Y eso es lo que dijeron los campesinos? ¿Que la cruz les enseñaba como morir?

Stanley interrumpió. --Supongo que con este paseo por la historia está tratando de decirnos algo. ¿Cuál es el punto?

Herrera sonrió. --Eso es lo que me gusta de tí, Stanley, eres un hombre que siempre va al grano--. Hizo una pausa y después continuó, --El maestro le dijo a los campesinos que quizás deberían interpretar a la cruz como algo que les enseñaba como vivir, y no como morir.

Stanley se cansó y dijo, --¿Podemos volver al tema de Curiel, por favor? Usted dijo que nos íbamos a encontrar con él en el hotel.

--Sí.

--¿Y qué pasa con los campesinos?

--¡Ese es el punto al que quería llegar!

--No entiendo, ¿cuál es el punto?

--El punto es que son extraordinarios. Miles de campesinos viven allí en las montañas del noroeste. Hombres y mujeres con sus pequeños gallitos y gallinitas en casas de barro limpias y frescas.

Diana asintió en silencio mientras Domingo se reía de la expresión alterada de Stanley.

Los ojos de Herrera brillaban. --Los campesinos trabajan arduamente en las plantaciones de café y de yuca desde la salida del sol hasta el mediodía, Luego almuerzan y duermen una siesta. Por las tardes trabajan en sus propios conucos. Tienen un río cerca y cuando necesitan comprar alimentos, bajan al pueblo más cercano. Hasta los periódicos les son útiles ya que el papel sanitario es tan caro como la comida, entonces se ponen de cuclillas sobre un periódico…, y si no directamente lo hacen sobre la ladera de la montaña.

--Usted me está queriendo decir-- dijo Stanley sin salir de su asombro --que ellos hacen sus…, que ellos…

--Que ellos cagan, sí.

--¡Pero eso es un riesgo sanitario!

Él rió y le preguntó, --Y dígame…, ¿dónde cagaban sus pioneros?

--Francamente, no veo porqué no podrían encontrar una manera mejor de hacerlo.

Diana interrumpió y se dirigió a Stanley, pues ya había oído suficiente del tema de los hábitos sanitarios. --¿No habías dicho que las carreteras eran más importantes?

--Las carreteras son otra cuestión-- dijo él ofuscado.

Herrera intervino. --Miren, independientemente de que las carreteras sean o no importantes, primero debemos reunirnos con los campesinos y estén preparados porque Curiel seguramente saboteará nuestra junta, de eso pueden estar seguros.

Stanley se sentía incómodo. Le molestaba la obsesión de Herrera de tratar a la gente como animales de una manera ridícula, mapurites, cucarachas, gusanos. Curiel era un mapurite, Juan Vicente Gómez era un buitre, los enemigos eran perros, los niños eran gallitos. ¡Herrera era el encargado de un zoológico!

Minutos más tarde abordaron su vuelo de 40 minutos con destino a Barcelona.

Herrera se sentó junto a Diana y se entretuvo relatando más historias. Como ella se mostró interesada en sus reflexiones, Herrera se dispuso a hablar de su familia.

--Leonor era mi hermana mayor. Yo nací en 1908, el mismo año en que Juan Vicente Gómez le arrebató el poder a Cipriano Castro. En ese mismo año, nació también Rómulo Betancourt.

--¿Conoció a Betancourt durante su infancia?

--No, vivíamos en diferentes partes del país. Betancourt estudió leyes durante dos años en Caracas, alrededor de 1926, y luego se dedicó a la enseñanza en una escuela secundaria. Fue un hombre brillante. Venía de una familia pobre, aunque la mía era más pobre aún…--. De pronto se quedó en silencio.

--Me estaba contando algo acerca de su hermana.

Él rió de su olvido y continuó, --¡Ah sí! Mi hermana se encargó de mi crianza, porque nuestra familia era muy grande. Eramos 14 hermanos y hermanas. Ella era la mayor, y como tal, la más cercana a mi padre quien le enseñó a montar a muy temprana edad. Ella hizo lo mismo conmigo. Mi padre también le enseñó a administrar nuestra pequeña finca en la que cultivábamos café.

--¿Y qué lo llevó a convertirse en bandido?

--Bueno…, es que yo era un ladrón natural, así como también siempre fuí muy generoso--. Herrera sonrió con satisfacción. --Leonor era una inconformista, y me contagió su disconformidad. Cuando murieron nuestros padres, yo era aún un pequeño gallito, entonces Leonor se convirtió en la matriarca de la familia. Se dedicó a administrar la granja y a un negocio que ella misma inició, un pequeño mercado. Ya no tenía tiempo para dedicarse a mí, entonces yo me convertí en ladrón. Ésto sucedió en 1922, cuando yo tenía 14 años.

--¿Y usted estudió?, ¿fue a la escuela?

--Nunca fuí a la universidad o a la escuela secundaria, pero recibí una sólida educación primaria. Entonces, como los hombres de Gómez eran unos buitres capaces de comerse a su propia madre, tuve que operar en la clandestinidad. Y así fue que me cagué en ese perro, y Leonor también lo hizo a su manera. ¿Qué más podía hacer una persona honesta y trabajadora en esos días?

--¿Cuándo conoció a Betancourt?

--En 1929 fui a Caracas, para ese entonces yo ya era miembro del movimiento clandestino y había comenzado a leer a Engels y a Marx, ¿qué le parece?

--Me parece irónico.

--Bueno, no me quejo porque tuve suerte.

--¿Y continuó siendo guerrillero?

--Sí, pero yo no era como la mayoría de los campesinos, porque es esa época ellos estaban a favor de Gómez, y Betancourt y sus amigos éramos los marxistas. Por lo tanto me propuse aprender tanto como pude acerca de Marx. Sin embargo, yo era mucho menos visible que Betancourt porque no me quedaba mucho tiempo en Caracas sino que viajaba constantemente a los Andes. Cuando arrestaron a Betancourt por dar discursos políticos frente al Panteón Nacional, me fuí definitivamente de Caracas. Él fue liberado unos meses más tarde y tuvo que irse, exiliado. Tuvo que permanecer en el exilio por ocho años. Cuando regresó en 1940, le ordenaron salir nuevamente del país para volver en 1945, y tres años más tarde tuvo que huír otra vez y no pudo regresar hasta que Pérez Jiménez fue finalmente derrocado--. Herrera se detuvo por un momento.

--Por favor, continúe-- dijo Diana.

--Bueno, y entonces continué con la guerrilla porque la cuestión era hacer algo en contra de la dictadura de Gómez y de los otros dictadores que lo sucedieron.

--¿Y cómo se las arregló para sobrevivir durante todos esos años?

--Yo no amo este país tanto como otros, mija. El año 1959 fue uno de esos en los que todo se puso patas para arriba. La revolución cubana es un buen ejemplo. Castro dijo una vez que la característica fundamental de todos los hombres es el carácter revolucionario. El problema es que Castro se empezó a cagar en el fervor revolucionario de los cubanos. Se deshizo de todos los que pudieran amenazar a su régimen, esencialmente terminó con la clase media, porque eso es lo que hacen todos los dictadores. Después comenzó a meterse en los asuntos de Venezuela para apropiarse de nuestro petróleo mientras se anunciaba como el Trotsky de América Latina. Cuando Betancourt asumió como Presidente en 1959, cumplió con sus objetivos con fidelidad, que eran esencialmente establecer una democracia y dejar el gobierno al final de su mandato. No se le ocurrió reformar la constitución para permanecer más tiempo en el poder. Él amaba a su país.

--¿Por qué hay tantos críticos de Betancourt?

--Porque cometió algunos errores.

--¿Cómo cuales?

--Por ejemplo, en 1945, llegó al gobierno mediante un golpe de estado. Y si bien estaba convencido de que era la única manera posible, no debió de haberlo hecho. Eventualmente comprendió que debía educar a los militares, y eso es lo que hizo después de 1959.

--¿Que otros errores cometió?

--Después de 1959, tuvimos una guerra civil, de manera que tuvo que ponerse más duro.

--¿Esos son los únicos motivos, entonces?

--Bueno…, algunos dicen que fue corrupto.

--¿Y lo fue?

--Probablemente…

--Me entristece oír eso-- dijo ella suspirando.

--Pero es ridículo dejar de ver el bosque por culpa de un solo árbol. Algunos dicen que el pacto que hizo con los militares, conocido como el Pacto de Punto Fijo, fue un acuerdo para promover el favoritismo. Pero no fue esa su intención. Él llevó la política a otro nivel, permitió la participación de los partidos políticos y le puso un freno al caudillismo.

Diana sacudió su cabeza. --No entiendo cómo un hombre como Betancourt puede haber sido corrupto.

--Betancourt tenía mucha integridad, pero hay que comprender que a veces el problema es la manera en que diseñamos las cosas. Los venezolanos no nacen corruptos, pero el entorno se encarga de corromperlos. Si cada venezolano piensa que tiene que robar cada vez que pueda, la corrupción no se va a terminar nunca. Está en nosotros decidir si uno va a ser un gavilán o un gusano. No sé si Betancourt fue corrupto, pero lo que sí sé es que heredó un entorno corrupto. La generación de 1959 produjo algunos de los mejores líderes que hemos tenido. ¡Esos sí que eran gavilanes! Por ejemplo el Almirante Wolfang Larrazábal que presidía la junta, no se alzó con el poder aunque tuvo oportunidades de hacerlo. Desde entonces, hemos tenido otros gavilanes, incluso algunos que nunca ocuparon un puesto de poder pero que ayudaron a diseñar nuestra democracia.

Herrera apuró el relato porque el avión estaba por aterrizar. --Para hacer lo que hicieron esos héroes hay que tener buenos riñones. El problema es que siempre encontramos algún pretexto para manchar su honor diciendo algo denigrante, o simplemente recordamos solo las cosas malas. Tenemos que aprender a controlar nuestro cinismo y nuestra lengua, que la usamos solo para destruír, en lugar de usarla para construir.

--¿Y por qué?

Él suspiró. --Porque usamos el cinismo para abrirle la puerta a la corrupción. La corrupción puede tomar muchas formas, y la peor de ellas es la corrupción del espíritu. Nuestra petro-economía nos ha hecho olvidar los malos tiempos que han tenido que pasar nuestros líderes para construir esta nación. Creemos que nuestras vidas tienen que ser fáciles, entonces usamos el cinismo como excusa para aprovecharnos de los demás.

Minutos antes del aterrizaje, su humor se suavizó. --Estamos moldeados por nuestras experiencias, Diana. Hay un ritmo para cada cosa y si cambiamos el ritmo las cosas se pueden complicar.

--¿Entonces es mejor no hacer nada?-- preguntó ella.

--No, no significa no hacer nada, significa darle la oportunidad a la gente para que participe a su propio ritmo. Significa educar a la gente y compartir el poder con ellos.

Ella se detuvo a admirar las sombras que agraciaban el rostro determinado de Herrera. Minutos más tarde, el grupo descendió del avión, caminaron hacia el área de equipajes y esperaron 30 minutos por un taxi que los llevara hacia el hotel.

27

El taxi los llevó por la ruta interurbana que rodeaba a Barcelona. Diana se entretuvo observando el paisaje de la periferia de la ciudad y luego las nubes que se aglomeraban en el cielo. La carretera conectaba la ciudad de Barcelona con unas villas coloridas, apiñadas a lo largo de unos canales que se conectaban con el mar Caribe. Algunas villas reflejaban un estilo arquitectónico criollo-holandés mientras que otras tenían un diseño más moderno o un estilo tropical. Los muelles a lo largo de los canales estaban repletos de yates y veleros pequeños, ya que los más grandes estaban encallados en la marina del hotel.

Diana se asombró del contraste de estilos y colores, así como de las brillantes flores tropicales rojas, azules y amarillas que adornaban los caminos internos del hotel y suavizaban la humedad del ambiente con su agradable fragancia.

Se sentía feliz en este ambiente, pero la mente de Stanley estaba estancada por el repentino cambio entre el clima templado de Caracas y el aire húmedo y pegajoso de la costa. Stanley había pasado todo el viaje en taxi quejándose del clima, y solo se calmó cuando llegó a la habitación del hotel y encendió el aire acondicionado.

Luego de organizar su ropa, Diana se dirigió a la habitación de Herrera que había requerido su presencia. Herrera compartía con Domingo una suite de dos pisos y dos habitaciones. Al entrar a la suite, ella se detuvo a admirar la decoración floreada. Se sentó en el sofá y Herrera, que estaba más cansado de lo que quería admitir, se sentó lentamente en una silla. Diana parpadeó sin decir una palabra y esperó.

Finalmente, Herrera se tocó el bigote y dijo, --Todo cae dentro de un diseño invisible, ¿no crees que sea así?

--No.

--¿No?, ¿y por qué?

Ella sonrió. --Porque soy una científica.

--Los científicos necesitan a veces que alguien les recuerde lo que ustedes llaman la teoría de la relatividad-- le advirtió.

Ella se rió.

--En mis días de guerrillero, un compañero fue mordido por una culebra, una rabofrito, mientras cruzábamos un conuco y tuve que chuparle la herida para quitarle el veneno hasta que mis dientes cortaron mi boca por dentro. Mi amigo tuvo fiebre por un par de días, pero se recuperó. Una semana más tarde, lo volvió a picar otra culebra similar mientras dormía, pero esta vez estaba solo y a cientos de kilómetros de distancia, y murió. He vivido lo suficiente como para saber que nada pasa por azar, puede parecer que sea así, pero en realidad no lo es--. Herrera acarició las puntas de su bigote. --Miguel Curiel cenará con nosotros en la playa para discutir los planes de mañana. La mejor política será evitar proyectar expectativas.

--No entiendo, ¿a qué se refiere exactamente?

--A que no discutamos nuestros planes con él.

--Entendido.

--Él tratará de convencernos de que no nos encontremos con los campesinos.

Ella asintió.

--Y más específicamente, te agradecería si no haces mención de los fondos que estamos tratando de conseguir para este proyecto.

El rostro de Diana palideció. --Yo no sé si…

Herrera la interrumpió. --¿Podrás hacerlo?

--…sí.

--¡Muy bien, estoy seguro que podrás!-- Inmediatamente cambió de tema. --Y dime, ¿qué opinas del hotel?

--Es hermoso, simplemente espléndido.

--¿Y tu colega, el Dr. Gordon?

--Se está recuperando del calor y la humedad-- dijo ella con una sonrisa.

--Ah, sí.-- Le guiñó un ojo. --Lo bueno de esta humedad es que no afecta a todas las personas por igual, ¿tú cómo te sientes?

--Estupenda.

Herrera se palmeó una rodilla y agregó riendo, --¡Esperemos que tenga un efecto terrible en el Dr. Gordon así se calla un poco la boca!

Ella rió pensando que Herrera nunca dejaba de sorprenderla.

*****

Minutos antes de las 7:00 de la tarde, ella se reunió con Herrera y Stanley en un quiosco a la orilla del mar. Allí también se encontraba Matt.

Si bien ella se preguntaba qué diablos estaba haciendo él allí, ya estaba acostumbrada a sus apariciones repentinas. No obstante, le preguntó, --¿Qué haces por aquí?-- mientras un mesero le acercaba una silla.

--Recibí instrucciones de acompañarlos-- respondió mientras admiraba su suéter anaranjado y violeta estilo Gauguin con un generoso escote en V.

--¿Por qué?, ¿tan importantes somos?

--Alex me pidió que lo hiciera, está un poco preocupado. Me tomé la libertad de presentarme al Dr. Herrera y al Dr. Gordon.

Matt la miró a los ojos. Ella rápidamente desvió su mirada hacia Stanley que preguntó, --¿El mapurite del oriente traerá la agenda?

Curiel estaba demorado.

Herrera arqueó las cejas. --¿Qué agenda?

--La agenda, el programa que describe las actividades y la hora en que cada una de ellas será realizada.

--¿Acaso un mapurite mantiene agendas públicas?-- contestó Herrera infiriendo que Curiel mantenía todas sus agendas ocultas.

--Era una broma, Dr. Herrera-- explicó Stanley.

A Herrera no le causó ninguna gracia. --Yo no bromeo acerca de esas cuestiones. A Curiel no le importan las agendas y se molestará si le piden una.

--¿Y por qué?-- preguntó Stanley que nunca se daba cuenta cuándo Herrera hablaba en serio.

--Porque éste es su territorio.

--¿Y qué tiene que ver el territorio con estar bien organizado?

Ahora Herrera estaba visiblemente molesto. --Te repito, si le preguntas te marcará con su mal olor.

Con un toque de desesperación en su rostro, Stanley sacudió la cabeza. --No puedo continuar con esta conversación sobre animales. ¡O es una persona, o es un mapurite!

Herrera se encogió de hombros. --Yo no comencé esta conversación…

Matt intervino. --Creo que el Dr. Herrera trata de decirnos que debemos seguirle la corriente.

--Como mencioné anteriormente, Curiel está a cargo de los asuntos rurales del estado-- respondió Herrera.

--Dr. Herrera, usted es un empleado federal del gobierno, ¿por qué se molesta en hablar con Curiel?-- preguntó Stanley.

--Para que no sabotee el proyecto. Él puede persuadir a los campesinos para que no colaboren con nosotros.

--La verdad es que todo ésto me desconcierta totalmente-- dijo Stanley sacudiendo su cabeza.

--Dr. Gordon, no se meta en lo que no sabe.

--¿Cuál es el problema, no le gustan las agendas? ¡Si hoy en día todo el mundo trabaja con agendas!-- insistió.

--Curiel no las necesita, lleva todo en su cabeza.

--¿Y cómo se comunica con su equipo de trabajo?

Herrera se tocó la sien con su dedo índice. --¡Así, llevando todo dentro de su cabeza! Además Curiel no tiene un equipo de trabajo, al menos uno que sirva para algo, lo único que tiene es un montón de lameculos que lo siguen a todos lados.

--Ninguna persona con conocimientos de gestión moderna puede trabajar llevando un control total. ¿Acaso Curiel no administra delegando tareas?

--Curiel es como una madre sobreprotectora con sus gallitos colgando de sus faldas. Si los gallos dependen de él, están de su lado y si son independientes, él interpreta que lo quieren envenenar.

--Yo no pretendo envenenar a nadie, ni literalmente ni figurativamente-- respondió Stanley con una mirada despectiva.

La conversación se interrumpió cuando vieron que Curiel se acercaba a la mesa. Curiel era un hombre alto, corpulento, de rasgos toscos y ojos hundidos que transmitían una tenacidad transparente. Tenía alrededor de 50 años y se manejaba con gran inteligencia. Tan pronto como se sentó, miró a su alrededor analizando cuidadosamente a todos y saludó en un correcto inglés. Cuando Stanley lo felicitó por su buen manejo del inglés, Curiel le dijo, --Es que estudié inglés en los Estados Unidos; mi padre trabajaba para una empresa petrolera y siempre me motivó a ser bilingüe--. Dirigió su mirada a Herrera que permanecía en silencio, y luego continuó, --En lugar de estudiar ingeniería petrolera, preferí estudiar economía ya que el campo de aplicación era mucho más amplio.

--¿Cómo llegó a involucrarse en asuntos rurales?-- le preguntó Diana.

Curiel esperó que el mesero le sirviera su bebida y luego contestó. --Luego de las elecciones, me trasladaron aquí para servir como comisionado de asuntos rurales del gobernador. Mi trabajo es el de asistir en los servicios que prestan los bancos a los agricultores y así inyectar más eficiencia en la infraestructura estatal cuyo estado es desastroso.

--La tasa de préstamos del 12 por ciento no es muy alta-- dijo Diana

--Sí es muy baja, estoy de acuerdo, pero estamos trabajando en eso. Ustedes tienen el mismo tipo de problemas en su país pero disfrazado de otra manera-- contestó él con una sonrisa cómplice, y luego agregó, --Estamos descentralizando el gobierno.

Diana y Stanley asintieron.

Él continuó, --¿De qué manera puede ayudar a los campesinos un plan más agresivo de créditos preferenciales?-- preguntó ella.

--Los préstamos se utilizan para comprar fertilizantes, insecticidas y cosas de esa naturaleza.

--Entonces los préstamos son por cantidades muy pequeñas-- intervino Stanley.

--Sí, y no culpo a los bancos porque los campesinos son gente sin educación, y no pueden hacerse cargo de responsabilidades mayores. Los bancos enfocan sus préstamos en las necesidades básicas de los campesinos. En pocas palabras, los bancos están subsidiando el costo de los fertilizantes.

--Yo no lo llamaría un subsidio ya que los préstamos los tienen que pagar-- dijo Diana.

--Es cierto. Si estuviéramos en la década de 1970, los campesinos recibirían subsidios directos ya que los ingresos por el petróleo se triplicaron en esos años, pero ahora la situación requiere otro enfoque ya que la demanda mundial de petróleo es cada vez menor.

--¿Y por qué los bancos no trabajan con FONCAFE y aprueban los préstamos basándose en lo que la entidad le debe a los agricultores?-- Ella quería acosarlo con preguntas ya que no tenía dudas de que Curiel era un hipócrita de primera clase.

--Estamos explorando esa posibilidad, aunque es muy probable que FONCAFE termine desapareciendo.-- Curiel esperó que el mesero sirviera la comida, y luego continuó, --Es un problema de infraestructura y yo soy el primero en estar de acuerdo con la necesidad de modernizar el sistema. Tenemos que mejorar la movilidad de los campesinos, quizás otorgándoles créditos accesibles para que compren camiones--. Se detuvo a mirar a cada uno de ellos y luego continuó, --Pero es muy difícil resolver todos los problemas cuando la mayoría de ellos vive por debajo de la línea de pobreza. Además debemos tener cuidado de no otorgar préstamos en exceso. Eso mismo es lo que le sucedió con muchos pequeños agricultores en su país cuyas tierras fueron embargadas.

--Sí, somos consciente de eso-- respondió Diana.

--Pero por otro lado, es importante que promocionemos maneras en que los agricultores puedan acceder a los mercados externos, y para eso debemos otorgarles créditos para la compra de camiones mientras construimos mejores carreteras...--. Con ésto, dejó de hablar mientras se concentraba en su comida.

Los ojos de Herrera brillaban, y finalmente decidió intervenir. --Cuando los precios del petróleo se cuadruplicaron en 1973, todo se aceleró y construimos rascacielos, carreteras, autopistas y fábricas. Esta bonanza nos llevó a creer que todo era fácil. Pero las cosas no son fáciles, ¿no es así?-- preguntó retóricamente mientras miraba a Curiel.

Curiel asintió.

--Nuestros activos netos-- continuó Herrera --son diferentes a nuestro patrimonio neto. En esa época, el gobierno invirtió todo el dinero que pudo en educación, otorgando becas en el extranjero e invirtiendo en el sector privado con esperanzas de fortalecerlo--. Se detuvo a mirar a todos, y entonces sonrió. --Mientras tanto, ningún venezolano se detuvo a mirarse a sí mismo para determinar cuál era su valor--. Herrera esperó que el mesero retirara los platos, y luego de que todos ordenaran postre y café, agregó, --Esta es una idiosincrasia nacional. ¿Por qué no nos analizamos a nosotros mismos?

Curiel asintió nuevamente. --Tenemos una capacidad ilimitada de operar en base a las circunstancias sin detenernos a hacer ningún tipo de introspección.

Herrera continuó, --Tenemos que trabajar por lo que tenemos, esa es una de las leyes fundamentales del universo. Es una de las primeras lecciones que aprendí cuando yo era un gallo joven. ¡Mi cabeza funcionaba como el cerebro de una gallina!-- dijo riendo. Luego miró a Stanley y, después de una pausa, explicó, --Cuando una gallina pone un huevo, ¿se detiene a pensar si pondrá un huevo blanco o uno de color? ¡Por supuesto que no! Y a eso me refiero cuando hablo de usar el cerebro de una gallina. Yo aprendí mi lección de la peor manera cuando decidí montar un toro sin tener ningún tipo de experiencia. Cuando se abrió la reja, explotó una montaña enorme de energía bruta bajo mi montura que se trasladó a cada parte de mi cuerpo.

Hizo una breve pausa para acomodar sus pensamientos, y continuó con la historia. --Por supuesto que me caí, me quebré el brazo izquierdo y me disloqué el brazo derecho. Y ahí comprendí que era un gallo irresponsable que no tenía la menor idea acerca de mis debilidades. Nunca se me ocurrió ponerme en el lugar del toro-- dijo frotándose los ojos --no me malinterpreten, yo quiero ver una mejora en nuestra infraestructura, pero a veces considero que es mejor detenerse a evaluar la situación ya que todos aquí manejamos mal nuestros recursos. Uno de nuestros problemas es que sabemos cómo consumir la riqueza pero no sabemos cómo producirla. No hemos aprendido a trabajar para obtener lo que tenemos.

--No me gustaría que seamos devorados por otro modelo ineficiente-- advirtió Curiel.

Diana intervino, fijando su mirada en él. --Hablando de eficiencia, ¿qué han hecho para mejorar las cosas a nivel estatal?

--Durante los últimos dos años, hemos estado embargando las fincas que estuvieran en mora con sus pagos hipotecarios.

--Pero eso es el sector privado, ¿no es así?

--Sí, pero por varias razones, tenemos que proteger los intereses de los bancos. Primero para salvaguardar la integridad de las condiciones de los préstamos, y segundo para que los campos no sean invadidos, si sabe a lo que me refiero-- respondió evasivamente.

--Y dígame, ¿los atrasos son debidos a las demoras en los pagos de FONCAFE?

--En algunas circunstancias, sí.

--¿Y mantienen estadísticas con respecto a los casos derivados de esa situación?

--No.

--¿Y con respecto a los agricultores, qué datos tienen?

Curiel la miró con aire dubitativo. --¿A qué se refiere exactamente?

--Me refiero a información acerca de qué tecnología poseen, acerca de las tasas de migración, natalidad y mortandad, así como información demográfica, capacidad de ahorro…

--Tenemos algo de información…

Diana lo ignoró y continuó mencionando diversas condiciones. --Movilidad social, participación por género…

--El censo tiene mucha información al respecto.

--¿Especificado por industria?

--No, desafortunadamente no tenemos esos datos al día. Quizás podamos hacerlo en el futuro-- dijo él encogiéndose de hombros.

De pronto Stanley dijo, --Dígame, ¿de qué manera vamos a evaluar la situación…, me refiero a qué haremos mañana?

--Les daré un recorrido por las PACCA de la zona así pueden apreciar el estado de deterioro de sus edificios. Después visitaremos un par de bancos así pueden escuchar sus puntos de vista. Luego almorzaremos con varios miembros de la legislatura y al finalizar iremos a visitar la refinería.

--¿La refinería?-- preguntó Diana.

--Sí, la refinería es muy importante. Justamente a fines de este mes recibiremos la visita del Presidente de Petróleos de Venezuela y del embajador norteamericano.

Ella insistió y dijo, --Discúlpeme, pero no veo en qué nos pueda ser útil.

--Este estado es el segundo más importante del país en lo que respecta a la producción de petróleo.

Ella miró a Herrera, quien decidió intervenir. --Como les venía diciendo, la vida no mejorará si no nos sinceramos con nosotros mismos. Entonces creo que deberíamos evaluar al toro…, o bueno, algo parecido al toro. Por eso me gustaría que hiciéramos un viaje para conocer personalmente a algunos de los agricultores antes de regresar a Caracas.

--Pero…, no he hecho arreglos al respecto-- dijo Curiel

--No importa..., sería solo una visita superficial para ver si tienen algo para decirnos.

--No creo que sea aconsejable, estamos en época de cosecha-- dijo Curiel.

--¡Justamente, es el mejor momento del año!

Curiel sacudió la cabeza en desacuerdo. --No creo que pueda arreglar un encuentro así con tan poco tiempo--. Miró hacia el otro lado de la mesa y su mirada se encontró con la confusión que se arremolinaba en los ojos de Stanley.

Diana parpadeó. Matt observaba en silencio.

--En todo caso, una de mis ahijadas vive en las montañas-- dijo Herrera.

--¿Quién es, si es que puedo preguntar?

--Esther Sotero, y me gustaría aprovechar para verla.

--Nunca he oído hablar de ella-- dijo Curiel sacudiendo su cabeza.

--Ella es la nieta de un gran amigo mío de mis épocas de guerrillero.

Cuando Curiel se puso de acuerdo en pasar a buscar al grupo al día siguiente, Diana se puso de pie y les dio las buenas noches. Matt la acompañó a su habitación.

Unos metros antes de llegar, ella se detuvo y le dijo con voz enérgica. --Tu trabajo como agregado político se mezcla muy bien con todo ésto, y todos parecen estar conformes con lo que sea que estés haciendo, yo por mi parte me alegro de verte, pero…

Haciendo caso omiso del estallido, él se acercó y la besó prolongadamente hasta que ella finalmente se libró de sus brazos. Aturdida, buscó su llave en el bolso. Él la tomó de la mano e intentó abrazarla nuevamente, pero ella negó con la cabeza, dio media vuelta, y se encerró en su habitación.

28

24 de Enero de 1992
Montañas del Noroeste, Venezuela

El canto de Rafael despertó a Esther antes de la madrugada. Ella se vistió y se dirigió rápidamente a la casa donde dormía Tomás y le rasguñó el brazo murmurándole que la siguiera. Cuando entraron en la cocina, ella le susurró, --Merodeadores.

Tomás agarró su machete, que colgaba en la parte trasera de una silla, y ella recogió una linterna del aparador. Luego abrió lentamente la puerta del frente y ambos cruzaron el porche.

Chequearon el portón de entrada, y cuando lo encontraron abierto, no siguieron adelante pues una densa neblina hacía imposible divisar el camino. Miraron hacia abajo y encontraron el candado y la cadena tirados sobre el suelo barroso. Siguiendo sus mismos pasos, volvieron a la casa donde dormían todos los demás. Al llegar, Ernesto y David saltaron de sus hamacas, tomaron sus machetes y los siguieron hacia la zona de la parrilla, donde se detuvieron.

--Merodeadores-- susurró Tomás, y con un gesto de su mano les señaló la choza donde se descascaraban los granos. Avanzaron silenciosamente hasta la choza y al llegar, Tomás abrió lentamente la puerta. El olor invadió primero a Tomás, quien rápidamente tomó la linterna de las manos de Esther y revisó la habitación. Había sangre sobre la máquina descascaradora así como también sobre el piso, pero daba la impresión de no provenir de ninguna parte. Inmediatamente después inspeccionaron el gallinero y sus alrededores, y sin encontrar nada sospechoso, regresaron al portón de entrada.

Cuando llegaron al portón, los rayos del sol ya comenzaban a deslizarse por entre las copas de los árboles. Unos pasos más adelante, encontraron a Luna en un charco de sangre con su mirada vacía clavada en las moscas que revoloteaban alrededor de su hocico. Los hombres alzaron sus ojos y miraron a Esther que contuvo un fuerte impulso de llorar y les dijo que avanzaran por el camino para ver si encontraban algo más.

--Quizás dejaron alguna otra señal-- comentó en voz baja. Mientras los hombres inspeccionaban el camino, contempló a Luna y poniéndose de rodillas, dijo una oración en silencio. Emocionalmente exhausta, se puso de pie y miró a los árboles caturra que se erguían a través del techo verde de otros árboles, empapándose del rocío de la mañana.

Se sentía aturdida, sus manos y pies estaban acalambrados. Se cruzó de brazos y miró hacia adelante. No había tiempo para sentir miedo.

Los gritos de los hombres le recordaron el poderoso canto de Rafael, que nunca había hecho tanto ruido como esa mañana. Cuando los hombres regresaron con las manos vacías, ella les pidió que se reagruparan en la casa luego de enterrar a Luna y alimentar a los animales.

La mañana estaba fría, y el cuerpo de Esther se encontraba entumecido, de todos modos, se dirigió hacia el Pontiac y se recostó sobre el capó oxidado pensando en cada uno de los sucesos de los días anteriores. A esa hora, las mujeres de la casa ya habían iniciado sus tareas habituales de alimentar a las gallinas y no dejar que los perros se acercaran a la parrilla mientras el aire se enriquecía con el aroma de arepas recién hechas.

Minutos después, Esther se dirigió a su casa. Entró en su habitación, retiró de su armario una pequeña vela blanca y un álbum viejo de fotos muy deteriorado, y se sentó al borde de la cama. Encendió la vela y la colocó en la mesa de noche, rezó una oración en silencio y se dispuso a hojear las páginas del álbum. Se detuvo en una fotografía en la que se encontraba su abuelo andino junto a cuatro amigos vestidos al estilo de la década de 1940. Uno de los cuatro amigos era Herrera. Cuando lo había conocido en Caracas, lo reconoció inmediatamente gracias a esta foto. Luego miró la fotografía que mostraba a sus abuelos andinos el día de su boda. Siguió dando vuelta las hojas hasta que su atención se centró en los ojos rebeldes de su padre, que sin duda ella había heredado.

De pronto recordó los relatos de su madre acerca de cómo habían torturado a su padre, de cómo había quedado marcado de por vida por el ácido que derramaron en su espalda. Después de su funeral, su madre había sufrido el ostracismo ya que la mayoría de los campesinos tenían miedo de acercarse a hablar con ella. Aún después de la caída de Pérez Jiménez, se hacía muy difícil lograr que la gente hablara abiertamente sin temor a ninguna represalia.

Aún así, a pesar de tantas experiencias aberrantes con los tiranos, los campesinos habían logrado muchos avances en las últimas tres décadas. Este era el legado de su padre. Esther pensó que al fin y al cabo, ésta era también la casa de su padre y como él y sus ancestros, ella también estaba dispuesta a pelear por lo que era legítimamente suyo. ¡Ese perro de mierda de Curiel no la iba a intimidar! Ella tenía el derecho de decidir su propio destino, por lo tanto continuaría invitando a los campesinos de la zona para reunirse al día siguiente con José Herrera.

29

Mientras el automóvil se dirigía hacia el sur, al encuentro con los agricultores, Stanley continuaba quejándose. --La verdad que no comprendo por qué tenemos que ir a reunirnos con esos agricultores. Curiel fue muy claro con sus exigencias y creo que no deberíamos interferir con su autoridad. ¡Somos economistas, no revolucionarios, maldita sea!

Domingo conducía y Matt estaba sentado en el asiento del frente. En el asiento posterior, estaba Diana sentada en el medio con Stanley y Herrera a sus costados.

Herrera intercambió miradas con ella y le preguntó, --¿Esos pendientes son de oro? Nosotros tenemos el mejor oro en la región al sur del Orinoco.

--No…, los compré en una farmacia local y me costaron diez dólares.

--¡Ah pero entonces tienes que comprar nuestros pendientes, hechos con el mejor oro del mundo!

Ella se sentía relajada.

Stanley continuó quejándose. --No estoy de acuerdo con esta…esta, aventura, como a usted le gusta llamarla, Dr. Herrera.

Mirando a Stanley directo a los ojos, Diana le dijo, --¿Y por qué no te quedaste en el hotel?

--¿Y dejar que pongas en peligro al BPD? ¡De ninguna manera!

--¡Yo no voy a poner a nadie en peligro, por favor tranquilízate!

--¿Tranquilizarme? Podríamos estar disfrutando de nuestra estadía, del paisaje, gozando de las preciosas playas, pero no, en cambio estamos aquí comportándonos como dos bandidos, tú con pendientes falsos y yo con pantalones largos en este clima abominable.

Ella suspiró, molesta por la actitud de Stanley. --Mira, no quiero participar en una guerra de dos frentes contigo. Como ya sabes, Curiel quiere sabotear el proyecto para su propio beneficio, eso es obvio. FONCAFE está al borde de la bancarrota y los agricultores están siendo desplazados de sus tierras para que Curiel y sus secuaces puedan apoderarse de las fincas. ¡Él está tratando de monopolizar el mercado del café!

--Yo no recibí un doctorado en ciencias económicas para unirme a la lucha en contra de lo que sea que esté amenazando a esta cuna de libertad y justicia, como el Dr. Herrera adora llamarla. Francamente, no me importa si Bolívar murió en bancarrota, maltrecho o enfermo o si entregó su alma luchando contra las injusticias. Estamos envueltos en los movimientos de un juego de ajedrez oculto, que solo alimenta la adicción de esta gente por el drama.

Sin voltear la cabeza, ella dijo, --Tus quejas son absurdas, y lo sabes.

Él no le contestó.

Herrera intervino. --En realidad, después de varios intentos, Bolívar comenzó su exitosa campaña en esta misma región, por lo tanto, éste es el verdadero lugar de nacimiento de nuestra Guerra de Independencia, aunque el honor siempre se lo lleve Angostura. El problema de Curiel es que no se da cuenta que nosotros peleamos contra dos de nuestros mayores enemigos, las campañas genocidas de los españoles y la pobreza. Hemos sido puestos a prueba y hemos salido victoriosos.

Stanley movió los ojos hacia arriba y dijo, --¡Otra vez con lo mismo!

Haciéndole caso omiso, Herrera continuó, --La gente ignorante como Curiel, siempre sabotea las cosas cuando comienzan a producir resultados.

--¡Yo no creo que Curiel esté saboteando nada!-- exclamó Stanley.

--Tenemos una larga historia de mafiosos inservibles disfrazados de profesionales que hablan en el nombre del progreso-- respondió Herrera mientras observaba a Matt que evidentemente estaba disfrutando de la conversación, a pesar de no participar en ella.

--Curiel está simplemente haciendo su trabajo, no lo podemos criticar por eso-- replicó Stanley.

Diana ignoró este último comentario e interrumpió, --EL BPD no se puede dar el lujo de mirar para otro lado y menos de ignorar las maniobras dirigidas a destruír los objetivos de este proyecto.

Herrera se incorporó nuevamente a la conversación diciendo, --Este es solo otro pequeño obstáculo. Durante el transcurso de esta democracia imperfecta ha habido grandes mejoras. Se han creado asociaciones vecinales que han recolectado fondos privados para construír sus propias clínicas porque, como usted ya sabe, los gallitos necesitan buenos cuidados para su salud. Estas asociaciones han generado muchas historias exitosas que están cambiando el país. ¡Y ésto es un monumental paso hacia adelante! Desde la época en que la mayor parte de la población era tratada como si no tuviera razón…

--¡Por favor, no más cuentitos, Dr. Herrera!-- interrumpió Stanley.

--No, no, pero es que no es ningún cuento-- insistió --todos eran tratados de esa manera, incluso los descendientes de los españoles. En otras palabras, todos pertenecemos a la misma familia aunque no tengamos las mismas manchas.

Diana intervino. --Recuerda lo que sucedió en El Salvador, el programa de créditos preferenciales para agricultores fue bloqueado y después los campesinos fueron asesinados a tiros.

Moviendo sus ojos hacia arriba nuevamente, Stanley optó por el silencio.

Mientras tanto, ella prosiguió, --Lo único que queríamos era el bien del país. Queríamos estimular la agricultura comercial mediante entrenamiento y créditos rurales, pero todo lo que hicimos fue incentivar la concentración de control, otorgando más créditos para las clases privilegiadas y más carreteras para alimentar su codicia.

--¡Maldita sea Diana!, ¿es que nunca vamos a poder superar el pasado?-- gritó Stanley.

El automóvil continuó avanzando hacia el este y luego dobló a la derecha en dirección a las montañas.

Diana le gruñó, --Tenemos que dejar de caer en las garras de los que abusan de su riqueza.

Stanley suspiró. --¡Ésto es ridículo! Esta gente es adicta al pasado. Además, ésto es un ejemplo clásico de mala coordinación por parte del país anfitrión. Estamos a la merced de un maestro en tácticas guerrilleras.

Ella no disimuló su enojo. --Stanley, toda tu sabiduría técnica no servirá para detener a los que andan a la caza de dinero.

--Solo sirve para alimentar su adicción-- agregó Herrera.

--Al menos, compórtate, por favor-- le pidió ella.

Domingo continuó acelerando descontroladamente, disminuyendo la velocidad solamente al acercase al puesto de vigilancia del kilómetro 52. Luego dobló a la izquierda y aceleró nuevamente por la carretera en dirección a las tierras bajas. Eventualmente pasaron por varios puestos callejeros adonde niños descalzos vendían frutas frescas. Al atravesar el río Querecual, Diana observó los cañaverales que rodeaban al río y lo resguardaban de las crecidas en la época de lluvias.

Finalmente, una hora después llegaron a la plaza cercada del pueblo. Los agricultores estaban esperándolos en el edificio de PACCA. Al otro lado de la plaza, un grupo de burros estaba concentrado alrededor de un árbol y otro grupo estaba amarrado a la cerca de la plaza mientras esperaban pacientemente por sus dueños. Quince carros y camiones estaban estacionados a lo largo de las dos calles principales que rodeaban a la plaza triangular. Cada una de las calles estaba rodeada por simples casitas con fachadas blancas, apretadas entre sí, siguiendo el indiscutible estilo colonial de los pueblos rurales.

Cuando el grupo entró al edificio, Esther estaba conduciendo un debate con todos los presentes en un recinto espacioso. Sin embargo, apenas vio a Herrera, instó a los agricultores a que se levantaran de sus sillas para saludarlo. Una expresión de admiración se reflejó en el rostro de todos los campesinos mientras se arremolinaban junto a la desgastada figura de Herrera, quien los saludó inclinando su cabeza con respeto. Domingo lo cuidaba con su proverbial estilo relajado. Herrera les presentó a Diana y Stanley, y Matt se presentó a sí mismo como un amigo que los estaba acompañando.

Mientras tanto, Tomás permanecía sentado en la parte posterior del salón, evaluando la situación. Tanto él, como sus tres hijos y unos 53 agricultores más, eran los únicos que habían ignorado las amenazas de Curiel, de un total de aproximadamente 500 campesinos que vivían en el área.

Una vez que Ester concluyó el preámbulo y la bienvenida, Herrera tomó la palabra y les explicó que él no estaba allí para tomar decisiones por ellos. --Es la mejor manera de quedarse atrás mientras el caballo huye al galope.

Todos asintieron con una inclinación de cabeza. No tenían reparos en hablar con él o con los extranjeros. Habían elegido a Esther como su portavoz oficial cosa que Herrera tomó con agrado.

--Además-- intervino uno de los agricultores, --¡ella está protegida por un gallo que es un rey guerrero!-- Todos rieron a carcajadas.

--¡El rey del canto al amanecer!-- agregó otro.

Herrera se sentía deleitado por la naturaleza de los campesinos, siempre llena de humor, simple y sentimental, aunque a veces obstinada, pero siempre persistente.

Esther intervino. --Lo primero que nos gustaría saber es cuál es motivo de su visita. Nosotros podemos formar un comité, pero ¿qué es lo que tienen ustedes en mente?

--Queremos desarrollar un sistema de investigación con poder local-- respondió Diana.

Los agricultores la miraron perplejos ya que se trataba de una propuesta extraña.

Ella agregó, --Nos gustaría saber cuáles son sus necesidades básicas y de qué manera creen que podrían cubrirlas.

--¿Necesidades? ¿En qué sentido?-- preguntó Esther.

--Por ejemplo la alimentación, ¿ustedes consideran que son autosuficientes?

--¿Alimentación?-- preguntó Esther confundida.

--Si, los alimentos, ustedes los cultivan, los venden, los compran, ¿no es así?

--Sí..., pero la verdad que no es un tema que nos preocupe.

--¿Y qué tema los preocupa?

--Bueno, estamos preocupados por los embargos--. Esther miró a los otros y continuó, --Estamos en crisis, todos nosotros tenemos préstamos que no podemos pagar.

--Está bien, ¿y cómo quieren corregir esa situación?-- preguntó Diana en un tono medido.

--Esperamos que ustedes nos ayuden con esos préstamos.

--¿Que les ayudemos cómo?-- preguntó ella.

--Prestándonos fondos así no caemos en las garras de Miguel Curiel.

Diana no se sorprendió del silencio que se produjo en el salón. Miró las sillas en las que estaban sentados los agricultores que estaban viejas y desgastadas de tanto uso. Miró las paredes y el techo cuyos rincones estaban llenos de telarañas. Ella no quería herir sus sentimientos, pero tenía que hacerlo, de manera que les dijo, --No podemos prestarles dinero.

--Pero..., es que es eso lo que necesitamos-- dijo Esther casi suplicando.

--No se trata de prestar dinero, ya que si les prestamos ¿de qué manera nos piensan pagar?

Nadie dijo nada.

--¿Y qué hay de los demás, alguno tiene alguna idea acerca de cómo poder pagar sus préstamos?-- Diana paseó su mirada por todo el salón, luego volvió a mirar a Esther y dijo, --Todos están negando con sus cabezas.

El salón permaneció en silencio.

--¿Y qué pasa con los que no quisieron venir?

--Tienen miedo, pero eventualmente se unirán a nuestro grupo-- dijo Esther.

Diana se mantuvo firme. --Igualmente no les daremos ningún dinero.

Para entonces, Tomás se había dirigido al frente del salón. La reunión se estaba poniendo interesante, y quería participar. --¿Qué fue lo que dijo al principio? Algo relacionado con el poder, ¿no?

Diana lo miró y le dijo, --Hablaba de una investigación con poder local.

--Ajá..., ¿y eso qué es?

--Ustedes forman una asociación, una cooperativa, un grupo de auto ayuda que quiera probar cosas nuevas. Por ejemplo cómo mejorar sus servicios básicos, su productividad agrícola, cosas por el estilo.

--¿Y a qué se refiere con servicios básicos? ¿A doctores? No hemos visto a un doctor en mucho tiempo por aquí.

--No, porque ustedes tienen servicios de salud muy buenos que pueden recibir en la ciudad.

--Bueno, pero por ejemplo la comida es un problema para algunos compañeros.

--Sí, estoy al tanto de la situación.

--Bueno, y entonces, ¿cómo nos podría ayudar?

--Lo que tenemos en mente es lo siguiente, que ustedes formen un grupo que los ayude a mejorar sus cultivos de subsistencia y su producción cafetalera.

--La mayoría de nosotros tiene sus propios conucos-- dijo Esther --vivimos de ellos y además compramos otras cosas que necesitamos en el mercado.

Diana se contuvo de hacer sugerencias y dijo, --Eso depende de ustedes y de su grupo. En realidad por eso es que hablé del poder de la investigación. En otras palabras, el grupo analiza las necesidades y en base a eso toma decisiones y hace un plan. Luego se lo comunican al Dr. Herrera y él se comunicará con nosotros que traeremos expertos que contribuyan con cualquier información que necesiten. Por ejemplo, si les interesa aprender acerca de agricultura orgánica, buscaremos un experto y se los traeremos.

--¿Hay alguien más involucrado en ésto?-- preguntó Tomás.

--Solo yo en el Banco Rural-- respondió Herrera.

--¿Y Miguel Curiel?-- insistió Tomás.

--No, él no está involucrado-- confirmó Herrera.

--¡Porque estamos hartos de ese perro desgraciado!-- Tomás hizo una pausa y luego preguntó, --¿Qué sucederá cuando ustedes se vayan?

Sonriendo, Herrera se puso una mano en el pecho mientras con la otra se tocaba el bigote. --Esperemos que para el momento en que me haya ido, ustedes hayan aprendido su lección.

--¿Nuestra lección?

--Si, no pretenderán que el gobierno les ponga la comida en la boca por el resto de la eternidad, ¿no?

Esther decidió intervenir. --¿Y por qué nos culpa a nosotros?

--¿Culpa?, ¿quién habla de culpa?

--Es que nos han mentido tantas veces.

--¿Y qué papel tendrás tú en este asunto, Esther?-- le preguntó él mientras la traspasaba con su mirada profunda. --Yo he conocido a tu familia por más de medio siglo y tú eres una guerrera como ellos. Y a pesar de todo, estás aquí quejándote de las mentiras--. Herrera frunció el ceño y después miró hacia el salón y gritó, --¡La gente les mentirá una y otra vez! ¡Tienen que aceptar que vivimos en un mundo de mierda!

Ella asintió con tristeza. --Nos volvemos guerrilleros porque el sistema nos ignora.

Enseguida él reconoció la importancia de sus palabras y negó con la cabeza. --¡Yo no estoy hablando de joder a tus líderes, estoy hablando de ti!

Tomás la defendió. --¡Ella no ha jodido a nadie! ¡Su perro más querido fue degollado ayer mismo por órdenes de Curiel!

Herrera frunció nuevamente el ceño y dijo, --¡Que desgracia..., la insolencia de ese tipo!

--¿Y entonces? ¿Qué quiere que haga ella con eso?-- preguntó Tomás.

--Ignorarlo, como hizo hasta ahora, ¿qué más puede hacer?

Tomás se rascó la cabeza y dijo, --¿Ve? Esther tiene razón, estamos a merced de esos mentirosos.

--Espero que para cuando Dios decida llevarme con Él, ustedes hayan comprendido que tienen el derecho a forjarse su propio destino.

--Eso lo entendemos perfectamente-- dijo Esther --pero los tiranos y los políticos han destruído el significado de lo que usted está diciendo.

Herrera estaba enfurecido. --Está en nuestra Constitución Nacional, pero ésto no es un principio que acaba de imprimirse, es tan básico como nuestra harina de maíz. Desafortunadamente ustedes han olvidado sus raíces y se han convertido en un montón de mártires sufrientes. Y mientras más sufren, más justifican sus circunstancias. Entonces, ¿por qué no queman la constitución en lugar de pretender que les importa?

Esther comenzó a decir, --Nosotros no pretendemos...

Herrera interrumpió. --Sí..., ustedes pretenden que el gobierno se haga cargo de ustedes--. Se detuvo para que todos captaran su mensaje y luego apuntó a las telarañas del techo y dijo, --¿Ven eso? Esas telarañas no deberían estar allí. Eso no es el producto de su falta de poder, sino que es el resultado de su indiferencia.

--¡Carajo!-- dijo Tomás --es que hay que tener riñones de acero para enfrentarse a alguien como Curiel.

Herrera se dio cuenta que debía insistir en lo que quería transmitirles. --Hace más de diez años, el Congreso Nacional aprobó la emisión de millones de bolívares en bonos para capitalizar a uno de nuestros bancos, ¿lo recuerdan?

Todos asintieron.

--El banco se llamaba BANDAGRO y finalmente terminó quebrando, ¿recuerdan eso también?

Todos asintieron nuevamente.

--Algunos de nuestros líderes imprimieron otro lote falso de bonos idénticos y los vendieron junto con los verdaderos, quedándose con el dinero--. Hizo una pausa para pedir un vaso con agua y continuó, --Ahora bien, los imbéciles que imprimieron esos bonos falsos fueron totalmente indiferentes al daño que le causaban al país, y nosotros también fuimos indiferentes porque toleramos esa mierda. Nadie tuvo la integridad ni la voluntad de llevar a esos desgraciados a juicio. De manera que nos merecemos la mierda que nos tiran en la cara porque a veces somos unos perros flojos que creemos que no podemos hacer nada, porque hacer nada es mucho más fácil.

A continuación, señaló con una mano en el aire y dijo, --Si tuvieran esa silla en frente de ustedes-- luego señaló el resto de las sillas --y si tuvieran más sillas frente a esa silla vacía, ¿qué tendrían?

--Un montón de sillas frente a nosotros-- contestó Esther.

--Correcto-- respondió él. --Ahora, supongamos que esas sillas son mentiras y traiciones que les impiden llegar al otro lado del salón, ¿qué harían entonces?

Esther se encogió de hombros y dijo, --Quitarlas.

--Entonces, ¿qué esperan? ¿No lo ven? ¿No tomaría tanto esfuerzo, no?-- Tan pronto como Esther asintió, continuó, --¿Saben qué? Cuando apartamos toda la basura, hay menos cosas con las que tenemos que tratar. ¿Ustedes hablan de mentiras?, ¿qué son las mentiras? Uno no camina sobre el estiércol, sino que lo quita de adelante. ¡Francamente, no veo nada que les impida lograr lo que se propongan, carajo! Las mentiras son tan transparentes como el viento.

Un silencio envolvió al grupo hasta que Tomás dijo, --El canto de un gallo no puede ser más claro.

Herrera aún no había terminado. --Si nosotros, como nación, somos culpables de algo, es de pretender que no tenemos que trabajar por lo que murieron nuestros antepasados.

Diana aprovechó la oportunidad para darle más detalles al grupo. Estuvieron de acuerdo con casi todo lo que ella les propuso. Información, expertos, consejos. El comité estaría a cargo de formar la cooperativa y después, haría una lista de las tres prioridades más importantes. Crearían una reserva de alimentos para ellos y para sus animales, mejorarían la producción cafetalera y desarrollarían alternativas de comercialización. Algunos agricultores se mostraron interesados en los cultivos orgánicos, otros vieron oportunidades en investigaciones de cultivo y todos estuvieron de acuerdo en convertir su cooperativa en una maquinaria para el cambio.

Después de mucho discutir, Diana finalmente salió del edificio. El sol caía por entre las montañas. Ella quería caminar en el frío atardecer, pero su traje color pastel no la abrigaba lo suficiente. Se resignó a la brisa fría y caminó hacia la plaza. De pronto, oyó la voz de Matt detrás de ella.

--¿Quieres un abrigo?-- le preguntó mientras señalaba con su mano hacia el este. --Se pondrá más frío--. Él colocó su chaqueta sobre sus hombros. Se hizo un silencio entre ellos. Ambos miraron hacia la calle.

Matt hizo un comentario acerca del discurso de Herrera, afirmando que había captado la atención de la gente.

Ella continuaba con su mirada fija en la calle.

El instinto le dijo a él que continuara con lo que quería decir. --¿Puedo verte cuando regresemos a Caracas?

Con una expresión sombría, ella respondió, --Sí-- mientras miraba a los agricultores saliendo del edificio. Las sombras del atardecer concordaban perfectamente con esta simple conversación.

30

26 de Enero de 1992
Caracas, Venezuela

Al atardecer, Diana se detuvo en la recepción del Hotel Tamanaco y dejó una nota para Matt, quien la había llamado temprano diciendo que vendría por ella a la noche. Mientras tanto, ella había decidido aceptar la invitación de Ricardo Ariosto a su mansión.

Era una nota breve. *Fuí a la villa de Ariosto. Me quedaré allí esta noche. Si no regreso para mañana al mediodía, ven por mí. Con aprecio, Diana.*

El portero puso su maleta en la cajuela de un taxi. Diana lucía un vestido de seda negro que la hacía sentir liviana. La seda fluía sobre el contorno de sus hombros, cubriendo su cuerpo hasta la cintura. La falda caía como un abanico hasta sus rodillas.

Como Ariosto había mencionado una exhibición ecuestre, ella se preguntaba cómo se las arreglaría para caminar entre los establos con ese vestido, pero como él le había advertido que la vestimenta para la ocasión era semi-formal o de coctel, consideraba que su vestido era apropiado. Una manga se deslizó suavemente hacia atrás cuando levantó la mano para entregarle una nota al chofer. --¿Está familiarizado con esta dirección?-- le preguntó, y cuando él asintió, ella se acomodó en el asiento y se relajó.

Se dirigieron a un pequeño pueblo ubicado en la zona montañosa que bordeaba a Caracas. El taxi comenzó a subir por una cuesta empinada, haciendo bruscos virajes en las curvas que Diana trató de ignorar. El taxi finalmente se detuvo frente a un portón que estaba artísticamente iluminado por un farol. El portal le hizo recordar un altar suntuoso. En la mampostería sobresalían dos mini columnas entrelazadas con enredaderas donde se destacaban diseños de pájaros, crucifijos, frutas y flores.

Un guardia de seguridad verificó la lista de invitados. El taxi subió una pendiente y luego bajó por un camino hasta detenerse en una entrada circular al frente de la casa, donde un mayordomo le abrió la puerta.

Diana revisó cuidadosamente el pórtico y el exterior de la mansión y concluyó que Ariosto tenía un buen sentido del estilo. Caminó hacia el frente y fue recibida en la puerta por un camarero uniformado, quien tomó su maleta y le indicó que siguiera hacia adelante. No tuvo tiempo de detenerse a observar las estatuas idénticas que flanqueaban la puerta de entrada.

La entrada se abría en una majestuosa escalera a la derecha y en un vestíbulo a la izquierda. Le resultaba difícil caminar atravesando el piso de mármol rosado de manera que lentamente, pero sin detenerse, avanzó con sus tacones altos hasta llegar al impresionante salón central. Las paredes parecían elevarse hacia el techo. La pared norte estaba formada en su totalidad por un gran ventanal de varios paneles. El ambiente era invadido por música renacentista que flotaba por toda la sala.

Su mirada se cruzó con la de uno de los invitados, un hombre de barba blanca que la saludó con una inclinación de cabeza. Ella pensó que irónicamente los caballos no habían sido invitados. Le devolvió el saludo y se dirigió hacia un grupo de mujeres que parecían ser las reinas de la moda.

Sus ojos infalibles captaron una procesión de relojes Gucci, zarcillos laqueados de Paillone, aretes de diamantes, un brazalete de esmeraldas, collares de cuentas de jade y un anillo de zafiro. En total, una constelación masiva de chic parisino y neoyorquino. De pronto, una de las reinas de la moda se presentó como Marina Ariosto, la hija mayor. Era una muchacha bella como un cisne con ojos castaños y cabello corto rubio con bucles que caían suavemente sobre unos zarcillos de Paillone. Un traje transparente de encaje con cuello de nácar e hilos de oro cubría sus curvas perfectas. Estaba rodeada por un grupo de jóvenes apuestos que parecían estar hipnotizados por su belleza. Incluso su voz era atractiva.

Luego ella divisó otro grupo de cuatro mujeres que parecían salidas de un desfile de modas, conversando cerca de una mesa cubierta con un mantel de encaje fino, repleta de canapés. Una de las mujeres vestía una chaqueta de seda con un broche de zafiro, combinada con una falda tipo 'sarong'. Otra lucía una chaquetilla verde con una falda negra de seda y unos zarcillos que parecían ser de esmeraldas colombianas genuinas.

De repente, apareció como de la nada un mesero de guantes blancos llevando una bandeja con copas de champaña. Diana tomó una copa preguntándose dónde estarían los hombres mayores, ¿estarían reunidos en algún lado? ¿Y dónde estaban los caballos?

Finalmente, dirigió su mirada al inmenso ventanal, detrás del cual se divisaban varios hombres vestidos con esmoquin y chaquetas de noche, absortos en su conversación. Pudo ver varios grupos conversando en el jardín, pero Ariosto no se encontraba entre ellos. Entonces miró alrededor del salón donde conversaban el resto de los invitados por segunda vez. Pasados dos o tres segundos de haber bebido su champaña, un mesero le llenó nuevamente la copa. Respiró profundamente y continuó inspeccionando los alrededores hasta que se unió nuevamente al grupo adonde se encontraba Marina.

El salón era amplio y estaba decorado voluptuosamente. Armonizaba de una manera provocativa. La pieza central del salón era una alfombra Heriz con diseños color naranja, rojo y bordó. Los muebles antiguos franceses estaban tapizados con telas de Aubusson en tonos dorados, rojos y grises que armonizaban con la alfombra y el mármol rosado. Con su visión periférica, pudo ver los encajes venecianos que cubrían una mesa de caoba. Un grupo de gente obstruía el camino hacia la mesa, de manera que su única alternativa era continuar escuchando el vocabulario extravagante de Marina que acentuaba todas las frases con palabras como super, espectacular, excelente o extraordinario.

Cuando otro grupo de cuatro mujeres se unió a la conversación, Diana se preguntó por qué sería que siempre andaban en grupos de a cuatro. Había tantos grupos de cuatro mujeres dispersos por el salón que ya había perdido la cuenta. Su estómago crujía por un poco de comida.

De pronto, una muchacha con un corte de pelo carré se acercó a ella y le preguntó, --¿Le gustaría comer algo?-- invitándola a que la siguiera hacia una mesa cubierta de canapés. Al llegar a la mesa, se presentó, --Yo soy Kati Ariosto. Mi padre me dijo que su padre fue un embajador.

Diana asintió, llevándose una alcachofa a la boca.

Kati sonrió agregando, --¡Tiene que probar nuestro paté de salmón ahumado de Alaska y esos huevos a la portuguesa que también son super!-- Kati se parecía a Marina, pero su tez era más pálida y tenía el cabello negro. Su cabello y sus ojos eran iguales a los de su padre. Llevaba un vestido de moaré con encaje en las mangas y en el pecho, que combinaba con unos despampanantes zarcillos de diamantes.

Sin dejar de sonreír, Kati le dijo, --Mi padre me habló de sus estudios de factibilidad. ¡Es maravilloso que usted pueda combinar la carrera de su padre con la economía!-- Era aparente que Kati no solo había heredado las características físicas, sino también la inteligencia de su padre.

Antes de mordisquear un hongo relleno, Diana le respondió, --Muchas gracias. Mi padre fue un hombre honorable--. Luego miró a su alrededor, y le preguntó, --Hablando de padres…, no he visto al suyo, ¿dónde se encuentra?

--¿Mi padre?, ah sí, él está en la biblioteca. La exhibición equina fue cancelada, ¿lo sabía?

--No, no lo sabía--. Diana no quería seguir hablando del BPD, así que cambió de tema rápidamente y dijo, --Estaba admirando su vestido-- mientras tomaba otra alcachofa.

--Y yo estaba admirando sus zarcillos-- le respondió Kati.

Ella probó el salmón.

Kati agregó, --¡Ay…, es que amo los diamantes!

--Si claro-- dijo Diana --sus diamantes son preciosos.

--¿Y dónde compró los suyos?-- le preguntó.

--En Washington.

--¿De qué diseñador son?

--De un desconocido.

--¡Por favor dígamelo, son preciosos!

--Es que se trata realmente de un desconocido…

--Pero realmente, no me importa que sea un desconocido.

--Ingerman-- dijo Diana con tranquilidad.

--¿Y cuál es su nombre de pila?

--A decir verdad, solo usa su apellido--. En realidad había comprado sus zarcillos en la Farmacia Ingerman. Para cambiar de tema, ella miró por la ventana y dijo, --La verdad que esta casa es estupenda.

Kati sonrió, finalmente dejando de lado el tema de los diamantes. --Detrás de la casa hay un jardín acogedor. Venga conmigo así se lo muestro desde el otro lado de la casa. Iremos a través de la habitación en la que usted pasará la noche.

Cruzó la sala moviéndose como un cervatillo, guió a Diana a través de un estudio y finalmente pasaron por un dormitorio enorme en el que una colección de pinturas holandesas de todos los tamaños imaginables cubría una pared pintada de color gris. El color vino de las paredes armonizaba con el color blanco de los techos abovedados y con las sábanas de algodón egipcio bordadas que cubrían la elegante cama de dos plazas.

Kati abrió las puertas-ventana y una bocanada de aire cálido, inusual en esta región montañosa templada, invadió la habitación. Las puertas-ventanas daban al jardín más bello que Diana hubiera visto en su vida. Miles de estrellas iluminaban el cielo. Salió al jardín y se paró en una plataforma de piedra desde donde se podía apreciar todo el valle. Sonrió y dijo, --Ahora comprendo por qué quiso enseñarme este jardín.

Unos escalones abajo, había un jardín de piedras que rodeaba a una piscina ovalada. Un extremo de la piscina estaba cubierto de arbustos llenos de flores que rodeaban a una pequeña cascada. La piscina tenía el aspecto de un manantial natural ya que sus paredes estaban construídas con piedras sacadas de las montañas. Kati le explicó, --La piscina está climatizada-- y para demostrarlo, se agachó y agitó su mano dentro del agua.

Diana puso su mano también en el agua y cuando se levantó, dirigió su mirada a una glorieta cubierta de viñedos que se encontraba a su izquierda y que le recordaba a un monasterio tropical.

Kati captó su mirada y agregó, --Bajo esa pérgola nos sentamos a almorzar los días soleados.

--¿Cuándo se construyó esta casa?-- preguntó Diana.

--Francamente, no lo sé. Ya estaba construida cuando mi padre compró la propiedad.

--Y dígame, si es que no soy indiscreta, ¿qué hay del otro lado de la casa?

--Un comedor, una cocina, algunos depósitos y los dormitorios de la servidumbre.

--¿Y arriba?

--La biblioteca y más dormitorios.

Aún parada en la plataforma, Diana se detuvo a observar las luces lejanas de la ciudad y luego el paisaje tropical que rodeaba al jardín.

Kati señaló un interruptor en la pared externa. --Si quiere privacidad, puede apagar las luces. Yo lo hago cuando quiero estar a solas. Como a mi padre también le gusta la privacidad, los guardias se mantienen afuera de los muros del jardín.

--Es verdad, me gusta la privacidad-- dijo Ariosto riéndose de sus caras de sorpresa al verlo aparecer repentinamente en el jardín. Vestía un esmoquin que lo hacía ver muy elegante. --Perdón por aparecer de esta manera, pero me cansé de esperar por ustedes.

--¡Papi!-- lo regañó Kati.

Ariosto abrió sus brazos y la abrazó, besando su frente.

--Esta casa está muy bien diseñada-- dijo Diana en su habitual tono académico.

--Es única-- dijo Ariosto mientras entraban nuevamente a la casa. --Cuando compré la propiedad ya estaba aquí, y también el portal, ¿lo vio? Compré este lado de la montaña cuando por aquí no había prácticamente nada. Vendí los nueve terrenos linderos con restricciones para mantener la calidad de los vecinos y del paisaje--. Se paró frente a la pared embellecida por las obras de arte y asintió cuando se acercó un mesero ofreciendo champaña.

Diana aceptó otra copa y dijo, --Usted tiene una colección estupenda. El arte es una de las pocas cosas que permanecen en el tiempo.

Ariosto la miró con sus ojos penetrantes que transmitían una confianza inquebrantable en sí mismo y le preguntó, --¿Reconoce a alguno de estos artistas?

Ella negó con la cabeza.

--¿Reconoce el estilo?

--Holandés.

--Sí, son pinturas de artistas holandeses realizadas entre los años 1879 y 1950.

Kati se excusó y volvió a la fiesta mientras Ariosto continuó, --Los holandeses de Flandes abrieron el camino para un tipo de naturalismo que reconcilió las formas con el genio del hombre al expresarlo. Sin ese tipo de expresión, no hubiéramos tenido a Leonardo da Vinci que integró el ideal de belleza con la realidad. Y luego Miguel Angel que tomó esa realidad y la hizo más lírica. Por cierto, en la biblioteca tengo uno de los ejemplares de Rubens de la colección de Marie de Medici. Me gustaría enseñárselo, cuando lo vea, notará la manera en que sus formas se compaginan con la dirección iniciada por Miguel Angel--. Ariosto hizo una pausa para contemplar los ojos color miel de Diana. --Como verá, le debemos mucho a los holandeses de Flandes. Por supuesto que éstos son artistas menores, pero le aseguro que tendrán un altísimo valor durante el próximo siglo.

--¿Acaso espera verse afectado por alguna crisis económica?

Ariosto rió, y señalando en dirección a la puerta, dijo, --¡Es cierto que usted es una economista!, venga, vamos a la biblioteca.

Ella lo siguió en silencio mientras él le explicó, --Cuando fundé la Corporación Asteris, tuve que tener en cuenta la inflación, de hecho, predije aumentos astronómicos en América Latina.

Llegaron al balcón del segundo piso donde ella miró hacia abajo y pudo capturar el poderoso efecto óptico de la alfombra Heriz sobre el piso rosado. Los hombres habían entrado al salón. El hombre de barba blanca estaba hablando con un grupo de cinco mujeres. Marina, Katy y un grupo de amigos conversaban animadamente. Algunos de los invitados ya se habían retirado.

Diana entró por una puerta y repentinamente se sintió envuelta por el aroma a cuero añejo. Miró a su alrededor y se asombró de la belleza de la biblioteca.

En silencio, continuó apreciando los estantes de las paredes de la biblioteca mientras Ariosto levantó el teléfono y ordenó una botella de champaña.

Ella dejó vagar su mirada por los libros y los objetos de arte. Le llamó la atención el espacio irregular entre los estantes. Uno de los estantes tenía un atril improvisado en el que descansaba una pintura diminuta enmarcada de manera sencilla. El estante que estaba a continuación, era muy grande y tenía un óleo de una musa mitológica desnuda acariciando a una dama aristocrática.

De pronto, él comentó, --¡Esa es Marie d'Medici! A Rubens se le atribuyen 21 escenas de la vida de Marie, y yo tengo la única que no está registrada.

Un mesero entró a la biblioteca, en silencio acomodó una botella de champaña y un par de copas en la mesa de café y desapareció rápidamente.

Tomaron asiento en un par de sillones y a continuación Ariosto levantó su copa proponiendo un brindis. Luego de brindar, permanecieron en silencio por unos segundos.

Finalmente, ella dijo, --Estaba hablando de inflación.

--Ah sí-- respondió él colocando su copa sobre la mesa. --Uno de los problemas más grandes a los cuales nos enfrentamos es la falta de capacidad de la gente para ganar y producir valor.

--Bueno, el valor depende de quién lo aprecia.

Ariosto asintió sonriendo. --Teniendo en cuenta mis propias circunstancias, llegué a la conclusión de que nuestra moneda se devaluaría, por eso, además de invertir en bienes raíces, invertí en arte.

--Pensar que en el pasado le dábamos valor a las piedras y a la sal-- dijo ella con una sonrisa.

--Sí, pero enfoquémonos en los tiempos modernos de baja producción y altas expectativas. Durante ambas guerras mundiales, el valor del arte fue puesto a prueba pero se mantuvo constante. La idea es poco convencional, pero decidí tratarla con sentido comercial--. Ariosto se desabrochó la chaqueta y continuó, --Si compro arte y lo incorporo como parte de los haberes de una corporación, puedo usar ese valor con propósitos diversos. También puedo venderlo en épocas de boom económico.

--Los boom económicos no ocurren con frecuencia.

--Es verdad, pero no es una mala apuesta cuando la inflación se ocupa de tirar abajo el valor de las propiedades. En retrospectiva, llegué a la conclusión de que teníamos una moneda sobrevaluada. Y como están las cosas, es evidente que fue una buena inversión. Hace seis años, *Santa María della Salute* de Monet estaba valuado en 253.000 libras esterlinas, y hoy tiene un valor de venta de entre cinco y seis millones de libras.

--Hasta el pronosticador más experto puede cometer errores-- dijo Diana mientras jugaba con el pie de su copa.

--Pero yo no cometí ningún error. Incluso los japoneses se están metiendo en el negocio. Los países con moneda fuerte se interesan por el arte.

--Afortunadamente están de acuerdo con usted.

--Sí, es que comprenden el valor de las inversiones a largo plazo.

Ella miró a su alrededor y preguntó, --¿Ésta es la colección completa?

--No, la mayor parte de la colección permanece a préstamo en diferentes museos como muestra de nuestra buena voluntad corporativa. Además, de esa manera reducimos el costo de los seguros.

Mientras ella apreciaba la colección de espadas que estaban exhibidas en la pared, él le preguntó, --¿Ha oído hablar de los Sasánidas?

--No.

--Ardashir I fundó la dinastía de los Sasánidas en el año 224, pero la dinastía tomó el nombre de su abuelo, un príncipe del suroeste de Irán. El imperio se extendió durante unos 400 años durante los cuales se enfrentaron con el imperio romano y el bizantino. Finalmente fueron derrotados por los árabes a mediados del siglo séptimo.

Hizo una pausa para volver a llenar las copas de champaña y continuó, --El arte Sasánida floreció de varias formas, pero hoy es notorio por su influencia en la orfebrería de oriente y occidente.

Ariosto se dirigió al escritorio Chippendale, abrió una gaveta y sacó de ella una caja de cristal que colocó en la mesa de café. Diana se acercó a observarla. El la abrió y sacó una cruz de unos 15 centímetros de largo y unos ocho centímetros de ancho.

--Esta cruz tiene una belleza fascinante-- dijo.

Ella asintió con la mirada.

--Es del siglo cuarto. Está hecha de plata dorada con mercurio. Los detalles geométricos de los costados son de estilo oriental. Mire la manera en que las bandas del costado se unen al centro. Tiene aproximadamente medio centímetro de espesor. La gema central, un rubí, estaba extraviada cuando mi padre se la compró a un comerciante de Arabia Saudita.

--¿Un rubí?

--Sí.

La cruz era plana con las puntas cuadradas. El labrado llamaba poderosamente la atención debido a sus incisiones cruzadas y a su brillante color dorado. Las bandas daban la impresión de ser de oro superpuesto sobre la plata. El resto de la cruz era de color plateado.

--¿La cruz es una de sus inversiones?-- le preguntó ella.

Ariosto asintió. Cruzó miradas con ella y luego volvió a guardar la caja en el escritorio.

--Lo que le da esa belleza-- opinó Diana --es el contraste entre la plata tratada y la sin tratar. El artista Sasánida le inyectó su propia historia. --No utilizó oro sino que utilizó mercurio para crear la apariencia de oro. Algún noble probablemente le agregó el rubí. ¿Qué valor tiene?

Ariosto se puso serio. --No tiene precio.

--Evidentemente, esa cruz es muy importante para usted.

--Lo interesante es que es un icono occidental con características orientales. Refleja los cambios fundamentales que se sucedieron cuando Roma y Bizancio desafiaron a la dinastía Sasánida.

--Es el legado de un artesano pobre-- dijo ella --y obviamente un creyente, porque el mensaje parece ser, y corríjame si me equivoco, que los pobres heredarán la tierra. Es el mismo tipo de mensaje que dejan entrever las figuras talladas en su portón, símbolos de los frutos de la tierra, pájaros, flores y...

--...y frutas.

--Exactamente. Tienen una historia que contar, una historia muy diferente a la de los símbolos infernales usados por otros para someter y aterrorizar. Los frutos de la tierra son para los que saben que la tierra nos alimenta, como los campesinos--. Ella bebió de su copa y sonrió abiertamente. --¿Qué versión de la cruz quiere el mundo, la suya o la mía?

--¿Y cuál es mi versión?

--Crear capital a expensas de los demás.

--¿Y la suya?

--El arte no es eterno, Señor Ariosto, lo importante es la gente que crea el arte, ellos son el oro verdadero.

--He oído que usted se ha ganado su reputación defendiendo a los campesinos.

--Esa es mi cruz.

Ariosto rió. --Usted habla como si fuera una santa.

--Gracias, pero mis creencias religiosas no tienen nada que ver con nuestra discusión. Yo defiendo a los campesinos porque me guío por el sentido común y ellos han sido sistemáticamente excluídos de un sistema que no puede sobrevivir sin ellos.

--Yo no estoy en contra de que nadie quiera hacer dinero-- dijo él con un tono defensivo en su voz.

--¿Realmente cree que estamos hablando de eso?

--¿Acaso hay alguien que no quiera hacer dinero?-- dijo él riendo.

--¿Alguna vez se ha puesto a pensar si este mundo moderno podría sobrevivir sin los campesinos?

--Sí, en muchas ocasiones.

--¿Y entonces?

--¿Y entonces qué?

--¿Acaso no necesitamos comida, minerales, materia prima, oxígeno? ¿No cree que eso justifica una inversión a largo plazo como la de sus cuadros holandeses, su Marie d'Medici y su cruz Sasánida?

Ariosto asintió con la cabeza. --Para reconciliar esas interdependencias necesitamos un nuevo orden.

--Hay evidencias más que suficientes de que el orden no es la solución de todo.

--Hay orden en todo-- insistió él.

--Existe un orden natural-- dijo ella suavemente.

--Estoy de acuerdo.

Sus miradas se encontraron. Diana hizo un gesto de negación y dijo, --No lo creo, tomemos el ejemplo de la cooperativa de El Salvador cuyos miembros fueron masacrados por civiles armados. ¿Esa es su versión del orden?

--Lo que sucedió en El Salvador no tiene ninguna conexión con lo que estamos discutiendo.

--¿Cómo que no? ¡Está absolutamente conectado! De la misma manera que el artesano pobre quiso dejar un mensaje con su cruz, esos campesinos estaban tratando de dejar su propio mensaje, un mensaje muy valioso y…

Ariosto la interrumpió. --Usted me está implicando con esa masacre y eso es un alegato muy imprudente de su parte.

--No es un alegato, Sr. Ariosto, es una acusación, porque nosotros en el BPD sabemos que usted compró las tierras linderas con la cooperativa.

--¿Y con eso qué?, ¿acaso eso me hace culpable? Me temo que usted está muy equivocada.

--Estoy hablando de su obsesión con el control.

Sin perturbarse, Ariosto respondió, --Usted no sabe nada.

--Bajo su ley constitucional, esos campesinos estaban en todo su derecho de obtener préstamos del BPD, y usted y sus aliados los sabotearon todo el tiempo mediante cargos excesivos del banco central, más cargos del banco local, términos de pago irrazonables, problemas con las garantías, etcétera. Y a pesar de todos los obstáculos que puso en nuestro camino, después de haber instalado la cooperativa, buscamos compradores en el exterior para que mejoraran sus ganancias, y ahí fue cuando comenzaron los ataques.

Ariosto no respondió.

Ella agregó, --El orden natural estaba del lado de esos campesinos. Ellos se dedicaban al comercio interregional antes de la llegada de los españoles. Después de que los ayudamos a organizarse, ellos construyeron una planta procesadora, un granero y una escuela, pero el maestro nunca llegó. Construyeron un modesto edificio comunal, con materiales sobrantes donados por un empresario, y aprendieron acerca de la erosión del jumus--. Su mirada era seria. --Trabajamos con ellos durante dos años, así que imagínese todo lo que logramos bajo esas condiciones hostiles--. Sus ojos se nublaron con un velo de tristeza. --Ellos eran como su volcán, el Izalco, un volcán de casi 2.000 metros de altura.

--Conozco el Izalco-- dijo él con arrogancia.

--Así que fíjese, no estaban evadiendo ningún orden, como a usted le gusta decir, excepto por el hecho de que estaban cuadruplicando sus ganancias al venderle a compradores extranjeros. Lo que usted hizo mediante sus secuaces fue tratar de controlarlos para su propio beneficio.

Él se encogió de hombros. --No me culpe por las luchas de poder del país. Siempre hubo terratenientes armados que se apoderaron de las tierras. La economía siempre se resistió al cambio.

--Los campesinos de esa cooperativa siempre vendieron su café a los terratenientes vecinos a precios reducidos hasta que el BPD intervino, interrumpió el ciclo y les dio una opción. La cooperativa se enfrentó al *status quo* mediante el cual siempre se les negó acceso al mercadeo agrario, a las estadísticas y evaluaciones de erosión de áreas críticas, a los métodos de irrigación…

--En un lugar así-- respondió él --donde a los campesinos no se les dejaba hacer nada de lo que querían hacer, el rencor es algo habitual. Los campesinos que no eran parte del proyecto odiaban a la cooperativa tanto como la odiaban los terratenientes.

Ella continuó, --Los venezolanos tienen un dicho que reza '*Todo cae por su propio peso*' y quizás eso termine sucediéndole a usted--. Se puso de pie y agregó, --Sabemos que fue usted quien ordenó que torturaran a nuestro abogado en El Salvador. Sabemos que sus matones eran miembros del ejército y que casi lo ahogaron en un fregadero lleno de agua y después lo frieron con choques eléctricos.

Lentamente caminó hacia la puerta y dándose vuelta, dijo, --Además, el BPD está al tanto de que el símbolo de su corporación representa a los seis países adonde usted tiene hombres leales que como buenos gangsters, creen en símbolos ridículos.

Puso su mano en el picaporte de la puerta, se dio vuelta, y mirándolo fijamente le dijo, --El mensaje del BPD es que se mantenga alejado de nuestros proyectos--. Abrió la puerta, dio media vuelta y abandonó la habitación.

Al salir de allí, se dirigió a un lugar más seguro, la sala de estar, donde Kati y Marina continuaban entreteniendo a los huéspedes. Estaba segura de que Ariosto no intentaría hacerle daño con Kati y Marina en la casa. Además, ella era un empleado del BPD, un banco de desarrollo norteamericano con conexiones internacionales muy poderosas. Una hora más tarde, después de consumir varias copas más de champaña, se despidió de Marina y Kati la acompañó a su habitación.

Una vez a solas, tambaleando se puso su camisa de dormir. No estaba borracha, pero se sentía miserablemente cuando se metió bajo las sábanas y se durmió.

Al caer dormida, soñó con los campesinos. De pronto se encontró volando sobre lagos azules volcánicos y cascadas plateadas, cuando de repente cayó al fondo de un volcán y permaneció rígida y en silencio en la fría oscuridad. Asustada y perdida, escuchó lamentos que provenían de caras humanas retorcidas que la rodeaban y comenzaron a hablar mientras la miraban fijamente. No los podía escuchar bien, así que luchó por alzar su cabeza hasta que repentinamente, los rostros se llenaron de pánico y se esparcieron dándole paso a un nuevo rostro que quedó cerniendo sobre ella. Era un rostro tan diabólico que ella trató de huír, pero una fuerza la mantenía aplastada contra su voluntad. Se sacudió desesperadamente y giró sobre sí misma hasta que cayó al suelo.

Se arrastró presionando sus palmas sobre el frío mármol hasta que llegó a la puerta-ventana y abrió el picaporte. Respiró aliviada al cruzar el marco de la puerta.

Se puso de pie y admiró al paisaje. El jardín estaba envuelto en oscuridad con excepción de una lámpara que emitía una luz tenue.

Miró a su alrededor. Se sentó en el borde de la piscina, sumergió sus pies en el agua tratando de oír algún rumor de actividad. Al no escuchar nada, se quitó la camisa y se deslizó lentamente en el agua hasta tocar el fondo. Después de nadar por un rato, salió de la piscina, exhausta pero sintiéndose limpia y fresca.

31

La mañana siguiente, Matt se dirigió al parque Los Caobos ubicado cerca de la ciudad vieja desde donde tomó un sendero con dirección hacia el sur. Algunas de las personas con las que se cruzó caminaban lentamente ajenas a todo, mientras que otras parecían disfrutar del clima en ese día soleado. Con la excepción de unos pocos paseantes, el parque estaba completamente desierto.

Minutos más tarde, encontró el banco acordado mientras unas guacamayas revoloteaban por el cielo como cada mañana en su ruta hacia el suburbio de Las Mercedes donde anidaban.

Matt tomó asiento.

En la madrugada había llovido ligeramente. Matt se despertó y releyó una vez más la nota que le había dejado Diana. *Si no regreso para mañana al mediodía, ven por mí. Con aprecio, Diana*. De más está decir que él no pudo volver a dormir.

De pronto, García y Suárez, vistiendo ropas de civil, se acercaron y se sentaron junto a Matt. García no tenía necesidad de ir personalmente al encuentro, pero había querido hacerlo.

Inmediatamente, García lo puso al tanto con respecto a sus hallazgos. Un oficial cubano le había comunicado a Iván que Rodríguez había inmigrado a Cuba desde el Líbano, para luego volver a inmigrar, esta vez a Venezuela, a fines de la década de 1960.

--¿Cómo logró la familia de Rodríguez inmigrar a Venezuela?-- preguntó Matt.

--Por intermedio de sus contactos familiares que proporcionaron el dinero necesario para traerlos hasta aquí.

--La verdad que Rodríguez no suena como un nombre libanés.

--Es cierto-- dijo García mirando a Suárez que se mantenía en silencio observando a los paseantes.

García agregó, --Rodríguez es palestino. Su nombre verdadero es Mohamed Yassim.

--¿Se ha puesto en contacto con su familia?

--No, se mudaron a Arabia Saudita.

--¿Cuándo?

--A mediados de la década de 1980.

--¿Cuándo regresa Iván?-- preguntó Matt.

--Iván tiene planeado ir al Líbano…, y yo le proporcionaré el dinero para el viaje.

Matt no le preguntó por qué. Las razones eran obvias. Manteniendo a Iván fuera de Venezuela, se aseguraba de que estuviera fuera de peligro. Otra razón era que Iván le seguiría los pasos a Mohamed Yassim a su país de origen. Yassim ya se había convertido en su enemigo debido a sus planes para sabotear la refinería.

Matt se rascó la barbilla. --¿Los cubanos le dieron a Iván esa información?

García asintió.

--¿Usted supone que Rodríguez va a atacar la refinería?

--Nos estamos asegurando de que eso no suceda. El área va a estar vigilada por un cordón de agentes de la Guardia Nacional. Contamos con que la fuerte presencia de la Guardia asuste a Rodríguez. Y como usted ya sabe, enviaremos al Capitán Beltrán. Nadie más va a estar presente.

--¿Beltrán irá acompañado por una escolta militar?

--No, nuestro protocolo no lo exige. Además una escolta pondría más gente en la línea de fuego. Beltrán cree que se encontrará con los invitados especiales al llegar a la refinería, pero nosotros cancelaremos su visita en el último minuto.

--¿Cuándo viajará Iván al Líbano?

--En unos pocos días-- respondió García con calma.

--¿Alguna otra información que deba transmitirle a Anderson?

García miró a Suárez quien le dio a Matt una hoja de papel. --Esta es una lista de las corporaciones extranjeras que están extrayendo oro. Trabajan en sociedad con compañías venezolanas. La Corporación Asteris no es parte de la lista. Deberían averiguar quiénes son los dueños de esas corporaciones. La mayoría son canadienses o británicas.

--¿En qué lugar hacen la explotación minera?

--En el área que se encuentra al sur de Ciudad Guayana. Uno de los pueblos de esa zona se llama Las Claritas.

--¿Algo más?

--La agencia que tiene poder de supervisión sobre la minería aurífera en esa área es la Corporación Venezolana de Guayana, que nunca ha sido muy efectiva en detener la minería ilegal.

*****

Mientras Matt, García y Suárez llevaban a cabo su reunión al aire libre, Diana abandonaba la mansión de Ariosto minutos antes de las 11 de la mañana. Marina y Kati la saludaron alegremente desde el pórtico, mientras que Ariosto se excusó diciendo que tenía una importante conferencia telefónica y permaneció en la biblioteca.

Una vez en el taxi, Diana reflexionó sobre los 'alegatos', como Ariosto los llamaba, analizándolos uno por uno. Su expresión estaba surcada por la preocupación y se estrujaba la sien reiteradamente. La causa principal de su dolor de cabeza era sin duda la champaña, pero cuando sintió otra puntada de dolor en su frente, trató de alejar sus pensamientos sobre la confrontación con Ariosto.

Cuando Matt llegó al hotel al mediodía, Diana aún no había regresado, de manera que se dirigió al restaurante donde habían comido por primera vez. Tomó asiento, ordenó una cerveza y miró a su reloj. La nota de Diana decía que ella llegaría al mediodía, pero decidió esperar por una media hora más.

Repasó mentalmente su conversación con García y Suárez. Venezuela estaba atravesando una crisis, y elementos externos estaban aprovechando la oportunidad para debilitar al país aún más. Ariosto era un astuto hijo del demonio y actuaba junto a elementos militares lo suficientemente ingenuos como para creer que él podría mejorar la situación. Rodríguez, o Mohamed Yassim, trabajaba para ambos bandos, pero su lealtad real era con la causa palestina.

Sin embargo, todo se reducía a la misma filosofía expuesta por García y Herrera: *Nadie puede mejorar el sistema sin el compromiso de toda la gente. Todos y cada uno de los venezolanos tenían que sostener los principios democráticos por su propio sentido del honor.*

La próxima vez que miró hacia la recepción, vio entrar a Diana con su falda ajustada y su chaqueta ejecutiva. Como siempre, Matt encontraba su aire profesional muy provocativo. La vio subir al elevador con su maleta y pidió la cuenta.

Cuando Matt golpeó a la puerta, ella ya estaba en su bata verde. Abrió la puerta, lo invitó a pasar y le dijo, --Tenemos que dejar de encontrarnos de esta manera--. Por un breve instante, se sintió deliciosamente perversa y sonrió.

Matt se quedó mirándola, abrumado por su belleza y entró a la habitación. Tan pronto cerró la puerta, la tomó en sus brazos y la abrazó por un largo rato. --Ésto es por hoy-- le susurró al abrazarla --…y ésto es por todas la veces que quise hacerlo-- dijo besándola apasionadamente.

Le desabrochó la bata, y mientras ésta se deslizaba, admiró el brillo de su piel al desnudo. La llevó a la cama y comenzó a besarla suavemente en el cuello y luego en el abdomen, subiendo lentamente hacia sus pechos hasta que ella lo abrazó fuertemente. Minutos después, sus caderas se movían rítmicamente y Matt disfrutaba el hecho de que la relación estaba tomando un ritmo natural.

32

27 de Enero de 1992
Beirut, El Líbano

Iván salió de su hotel que estaba ubicado en el distrito de Hamra, un distrito colmado de una mezcla de actividades, aromas y aceras desiguales. Cruzó las calles evadiendo los baches y los carros que avanzaban peligrosamente a toda velocidad. Cuando llegó al Café de París, desayunó y luego buscó la parada de taxis que proveían servicio a la ciudad de Trablous, o Trípoli, distante unos 70 kilómetros al norte. Allí vivía el primo de Rodríguez quien lo estaba esperando.

El conductor del taxi era un joven amistoso llamado Hamid que hablaba algo de español y aceptó llevarlo al devastado centro histórico de la ciudad antes de partir hacia Trípoli. Según Hamid, el nuevo parlamento reconstruiría el área, si bien actualmente, grupos universitarios y fundaciones arqueológicas estaban trabajando en las ruinas. Iván vio un par de excavadoras removiendo escombros de edificios devastados por las bombas y los morteros de la guerra civil. El sitio era reminiscente de las ciudades europeas bombardeadas durante la segunda guerra mundial. La plaza principal, llamada 'Plaza de los Mártires', tenía solo una estatua en pie y estaba perforada por impactos de balas.

El taxi lo condujo alrededor de cuadras y grupos de edificios casi derrumbados y luego regresó a la avenida Weygand ya que Hamid quería mostrarle unas excavaciones arqueológicas. Indicándoselas, le explicó, --Esa es la Gran Mezquita de Omar, construida sobre las ruinas de un templo cristiano que a su vez fue construido sobre las ruinas de un templo romano. La edificó Saladín 669 años después de que el Gran Profeta Mohamed emigró a Medina en el año 622.

--O sea que la edificó en 1291-- dijo Iván.

--Exacto--. Hamid disminuyó la velocidad al pasar por un área especialmente nauseabunda. --La zona del mercado ha sido destruida, pero abajo hay un lugar sagrado, ya que la escuela religiosa zawiye y sus espíritus congelan a las excavadoras. ¡No se puede trabajar en el área de zawiye!-- dijo Hamid gesticulando con sus manos. Luego tomó nuevamente el volante y agregó, --Ahora vamos a ir a ver a su amigo en Souq al-Sayyaghin--. Encendió la radio y comenzaron a sonar melodías románticas de Fairouz, quien disfrutaba de su exilio en París.

Al llegar a la ruta costera, Iván se relajó y se puso a pensar en su última conversación con Raymundo Martínez en la cual le había dado la información prometida mucho tiempo atrás.

Martínez sospechaba que Rodríguez viajaba ocasionalmente al Líbano usando una identidad falsa.

Ahora Iván se dirigía hacia Trípoli dispuesto a encontrarse con el primo de Rodríguez, Munir Ajaj que era un venezolano naturalizado. Munir era un comerciante textil retirado, que había emigrado a Cuba para luego emigrar a Venezuela adonde vivió hasta conseguir la suficiente cantidad de dinero como para jubilarse. Martínez entonces se había puesto en contacto con Munir y había concertado una cita con Iván. Munir había intentado desvincularse de su primo diciendo que no compartía sus peculiares puntos de vista, pero Martínez le había advertido. --Ten cuidado, compañero, esta gente es como las palomas de alta mar, bellas para mirar, pero difíciles de atrapar porque se mantienen unidas en su ambiente.

Mirando de reojo, Iván divisó las costas azules bordeadas de arena y rocas a su izquierda y a grupos de edificios entre la vegetación a su derecha. La carretera se extendía hasta Jounieh, pasando por entre edificios altos y a través de Byblos, conocida por sus ruinas fenicias y de la época de las cruzadas. Este país colmado de historia, estaba en ruinas causadas por una guerra de 15 años sin sentido. Las condiciones del Acuerdo de Taif, que requerían que los sirios abandonaran el país, se cumplían muy lentamente. El sur estaba aún ocupado por Israel. La presencia de los soldados sirios al norte era evidente a lo largo de la carretera.

De pronto, un carro vecino hizo sonar su claxon y sobresaltó a Iván. Hamid no ocultó su exasperación. Sacó la cabeza por la ventanilla y gritó unas palabras en un árabe incomprensible, mientras gruñía en español, --¡Imbécil!, ¡no saben cómo conducir!-- Luego apuntó hacia la izquierda y mirando a Iván por el espejo retrovisor, le dijo, --Estamos en Batroum, nos faltan 22 kilómetros--. Iván asintió y regresó a sus pensamientos.

La última vez que había hablado con Esther, él le había informado que la verdadera identidad de Rodríguez era Mohamed Yassim. Sus padres le habían dado un nombre venezolano al llegar a Caracas en 1968 para evitar los sentimientos anti-árabes de los venezolanos, que los llamaban 'Turcos'. Mohamed en ese entonces tenía ocho años y asistió a la escuela pública bajo el nombre de Rodríguez hasta graduarse de bachiller. Para ese entonces, ya era un ciudadano venezolano y no tenía ningún acento ni ningún otro indicio visible de sus raíces. Por razones que no estaban claras, sus padres habían inmigrado a Arabia Saudita en la década de 1980 y nadie tuvo más noticias de ellos. Munir podría explicarle cómo fue que Mohamed se había vuelto castrista.

El *tour de forcé* con Hamid terminó unos 30 minutos más tarde cerca de la bulliciosa Gran Mezquita de Trípoli. Hamid apagó la radio, condujo hacia la calle Rachid Rida y luego giró hacia la derecha. Disminuyendo la marcha, le señaló, --¡Esta es la Gran Mezquita, construida en 1294! La mezquita reemplazó a los edificios de los Mamelucos que a su vez habían construido en el lugar de una iglesia cristiana de la época de las cruzadas. ¡Es muy bella!, ¿no cree?

--¿Quiénes eran los Mamelucos?-- le preguntó.

--¡Eran soldados esclavos musulmanes de Egipto!

Hamid detuvo el taxi, salió apresuradamente, y abrió la puerta de Iván diciendo, --Souq está detrás de aquí. ¿Tiene la dirección?-- Iván le dio un papel con la dirección y el nombre de Munir. Hamid lo miró y le dijo, --Espéreme en el taxi mientras busco a Munir-- y desapareció entre los edificios.

Iván esperó afuera del taxi. Siguió con su mirada a un grupo de mujeres que caminaban por la calle con sus cabezas y rostros cubiertos.

También vio a unas pocas mujeres vestidas al estilo occidental. El taxi estaba ilegalmente estacionado y al ver a un par de soldados sirios acercarse, se puso nervioso.

De pronto, escuchó la voz de Hamid que rebotaba sobre el techo del taxi. Se dio vuelta mientras trataba de escuchar el eco de las palabras que provenían de las entrañas del mercado. --¡Venga por aquí, Sr. Iván, venga!

Entró por un callejón que atravesaba el mercado, y quedó parcialmente cegado por la oscuridad repentina del estrecho pasaje. A los lados, había mujeres vendiendo mercadería. Algunas de ellas parecían darle una amable y silenciosa bienvenida.

Se abrió paso a través de los cientos de personas que caminaban por el mercado hasta que se topó con Hamid y aprovechó para pagarle. Luego se dirigió hacia un hombre corpulento de unos 40 años que le hacía señas con las manos para que se acercara. Cuando estuvo lo suficientemente cerca, el hombre juntó las palmas de sus manos y las alzó diciendo, --¡*Márjaba!* *¡Márjaba! ¡Ajalan Jua Sajalan*!, ¡soy Munir, usted debe ser Iván! ¡Los amigos de Raymundo Martínez son como si fueran familia para mí!--. Su español era impecable.

Munir tenía unos ojos negros penetrantes que parecían querer saltar de su rostro fornido. Su frente era muy amplia debido a las profundas entradas en su cabello y coronaba a sus tupidas cejas negras. Lucía como un típico 'Turco,' término que aborrecía.

Llevó a Iván a su tienda adonde le presentó a su hija, una mujer delgada y joven que lucía un pañuelo blanco sobre su cabeza, que estaba sentada al lado de los estantes repletos de mercadería.

--¿Ha comido ya, mi amigo?-- le preguntó. Iván negó con la cabeza. Este tipo de encuentros se estaba convirtiendo en una rutina.

--Bien. Como podrá ver-- respondió sonriendo --mi aposento aquí es muy modesto, así que déjeme sugerirle un restaurante excelente adonde nadie nos molestará. ¿Qué le parece la idea?

Iván estaba a punto de contestar, cuando Munir agregó, --¿Ha comido alguna vez comida libanesa?

Él asintió.

Entonces, Munir lo tomó del codo y gentilmente lo llevó hacia la calle diciendo, --¡Lo voy a llevar al mejor lugar para comer nuestra comida!-- Caminaron durante unos diez minutos hasta llegar a un restaurante cavernoso con paredes de piedra y se sentaron en la parte posterior.

Munir ordenó un *mezze*, que consistía de pasta de garbanzos, tabouli, pastelillos de carne de cordero, croquetas de carne de ternera molida, queso de cabra con cebollas, aceitunas con tomates frescos, hojas de parra rellenas de carne y arroz y chorizos de cordero. Iván se preguntó cómo se las arreglarían para consumir tanta comida. Probó el licor anisado nacional *arak*, que tomaba una consistencia similar a la leche cuando se le agregaba agua. A Iván no le gustó mucho su sabor, pero igualmente lo bebió.

Munir ordenó un té del cual bebió en grandes cantidades y luego le preguntó, --¿Y... qué me dice? ¿Le gusta nuestro país?-- No podía disimular su entusiasmo, pero se calmó cuando comenzó a hablar acerca de su primo. Frunció el ceño como si su cabeza quisiera romper una barrera y dijo, --Nunca hablo de esa parte de la familia.

--¿Ha hablado con él recientemente?

--No, perdí contacto con él hace unos dos o tres años cuando regresé al Líbano.

La mirada de Iván se tornó seria por la obvia incomodidad de Munir.

--Dígame, ¿Mohamed nació en Palestina?

--Sí, pero su familia llegó aquí luego de la guerra de 1967. Perdieron su hogar, como tantos…, fue algo muy triste.

--¿Cómo llegaron a Venezuela?

--Yo lo arreglé, yo tenía muchos contactos en ese entonces.

--¿Y cuando estuvieron aquí, vivieron en uno de los campos de palestinos?

--Sí, fue una situación muy triste. La pérdida de su hogar realmente radicalizó a Mohamed, aunque era muy joven como para poder hacer algo al respecto.

--¿Qué edad tenía?

--Tenía siete años.

--¿Tan joven era?

Munir asintió. --Yo les di dinero para que llegaran a Cuba y luego arreglé para que se mudaran a Venezuela. Mohamed fue a la escuela y siempre obtuvo buenas calificaciones, especialmente en el bachillerato.

--¿Y qué pasó después de que se graduó?

--Mi primo no era lo suficientemente inteligente como para no meterse en problemas. Algo lo carcomía, así que regresó al Líbano en 1978, luego fue a Saida donde se unió a la Organización para la Liberación de Palestina y peleó contra los israelíes hasta que la OLP se fue de Beirut oriental en 1982. Ésto sucedió después de que los norteamericanos negociaran un cese al fuego--. Munir hizo una pausa para servirse un poco más de comida y continuó, --Luego retornó con Arafat a pelear contra los sirios y contra algunos de nuestros propios palestinos. Finalmente, se marchó a fines de 1983.

--¿Se fue con Arafat?

--No lo sé..,-- dijo encogiéndose de hombros. Luego le señaló el queso de cabra y le dijo, --¡Pruebe ésto!-- mientras le agregaba una cucharada de azúcar a otra taza de té. --Todo lo que sé-- continuó --es que Mohamed estuvo involucrado en el bombardeo a la embajada norteamericana en Beirut que dejó muchos muertos. Luego de enterarme que el atentado había sido llevado a cabo por la Jihad Islámica, comprendí que Mohamed había perdido la cabeza.

--Eso es lo que causa la guerra en la gente…

--Quizás es que he vivido fuera del país por mucho tiempo, pero estoy convencido de que nuestra guerra es una sentencia que nos asegura que dentro de 100 años ya no habrá más palestinos en el mundo.

Iván no se atrevió a hacer comentario alguno.

--¡Que Alá nos ayude!-- exclamó en voz baja

--¿Cómo fue que Mohamed se involucró con Cuba?

Munir estaba sorprendido. --¿No lo sabe?

--No, Martínez no me lo dijo.

--Ah--. Munir sonrió sabiamente. --Mi primo regresó a Venezuela en 1985 y…, no, perdón, fue en 1986. Y entonces me pidió que lo pusiera en contacto con mis relaciones en Cuba ya que, como yo era un comerciante, no había perdido mis contactos cubanos.

--¿Le mencionó las razones de su interés en Cuba?

--No…, y yo tampoco le pregunté.

--¿Le parece que hay alguna posibilidad de que Mohamed hubiera estado interesado en conectar la guerra de los palestinos con los cubanos?

Munir soltó una carcajada. --Quizás, pero no creo, porque Cuba ya tenía suficientes problemas.

--¿Sabía usted que estuvo involucrado con una organización izquierdista en Venezuela llamada Movimiento hacia la Izquierda?

Sus ojos se agrandaron. --No…, nunca oí nada acerca de eso.

--Mohamed ha sido vinculado con actividades terroristas tales como el bombardeo a propiedades del gobierno.

--Quizás Cuba le ofrece una buena fachada, como comunista tiene una buena excusa, ¿no le parece?

--¿Me está queriendo decir que de esa manera sería mejor aceptado en Venezuela?

Munir sonrió. --Los venezolanos siempre han estado enamorados de Castro. Parece una buena idea el hacerse pasar por comunista-- dijo comiéndose lo que quedaba de la *mezze.*

Iván quería discutirle, pero lo dejó así. --Quizás, pero…

--Los chismes familiares son que Mohamed está dirigiendo una cruzada hostil contra los Estados Unidos, por eso mismo es que colaboró con el atentado a la embajada en Beirut.

--¿Y, cómo?

Consciente de la presencia del mesero, miró a Iván fríamente, haciendo gestos de que permaneciera en silencio por un momento. Ordenó una brocheta de pollo asado con salsa de limón y ajo y un budín de leche con almendras y nueces para el postre. Finalmente dijo, --Venezuela es un miembro de la OPEC, ¿no?

--No entiendo lo que me quiere decir.

--Los países de la OPEC se pelean siempre entre sí, pero existen ciertos lazos que los unen.

--Sí, Irán e Irak son un claro ejemplo de ello.

--E Irak invadió Kuwait, ¿no?

Iván asintió.

--¿Y por qué lo hicieron?-- preguntó Munir retóricamente.

Iván se encogió de hombros. --Supongo que porque Irák quiere controlar la mayor cantidad de reservas de petróleo posibles.

--Bien..., ¿y qué hay de los Estados Unidos?

--Es el mayor consumidor de petróleo del mundo.

--¡Exactamente!

Iván preguntó con impaciencia, --¿Y entonces por qué quieren destruir al consumidor más grande?

--Porque es una guerra tanto psicológica como geográfica--. Enigmáticamente, Munir le preguntó, --Dígame, ¿cuál sería la mayor amenaza para la supervivencia de los países de la OPEC?

Iván permaneció en silencio.

--La OPEC depende de los Estados Unidos, ¿no es así?

Para Iván, las células del cerebro de Munir se movían demasiado rápido. Las diferentes posibilidades martillaban en su cabeza cuando Munir agregó, --Venezuela fue uno de los países fundadores de la OPEC, y como usted sabe, su Presidente...

--Carlos Andrés Pérez.

--Sí, Carlos Andrés Pérez cree en las reformas comerciales y en los acuerdos de libre comercio. Los Estados Unidos están considerando un tratado de libre comercio con México y Pérez seguramente está interesado en lograr un mismo tipo de acuerdo.

--¿Y usted cree que lo conseguirá?

--Quizás-- dijo Munir --el hecho de que Pérez haya sido elegido por segunda vez habla por sí mismo.

Iván estaba por discutir con él, pero se detuvo para observar a las brochetas de pollo que les estaban sirviendo.

De pronto, la voz de Munir se volvió misteriosa y dijo, --Estamos en el medio de una guerra geopolítica, mi amigo. Hay fuerzas que no quieren que los Estados Unidos se acerquen a México o a Venezuela--. Luego, concentró su atención en el pollo, --Ésto, se come con ésto-- le dijo mientras le enseñaba a untar el pollo con una pasta de ajo de consistencia similar a la mayonesa.

--Venezuela y Ecuador son los únicos miembros de la OPEC del continente americano-- dijo Iván.

Munir se mantuvo en silencio. Segundos más tarde se atragantó y tosió. --¿Y qué hay de Colombia y México?-- preguntó.

--No son miembros de la OPEC.

--¡Pero eso no importa!, lo importante es que son productores de petróleo. Además, México, Venezuela y Colombia son miembros de otro pacto--. Munir se sirvió más pollo en su plato y lo cubrió con la salsa de ajo. Luego se chupó los dedos diciendo, --¡Mmmmmm, ésto está delicioso!, ¿quiere un poco más?

Iván dijo que no con la cabeza y agregó, --Si seguimos esa corriente de pensamiento, creo que lo que usted me está queriendo decir es que Mohamed estaría trabajando para un grupo que está en contra de un alineamiento comercial de las Américas, porque si eso sucediera, se reduciría la importancia de los países productores de petróleo del medio oriente, ¿no es así?

--Mi amigo, ya pudimos ver lo que sucedió en la era posterior al embargo, ¿no? Las naciones consumidoras empezaron a ajustar sus termostatos y a buscar alternativas. Entonces la OPEC empezó a comportarse mejor, al menos oficialmente--. Munir terminó de comer la última pieza de pollo y ordenó más té.

--Yo creo que eso es no ver más allá de las cosas-- dijo Iván.

--No es tan descabellado como parece. Lo que intentan hacer es aislar al norte del sur. Encontrarán la manera de distanciar a Venezuela, México y Colombia de los Estados Unidos.

--¿Y cómo piensa hacer Mohamed para aislar a los Estados Unidos del resto de América?

Munir frunció el ceño, ordenó café turco y le ofreció a Iván, --¿Quiere café?

--No gracias, pero dígame, mi amigo, ¿qué es lo que me estaba diciendo?

--¿Acerca de qué?

--Acerca de aislar esos países...

--La situación que le estoy planteando es mucho más grande de lo que parece. Muy pronto se firmará un acuerdo comercial entre México, Canadá y los Estados Unidos.

--¿Está seguro?

--Sí.

--¿Y con eso me quiere decir que el Presidente Pérez puede utilizar ese tratado para justificar de una mejor manera un tratado con Venezuela?-- dijo Iván mientras pensaba en el atentado a la refinería en la que iba a estar presente el embajador de los Estados Unidos.

--Sí-- respondió Munir, y haciendo una pausa, recordó algo. --México tiene mucho que ganar con ese tratado. Es el comienzo de un proceso de alineamiento del continente americano, y hay gente que no quiere que ésto suceda.

--Y si ésto le abre las puertas a un pacto futuro con Colombia, Venezuela y Ecuador, se acabaría la influencia de la OPEC...-- dijo Iván mientras miraba a su arak que estaba medio vacío.

Munir soltó una carcajada --¡Ya se acostumbrará al sabor del arak, le aseguro!-- De pronto se puso serio y le dijo, --Recuerde lo que le voy a decir, mi amigo. Cada vez que Estados Unidos se acerque un poco más a México, algo malo va a suceder.

--¿Y qué pasa con la causa palestina?, si Mohamed está trabajando para fortalecer la dependencia de los Estados Unidos con la OPEC, está yendo en contra del objetivo palestino de sacar a los Estados Unidos del medio oriente y aislar a Israel.

--Si, pero al depender de la OPEC, los Estados Unidos se debilitan.

--No comprendo esa lógica.

--El terrorismo puede visitar a los Estados Unidos por medio de la puerta trasera.

--¿Se refiere a través de Latinoamérica?

--¡Exactamente!, y así las economías de los países latinoamericanos se mantienen débiles, mientras los Estados Unidos siguen dependiendo de nosotros.

--Y dígame…, ¿ha escuchado algún otro dato interesante?

--No…, nada que sea confiable-- dijo encogiéndose de hombros. Luego se acercó a Iván y añadió, --Pero sé que mi primo experto en bombas y sus amigos van a hacer algo en Nueva York en cuanto se firme el tratado de libre comercio norteamericano.

--Pero la ciudad de Nueva York está muy lejos de Venezuela.

--Sí, pero distraerá la atención de los norteamericanos.

Iván observó como Munir tomaba su taza de café turco en tres tragos y agregó, --Por otro lado, quizás el objetivo sea distraer la atención mientras hacen otra cosa.

--¿Qué cosa?

--Tomar el control de Venezuela--. De pronto se puso a pensar en la guerra entre Saddam Hussein y los Estados Unidos y dijo, --Venezuela es uno de los principales exportadores de petróleo a los Estados Unidos, y si se eso se corta, los Estados Unidos se volverían más vulnerables--. La idea no parecía tan descabellada. Hace solo unos meses él pensaba que Mohamed no era capaz de hacer nada.

--Si yo fuera usted, mi amigo, verificaría los datos que le dí.

--Debo admitir que ésto que me ha contado acerca de Mohamed ha sido una gran sorpresa para mí. Le aseguro que ha ocultado muy bien sus intenciones.

Minutos más tarde, Munir lo llevó a la central de taxis donde contrató uno que lo llevaría de regreso a Beirut. Eran casi las cinco de la tarde. Le agradeció a Munir, quien continuaba diciéndole con insistencia que investigara acerca de todo lo que habían conversado. Iván comprendió la importancia de los pedidos de Munir. No quería especular, pero era evidente que estaba ocurriendo algo importante, digno de ser analizado.

El taxi avanzó hacia la oscuridad del atardecer. Iván dirigió su mirada a la cabellera crespa del taxista y luego a las sombras que caían sobre la costa a su derecha. El horizonte se hacía cada vez más oscuro. Las rocas eran golpeadas por grandes olas blancas llenas de espuma. De pronto, recordó la última discusión que había tenido con su abuelo acerca de una revuelta estudiantil que había dejado como resultado a dos estudiantes muertos. Nada se había investigado porque, de acuerdo a las autoridades, las acusaciones de asesinato no estaban basadas en hechos objetivos.

--Yo no se qué clase de pruebas necesitan las autoridades para demostrar que los estudiantes fueron asesinados-- le dijo con ira al General García. --¡Los muertos están muertos y no hay nada más que comprobar!

Por otro lado, era probable que el asunto hubiera estado más allá del alcance de García.

El taxi dobló en la Avenida Hamra de Beirut y lo dejó en la zona comercial más activa de la ciudad. Regresaría a Venezuela en tres días, de modo que le quedaba tiempo para descansar. Entró en varios comercios adonde se vendían artesanías asiáticas y africanas, ropas de marca, joyas y otras mercaderías diversas. Mientras paseaba, aprovechó para pensar en la guerra civil que había terminado un año atrás. Varios comerciantes le hablaron en un español entrecortado sobre los acontecimientos actuales.

Le dijeron que el país se mantenía unido mediante un frágil tratado de paz, pero que el motivo real era el agotamiento después de años de lucha. Rezaban pidiendo que nunca regrese la línea divisoria que había separado a la ciudad de Beirut en la zona cristiana del este y la musulmana del oeste.

Caminó cautelosamente por la acera desnivelada hacia su hotel, deteniéndose esporádicamente a mirar las tiendas cuyas paredes estaban repletas de agujeros de balas y de morteros. Continuó caminando hacia el este, y a unos 50 metros de la puerta de su hotel, se sobresaltó al escuchar varios ruidos de estallidos que reverberaron en el aire.

Rápidamente, se echó al suelo en la acera contra un carro estacionado. Esperó por varios minutos antes de salir corriendo hacia adelante protegido por otro carro. Oyó otros estallidos. Levantó la cabeza. Bajo la luz espectral de la luna, divisó unas siluetas que corrían detrás de otro carro a unos 70 pasos de distancia en el mismo lado de la calle. A toda prisa, corrió detrás de otro auto y miró la parte de abajo, pero no vio nada. Esperó alrededor de un minuto más y de pronto una camioneta gris pasó rápidamente por delante de donde él estaba y se detuvo en la puerta del hotel. Resonaron pasos en el pavimento y varios hombres armados con ametralladoras se desplegaron en el área. Pertenecían a la milicia libanesa. Su corazón palpitaba fuertemente y dejó escapar un suspiro de alivio.

33

31 de Enero de 1992
Costa Noroeste de Venezuela

A las cuatro de la mañana, el Capitán Roberto Beltrán relajó su cuerpo robusto en el asiento trasero de su sedán negro mientras se dirigía a la inauguración de la refinería. Viajaba por la carretera costera que unía a Caracas con Cumaná, el asentamiento español más antiguo de Sudamérica. Barcelona se encontraba a la mitad de camino. Beltrán detestaba este viaje a pesar de los paisajes espectaculares.

Beltrán admitía ser un cínico por la manera en que los venezolanos acumulaban información pero no la compartían. Nadie compartía nada porque tener información era lo mismo que tener poder.

Muy pocas veces se utilizaban los canales oficiales. Antes de este viaje, por ejemplo, Beltrán había recibido una copia clandestina de un informe preparado por la policía de seguridad. Uno de sus agentes secretos había copiado el informe. Era vergonzoso recibir esa información de manera encubierta porque el asunto era de su jurisdicción, sin embargo, nadie le había informado al respecto.

El informe describía un cargamento de ametralladoras ligeras norteamericanas capaces de disparar más de 420 balas por minuto. Las armas, que habían sido transportadas clandestinamente por vía marítima, estaban llenas de arena lo que hacía fácil identificar el destino del contenedor de madera en el que habían sido transportadas. Los contenedores provenían de una playa del noroeste de Venezuela, conocida por el alto contenido de hierro de sus arenas. Estas armas eran muy diferentes del tipo de armas que se solían decomisar, generalmente armas soviéticas simples que eran vendidas por mercenarios de América del Norte, Japón, Arabia Saudita y otros países.

El propósito de las armas era desconocido y todo este asunto lo ponía muy nervioso. Unas cuantas facciones militares descontentas merodeaban por el país, pero lo peor de todo eran los rumores de un golpe de estado inminente que sería llevado a cabo por facciones izquierdistas del ejército. La conclusión obvia era que las armas eran para ellos, o quizás para civiles que apoyarían el golpe.

Beltrán se estremeció de solo pensar que su propio plan podría haber sido descubierto. La policía de seguridad había liberado a Trushenko, y Trushenko sabía demasiado. ¿Por qué diablos su propia gente había delegado a Alfredo Villanueva la tarea de matar a Trushenko? Villanueva no pertenecía a su círculo. ¿No se les ocurrió que no mataría al bastardo? Beltrán estaba molesto por todas las malditas ambigüedades que convertían a todos en unos sonámbulos que actuaban sin pensar.

Además, le molestaba la manera en que sus superiores lo intimidaban. Él no era un idiota dócil de bajo rango al que podían maltratar cada vez que necesitaban dar rienda suelta a sus propias frustraciones o cuando necesitaban a alguien a quien dar órdenes a su antojo.

Él era miembro del club de oficiales y eso lo ayudaba a acortar las distancias sociales. Por otro lado, resentía este viaje porque odiaba a los orientales. No tenía nada bueno que decir acerca de ellos. Consideraba que los ingleses debían haberlos invadido hace siglos. Si Bolívar no los hubiera convencido de no separarse de la república, recordándoles que los ingleses los invadirían por Trinidad, hoy no serían más que un montón de patos graznando.

Mientras tanto, el sedán rodaba por la carretera interestatal en dirección a otro pueblo costero. Las sombras de las montañas lo camuflaban todo. Esporádicamente, aparecían algunas palmeras que parecían espíritus de largas cabelleras. El día estaba bostezando.

El sedán llegó a las afueras del pueblo y giró a la derecha hacia una gasolinera. Otro carro, un Impala blanco, paró frente al sedán para cargar gasolina. El empleado, un hombre mulato de baja estatura, se acercó al

Impala y comenzó a expenderle gasolina. El edificio de la gasolinera estaba a la derecha iluminado por una bombilla de 60 vatios que competía con el amanecer. El lugar estaba desolado.

Beltrán puso su mano en la manivela de la puerta y le dijo al chofer, --Pablo, mi vejiga y yo daremos una conferencia-- señalando hacia un sector oscuro detrás del edificio adonde nadie podría verlo.

Pablo asintió y se dispuso a sacar dinero de la guantera.

Tan pronto como Beltrán abandonó el sedán, el empleado de la gasolinera abandonó su puesto y se dirigió rápidamente hacia donde estaba Beltrán y lo encañonó por la espalda con una pistola que hundió en sus costillas. Lo empujó hacia el parachoques trasero del sedán y lo golpeó en la nuca con la culata de la pistola dejándolo inconsciente por varios minutos.

Mientras tanto, Pablo salió del auto sin saber lo que estaba sucediendo. De pronto se sobresaltó al escuchar el chirrido de las ruedas de un carro que se detuvo detrás de él. Dos individuos salieron rápidamente, pistola en mano, cubriéndose con las puertas del carro. Torpemente, Pablo se escurrió detrás de la puerta abierta del sedán, se agachó, y tomó una pistola que llevaba escondida en su tobillo. Buscó a Beltrán pero no tuvo tiempo de hacerlo ya que repentinamente quedó enceguecido por unas bombas de fabricación casera que explotaron contra el edificio. En menos de un segundo, una mano emergió de una de las ventanillas del Impala y disparó. Pablo cayó muerto en el pavimento.

Beltrán fue arrastrado hasta el Impala, que había sido robado esa misma mañana. Lo obligaron a sentarse en el medio del asiento delantero. A su derecha se sentó Rodríguez. El supuesto empleado se sentó al volante. Beltrán estaba rodeado por Rodríguez, el empleado y dos mujeres que se sentaron en el asiento posterior. Beltrán sintió que le faltaba el aire.

De pronto, una de las mujeres dijo, --Capitán, sin formalidades, ¿dónde están sus invitados?

Beltrán pestañeó. Su cabeza estallaba de dolor y su nuca estaba traumatizada.

--¿Qué invitados?—preguntó.

La mujer le contestó, --El embajador norteamericano, el...

--Ellos no vienen, cancelaron su visita-- le respondió arqueando sus hombros de manera desafiante, pero la mujer abruptamente le clavó la pistola automática en la nuca. --¿Qué le parece si jugamos a la ruleta venezolana?

Su mandíbula se puso tensa y le respondió con cinismo, --No sé cómo vamos a jugar a la ruleta, si eso no es un revolver.

--Muy perspicaz, ahora dígame, ¿el cargador está lleno o vacío?

Beltrán hizo silencio y escondió su miedo mientras el Impala zigzagueaba a gran velocidad seguido por el sedán negro y el otro carro.

*****

Esther fue a Barcelona a depositar una pequeña cantidad de dinero. A las 8:30 de la mañana salió del banco en el centro de la ciudad y observó las nubes que amenazaban con dividirse. La mañana había florecido con una brisa fresca que le alborotaba los cabellos.

Giró a la izquierda, cruzó la calle y se dirigió a una tienda de delicatesen que estaba ubicada enfrente del banco. El lugar era conveniente ya que su Pontiac estaba estacionado al frente de la tienda. Una vez adentro, ordenó un café y una arepa de jamón.

Mientras comía, se paró cerca de la puerta de entrada y contempló el tráfico mientras repasaba mentalmente lo que iba a hacer más tarde. Su cabeza estaba llena de preguntas. Iván le había hablado por teléfono diciéndole que regresaría a Caracas. ¿Debería viajar a darle la bienvenida junto a su familia?, o quizás debía esperar y visitar a los agricultores que no habían asistido a la reunión. ¿Qué les iba a decir? ¿Cómo podría convencerlos de que ellos podían resolver sus propios problemas? ¿Cómo se las arreglaría para cambiar el entorno, que se tragaba a todos en el agujero negro de la desesperanza? Si no continuaba promocionando la cooperativa, todos caerían nuevamente en ese agujero.

Se recordó a sí misma que no debía olvidarse de llamar a la madre de Iván y pensó que debía ser cuidadosa al hablar con ella. También debía ser cuidadosa al hablar con los agricultores. Debía asegurarse que su conversación no tuviera ningún tinte político. Era importante que comprendieran que no estaban obedeciendo a nadie, pero que tenían que comprometerse con el proyecto. Les repetiría ese mensaje una y otra vez y les explicaría que la idea era involucrarse con un grupo de auto-ayuda que les permitiría transformar su comunidad sin necesidad de políticos, ni de bancos, ni de Curiel. Además, como productores cafetaleros independientes, tenían que demostrar que la gente común podía producir logros significativos. De nada serviría recibir recursos externos si ellos mismos no cambiaban sus propias condiciones.

Esther miró a su alrededor. Algunas personas estaban agrupadas, saboreando sus cafés. A su derecha, una mujer cargada de joyas de fantasía miraba hacia adelante perdida en sus pensamientos. A su izquierda, un hombre mayor estaba leyendo un periódico. Un poco más atrás, una joven pareja intercambiaba miradas de adoración.

Oyó el ruido de un autobús que avanzaba lentamente por la calle, deteniéndose durante intervalos breves para subir y bajar pasajeros. Minutos después, se alejó ruidosamente dejando varios pasajeros en una esquina cercana.

Uno de estos pasajeros, era un hombre que Esther pudo reconocer cuando se acercó en dirección al banco, y se detuvo en la entrada donde compró un periódico a un niño de unos siete u ocho años. Se detuvo a leer el periódico al lado del niño, mientras inspeccionaba intermitentemente la actividad a través de la vidriera del banco. De pronto, un Impala blanco llegó repentinamente y dos mujeres y dos hombres descendieron del auto. Uno de los hombres era Rodríguez.

Rápidamente, Esther abandonó su taza de café en el mostrador, corrió hacia afuera, abrió la puerta de su carro y se sentó detrás del volante sin perder de vista a Rodríguez.

Rodríguez y sus acompañantes sacaron cuatro rifles M-16 del interior del Impala. El hombre del periódico entró rápidamente al asiento trasero y se sentó al lado de otro hombre. Rodríguez ordenó a una de las mujeres que tomara su posición frente al banco mientras él ingresó, seguido por los otros dos.

Esther buscó en la guantera, la pistola automática calibre .45 de Iván que ella siempre cargaba cuando transportaba dinero. La colocó dentro de su cinturón, salió y se puso una vieja chaqueta de jean para ocultar el arma. Cruzó la calle. Con cuidado, saludó con su mano a la mujer que hacía guardia en la puerta.

La mujer la reconoció. --Tengo un mensaje para Rodríguez-- le dijo Esther levantando sus manos.

--¿Qué estás haciendo aquí?-- le preguntó la mujer.

--Tengo noticias de Cuba, están buscando a Rodríguez para una reunión--. Esther ladeó la cabeza, sonrió y se paró al lado del Impala. Un hombre de uniforme que se encontraba en el asiento trasero, la miró con desprecio.

La mujer dio unos pasos hacia atrás y apuntó su M-16 en dirección de la entrada. --¡En este momento Rodríguez está ocupado, ¿no te das cuenta?!

Esther asintió y le dijo, --Sí, es obvio--. Dicho ésto, miró hacia adentro del banco y observó al guardia de seguridad desarmado y vio como alejaban a los clientes de la puerta de entrada a los empujones. Adentro, la mujer armada cruzó el salón y pasó a través de una puerta giratoria hacia un mostrador. Rodríguez apuntó su arma al estómago de un hombre y parecía gritarle instrucciones. Temblando, el sujeto movió la cabeza asintiendo frenéticamente y guió a Rodríguez a un cuarto más adentro.

Esther supuso que a estas alturas, Rodríguez ya tendría la combinación de la caja fuerte. Minutos más tarde, luego de haber transferido el dinero a una bolsa roja de plástico, la mujer salió por la puerta giratoria acompañada del otro hombre. De pronto, Rodríguez aplastó su pistola automática en la cara del gerente. Cuando el cuerpo del gerente de desplomó en el piso, Rodríguez lo pateó repetidas veces sin piedad.

De repente, Esther sintió que todo avanzaba en cámara lenta. Dio unos pasos hacia atrás y se quedó congelada cuando giró su cabeza hacia la tienda. Un policía de uniforme se acercaba cruzando la calle en dirección al banco.

Sonaron varios disparos en el aire y el policía cayó al suelo de rodillas sobre el asfalto. Segundos después, se las arregló para arrastrarse hasta un carro estacionado delante del Pontiac mientras otras personas corrían a esconderse detrás de otros carros.

Ella notó algo más, observó un cuerpo inerte y su corazón se paralizó. La silueta era la del niño que vendía periódicos y sus brazos abrazaban a un montón de ejemplares que se dispersaban en el viento.

Estuvo a punto de agarrar su pistola pero se detuvo al ver a Rodríguez salir por la puerta del banco. Él la miró fríamente y le preguntó, --¿Qué diablos estás haciendo aquí?

--Tengo un mensaje de Cuba-- le respondió e inmediatamente se dirigió hacia donde estaba el niño. Al llegar, vio que sus ojos estaban vidriosos. Había recibido un disparo debajo del oído que le había destruido parte de su cabeza.

Dándose vuelta, enfrentó a Rodríguez que la miraba con la pistola automática en una mano y el rifle M-16 en la otra, pero a ella no le importó. Por un segundo, contuvo el aliento y le gruñó, --¡Métete en tu carro y vete de aquí!

--¿Acaso pensaste que…?

--No me importa lo que pienses-- le contestó con voz ronca --¡métete al carro!

Rodríguez apretó sus labios conteniendo la rabia. Su rostro se contrajo. Apuntó a Esther con la pistola automática y le dijo, --La pena por insubordinación es severa. Tienes 30 segundos para largarte de aquí.

Esther no quería moverse, pero Rodríguez bajó su pistola automática en un gesto de paz.

Ella cedió, y sin vacilar, se dio vuelta y comenzó a caminar en dirección a su carro. De pronto, él le apuntó por la espalda y alguien gritó, --¡Cuidado, te va a disparar!

Esther saltó detrás del parachoques del Pontiac antes de que Rodríguez le disparara dos veces. Las balas perforaron el metal que la protegía. Él se acercó, pero antes de que pudiera disparar nuevamente, Esther sacó su pistola automática y le disparó en el pecho.

Sus armas se desprendieron de sus manos. Cayó de rodillas y se desplomó de cara al asfalto. Cuando sus compañeros se dieron cuenta que no había nada por hacer, se acercaron y lo arrastraron dentro del Impala, que salió a toda velocidad y desapareció por la esquina.

Esther depositó suavemente al niño sobre la acera y torpemente se puso a buscar al policía de mediana edad que la había puesto sobre aviso. Cuando lo encontró, su brazo derecho descansaba sobre su vientre ensangrentado. El oficial levantó su brazo izquierdo diciendo, --¡Por favor no dispare, tengo una familia que mantener!

Ella captó su mirada y le dijo suavemente, --Cálmese, no le voy a hacer nada-- mientras colocaba su pistola nuevamente dentro del cinturón. Se agachó para revisar la herida del policía y le preguntó, --¿Puede caminar?

Cuando él le dijo que no podía porque estaba demasiado débil, ella agregó, --Esperemos entonces--. Se sentó a su lado, y cerrando los ojos dijo, --Gracias por avisarme.

--¡Tú eres una de las nuestras!... ¡Eres como nuestra Eulalia, una verdadera patriota!

Esther sonrió ante el cumplido. Eulalia de Chamberlain, fue una venezolana esposa de un inglés, que había sido asesinada por los españoles junto a 3.000 patriotas no muy lejos de allí.

--¿Así que cómo Eulalia?

Los ojos del policía irradiaban admiración. --Sí, como ella, peleaste por defendernos... ¡Y después mataste al bastardo!

--Me preguntó adónde se habrán escapado...

--Pude oír algo acerca de la Isla de Trinidad.

Ella estaba demasiado agotada como para llorar. Mirando al vacío, dijo, --Mi padre estaría orgulloso de mi--. Diciendo ésto, pensó en su hogar en las montañas, la cuna de los luchadores Sotero.

34

3 de Febrero de 1992
Washington, D.C.

Los titulares del periódico impresionaron a Diana. COMPLOT DE ASESINATO EN VENEZUELA. EL artículo decía, *El vocero oficial del Presidente Carlos Andrés Pérez condenó el complot de asesinato liderado por el izquierdista José Rodríguez. El plan fue descubierto a tiempo para alertar a los distinguidos invitados a la inauguración de una refinería al este de Venezuela. Con respecto a las acusaciones de la oposición, no hay nada que sugiera ninguna conexión entre este complot y la oposición a las políticas neoliberales del gobierno.*

Diana continuó leyendo. *Los pobres de Venezuela confrontan una crisis debido a las presiones impuestas por la banca internacional.* Ella se detuvo, miró su reloj, dobló el periódico y lo guardó en su maletín.

Caminó de prisa para encontrarse con Alex y Stanley en la oficina del Presidente del BPD, Walter Douglas Donovan. Donovan había convocado a una reunión de emergencia y Alex le había advertido por teléfono que el proyecto estaba en peligro de ser suspendido.

Alex levantó la mirada cuando Diana entró en la sala de espera de la oficina del Presidente. Sus ojos se encontraron. No daba la impresión de que Alex estuviera alarmado, pero eso era difícil de detectar ya que él era un optimista nato.

--El tiempo está de nuestro lado—él le dijo con tranquilidad --considera ésto como un precalentamiento.

Sorprendida, ella lo acribilló a preguntas, pero Alex estaba circunspecto. Su actitud la ponía nerviosa.

--¿Por qué..., por qué no quieres discutirlo?

--Porque así es la naturaleza del negocio en que estamos-- dijo él encogiéndose de hombros.

Cuando Stanley entró en la sala de espera, apenas tuvo tiempo para decir buenos días porque Donovan salió y los invitó a pasar a una pequeña sala de conferencias. Cuando Donovan comenzó a hablar, Diana se alarmó. Donovan estaba congelando el proyecto cafetalero de Venezuela.

--¿Por qué, si ni siquiera lo hemos iniciado?-- preguntó ella con desesperación --el proyecto es viable, los agricultores están de acuerdo en trabajar con nosotros, ¿por qué quiere congelar el proyecto?

--Supongo que habrá visto los periódicos, ¿no?-- preguntó Donovan.

--¡Si, pero no hubo ningún asesinato!

Alex asintió en silencio.

--Comprendo sus sentimientos-- dijo Donovan --pero hay otro problema.

Ella lo miró fijamente.

Donovan extrajo una carta de su libreta y se la dio. --Alex ya ha leído esta carta. El Dr. Miguel Curiel se opone al proyecto basándose en el hecho de que él no participa del mismo.

Ella dirigió una mirada fría a Stanley y le dijo, --Supongo que tú habrás actuado como mensajero.

Cuando Stanley asintió con la cabeza, su mirada se posó en un párrafo de la carta: ... *el proceso de descentralización destaca la importancia de cooperar con mi oficina...*

Diana estaba furiosa. --¡Ésto es lo más ridículo que he oído en mi vida! Estamos operando con la anuencia de dos instituciones federales, el Ministerio de Agricultura, y el Banco de Asuntos Rurales.

Stanley le respondió, --Estás empujando una confrontación entre los campesinos y el sistema. Nos enfrentamos a una situación similar a la que tuvimos en El Salvador. No podemos comprometer al BPD poniéndonos de un lado de la confrontación, ya que corremos el riesgo de terminar nuevamente con campesinos masacrados.

--Debes pensar que soy una débil mental, Stanley, pero ¿cómo diablos va a hacer el BPD para ayudar a las comunidades rurales si siempre cae en las manos de canallas corruptos?

Nadie le respondió.

Ella dobló la carta y se la devolvió a Donovan, quien dijo, --Hay trece miembros en la mesa directiva, y siete de ellos representan ideologías conservadoras. Creen en los cambios lentos. No quieren crear ese tipo de confrontaciones. Los otros seis seguramente estarían de acuerdo contigo, pero no tienes los votos suficientes. Te aseguro que teniendo en cuenta la situación actual en Venezuela, sumado a la carta de Curiel, es imposible que consigas los votos suficientes para salvar el proyecto--. Donovan negó con la cabeza y agregó, --Nunca evado las cuestiones difíciles, pero en esta ocasión me inclino a suspender temporalmente el proyecto.

Ella se mordió la lengua para no hacer un comentario sarcástico y dijo, --Espero que la mesa directiva reconsidere su posición, especialmente en vista de lo que dos de mis profesores de Chicago me han repetido una y otra vez.

--¿Qué es lo que dijeron?-- preguntó Donovan.

--Que debemos expandir nuestras investigaciones en el campo de la conducta humana y de los cambios institucionales. Y eso no sucederá nunca si no vamos directamente a la raíz del problema. Curiel se opone a los cambios institucionales por razones exclusivamente personales. Tenemos que trabajar directamente con los agricultores.

Stanley rió y le dijo, --¡Cómo te gusta hablar como si fueras un gurú de la economía!

Ella lo ignoró y continuó, --Además, es cada vez más evidente que nosotros mismos, los que conducimos los análisis, somos los que inyectamos nuestros propios prejuicios, y eso me trae a lo que realmente me preocupa, nuestra ética. ¿Dónde ponemos el límite? Si el crecimiento económico incluye a los campesinos, debemos comenzar con ellos. ¿Acaso las intenciones de Curiel son más importantes que la nueva estructura que queremos apoyar?

--Estamos operando en un vacío-- dijo Stanley.

--Ese es exactamente el punto-- intervino Alex --no hay estructura porque los agricultores no obtienen la ayuda necesaria. Si nos sometemos a las expectativas de Curiel, estamos dirigiendo nuestra intención a sus expectativas y al hacerlo, descuidamos a los agricultores.

--Exacto, entonces, ¿vamos a apoyar a los agricultores o vamos a caer en las garras de Curiel?-- preguntó Diana.

--Ésto es absurdo-- protestó Stanley.

--No, no es absurdo-- le contestó ella --tu intención es evitar regresar allí y negociar con esos agricultores para así poder forzar la construcción de carreteras, pero las carreteras no educan a los agricultores, solo facilitan su movilidad.

--¡Educarlos no es nuestro trabajo!-- le replicó.

Diana miró a Donovan y le dijo, --El banco está en el negocio del desarrollo y ésto implica educar a los agricultores sobre alternativas que se están utilizando en otras partes del mundo. Todos en esta habitación estamos de acuerdo en que las condiciones de implementación tienen que ser consistentes con las personas que vamos a ayudar. ¡Y en este caso no estamos siendo consistentes!

Alex intervino nuevamente. --La comunidad de desarrollo ha comenzado a ver la necesidad de llegar a la gente que se encuentra en la base de la economía--. Se quitó sus anteojos bifocales y se frotó los ojos.

Ella agregó, --En esta era del comercio global, ¿qué mecanismos estamos utilizando para hacerles llegar información a las bases? Los agricultores han quedado marginados por culpa del exceso de centralización, las malas gestiones, la carencia de tecnología y la corrupción generalizada. Debemos brindarles ayuda directa. Después de todo, una Venezuela más fuerte económicamente se convertirá en un socio comercial más fuerte.

--¡Pero ignorar a Miguel Curiel sería un error descomunal!-- exclamó Stanley.

Ella insistió. --Hemos estado discutiendo ésto por más de un año, Stanley, pero ahora que Donovan está presente, voy a repetir lo que estuve diciendo todo el tiempo. Dictar soluciones está destinado al fracaso. Los agricultores no quieren a Curiel.

--Estamos hablando de un lugar adonde hay más burros que carros, donde las pequeñas fincas se aferran a los métodos de agricultura tradicionales. Es obvio que en un lugar así lo que tenemos que hacer es traerles el progreso de la mano del automóvil-- respondió Stanley

--Cada vez que esos agricultores quieren hacer algo por sí mismos, aparecen personas hambrientas de poder que les quitan esa posibilidad porque su objetivo es manipularlos. ¿Acaso queremos que eso continúe de esa manera?-- Los ojos de Diana estaban oscurecidos por la ira.

Stanley no respondió.

Ella continuó, --Ellos necesitan de nuestros conocimientos para poder enfrentar los problemas serios a los que se enfrentan. El hecho clave es el diseño de lo que quieran hacer.

--Un pequeño grupo de campesinos, de unos potenciales quinientos, no me demuestran que haya un verdadero compromiso-- dijo Stanley con sarcasmo.

--¿Y qué tipo de respuesta estabas esperando cuando están todos amenazados por Curiel?

Stanley se dirigió al Presidente. --Justamente eso es lo que me preocupa. Si continuamos, la violencia escalará hasta llegar a los asesinatos masivos.

--No estamos actuando de acuerdo a nuestro compromiso-- dijo Diana --Herrera tenía razón, los agricultores deben decidir su propio destino.

Stanley miró a Donovan y sin vacilar, continuó, --José Herrera no puede hablar de nada excepto de gallitos y gallinas. Y para empeorar las cosas, los agricultores lo llaman el gallo.

Diana lo corrigió, --Lo llaman el Gallo de Oro.

--Evidentemente no lo pueden desasociar de la parte más baja del reino animal-- replicó Stanley mientras la miraba fijamente.

--Tú no entiendes absolutamente nada-- dijo ella devolviéndole la mirada.

--¿Entender qué? ¿Que se ven a sí mismos como gallos enjaulados por su propia ignorancia? ¡Herrera parece el cuidador de un zoológico! Curiel es una culebra, los enemigos son unos perros, etcétera, etcétera.

--Stanley, el mundo no gira alrededor de tu vocabulario--. Diana miró a Alex y le dijo, --¿Por qué no le explicas al Presidente Donovan por qué los gallos son importantes?

Alex suspiró. Con sus bifocales nuevamente en la punta de su nariz, asintió y respondió, --El simbolismo refleja el respeto por alguien que se lo ha ganado. Por ejemplo, Herrera es un gallo en el mejor sentido de la palabra, porque ha dedicado toda su vida a defender y proteger a su país. Los gallos son luchadores. Representan el espíritu luchador de una nación que protege su legado. Los campesinos se identifican también con ese arquetipo cuando empuñan sus machetes, porque los usan para trabajar y para defenderse. Esas cosas son sagradas para ellos.

Diana intervino. --Herrera es un Gallo de Oro porque es un tesoro nacional...

--Un tesoro nacional que es irresponsable con sus palabras-- objetó Stanley.

--¿Por qué dices eso?-- le preguntó ella. --¿Solo porque te ofendió cuanto te dijo que estabas demasiado apegado a tus propias opiniones?

Alex contuvo una sonrisa e interrumpió nuevamente la conversación. --Cuando Herrera se refiere a los gallitos, es su manera de decir que los niños de hoy son los futuros defensores de la nación. Con ésto insinúa que no quiere que los campesinos olviden las lecciones brutales del pasado.

--Es gente muy ingenua-- murmuró Stanley.

Alex le contestó, --Los ingenuos son los que olvidan. Herrera quiere evitar que repitan los mismos errores.

Diana habló nuevamente. --Herrera habla en esos términos, usando arquetipos, porque es su manera de explicarles que no deben olvidar su identidad.

Stanley se mantuvo callado.

Alex compartió sus propios pensamientos. --Innumerables hombres y mujeres han contribuido enormemente al desarrollo de esa democracia. Se comprometieron para lograr un futuro mejor. Arriesgaron sus vidas. Pagaron un precio enorme. Estoy hablando de personas bien intencionadas que ofrecieron su visión dentro de sus limitaciones para crear algo mejor.

Donovan asintió.

Diana agregó calmadamente, --El mensaje para nosotros es que no podemos crear un perfil matemático para conocer su realidad sin tener evidencia cuantitativa a nivel de base, o sea sin tener estadísticas de cada aspecto de la vida de los agricultores.

--La inseguridad alimenta la pobreza-- agregó Alex.

--Dime una cosa, si tu carro tiene problemas mecánicos, ¿qué haces, acaso lo matas de un disparo?-- preguntó ella.

El Presidente Donovan frunció el ceño y dijo, --Ustedes han hecho muy buenas observaciones, pero me temo que mi decisión se mantiene.

35

La noche siguiente, cuando Matt llegó al capitolio, el área estaba vigilada por tanques y soldados. El país estaba atravesando una epidemia antigubernamental. Las economías cíclicas de prosperidad y estancamiento tenían el hábito de alimentar esas epidemias. Cuando los precios mundiales del petróleo bajaban, la gente se sentía engañada, y cuando los precios subían, la gente se sentía confiada. Diana tenía razón, en Venezuela, la petro-economía controlaba absolutamente todo de una u otra manera.

Se puso a pensar en Diana. Esa misma tarde habían hablado por teléfono, y ella le había relatado los acontecimientos del día anterior y le había comentado que ahora estaba organizando un nuevo proyecto en Brasil. Parecía estar optimista al respecto.

Desviándose de sus pensamientos, Matt miró a través de una apertura en la pared de sacos de arena que protegían el lugar y observó a los soldados. Pasó a través de la apertura, mostró su identificación y subió a la oficina de García.

Rápidamente tomó asiento frente al escritorio. García estaba solo. Frunció el ceño cuando dijo, --El Capitán Beltrán ha sido secuestrado. Estuvo presente durante un robo a mano armada en un banco y escapó junto a los delincuentes en un barco con destino a Trinidad.

--¿A Trinidad?

--Sí. A pesar de los otros problemas que estamos teniendo en este momento, hemos presentando cargos contra Beltrán por conspiración en la muerte de un niño, intento de homicidio de un oficial de policía y robo a mano armada.

--¿Y Rodríguez?

--Rodríguez fue quien dirigió el asalto.

--¿Entonces Beltrán y Rodríguez estarían trabajando juntos?

--No. En realidad parece que Beltrán es inocente, pero mantuvimos los cargos porque de esa manera podemos presionar a Trinidad con el fin de extraditarlo ya que ha sido arrestado allí.

--¿Y qué hay de Rodríguez?

García le contó acerca de la confrontación entre Esther y Rodríguez y luego le dijo, --No hay rastros de Rodríguez en Trinidad.

--De manera que cabe la posibilidad de que esté vivo...

--Sí.

--Entonces podríamos deducir que no hay ningún tipo de conexión entre Ariosto y Rodríguez.

García asintió. --Sin embargo, los terroristas debieron haberse librado de Beltrán en el Mar Caribe.

Suárez entró en la oficina.

García suspiró. --Beltrán se ha olvidado todo lo que hemos luchado por tener esta democracia. Esperemos que los venezolanos no lo olviden--. Tan pronto como dijo ésto, frunció el ceño. --Si lo tenemos de regreso, espero que pueda ser debidamente juzgado. Muchas veces los criminales entran a nuestro sistema de justicia como burros y salen como caballos de carrera.

Suárez le preguntó a Matt, --¿Ha averiguado algo acerca de las compañías mineras canadienses y británicas?

--Aún estoy trabajando en eso, ¿y ustedes?, ¿pudieron averiguar algo acerca de los socios venezolanos?

--Uno de los socios es Miguel Curiel.

--¿El comisionado de asuntos rurales?-- preguntó Matt.

--Sí. Está asociado con una empresa canadiense llamada Wells Mining con sede en Toronto, Canadá.

--Bien, lo investigaré entonces.

Los ojos de García adquirieron un fulgor sereno. --Parece que al fin estamos haciendo algún progreso.

*****

Cuando Iván llegó al aeropuerto de Beirut, el aeropuerto estaba repleto de soldados cuyos rostros adustos hacían juego con las nubes sombrías que cubrían la ciudad. Durmió durante las cinco horas que duró su vuelo a Londres y luego abordó otro con destino a Miami, donde combinó rápidamente con otro vuelo a Caracas.

Durante este último vuelo, reflexionó acerca de algunos hechos notables. Algunos de esos hechos estaban relacionados con el Capitán Bakic. Bakic le había dicho que él no sabía cómo enfrentar sus miedos, y que cuando lo hiciera comprendería que el miedo nos da una realidad distorsionada.

Bakic tenía razón. Iván tenía una imagen poco realista de sí mismo. Él justificaba sus pensamientos llegando a conclusiones teñidas por sus instintos a veces equivocados. Sin embargo, su visita a un Beirut devastado por la guerra lo había cambiado todo. Las pilas de acero y hormigón retorcido por la guerra civil rompieron con los mitos que él se había creado. Uno de los mitos era acerca de su antepasado, Juan Vicente Gómez, que había sido un perro brutal. La verdad inalienable era que Gómez había creado una cultura sin esperanzas. Su postura inflexible hacia que la gente no madurara. Esta verdad se podía aplicar tanto a Gómez como a todos y cada uno de los dictadores de la historia. Cada uno de ellos había dejado como legado una cultura del fracaso, en la que el fervor revolucionario de una persona se desvanecía cuando llegaba al poder.

Mientras el eco de estas ideas fue cobrando impulso, su corazón giró por un segundo interminable, durante el cual su mente fue martillada por más recuerdos. De pronto se dio cuenta que durante los últimos ocho años había estado rebelándose en contra de cosas equivocadas.

Su abuelo consumía sus pensamientos. García nunca se había sentido atraído hacia la acumulación de más poder. Sus palabras habían estado siempre basadas en reflexiones prudentes y sólidas. No se trataba de encontrar líderes infalibles, sino que los venezolanos tenían que hacer algo constructivo para continuar edificando sobre lo que se había iniciado en 1959 en lugar de destruirlo todo. El futuro dependía de todos y cada uno de los venezolanos. A pesar de las diferencias filosóficas, todos eran individual y colectivamente responsables de construir nuevas posibilidades para todos.

A través de la ventanilla del avión, pudo apreciar una inmensa acumulación de nubes que parecían forman una gran alfombra celeste. Él regresaría a Venezuela bajo la protección del General García. Por teléfono, García lo había puesto al tanto de la situación. La persona responsable de su arresto y tortura, el Capitán Beltrán, había huido a Trinidad.

Cuando Iván llegó a Venezuela, los oficiales de la Guardia Nacional lo saludaron con una inclinación de cabeza. Se encontró con su familia fuera de la zona de reclamo de equipaje donde su madre y sus hermanas lo abrazaron cálidamente.

Esther también estaba allí esperando pacientemente su turno y una ola de aplausos se pudo escuchar cuando finalmente se besaron. Iván la había extrañado mucho. Planeaba trabajar en su finca como consejero legal del grupo de auto ayuda y en sus ratos libres, construir castillos de arena en la playa junto a Esther.

--Te amo-- le susurró Esther al oído, y luego le dejó el paso a su padre, Boris, que se llenó de lágrimas mientras lo abrazaba.

De pronto, apareció el General García junto a Suárez. Iván captó la mirada formidable de su abuelo y en silencio, se acercó hacia él mientras recordaba la última vez que se habían visto. Extendió su mano y García la tomó. Se dieron la mano como machos y después se abrazaron como abuelo y nieto.

36

8 de Febrero de 1992
Caracas, Venezuela

Nada había cambiado en la oficina de Anderson, con la excepción de que había dejado de fumar unos días atrás. Las pilas de papeles, las estatuillas de los monos, y el gabinete de metal detrás de su silla seguían igual. Matt captó correctamente la expresión en el rostro de su jefe. Estaba preocupado.

Unos días atrás, el 4 de febrero, se había producido un intento de golpe de estado, en el que un grupo de militares que no estaban asociados ni con Ariosto ni con Beltrán, habían intentado capturar al Presidente Pérez a su regreso al palacio presidencial después de un viaje al extranjero. Como resultado de la violencia, 14 soldados habían perdido la vida y 50 más habían sido heridos en los enfrentamientos. Los disturbios callejeros habían producido la muerte de muchos civiles.

Alrededor del diez por ciento de los efectivos militares cuestionaban la legitimidad del gobierno. Anderson sospechaba que sucederían otros intentos de golpe de estado, y se preocupaba mucho de pensar qué sucedería si el gobierno fuera derrocado.

--El golpe fue realizado con intención de detener las reformas neoliberales del Presidente Pérez-- dijo Anderson.

--¿Piensas que Hugo Chávez finalmente tendrá éxito?-- preguntó Matt haciendo referencia al militar izquierdista que había liderado el intento de golpe de estado.

--Quizás...-- dijo Anderson encogiéndose de hombros

--Muchos lo ven como a un héroe nacional.

Anderson asintió. --Su movimiento depende de lo bien que desarrolle su infraestructura.

--¿Que quieres decir con eso?

--Gracias a la industria del petróleo, este país tiene una economía compleja. No creo que un pequeño grupo de oficiales pueda gobernarlo sin tener la infraestructura adecuada.

--Pero en este momento, ellos tienen la infraestructura.

--Gobernar no es tarea sencilla, especialmente cuando uno desea resultados productivos a largo plazo. Las economías complejas requieren de personas que estén preparadas para administrarlas. La ideología no es suficiente. Por eso es que cayó el muro de Berlín. ¿Hace falta que diga algo más?

Matt permaneció en silencio.

--Igualmente, de una u otra manera, la historia se encargará de hacer justicia.

--¿Qué quieres decir con eso?

--En este momento no tenemos evidencias suficientes como para ir tras Heinrich Vahl, pero eventualmente algo surgirá. La única razón por la cual el reciente intento de asesinato sugiere una conexión con terroristas del Medio Oriente es porque Mohamed Yassim estuvo involucrado. No existe ninguna evidencia de que Yassim estuviera trabajando con otras personas. La conversación de Iván Trushenko con Munir Ajaj no ha sido corroborada. Solamente significa que un palestino con pasaporte venezolano estaba llevando adelante su propia jihad. Usaba a Cuba como su trampolín, y nada más que eso--. Después de unos segundos, su expresión dura se suavizó. --Yo no soy quien para comprender lo que realmente está sucediendo, así que no reaccionemos de manera exagerada. Además, todo parece indicar que Yassim fue asesinado durante el asalto al banco.

--Sí, es verdad.

--Las autoridades de Trinidad seguramente nos informarán.

--Según García-- dijo Matt --las autoridades de Trinidad no tienen conocimiento de Yassim.

--¿Y de Rodríguez?

--No, igualmente ellos están al tanto de las dos identidades.

--¿Entonces eso quiere decir que desapareció?--preguntó Anderson con una expresión de molestia en su rostro.

--Sí--. Matt repasó mentalmente el meticuloso informe que había preparado para Anderson y agregó, --Los sauditas siempre aparecen con las manos limpias, pero son los primeros en perder trillones de dólares debido a los cambios económicos que se están produciendo en este hemisferio.

Anderson le replicó diciendo, --Eso es una posibilidad irresistible alimentada por una imaginación hiperactiva. El problema no es Arabia Saudita. El problema es Irak.

--No creo que haya nada malo en mi informe-- dijo Matt --simplemente me limité a reportar lo que había dicho Trushenko.

--Sí, pero es información de baja prioridad, y así es como lo van a interpretar en Washington.

--Está bien, pero a pesar de todo, creo que Munir Ajaj tiene razón. Como resultado del tratado de libre comercio con Canadá y México, se suavizarán las barreras comerciales entre los Estados Unidos y América Latina. Esta alianza representa una amenaza a los países petroleros de Medio Oriente. El informe de Trushenko apunta a Irak, Arabia Saudita, y a todos aquellos que tengan algo que perder. No es un problema ideológico, sino que es una posibilidad práctica.

Las espesas cejas de Anderson se unieron. --Baja el tono de esos comentarios, no quiero que te metas en problemas-- dijo poniéndose serio.

Matt se encogió de hombros, y cambiando de tema le preguntó, --¿Has conseguido alguna respuesta de los israelíes?-- refiriéndose a las conversaciones de Anderson con ellos en relación a Heinrich Vahl.

Anderson asintió. --Hoy mismo recibí una llamada. El fiscal general me dijo que Vahl podría ser juzgado bajo la ley de castigo a los Nazis y a sus colaboradores de 1950, siempre que Israel pueda extraditar a Vahl desde Venezuela y que se disponga de al menos dos testigos oculares. Yo le dije que lo primero no sería problema, pero lo segundo lo es. No tenemos ningún testigo.

--¿Y en Letonia?, ¿no podríamos conseguir testigos allí?

--Las actividades de Vahl en Letonia están protegidas por la ley, que incluye a cualquier actividad en cualquier territorio que hubiera estado bajo el régimen alemán durante la Segunda Guerra Mundial.

Matt observó las estatuillas de los monos. --¿Y cómo vamos a hacer para encontrar esos testigos oculares entonces?

Anderson sonrió y le preguntó, --¿Quieres viajar a Letonia?

--¡Olvídalo!

--¿Y qué hay de Ariosto que está sobornando a los oficiales militares venezolanos...?

--... y a los políticos también-- agregó Matt --las últimas noticias son que Miguel Curiel, el Comisionado de Asuntos Rurales que ha estado causando tantos problemas a los agricultores de café, se ha asociado con una compañía minera canadiense. García sospecha que la compañía en cuestión le pertenecería a un testaferro de Ariosto.

--De todos modos eso no sería ilegal.

--Sí, pero García sospecha que Ariosto estaría contrabandeando oro fuera de Venezuela.

--¿En que información se basa su sospecha?

--En su radar interno.

--Lamentablemente, eso no es suficiente.

Matt estudió la expresión impasible del rostro de su jefe y se movió hacia adelante en su silla. --Si la compañía canadiense le pertenece a un testaferro de Ariosto, hay motivos para creer que tiene algo que esconder.

--Quizás.

--Necesito ir a Toronto para obtener datos de esa compañía canadiense.

--¿Y por qué no le pides a nuestra oficina de Toronto que haga la investigación?

Matt parecía incomodo.

Anderson sonrió. --¿Acaso tienes planeado pasar por Washington?

--Sí.

--Está bien, hazlo, pero regresa en una semana.

--En realidad, estaba pensando en tomarme algunos días de vacaciones que tengo acumulados.

--¿Cuánto tiempo?

--Digamos, hasta el 15 de Marzo.

--¡Eso son tres semanas!

--Sí, la agencia me las debe.

Anderson aceptó de mala gana.

Matt sonrió. --¿Quieres que vayamos a cenar?

--No, gracias, estoy ocupado.

--Yo comeré algo liviano por aquí cerca.

--Que lo disfrutes.

Matt salió de la oficina de Anderson y entró en el restaurante de al lado. Tenía hambre. El lugar se encontraba vacío porque aun era demasiado temprano. Ordenó un café negro y una porción de pan francés con queso. Luego comenzó a ordenar sus ideas. Tenía que evaluar lo que era realmente importante.

La conexión entre la compañía Wells Mining y Miguel Curiel era importante. ¿Por qué diablos un hombre como Curiel, que tenía un cargo gubernamental relacionado con asuntos rurales, estaba envuelto en temas de minería? Otro asunto que lo intrigaba era el de Pedro Bayer, el socio de Ariosto. Tanto Bayer como Ariosto eran herederos de Nazis. Heinrich Vahl y Fritz Bayer, junto con otros Nazis infames, habían desembarcado en la Argentina de posguerra. Eran contadas las personas en Argentina que estaban dispuestas a hablar de ese capítulo oscuro del pasado. Sin embargo, la verdad evidente era que Argentina había recibido a varios Nazis de alto rango, como Josef Mengele, Klaus Barbie, Erich Priekbe, Josef Schwammberger, Adolf Eichmann y Edward Roschmann, conocido como el 'Carnicero de Riga' porque había asesinado a 30.000 judíos. Las actividades de Roschmann eran parte del territorio de Heinrich Vahl, pues pertenecía al Gruppe A.

Quizás Ariosto y Bayer se dedicaron a los negocios en Venezuela para escapar de las investigaciones. Ellos no eran criminales de guerra, pero habían comprado su hacienda en 1985, en plena época en que se estaba investigando la Guerra Sucia en Argentina. Otra posibilidad era que la hubieran comprado con el objetivo de ocultar algo.

A través del informe argentino que le habían entregado, Matt pudo averiguar mucho acerca de las actividades de los Nazis en la Argentina. Por ejemplo, supo que los Nazis habían dejado bienes valuados en millones de dólares cuando cerraron la embajada alemana en Buenos Aires en 1944. El informe no mencionaba qué había sucedido con esos millones. Era una omisión importante.

Sin embargo, Matt había hecho más averiguaciones gracias a Art Stevens que había encontrado parte de los archivos de la embajada norteamericana en Buenos Aires. Los archivos revelaban que el tesoro de la embajada alemana incluía barras de oro, joyas, trabajos dentales en oro y plata, monedas y artículos diversos robados a las víctimas en los territorios ocupados. La mayor parte, era el resultado de la confiscación de bienes provenientes de los bancos tomados, mientras que otros objetos personales como joyería y trabajos dentales, provenían directamente de las víctimas o de la oficina de las SS para Economía y Administración, que era la encargada de administrar los campos de concentración.

Un memo de la Embajada Norteamericana al Departamento de Guerra en Washington, indicaba que los esfuerzos de los alemanes para transferir bienes a la Argentina tenían un propósito específico. Sugería que lo hacían para tener fondos para financiar actividades futuras pro-Nazis en Latinoamérica. Debido a la desaparición de esos valores, la embajada había realizado más investigaciones. El memo indicaba que las organizaciones responsables de restituir valores a las víctimas, no habían recibido nada de lo que había desaparecido con el cierre de la embajada.

También indicaba que, de acuerdo a los informantes, no había manera de cuantificar el valor del oro de uso personal, como el utilizado en los trabajos dentales, ya que la mayor parte había sido derretido junto con las monedas de oro.

Matt miró a su alrededor y se sintió aliviado de que el restaurante aún estaba vacío. Pagó la cuenta y se retiró.

37

22 de Febrero de 1992
Washington, D.C.

Tan pronto como aterrizó el avión, Matt se dirigió en su carro rentado a la casa de Diana en Georgetown. La temperatura ambiente en Washington durante el mes de febrero, subía y bajaba con regularidad. En ese momento, la ciudad disfrutaba de un día templado y soleado.

Tocó el timbre y esperó. Era la primera vez que visitaba su casa.

Minutos después, golpeó suavemente la puerta.

La puerta se abrió y vio su rostro. Diana notó el sobre manila bajo su brazo y sonrió. Lo invitó a pasar y tan pronto cerró la puerta, lo envolvió entre sus brazos y lo besó en los labios.

Después de eso, ella lo tomó de la mano y lo llevó a la sala.

Matt bajó su mirada. Admiró el escote de su bata color esmeralda que dejaba entrever la curva de sus senos. Los invadió una tensión silenciosa que se convirtió en una ola de energía cuando se dirigieron al dormitorio adonde hicieron el amor ininterrumpidamente por varias horas.

Al atardecer, ella volvió a la sala mientras él dormía.

Una hora más tarde, él se despertó al escuchar el sonido de los pasos de Diana sobre el piso de madera.

Al bajar las escaleras, miró a su alrededor. La sala estaba limpia y bien organizada, a excepción de una esquina adonde había un sillón con un otomano. Diana estaba acurrucada en el sillón con un libro en su regazo. Otros libros de tamaños diversos estaban apilados en el piso. Ella vestía la misma bata.

Los muebles eran demasiado grandes para esta casa de dos pisos del siglo 19 cuyas habitaciones eran estrechas. Probablemente los muebles habían sido parte de la distribución de bienes después de su divorcio. Matt se desplomó en un sillón frente a una mesita de café antigua estilo neoclásico adonde había depositado el sobre manila. Vestía una camiseta blanca y unos bóxer color azul.

--¿Quieres algo de comer?-- le preguntó ella.

--Ya comí durante el vuelo.

--¿Un trago?

--Lo que tengas está bien, gracias.

Ella sonrió. --Pensé que solo bebías whiskey.

Él le devolvió la sonrisa. --Tomo lo que sea.

Ella fue a la cocina, sacó una botella de Chardonnay del refrigerador y llenó dos copas. Después de darle a Matt una de las copas, volvió a sentarse en su sillón.

--¿Algo más?—ella le preguntó. Su rostro estaba iluminado y sus ojos brillaban. Cuando él dijo que no, ella bromeó, --Sabes, tenemos que dejar de encontrarnos de esta manera--. El verde de la bata resaltaba los cabellos rojizos que rodeaban las líneas celtas de su rostro.

De pronto, él le preguntó, --¿Por qué no contestaste mis llamadas desde Toronto?

--Es que estuve ocupada preparando mi proyecto brasilero-- contestó evasivamente.

Él la miró.

De pronto, ella se dio cuenta que no podía esconderle nada. --En realidad he estado un poco deprimida por el congelamiento del proyecto cafetalero.

--Cosas como esas suceden..., dime una cosa, ¿no se supone que sea una medida temporaria?

--No sé, pero siento que les fallé a esos agricultores.

--Comprendo.

--Herrera me advirtió sobre Curiel. Me dijo que iba a marcar el proyecto con su olor.

Matt sonrió. --Suena como algo que diría Herrera.

--Herrera estaba siendo directo de una manera indirecta. Dijo que Curiel era un mapurite, y como tal se las arregló para marcar el proyecto con su olor, y es un olor tan fuerte que llegó hasta Washington, y ahora el BPD no quiere ni tocar el proyecto.

Permanecieron en silencio por unos minutos.

De pronto, ella hizo un movimiento torpe y su copa se escapó de sus manos cayendo en el piso de madera. Ella la recogió y la llevó a la cocina. Después de limpiar el piso, se puso de pie, y con las mejillas enrojecidas le dijo, --No tiene sentido seguir dándole vueltas al asunto, pero te aseguro que cada vez que veo a Stanley, tengo que reprimir un deseo de darle una bofetada.

Él dejó su copa sobre la mesita, se puso de pie, caminó hacia ella y la abrazó.

*****

Más tarde esa misma noche, mientras ambos contemplaban el techo de la habitación desde la cama, ella le dijo, --¿Sabías que cuando te conocí por primera vez, me resultaste despreciable?

--¿Por qué?, si fui encantador-- él le contestó sonriendo.

--No se…, pero había algo falso en ti.

--Ah…

--En ese momento no sabía realmente qué era, pero ahora lo sé.

Matt se mantuvo callado.

--Tú no trabajas para el Departamento de Estado, ¿verdad?

Su frente se arrugó. --¿Por qué te parece tan importante saberlo?

Ella no contuvo su risa. --Es que la excusa se me hizo ridícula.

--En realidad trabajo para la CIA-- dijo él con calma dándose cuenta que durante diez años había mantenido su vida privada en secreto. --El Departamento de Estado simplemente me da un lugar para operar.

--¿Entonces realmente tienes contacto con el congreso venezolano?

--Sí…, y mucho más que eso.

--Suena amenazante.

Él sonrió. --Esencialmente, me dedico a la inteligencia militar--. Su mente se distrajo por un segundo, congelado por el recuerdo de su último encuentro con García. Luego le preguntó, --¿Te has enterado del ataque de Esther a un ladrón de bancos?

Ella negó con la cabeza.

--Hace unas semanas, Esther se dio cuenta de que estaban robando un banco, entonces tomó su pistola automática y fue tras el líder de la banda.

--¿Ella sola?

Cuando él asintió, ella acarició su rostro. --¿Y qué sucedió?

--Finalmente, tuvo que dispararle...--. Matt sonrió a pesar de que sus ojos tenían una expresión extraña y triste.

--¿Estás pensando en su proyecto?

--Sí.

--¡No sabes cómo me gustaría poder ayudarla!-- dijo ella.

--Seguramente Herrera está buscando la manera de ayudarlos--. Inmediatamente, se sentó en la cama imitando a Herrera. --¡Las cosas son así! ¡Si tiras una piedra sobre un huevo cocido, no tendrá el mismo efecto que si la tiras sobre un huevo crudo! ¡Un auténtico revolucionario induce la madurez!-- Se detuvo para acariciarse un bigote imaginario, y continuó, --¡Eso es lo que hizo este fulano, me dio la oportunidad de cocinar mi propio huevo! ¡De haber sido de otra manera, yo me hubiera quejado de perder mi oportunidad y lo hubiese culpado por el resto de mi vida!

Diana rió a carcajadas y le tiró una almohada.

Matt continuó con la pantomima. --¡Un toro es un toro y un huevo es un huevo! ¡No es lo mismo dejar que los huevos se endurezcan que golpearlos en la cabeza para que obedezcan! ¡Los líderes tienen que tener previsión, carajo! ¡Yo usaba un fósforo para ver desde aquí hasta Cuba! ¡El último dictador se cagó en su fósforo e invirtió millones para construir monumentos históricos, pero nunca se preguntó si sus acciones servirían para el futuro!

Diana se retorcía de la risa.

Matt saltó de la cama para ir al baño. Cuando regresó, recostó una almohada en la cabecera de la cama y, una vez que estuvo cómodo, dijo en voz baja y grave, --Los dictadores persiguen a la gente que se convierte en huevo duro.

--¡Deberías haberte dedicado al teatro!

--¿Qué dices? ¡Estoy en un teatro!

Mientras seguía riendo, ella se levantó para ir al baño. Al rato, regresó vistiendo un camisón blanco.

Matt continuó, --Asegúrate que las reglas tengan sentido común para todos los que las cumplan, porque a la gente no le gusta obedecer reglas injustas. Aplica esas reglas de manera equitativa tanto a tus superiores como a tus subordinados. ¡Hazlo sin arbitrariedad, para que todos los huevos confíen en ti! ¡Comunícate y escucha con claridad para que te escuchen, especialmente si les estás hablando a los huevos duros! ¡Conoce tu entorno, porque si no lo haces, tu oponente lo hará por ti! ¡Atrae a la gente sabia y prudente! ¡Perdona a los que han cometido errores, porque la fuerza nace de la debilidad! ¡Y nunca asumas que el orden prevalecerá, porque siempre te confrontarán los toros y los huevos!

Diana lo observaba parada al lado de la cama. Él le extendió una mano. Ella dejó deslizar sus bragas hasta alcanzar sus tobillos y sensualmente las hizo a un lado con sus pies. Luego se acostó a su lado. Él masajeó sus hombros y su espalda, hasta que finalmente levantó su camisón hasta la cintura y separó sus piernas.

--Deja de pensar-- le dijo. Minutos más tarde, ella se sentó sobre él. Mientras él le acariciaba el pelo, ella se ayudó con sus brazos y dejó deslizar su camisón. Las manos de Matt acariciaron el contorno de sus pechos. Momentos después, rodaron hacia un lado y comenzaron otra danza apasionada.

38

Cuando se despertaron, Matt se ofreció a preparar el desayuno, aunque en la cocina no había casi nada de comida. Luego de encontrar un frasco de miel y una bolsa de azúcar, le dijo, --Nada mejor que unos panqueques calientes para comenzar el día-- y el resto de los ingredientes, aparecieron milagrosamente luego de que Matt saliera a golpear las puertas de los vecinos. Poco tiempo después, regresó con una bolsa de harina, unos huevos, dos tazas de leche entera y mantequilla.

Diana aplaudió con entusiasmo.

Cuando se sentaron a desayunar, él le explicó qué era lo que había ido a hacer a Toronto. --Ariosto es el dueño de Wells Mining, una empresa canadiense que está asociada con Miguel Curiel. Se dedican a la minería aurífera en Venezuela.

Los ojos de Diana se agrandaron por el desconcierto --¿Minería de oro?, yo pensé que Curiel solo se dedicaba a saquear a los productores de café.

--García cree que Ariosto está contrabandeando oro fuera del país.

--¿Cómo?-- preguntó ella mientras saboreaba un panqueque.

--Él posee una hacienda ganadera cerca del río Orinoco. La hacienda está ubicada relativamente cerca de la región minera, y esa área tiene muy poca vigilancia policial.

--¿Y qué hay de las confiscaciones de fincas cafetaleras en la región oriental?

--Las fincas cafetaleras están cerca de la hacienda.

--¿Realmente crees que las fincas están siendo utilizadas en la operación de contrabando?

--Es possible...

--Aún no entiendo. ¿Qué necesidad tiene de arriesgarse tanto?

Matt terminó de comer, y luego agregó, --Creo que hay algo más que un simple contrabando de oro.

Ella lo miró fijamente y esperó que continuara.

Él le contó sobre el informe argentino y le explicó acerca del botín nazi desaparecido. Finalmente le dijo, --No sé por qué incluyeron esa información en el informe, pero ahí estaban todos los datos. El cierre de la embajada alemana en 1944 no tenía ninguna conexión aparente con Heinrich Vahl--. Matt le dio una descripción general de las actividades de Vahl desde el tiempo en que escapó de Europa y apareció en Argentina.

--¿Cómo averiguaron su verdadera identidad?

Él le describió la investigación en los viejos archivos fotográficos y la exhumación de los restos de Endelis.

Ella escuchó con atención. Cuando él terminó, ella le preguntó, --Si el gobierno de Argentina no ha cooperado abiertamente acerca de los archivos nazis, ¿no crees que es extraño que haya información acerca del botín nazi en ese informe?

--Puede ser una manera de darnos información de manera extraoficial. Quizás ellos también han estado buscando ese botín.

Ella asintió.

Él se puso de pie, fue a servirse más café y regresó a la mesa. --Yo creo que el botín Nazi fue transferido a la embajada alemana en Buenos Aires con el propósito especifico de financiar actividades nazis.

--¿Como las actividades de Heinrich Vahl?

--Sí.

Ella sacudió la cabeza con desconcierto y agregó, --Pero la embajada alemana fue cerrada en 1944. Ese botín no puede haber permanecido intacto por 48 años.

--¿Por qué no?

Ella permaneció en silencio.

--El tema, se pone aún más interesante--. Él se puso de pie y fue a buscar el sobre manila que había dejado en la mesa de café de la sala. Al regresar, sacó del sobre un informe de la Comisión Nacional sobre la Desaparición de Personas (CONADEP) que había creado Raúl Alfonsín, el presidente Argentino anterior.

--El Presidente Alfonsín arrestó a 12 oficiales de alto rango que habían sido responsables de la desaparición de aproximadamente 9.000 personas, aunque un estimado más realista lleva esa suma a entre 12.000 y 30.000 desparecidos.

Diana miró la primera página del informe mientras él continuó, --Estos oficiales fueron los responsables de la guerra contra elementos subversivos, denominada Guerra Sucia. Esta guerra se llevó a cabo con la misma metodología que habían utilizado los comandos nazis. Una técnica antisubversiva que había sido diseñada por Heinrich Vahl para las SS.

Ella hojeó la introducción del informe. *De nuestra información surge que esta tecnología del infierno fue llevada a cabo por sádicos pero regimentados ejecutores.*

Matt agregó, --La Guerra Sucia fue organizada por elementos neofascistas, y ésta ha sido la realidad en América Latina desde mediados de la década de 1940. Los escuadrones de la muerte, similares a los de las SS, han hecho desaparecer miles de personas, llenando de cadáveres los ríos y las carreteras.

--¿Terror organizado?

--Sí. Y éstos no han sido eventos aislados. En la década de 1970, hubo un acuerdo tácito entre elementos militares derechistas de Argentina, Bolivia, Chile, Paraguay y Uruguay para asesinar a más de 80.000 civiles utilizando los escuadrones de la muerte. Desde 1980 hasta hoy, los escuadrones de la muerte han asesinado a más de 100.000 personas en Guatemala, más de 50.000 en El Salvador, y alrededor de 32.000 en Perú. En Chile y El Salvador, se intentó aplicar reformas agrarias y sociales durante un corto período de tiempo, pero fueron detenidas por grupos fascistas. En El Salvador, elementos de ultra derecha tomaron el poder en 1972, cuando un grupo de oficiales intentó aplicar reformas liberales. La guerra de guerrillas se intensificó y en 1978 la cantidad de desapariciones directamente atribuibles a los escuadrones de la muerte aumentó exponencialmente. En 1973, el gobierno izquierdista de Chile fue derrocado y alrededor de 40.000 chilenos desaparecieron o fueron asesinados al estilo de las SS.

Diana leyó otro párrafo del informe: *Los operativos de secuestro manifestaban la precisa organización, a veces en los lugares de trabajo de los señalados, otras en plena calle y a la luz del día, mediante procedimientos ostensibles de las fuerzas de seguridad que ordenaban 'zona libre' a las comisarías correspondientes. Cuando la víctima era buscada de noche en su propia casa, comandos armados rodeaban la manzana y entraban por la fuerza, aterrorizaban a padres y niños, a menudo amordazándolos y obligándolos a presenciar los hechos, se apoderaban de la persona buscada, la golpeaban brutalmente, la encapuchaban y finalmente la arrastraban a los autos o camiones, mientras el resto del comando casi siempre destruía o robaba lo que era transportable.*

Estas palabras provocaron en ella una ira inimaginable.

--Mientras tanto-- siguió relatando Matt --en 1973, el Peronismo resurgió en Argentina tras el regreso al país del General Perón…

--¿Y eso sucedía mientras los escuadrones de la muerte asesinaban a miles de personas en Chile?-- preguntó Diana --dime una cosa, ¿los militares chilenos tenían algún tipo de conexión con Perón?

--No, al menos ninguna conexión que se pueda comprobar, con la excepción de algunos elementos neofascistas dentro de su infraestructura militar. Ahora bien, aunque Perón regresó exitosamente al poder, su ideología política no estaba tan bien organizada como antes y terminó dividiendo al país.

--¿Acaso no es lo mismo que sucedió en su gobierno anterior?

--No, en la década de 1940, unió a la clase trabajadora y le dio voz política.

Diana permaneció en silencio.

--Pero en 1973, apeló al deseo de estabilidad de la elite y al mismo tiempo al sueño de los jóvenes por una revolución social, y de esta manera terminó enfrentando a un grupo contra el otro y en consecuencia dividió al país entre peronistas y anti peronistas. En 1976, después de la muerte de Perón, y tan pronto como su viuda fue derrocada, comenzó la verdadera Guerra Sucia. Las fuerzas de seguridad clandestinas aplicaron su terrorismo de estado abiertamente y sin compasión.

Mientras Matt continuaba su relato, su expresión tomó un aspecto sombrío. --Persiguieron a estudiantes y librepensadores. Los investigadores de Alfonsín descubrieron fosas comunes, y en una de esas tumbas, exhumaron 482 cadáveres. Habían sido torturados y sus manos habían sido cortadas para prevenir la identificación. La comisión de Alfonsín descubrió 340 campos de concentración adonde las víctimas eran transferidas, es decir, adonde eran llevadas para luego ser asesinadas. La investigación implicó a unos 1.200 militares y oficiales de policía. Alfonsín los llevó a juicio en cortes civiles, y durante ese tiempo las cortes padecieron amenazas y bombas.

Ella inclinó su cabeza y cerró los ojos.

Él continuó, --En la década de 1940, antes de que Perón llegara por primera vez al poder, Argentina había sido gobernada por una elite que monopolizaba la tierra y abusaba de los trabajadores. Perón le dio poder a la clase trabajadora y también le dio poder político por primera vez en su historia. Desafortunadamente, también inyectó militarismo, a un punto tal que los militares comenzaron a creerse los guardianes de la ley.

--Quizás sucedió eso porque había Nazis en la infraestructura militar--dijo ella.

Él asintió. --La moralidad se mudó a los cuarteles. Perón utilizó una dictadura en nombre del pueblo. Usó el resentimiento de los trabajadores hacia la elite para darle a su movimiento un sabor popular, fortalecido por un sistema de bienestar social que les proporcionaba generosos beneficios.

Ella se mordió al labio inferior.

Él continuó, --Heirich Vahl, el tío de Ariosto por parte de madre, se unió al círculo intimo de Perón utilizando la identidad de un Letón, Janis Endelis. Vahl difundió las técnicas comando de Himmler. Cuando se instaló la mentalidad del terror organizado de los Nazis, Perón contaba con mantener todo bajo control, pero eso no sucedió porque fue derrocado en 1955.

Matt se detuvo un instante para tomar un trago de café. --Antes de ser depuesto, Perón intervino en Venezuela y apoyó el golpe de estado de 1948. La federación interamericana de sindicatos del gobierno de Perón infiltró hábilmente a los gobiernos de Ecuador, Venezuela, Chile y Colombia. Perón fue derrocado por una convergencia de factores políticos, sociales, religiosos y económicos que llevaron al país a la anarquía y, por supuesto, a la bancarrota. En 1955, la tasa de inversiones de capital había caído más de un 70 por ciento. El 16 de septiembre de 1955, Perón fue presionado por sus pares que querían reconciliar la iglesia con el estado. Y así comenzó la 'Revolución Libertadora', que se extendió hasta el 23 de septiembre y terminó derrocando el gobierno popular de Perón, que pidió asilo político en Paraguay y se marchó. Se hizo cargo del gobierno una junta militar a cargo del General Lonardi.

--Perón se refugió primero en Paraguay, luego en Panamá, hasta que Pérez Jiménez le dio la bienvenida por un período breve. Pérez Jiménez sabía que Perón era una amenaza para su propia dictadura, de manera que lo envió a la República Dominicana, y allí permaneció hasta que recibió asilo de España. Franco era poderoso y podía controlar a Perón.

Diana escuchaba con avidez, de manera que Matt continuó hablando. --Mientras tanto, Pedro Estrada, el jefe de seguridad de Pérez Jiménez, estaba siendo entrenado por Heinrich Vahl. Estrada adoptó las técnicas sádicas de Vahl, pero el verdadero motivo detrás de todas estas atrocidades era un plan sistemático para mantener el control. A veces los motivos eran puramente políticos mientras que otras veces fueron económicos. Los blancos de la persecución siempre fueron los librepensadores o los grupos organizados, como los sindicatos, e incluso los grupos en formación, como fue el caso de los campesinos en El Salvador. El lado económico del terrorismo de estado fue el pillaje y el saqueo de los bienes de terceros, como hacían los Nazis.

--¿Pero cómo puede ser que los saqueos nazis hayan podido financiar todas estas actividades durante 48 años?-- preguntó ella.

--Ese es el punto al que quería llegar-- dijo él --ésto se ha financiado gracias a una combinación de cosas. El informe de la comisión dice, *El resto del comando casi siempre destruía o robaba lo que era transportable.* De alguna manera, Vahl utilizó el dinero del botín nazi solamente para pagar a los oficiales clave, pero el resto fue auto-financiado, utilizaron lo que les robaban a las víctimas.

Luego de una breve pausa, él continuó, --Las tácticas terroristas de Vahl no son más que gangsterísmo. El botín nazi también fue el subproducto del robo masivo. De acuerdo a los informantes que vieron el tesoro nazi, éste consistía de oro, plata, piezas dentales, joyas y monedas. La mayor parte del dinero fue tomado de los bancos en los territorios ocupados, pero el resto de los valores fueron robados a los judíos que fueron víctimas del nazismo. Heinrich Vahl estuvo en Riga durante el exterminio de miles de judíos que llevó a cabo Edward Roschmann. Roschmann fue también uno de los líderes de la red clandestina de escape conocida como ODESSA. Probablemente haya sido él quien facilitó la llegada de Vahl a la Argentina. El mismo Roschmann inmigró a la Argentina y permaneció allí hasta 1977, cuando escapó a Paraguay para evitar ser extraditado a Alemania para ser juzgado por sus crímenes de guerra, donde finalmente murió de un ataque al corazón.

Diana sintió una gran inquietud al darse cuenta que Matt estaba tratando de llegar a una conclusión importante.

Él añadió, --Al mismo tiempo que la comisión publicaba su informe de la Guerra Sucia, un hombre llamado Pedro Bayer se mudaba convenientemente a Venezuela como socio de Ricardo Ariosto. Juntos compraron una hacienda ganadera cerca del río Orinoco...

Diana continuó escuchando con sumo interés.

--Pedro Bayer es el hijo de Fritz Bayer, que era el intermediario monetario de los Nazis en la Argentina.

--¿Intermediario monetario?

--Sí, fue el encargado de mover el botín desde Europa y esconderlo en la embajada alemana. Él era un miembro de ODESSA, que luego cambió su nombre por el de *Kameradenwerke*. Fritz falleció poco tiempo después de que su hijo se mudara a Venezuela.

--¿Piensas que Ariosto y Bayer llevaron el botín a Venezuela?

--Es muy probable.

Ella se levantó de la silla y empezó a recoger los platos del desayuno que se encontraban en la mesa. De pronto, se dio media vuelta y dijo, --Es posible que Ariosto y Bayer estén utilizando el oro contrabandeado para financiar sus operaciones. ¿Y qué hay del tío, Heinrich Vahl, todavía se mantiene activo?

--El viaja a Caracas de vez en cuando. La mayor parte del tiempo permanece en la hacienda, probablemente puliendo lo que queda del botín.

--¿Crees que estén contrabandeando el oro a través del Orinoco?--preguntó ella frotándose la barbilla.

--No, sería demasiado riesgoso.

--¿Entonces cómo?

--Quizás lo hagan a través de Miguel Curiel. Las montañas del noroeste tienen muchos senderos ocultos. Las fincas que ahora le pertenecen a Ariosto a través de sus testaferros, le ofrecen un refugio seguro.

--¿Pero cómo se las arreglan para ocultar las barras de oro?

--Siempre hay cómplices dispuestos. Aún después de terminada la Segunda Guerra Mundial, los Nazis se las arreglaron para contrabandear sistemáticamente muchas obras de arte que luego fueron llevadas a lugares ocultos, y eso que el arte es algo difícil de ocultar.

De pronto, ella levantó la mano y exclamó, --¡Espera un momento!, ¡claro!, ¡la colección de arte de Ariosto!-- Golpeó su frente con su mano derecha. --¡¿Cómo no se nos ocurrió?!

Matt asintió. --Sí, también lo pensé, pero no he podido encontrar nada que sugiera que el botín nazi incluyera piezas de arte.

--Ariosto me mostró una pintura de Rubens de Marie d' Medici y me dijo que no estaba registrada en ningún lado.

--Bien, voy a investigarlo.

--... y también tiene una colección de espadas chinas.

--¿Y qué más tiene?

--Una cruz Sasánida hecha en el siglo cuarto. Tiene aproximadamente 15 centímetros de largo y ocho de ancho. Está dorada con mercurio, lo que hace que parezca que estuviera hecha de oro. Él me dijo que es la pieza más importante de su colección porque no tiene precio. Sin embargo, gran parte de su colección permanece prestada a museos alrededor del mundo. La colección es parte de los bienes de la Corporación Asteris. Los museos pagan los seguros, y de esta manera reduce sus costos.

--Mi supervisor, que es un muy buen amigo de Alex Barclay, piensa que Ariosto ha estado utilizando a Venezuela como trampolín hacia otros países.

El rostro de Diana se llenó de sorpresa. --¿Tú no eres amigo de Alex?

--No, pero mi supervisor lo es.

--Entonces..., ¿qué estabas haciendo en Nueva York cuando nos conocimos?

--Fui enviado a conocerte, y además tenía que ir a otra reunión.

Ella se puso tensa. --Eso quiere decir que el encuentro en el restaurante no fue una coincidencia, ¿verdad?.

--No, no lo fue, pero escúchame. Alex conoció a mi supervisor en 1973.

--¿Cómo se llama?

--Richard Anderson. Él y Alex se conocieron poco antes del golpe de estado en Chile. No me preguntes qué es lo que estaba haciendo Anderson allí, porque él no estaba asignado a Chile. Probablemente estaba haciendo algún trámite para la agencia. De todos modos, cuando comenzamos a investigar a Heinrich Vahl, ésto nos llevó a Ricardo Ariosto, y ahí es cuando decidimos que sería una buena idea ponernos en contacto con Alex, pues como tu bien lo sabes, él tiene una biblioteca prodigiosa llena de información. Mientras tanto, Anderson comenzó a investigar archivos de bajo perfil y a ponerse en contacto con algunos compañeros de la agencia que me pasaron toda la información que tenían.

Ella lo interrumpió, --Y por eso es que Alex me tendió una trampa, ¿no?

Matt sonrió. --Yo no lo llamaría una trampa.

--Está bien-- dijo ella --entiendo lo que me estás tratando de decir.

--No sabes cómo me alegro de que haya sucedido.

Ella sonrió y volvió a la conversación. --Ariosto me dijo que él utiliza su colección de arte para garantizar sus préstamos. Como te decía, la colección es parte de los bienes de la Corporación Asteris. Estimo que su colección de arte tiene un valor de entre 40 y 50 millones de dólares. Sin embargo, sabemos que la colección viaja alrededor del mundo en préstamo a museos. Los museos pagan por el transporte y el seguro. Como se trata de obras de arte, se mueven libremente dentro y fuera de muchos países, incluyendo los Estados Unidos. Con ésto quiero decir que se mantienen más allá del alcance de los gobiernos.

--No necesariamente, los gobiernos tienen aduanas.

--No me refiero a eso, me refiero a los gobiernos que puedan tener algún interés en confiscar las obras de arte.

--Eso si las obras de arte fueran robadas.

--Sí.

--La verdad, dudo que él se arriesgara de esa manera.

Durante unos minutos, se quedaron en silencio mirando al vacío. Entonces Matt dijo, --Yo puedo conseguir las declaraciones de aduana de Ariosto. Las declaraciones incluyen los datos del seguro y para tener cobertura, se deben listar cada uno de los objetos.

Él tomó otro trago de café. Los dos permanecieron sentados en silencio, preguntándose hacia donde llevaría todo ésto, hasta que ella preguntó, --¿Cuándo regresas a Caracas?

--Tenía planeado pasar unos días contigo y luego ir a Nueva York a visitar a mis padres, pero creo que debo cancelar mis planes y regresar a Caracas lo más pronto posible.

--¿Te importa si voy contigo?

--¿Y qué pasa con tu proyecto brasilero?

Ella sonrió. --¿Qué proyecto brasilero?

--Bien, y dime, ¿qué piensas hacer en Caracas?

--Instalarme en el hotel Tamanaco y ayudarte a examinar esas declaraciones de aduanas.

--¿Y por qué no te quedas en mi apartamento?

--Sí, ¿por qué no?-- dijo sonriendo.

39

13 de Marzo de 1992
Caracas, Venezuela

Matt se levantó de la silla de hierro del café y mirando a Diana le dijo, --Regresaré al apartamento en dos o tres horas. Me reuniré contigo allí.

--¿Debo comenzar a empacar?-- preguntó ella.

Él asintió y se dirigió a la estación de metro. Mientras caminaba por el famoso bulevar peatonal de Sabana Grande, pensó en el refrán que unas semanas atrás le había dicho el General García, *Donde hay santos nuevos, los viejos no hacen milagros.*

El refrán quedó suspendido en su mente, sin que los ruidos de los vendedores ambulantes que estaban a ambos lados de la calle lo molestaran. De pronto recordó que el General García no se consideraba a sí mismo como un santo. Ni siquiera se consideraba un santo viejo.

García era un Gallo de Oro, que continuaba haciendo milagros en un momento en que la democracia venezolana estaba al borde del colapso. El intento de golpe de estado del 4 de febrero casi había hecho descarrilar la investigación de Ariosto y Vahl. Sin embargo, García se había comportado con disciplina. La investigación había culminado el día anterior con la acusación de contrabando ilegal de oro fuera de Venezuela.

En realidad, Matt jamás se había imaginado la cadena de acontecimientos que condujeron a esos cargos. El descubrimiento más notable había sido que Ariosto utilizaba su colección de arte como pantalla para contrabandear cientos de cruces Sasánidas falsas fuera de Venezuela. Las cruces eran falsas porque en realidad estaban hechas con el oro robado de la región del Orinoco. Una vez que el oro local eran combinado con el oro perteneciente al botín nazi, eran derretidas con la forma de una cruz Sasánida, y luego exportadas a otros países bajo el pretexto de ser parte de su colección de arte. Las cruces viajaban junto a otros objetos destinados a museos extranjeros y eran recogidas por consignatarios en los puertos de entrada. Los consignatarios se quedaban con las cruces y entregaban el resto del cargamento a los museos. Las autoridades aduaneras nunca sospechaban de ningún propósito ulterior. Asumían que las cruces eran colecciones genuinas de arte antiguo.

Matt aceleró su paso tan pronto salió de la estación del metro, y se dirigió a la oficina del General García. Cuando escuchó música, miró hacia adelante y divisó a un grupo de músicos jóvenes tocando la guitarra mientras uno de ellos cantaba una canción de amor. Los músicos cautivaban a los transeúntes, a las palomas y a los vendedores de billetes de lotería. Estaban ubicados el frente de la estatua de Simón Bolívar. Matt se detuvo a observar al joven que estaba cantando. Tenía la apariencia de un héroe romántico que no demostraba ni un ápice de la fiereza de sus antecesores, incluyendo a Bolívar. Antepasados que también incluían a una federación completa de tribus indígenas que habían sido masacradas por los conquistadores españoles cuando intentaron proteger sus minas de oro.

Matt dio la vuelta y continuó su camino al capitolio. Subió por las escaleras que utilizaba cotidianamente para dirigirse a la oficina de García, quien junto a Suárez lo estaba esperando. Los saludó y tomó asiento.

Los ojos de García tenían un brillo especial. Le anunció que Ariosto había sido arrestado cuatro horas atrás.

--¿Y Heinrich Vahl?-- preguntó Matt

--Desapareció-- respondió García --fue más listo que nosotros. Cuando llegamos a la hacienda, ya se había ido. No encontramos rastros de ningún botín nazi, pero sí muchas bolsas repletas de oro sin registrar proveniente de nuestras minas.

--¿Y Pedro Bayer?

--También desapareció junto con sus pertenencias.

Matt se detuvo a pensar en el botín nazi. --Me he puesto en contacto con el Congreso Mundial Judío y con la Galería Nacional de Arte en Washington preguntándoles acerca del cuadro de Rubens y de la colección de espadas chinas de Ariosto. Ellos van comunicarse con varias organizaciones que se dedican a rastrear las obras de arte robadas por los Nazis, para que realicen una revisión acerca de la procedencia de dichos objetos. Además, Anderson informó al gobierno israelí sobre esas obras de arte que probablemente hayan sido parte del botin nazi que se encontraba en la embajada alemana. Si tenemos suerte, quizás podamos acusar de robo a Ariosto, Vahl y Pedro Bayer.

De pronto, el silencio se apoderó de la oficina, hasta que Matt lo rompió preguntando, --¿Y Miguel Curiel?

García sonrió. --Agentes de la policía de seguridad lo arrestarán mañana por la mañana bajo cargos de conspiración de estafa al gobierno y robo de propiedad federal. Bajo nuestras leyes, el oro es propiedad pública. Es parte del patrimonio nacional. Curiel es un ladrón de la peor calaña. Junto con Ariosto, ha estado robándole al pueblo sistemáticamente. Y lo peor es que con lo que han robado, se podrían haber pagado por alimentos, medicinas, indumentaria y educación para nuestros niños. Son la peor clase de enemigo público.

Después de otra pausa, Suárez preguntó, --¿Y la señorita Diana? ¿Cómo se encuentra?

--Diana y yo viajaremos a Barcelona mañana. José Herrera nos invitó a una reunión con los agricultores de café.

Luego de un momento incómodo, Matt decidió informarles que había entregado su renuncia, y añadió, --Me mudo a Washington.

Suárez y García dejaron escapar una sonrisa.

Matt continuó, --Voy a estudiar derecho.

García le estrechó su mano y dijo, --Buen trabajo, hijo. Por favor, hágale llegar mi agradecimiento a Diana por el trabajo que hizo analizando las declaraciones de aduana. Y por favor, ¡manténgase en contacto!

Matt le estrechó la mano. Definitivamente, extrañaría estos encuentros.

40

14 de Marzo de 1992
Barcelona, Venezuela

Cuando Matt y Diana llegaron al aeropuerto de Barcelona, un cielo azul brillante se cernía sobre la ciudad. Herrera y Domingo los fueron a buscar. Ellos habían viajado el día anterior en el sedán blanco de Herrera.

Se dirigieron directamente al edificio gubernamental ubicado en las márgenes del centro de la ciudad. Herrera había concertado una cita con el gobernador en nombre de Esther, Iván y otros agricultores que los estaban esperando.

A la derecha de Matt, sentada en el asiento posterior, Diana absorbía el aroma del mar y disfrutaba de la vegetación tropical que bordeaba la carretera. Herrera estaba sentado en el asiento delantero, y conversaba acerca del arresto de Curiel esa misma mañana. Estaba eufórico. --¡Acabamos de escucharlo en la radio!, ¿no es cierto Domingo?

Domingo asintió.

Herrera hizo una pausa para reflexionar. Luego sonrió en silencio y dijo, --Lástima que Curiel tenga que cumplir su condena en Venezuela en lugar de hacerlo en algún país podrido.

Para ese entonces, el carro cruzaba el centro de Barcelona y Diana observaba las casas coloniales agrupadas a ambos lados de la calle. De pronto se sobresaltó por el fuerte sonido de una bocina y volvió su atención a la conversación de Herrera.

--Los mapurites como Curiel se están aprovechando de nuestra crisis. Curiel ha anestesiado a mucha gente con sus palabras bonitas mientras el país retrocede. ¡Él cree que está por encima de Bolívar, pero aunque un mapurite se vista de seda, mapurite queda!

Matt intervino. --Dr. Herrera, ¿qué es lo que exactamente quiere que hagamos en el encuentro con el gobernador?

Él sonrió. --Esos agricultores necesitan su apoyo moral, así que, ¡simplemente sean ustedes mismos!

Diana se preguntó que se traía Herrera entre manos, pero en lugar de preguntarle algo al respecto, le dijo, --¿Qué opinión tiene del gobernador?

El rió y le contestó, --¡Un mapurite será siempre un mapurite!

Cuando llegaron al moderno edificio gubernamental, subieron al segundo piso donde les dieron la bienvenida. Esther y dos hombres, Juan Bermúdez y Martín Toro, encabezaban el nuevo comité. Juan y Martín se habían unido recientemente al grupo. Ambos esbozaron una amplia sonrisa cuando les presentaron a Diana y Matt. Físicamente, eran muy diferentes. Juan tenía la tez color bronce oscuro con facciones agudas y cabello ensortijado, mientras que Martín tenía una apariencia ibérica. Sus ojos eran color avellana y su cabello era corto, lacio y de un intenso color negro.

Minutos más tarde, la secretaria del gobernador los recibió y los condujo al salón de conferencias. El gobernador, Alberto Guzmán, estaba sentado a la cabecera de la mesa. Era un hombre bajo y corpulento de alrededor de 70 años. Su cabello gris enmarcaba su expresivo rostro. Su Currículum Vitae reflejaba su educación en el campo de la odontología. Antes de ser gobernador, había ejercido esa profesión. Se puso de pie, saludó a todos dándoles la mano y luego volvió a su silla con actitud relajada.

Herrera se sentó en la otra punta de la mesa. Diana y Matt se sentaron a su derecha, mientras que Iván y Esther se ubicaron a su izquierda. Los restantes se ubicaron a lo largo del resto de la mesa. Minutos más tarde, la secretaria distribuyó vasos con limonada.

El Gobernador Guzmán alzó su vaso diciendo, --¡Bienvenidos... Bienvenidos!-- gesto que fue imitado por todos los miembros del grupo.

Esther le explicó al gobernador las razones por las cuales habían solicitado la entrevista y concluyó diciendo, --Por lo tanto, las confiscaciones realizadas por Miguel Curiel deberían ser revocadas y los títulos de propiedad de las fincas confiscadas, deberían ser devueltos a los agricultores ya que nunca tuvieron una oportunidad para pelear por sus derechos.

--Todo ésto es muy desafortunado-- dijo el gobernador --pero yo no tengo el poder para revocar lo que ya fue hecho.

--A los agricultores se les negó la oportunidad para pelear por lo que legítimamente les pertenece -- repitió ella con convicción.

Guzmán observó los rostros de todos los presentes, y sin dejar traslucir ninguna emoción, dijo, --Estoy enterado de los cargos contra el Sr. Curiel, y son cargos muy serios. Sin embargo, no estoy al tanto de ninguna irregularidad en las confiscaciones. Los bancos esperaron por meses..., a veces seis meses o más, para recibir sus pagos atrasados. Estaban en todo su derecho a ejecutar las hipotecas.

Iván intervino. --Sr. Gobernador, permítame presentarme, yo soy Iván Trushenko, abogado y futuro elector. Permítame sugerirle que llame a una investigación de dichas confiscaciones por una simple razón. El proceso careció de integridad. Usted cree que las confiscaciones reunían todos los requerimientos legales, pero teniendo en cuenta que el nombre de Miguel Curiel está asociado con el robo, todas sus acciones como oficial del estado son cuestionables. Esos embargos son sospechosos. Además, carecen de integridad moral porque despojaron a 50 familias de sus hogares sin darles la posibilidad de representación legal.

Un silencio asfixiante se apoderó de la sala de conferencias. Herrera se acariciaba el bigote y esperaba en silencio. Finalmente, Guzmán frunció el ceño y dijo, --Comprendo la ingenuidad de los agricultores, pero como ellos, todos estamos experimentando algún tipo de dificultad.

--Estos agricultores fueron víctimas de una estafa-- sostuvo Iván --y si usted lo investiga, verá que Curiel estaba trabajando para un individuo llamado Ricardo Ariosto, quien también fue arrestado. Ariosto fue la persona que proporcionó los fondos para comprar las fincas ni bien fueron embargadas. ¿No le parece que sería más responsable de su parte nombrar a un comité imparcial formado por personas de confianza para que investiguen todo ésto? De no ser así, nos estaría forzando a entablar una demanda contra los bancos.

--Dudo que consigan algo haciendo eso-- contestó Guzmán.

Herrera intervino. --Sin embargo, yo creo que sea cual fuera el curso de acción que decidan tomar, algo van a obtener.

El estado de ánimo de Guzmán empeoró ya que detestaba a Herrera. Mientras tanto, Herrera agregó, --Lo que es fundamental aquí, es que debemos corregir una injusticia. Lo que Miguel Curiel construyó con sus manos, destruyó con sus pies. Estoy seguro de que si investigamos, encontraremos suficientes evidencias, ya que jamás contó con que nadie lo investigara. No se le ocurrió pensar que el sol sale para todos. Solo bastó con que un grupo de personas invirtieran tiempo y esfuerzo para seguir sus pasos hasta esas minas de oro, ¡y ahí lo agarraron!

Se detuvo a tomar un trago de su limonada, y aclarando su garganta añadió, --Vea, Curiel es un zamuro que ve el mundo a través de un agujero pequeño. Él cree que robar es una tradición en este país, pero robar no es una tradición, es un mal hábito.

--¿Qué es lo que está insinuando, Dr. Herrera?-- preguntó Guzmán irritado.

--No estoy insinuando nada, solo le digo que no hay peor sordo que el que no quiere oír.

--¡Estoy escuchando!

Herrera negó con la cabeza y dijo, --Es más fácil sacarle una muela a un gallo que hacer que usted escuche.

Guzmán se esforzó para continuar el diálogo. --Como estaba diciendo, tienen que aceptar las acciones de los bancos porque actuaron correctamente.

Señalando a Diana y a Matt, Herrera le preguntó, --¿Qué pasaría si yo le dijera que estas dos personas están aquí para hacer recomendaciones al Banco Panamericano de Desarrollo sobre proyectos que el banco está contemplando llevar adelante en su estado?-- Los miró y ambos disimularon su sorpresa genuina por lo inesperado de su maniobra. Luego Herrera miró al gobernador y le preguntó, --¿Ha oído usted hablar de la transparencia?

Con voz tensa, Guzmán respondió, --¡Por supuesto!

Sin importar su respuesta, Herrera le explicó, --Vea, la transparencia es como cuando caminamos por uno de nuestros ríos cristalinos y podemos ver todo lo que está bajo el agua. Al BPD no le gustan los zamuros ni los mapurites, y mucho menos los caimanes que acechan listos para arrancarle la pierna a uno.

--Sí, comprendo-- dijo Guzmán.

--¡Qué bien!-- dijo Herrera golpeando la mesa. --¡Porque yo soy un viejo, y como tal debo dar buenos consejos!

--Voy a pensar acerca de la posibilidad de llevar a cabo una investigación.

--¡No hay nada que pensar!-- respondió --aquí tenemos a los líderes de una asociación de productores de café…

Esther lo corrigió. --… de una cooperativa de productores de café.

--Sí, perdón, de una cooperativa que va a ser una organización muy grande con muchos miembros, Dr. Guzmán. Y no quiero que vaya a cometer una equivocación política ignorando esos votantes.

Guzmán se puso de pié abruptamente. --¡No voy a permitir que me amenacen!

Herrera acarició su bigote y miró hacia arriba. --Yo no lo estoy amenazando. Éstos son los líderes de la nueva cooperativa. Y si yo fuera usted, me asomaría a la ventana para saludar a sus miembros.

Guzmán se acercó a la ventana que daba hacia el estacionamiento y vio a más de 1.000 hombres, mujeres y niños que esperaban ansiosamente escuchar noticias del encuentro.

Juan Bermúdez y Martín Toro acompañaron al gobernador al primer piso donde Herrera había concertado una conferencia de prensa para anunciar la posición favorable del gobernador respecto de la investigación. Mientras tanto, Herrera se levantó lentamente de su silla y dijo, --Me estoy poniendo demasiado viejo para este tipo de reuniones--. Su rostro estaba pálido y se sentía agotado, de modo que anunció que se retiraría a descansar a su hotel.

Ocultando su preocupación al ver el rostro empalidecido de Herrera, Esther le pidió a Diana y Matt que se quedaran allí con los agricultores, mientras Iván y ella lo acompañaban al hotel.

Sentada en el asiento trasero del sedán, con Iván a su lado, lloró en silencio durante el trayecto de 15 minutos hasta el hotel. Disimuló su angustia cuando lo ayudó a acomodarse en su cama, y se sentó junto a él acariciándole la mano. Iván permaneció de pie detrás de ella.

Sus mejillas se llenaron de lágrimas mientras recitaba la oración a los antepasados que le había enseñado su madre. --Gracias por los dones que han compartido y por el apoyo que me han ofrecido. Gracias por brindarme mi historia y por nuestro árbol de la vida del cual compartimos las raíces. Gracias por darme mi voz. Te honraré en mi espíritu cada vez que honre a mis antepasados.

Agonía y renovación. La interconexión de las personas. Ella e Iván eran herederos de un legado maravilloso gracias a Herrera, a su padre y a todos los otros.

Esa noche, Herrera dio su último suspiro, y Venezuela perdió otro Gallo de Oro.

*****

Los primeros rayos del sol se filtraban a través de las nubes y acariciaban las montañas detrás del hotel donde se encontraba Vahl. Vestido como un sacerdote, pasó caminando con tranquilidad por la puerta de entrada y se detuvo en la acera. Un taxista abrió la puerta trasera del taxi, y diciendo --Bom Dia--. Esperó que Vahl tomara asiento para cerrar la puerta.

--Aereopuerto internacional-- dijo Vahl.

--Muito Bem.

Mientras tanto, Vahl observaba a los peatones que avanzaban zigzagueando entre la multitud del centro de la ciudad. Se sintió aliviado cuando el taxi se alejó de esa zona congestionada de Rio de Janeiro.

Un tiempo después, extrajo su pasaporte de un pequeño bolso negro en el que llevaba una biblia, un rosario, y varias cruces Sasánidas. La fotografía del pasaporte reflejaba el rostro prolijo y afeitado de un sacerdote. Vahl se había afeitado la barba. Todo había salido a la perfección. Jamás olvidaría el favor que le hizo un general del ejército, quien había recibido el cargamento de obras de arte y lo había redirigido a su destino.

--Hacia donde viaja, Padre-- le preguntó el taxista.

Vahl sonrió perversamente y contestó, --A Nueva York.

Epílogo

El General García se retiró de las fuerzas armadas el 30 de Junio de 1992. Richard Anderson se jubiló un año más tarde y se mudó a Corpus Christi, Texas, adonde continúa practicando su actividad favorita, la pesca de altamar.

EL 12 de Diciembre de 1992, los presidentes de Canadá, México y Estados Unidos firmaron el Tratado de Libre Comercio Norteamericano (TLC/NAFTA) creando un bloque de libre comercio entre las tres economías más importantes de América del Norte.

Tres meses después, una bomba de fabricación casera detonó dentro de una camioneta Ford rentada, en el estacionamiento subterráneo del World Trade Center en Nueva York, dejando aproximadamente 6.800 toneladas de escombros. Un fragmento del vehículo contenía el número de identificación, y gracias a ésto, las autoridades identificaron a dos palestinos, Nidel Ayyad y Mohammad Salameh. Ambos fueron arrestados. Las llamadas telefónicas efectuadas desde el teléfono de Ayyad, permitieron identificar el lugar adonde se había fabricado la bomba. Investigaciones paralelas demostraron que Ayyad, Salameh y otros, incluyendo a Mahmud Abouhalima y Ahmad M. Ajaj, eran miembros de la misma célula terrorista. Todos fueron juzgados y encontrados culpables. El FBI nunca pudo capturar al cerebro de la operación, Ramzi Yousef, un paquistaní criado en Kuwait.

Iván abrió su estudio jurídico mientras Esther continuó administrando su finca con la ayuda de Tomás y su familia. El BPD ascendió a Diana al puesto de Stanley Gordon, luego de que éste aceptara un cargo en el Banco Mundial. El 7 de Agosto de 1993, Diana y Matt se casaron. Matt ingresó a la Escuela de Derecho de la Universidad de Georgetown en el otoño de 1993.

Acerca de la Autora

Luego de su infancia en Venezuela, la autora se mudó a los Estados Unidos y desarrolló una carrera distinguida como abogada. Recibió su Doctorado en Jurisprudencia en la Universidad de Texas y su título de Licenciatura en Historia en el prestigioso Instituto de Estudios Latinoamericanos de la Universidad de Texas. Hoy, divide su tiempo entre el ejercicio de su especialidad, derecho de inmigración de los Estados Unidos, la escritura, y conferencias acerca de sus libros. Fue nominada para el premio de la Fundación Right Livelihood de Suecia en 2004 en reconocimiento a su trabajo comunitario. En 2006, recibió la Medalla Presidencial al Servicio Comunitario de la Liga de Ciudadanos Latinoamericanos Unidos (LULAC).